我 的 光 因 你 而 亮，我 的 时

给你甜度满分的我

今 烛

著

北京燕山出版社

"我没有家了，我只剩一个人了。"

"别哭，我给你一个家。"

"你叫我声哥哥，
以后让你当我的独一无二。"

目录

"恭喜你呀，冠军。"
"愿望实现了，就只剩一个心愿了。"
"是什么心愿？"
"娶你回家。"

第一章

甜度加载 ing

六点一刻，清晨未醒。空气中弥漫着一股暴雨将来的潮湿气味，广播室的窗户敞开大半，一阵寒风迎面灌入，姜稚月被冻得连打了三个喷嚏。

她捏了捏酸涩的鼻尖，从书包里掏出保温杯，小口喝着热水。体温逐渐回暖后，姜稚月弯腰打开同学们来信的信箱，里面清一色的粉红信纸。

A大晨间电台的收听率位居校园节目吊车尾，最大的原因是大部分学生都没起床，谁会闲得没事干，来听六点钟播放的广播。

于是许多小女生会将那些隐秘的小心思装入信封塞进电台的信箱，借广播员之口向某位在昏睡中的情郎传递爱意。

姜稚月已习以为常，她拆开信件，压低话筒，把嘴巴凑上去，念道："亲爱的贺随学长，还有两天就是您的生日了。您颀长的身姿、帅气的容颜、深邃的眼眸一直存留于我的心底，让我久久难以忘怀。"

刚欢度完国庆节，女孩儿的声音格外铿锵有力，寥寥几行字硬是读出了"恭贺华诞，喜迎新春"的气势。

姜稚月的眼神有些放空。

其实她一点儿也不想替广大少女问候这位贺随学长生日安康，垂眸暗自数了数剩余的稿件数量，温软干净的声音带了几分疲倦。

越念到最后，信中的内容越没营养。那些摘抄自古今中外名人的酸诗一连串读下来，她像吞了三颗柠檬，牙齿都被酸倒了。

舍友悄悄推门进来，用口型询问她工作结束了没有，姜稚月瘫倒在桌上，一只手掰扯着话筒，另一只手颤巍巍地举着信纸。

好久没有这么大的工作量了，她的嗓子一时有些受不住。

A大前年新开辟的校区在今年投入使用，播音主持等艺术专业全部搬到了新校区，校广播室的成员现在所剩无几。

　　军训过后，学生会发出一则通知：凡担任校广播员的同学，每学期给予双倍德育分奖励。姜稚月迎难而上，凭着一副在江南水乡中滋养出来的好嗓子，轻松通过面试，独自挑起晨间电台的大梁。

　　只是没想到，这副好嗓子要毁在《致贺随学长的一封信》上了。

　　"普天同庆，贺随学长喜降生，从此我梦中的身影都是你！"

　　伴随着最后一个字的喊出，姜稚月猛地拍下开关，挤出了一句中肯的评论性话语："真是脑子有包！"

　　听了她这句话，舍友陆皎皎大惊失色地问："稚月，你怎么了啊？"

　　舍友有这种反应一点儿都不奇怪，姜稚月长吁了一口气。开学一个多月，她的所有举动完全符合一个漂亮可爱、人畜无害的好学生形象。为了德育分东奔西走，上课从不迟到、早退，作为宿舍里最勤奋的人，她每天六点起床到广播室值班，晚上十点才回宿舍休息。

　　连姜稚月都要被自己的精神打动了。然而，这些全是假象。

　　要不是因为她的生活费被扣在她哥哥那儿，她亲爱的哥哥又以德育分为标准来决定拨款数目，姜稚月才懒得每天六点出门广播，晚上十点特意挑图书馆前面的地方，与亲爱的哥哥视频后再回宿舍。

　　姜稚月轻轻磨了磨牙说："没事，我骂我自己呢。"

　　陆皎皎应道："哦，这样啊。"

　　陆皎皎递过去一包奶，反射弧长到惊人地问："你为什么要骂自己？"

　　姜稚月沉默着收拾好东西，不忍心教坏单纯的舍友，随便编了一个理由搪塞了过去。

　　A大有东、西、南、北四个餐厅，离广播室最近的南苑，早上七点开始供应早餐。早上的风凉而急促，吹起她额前的碎发，姜稚月伸手将头发别至耳后。两人在门口等了十分钟，餐厅的阿姨才打开门。

　　想是今早学校有大型活动，来餐厅吃饭的人不多。姜稚月买了一个灌汤包，在去买豆浆的路上迎面撞上了一个人。

　　对面的男生缓了好几秒才认出她来："稚月？真的是你啊！"

　　姜稚月盯着男生的脸看了一秒，视线顺着他额前稀疏的"热带草原"向上走，通过一头比同龄人少许多的发量认出了他："宋学长。"

　　宋昀是姜稚月高中同校的学长，化学系大二生。听宿舍里的八卦小能手说宋学长能力非凡，竞选学生会主席干掉了一群大三学长，成为生化院史上最年轻的主席。

至于长相，五官清俊，挑不出差错，但也没有亮点。宋昀的脸上隐约浮现出类似看到救命恩人的表情说："学妹，学长想请你帮个忙。"

一旦拎出学妹学长的关系，姜稚月就很难开口拒绝。

生化院建院六十周年暨成果展示大会定于早上八点开始，眼见离召开时间不足半个小时了，原定好的一个礼仪队成员却联系不上了。宋昀想着能不能路上随便拉一个来救场时，一眼就看到了救星。

姜稚月捏着手里的灌汤包说："可是，我还没吃饭。"

宋学长慢条斯理地伸出两根手指头说："校级德育分，双倍。"

姜稚月绷直的嘴角慢慢翘起一个微小的弧度说："学长，我跟你去。"

宋昀被她态度的迅速转变搞得措手不及，原以为还要费些口舌磨一磨。

姜稚月心底盘算着：一分折合成人民币两百元，那她这个月岂不是要成万元大户？这么想着，手里的灌汤包突然不香了。

礼仪队由学校直接拨款，每次活动的服装都耗资巨大。

姜稚月穿上统一的斜襟旗袍，手指顺着滚边线的方向下移至裙摆，抚平褶皱后挺胸对着镜子看了两眼。

这衣服恰到好处地展示出了女孩儿最妩媚的一面，胸线下便是长腿，开衩到大腿中央，萌妹变御姐，真的只差一件衣服。

宋昀在更衣室门口等她，手里拿着一个小瓶子。

姜稚月刚出门，就被他拉到空旷的地方。他举起手中的瓶子对着她左右上下各喷了三下，这绝不是喷一喷就能变小仙女的药水，喷多了能把人熏到天堂。鼻尖弥漫着一股甜腻的香，是非常高档的果类香水。可架不住直男喷香水的方法，姜稚月简直要被香香的自己熏死过去。

生化院去年开设了香水调制专业，她身上喷的这款，就是今天要展示的压轴作品。

姜稚月觉得自己现在就像一枚行走的糖衣炮弹。在宋昀的带领下，她走到队伍最后方，香味逐渐飘远，让最前面的礼仪小姑娘都忍不住回头看她。

到了八点钟，主席台上匆匆跑下来一个人。

姜稚月站在宋昀身旁，将他们谈话的内容一字不落地收入耳底：有位领导被堵在路上了，活动要推迟半个小时才开始。

姜稚月捂着空空的胃，耷拉下眼皮，可怜兮兮地说："学长，我好饿。"

宋昀对上女孩儿逐渐暗淡下来的眼瞳，良心痛了一下。

趁其他人不注意，他将手探进大衣口袋里，在她期待的小眼神中，慢慢掏出一把亮闪闪的东西——穿着糖果衣的沙嗲味牛肉粒。

宋学长表情变得有一丢丢羞赧地说："吃吧。"

看见了吗？表面正经无比的学生会主席，其实是一个喜欢偷偷在口袋里藏零食的小男生。以后有谁再说生化院的宋学长不近人情，她第一个不服！

姜稚月感动于宋昀主动贡献出他压箱底的牛肉粒来安抚她抗议的胃，接过那把沉重的牛肉粒，她蹲在无人注意的角落剥开了包装纸，刚送进嘴里时，眼前出现了一双英伦小皮鞋。

"谁允许你在这儿吃东西的？"尖细的女声带着不容辩驳的压迫感。

姜稚月却淡定地完成了吞咽的动作，抬头看向她。不认识，大概是生化院学生会的人。

身边的小姑娘低低叫了声"学姐"，转向姜稚月说："这是我们组织部的部长。"

姜稚月点点头，又垂下头摆弄着手里的包装纸。

组织部部长又说："你是大一的？我不是说过，这次不允许用大一的礼仪吗？"

姜稚月又点点头，她的确是大一的。

好在宋昀处理完手头的事情回到这儿，解释一番后说："没办法，不然压轴的香水作品没人展示，老师怪下来我们都不好交代。"又补充道："这是我高中时的一个小学妹，我看形象好，就请她过来救个急。"

"哪个院的？"

宋昀张了张嘴，尴尬地扭头问姜稚月："稚月，你是哪个院的？"

姜稚月托着下巴看着他们你一句我一句的，懒洋洋地打了个哈欠说："新传院，新闻学。"

那女生丢下一句"下不为例"转身走了，气势比宋昀足了不知多少倍。

姜稚月低头继续剥牛肉粒。负责接待的女生跑过来告知宋昀，从其他院邀请来的嘉宾马上到场，问他需不需要派人出去接一下。

宋昀问："建筑院的林桤和贺随学长到了？你去看看。"

姜稚月剥东西的手一顿，听到耳熟的名字马上抬起头来。恰好，负责接待的女生跑到田径场门口正引导着两个男生往里走。

她非常想知道，能引得无数少女齐贺寿的贺随到底长什么样。

左边的那个看起来端正一些，鼻梁上架着一副金边眼镜，发色是曝光过度的棕黄色。

右边的男生——姜稚月眯了眯眼——他单手抄兜静静地站在那儿，逆着光，刺眼的光线擦身勾勒出浅白的轮廓。五官隐在暗色中，挺直的鼻梁上落有几点高光，眼窝深邃，浑身上下散发出一种寡淡的气质。简而言之，是个长得非常好看的 Bking（网络流行词，形容一个人比较酷）。

但现在的女生不是都喜欢斯文败类型吗？左边戴眼镜的男生是贺随的可能性大一点儿。

姜稚月剥开牛肉粒塞进嘴里，一眨眼的工夫，对面三个人的视线同时聚焦在了她身上。

接待的女生面露尴尬地走向她，手颤抖着指向对面的一个男生说："同学，林桤学长问你是……是什么味儿的？"

姜稚月反复在脑中过了两遍这句话：你是什么味儿的？

顺着女生手指的方向看去，Bking 抬了下眼皮，毫无愧意地和她对视了几秒。

姜稚月：感觉被他冒犯到了。

她卷了下舌尖，浓浓的沙嗲味太上头了，直冲进脑壳。也不知她怎么想的，嘴皮子一秃噜进出了一句："你爹牛肉味。"

贺随昨天一晚上没睡，赶在死线前交上了设计作业。刚走出教授办公室的门，又被林桤拉来参加别的学院的成果展示会。此刻处于极度困倦与暴躁的状况下，他实在表露不出什么好脸色。

对面蹲在地上的女生，留着一头及腰卷发，额前的刘海儿有几根翘起，小脸素净，一双天生无辜的狗狗眼，散发着"这世界可真有趣"的光芒。

今天吹北风，她蹲在风口，一股浓烈的香水味扑鼻。

林桤深吸一口气问："这是什么味儿？"

接待的女生误以为他的话是夸赞，忙说："学长你等下，我去帮你问问。"

不承想，她的理解能力脱节，连手指的方向都偏移了几寸。

于是就有了上面这幕人设翻车现场。

贺随明确捕捉到女孩儿眼底传达出的"我骂你是王八蛋，你骂我你连王八蛋都不如"的意思。他也懒得解释，任凭这口变态的锅扣在了他头上。

姜稚月话出口的下一秒就后悔了，她其实还可以再忍忍。

对方不就是把她当成菜市场上的商品随口问了句话吗？虽然表情上有种上位者居高临下的蔑视感，但从另一个侧面也证明了，她身上喷的这款香水，对男生具有极大的诱惑力。

对不起，编不下去了……姜稚月心理暗示失败，极其敷衍地对他们扯出了一个僵硬的微笑。

成果展示会八点半开始，贺随坐在第二排的椅子上闭眼补觉。

林桤掏出手机，把一只耳机塞到他耳朵里说："听听，我们宿舍给你写的贺寿词。"

说起来这广播员挺上道的，把他们宿舍恶搞写的信全念了，而贺随那些小迷妹的信挑挑拣拣只念了两三封。耳机里传出来的女声温润，咬字清晰，念到"生日快乐"几个字时带着咬牙切齿的狠劲。

贺随拔掉耳机，叫他："林桤。"

林桤推了下眼镜，憋着笑说："你不用太感动，这是作为兄弟该做的。"

贺随重新闭上眼，声音冷淡地说："明天的日语选修课，滚去自己上。"

林桤瞬间改口道："我错了。"

贺随："……"

林桤任校学生会主席，上学期修的选修课全被活动冲了，老教授古板不通人情地让他挂了科。这学期活动更忙，再加上教务系统不给力，林桤只抢到了日语课。上课时间是周二上午，又撞上了每周学生会的例会。其他人都有时间，为了他一个人调整太麻烦了。但再挂一次科直接影响绩点，他努力三年的成果就有白费的可能。好在宿舍有个闲人，画图去哪儿画不是画，林桤用一个限量版头盔，求得贺随帮他上半学期日语课。

十点半展示会结束，姜稚月领了德育分证明，去更衣室换下衣服回宿舍。

大一新生第一次选课，由于许多程序不太明白，比如抢课当日要早早地等候在容易崩溃的选课系统前。而以姜稚月为代表的 414 宿舍，选课系统开放一个小时后才想起这回事。学校里流传的"脾气好，不挂科"的教授开设的课程余量为负，几个人抱着试　试的心态添加课程，结果——整个宿舍只有姜稚月一个人被踢了出来。这是什么天煞的好运气。

今天是退补选的日子，她爬上床打开电脑，登录选课系统。

前不久崩到连亲妈都不认识的情况现在有所好转，姜稚月下滑页面，老校开设的选修课只剩下日语和数学几何变量研究。作为一个纯文科生，她毫不犹豫地点击了"公共日语"添加至课程表。

陆皎皎从底下探出头说："稚月，我看到空间里有人说贺随学长也去展示会了。"

贺随啊——那个戴着金丝边眼镜框，浑身上下透露出五好青年气质的男生。

姜稚月点头说："见了。"

陆皎皎说："我看到他的照片了，这颜值有点儿惊为天人。"

可能是审美不同，姜稚月倒觉得 Bking 林长得比较好看。为了表示对其他人审美的尊重，她没反驳，赞同道："是挺好看的。"

公共日语的上课地点在逸夫楼三层，那栋教学楼被专门空出来开设选修课。唯一不好的地方就是空间拥挤，去晚了常常没有好位置。

姜稚月吃过早饭，提前二十分钟到了教室。来的人不多，放眼望去，零零散散地坐着。她挑了个靠窗的座位，放下书包听前面两个女生闲聊。

"我没抢到其他的啊，听说蒋教授特别严厉，上学期的挂科率排在前五位。"

"那我完了，我英语都没学好，这日语更要命。"

颇有真情实感的一段发言。

离上课剩五分钟的时候，一些有经验的大二、大三生踩着点到了教室。能容纳五十人的空间瞬间坐满了人，姜稚月挑的这个位置不太显眼，她一个人坐乐得清静。

上课铃响了，女教授站上讲台。嘈杂的脚步声与交谈声一并消失，零星的蝉鸣伴着初秋的节奏，断断续续地嗡鸣。

忽地，干净整洁的桌面上投下一片影子。姜稚月抬头，正对上一双冷淡漆黑的眼。

男生穿着一件套头白卫衣，袖子松松垮垮地挽上去，露出一截白皙的手臂。手里拿着一本书，看起来不像公共日语的课本。

他抬手用书棱抵住桌面，轻轻敲动试图唤起她的注意力。

姜稚月下意识睁大眼，那个昨天问她是什么味儿的 Bking 林，此刻正站在她面前。两人对视的几秒，姜稚月已经用余光将教室打量了一遍，除了第一排靠近讲台的座位，就只剩她旁边的两个空座了。

姜稚月勉强唤回游离在他美颜暴击中的思绪，但依旧没有起身的意思。

贺随的眼神渐渐变得不耐烦，就在他马上要开口说话时，眼前的女生淡定地垂下了头。

贺随："……"

姜稚月以一种"我既聋又瞎"的态度，完全忽视了 Bking 林。

小小的报复心理得到满足后，她得意地蜷起手指敲了敲桌面。

作为整间教室唯一站着的人，贺随感觉到自己的突兀。他微俯身，终于开了金口说："请问里面有人吗？"声音和他这个人一样冷。

蒋教授此时出声提醒道："还没坐好的同学快找座位坐下，我们马上开始上课。"

姜稚月不好再为难他，将自己的书往右侧移了一个座位，身子也跟着挪了进去。贺随坐下，翻开这周的设计作业，手里捏着一根铅笔，时不时在白纸上画两道。

蒋教授掀开花名册说："开学第一节课，先花五分钟点名认识一下大家。"

底下传来一阵看破不说破的唏嘘声。

点名这事，只有零次和无数次，以后翘课得小心了。

花名册按照姓氏首字母排序，蒋教授每念一个名字都会抬头看一下相应的同学，宛如 X 射线似的目光一一进行面部检索。

"陆超。"

"林璐阳。"

……

"林桤。"

时间一分一秒过去，寂静的教室内无人回应。

姜稚月悄悄歪头看了眼身侧的人，他无动于衷地坐着，脊背挺得很直，目光仿佛粘在那张画了几道痕迹的白纸上，一动不动。

蒋教授耐心重复了一遍问："林桤在吗？"

这次，他终于有了动静，眼皮一抬举手示意道："在。"

蒋教授和其他同学反应一致，怔愣两秒说："好的。"

点名环节结束，开始正式上课。前半节课讲了基础的五十音图。因为是公共课，讲得肯定比不上日语专业的精读课详细。

蒋教授说："大家自己练习十分钟，等会儿我会找人起来读。"

姜稚月高中时爱看动漫，再加上语言天赋高，默念了几遍，基本上就没有问题了。

她手指捻动书页，百无聊赖地打量起教室，从黑板到桌椅，从幕布到放映机，从蒋教授到身边的 Bking 林。

周围是念诵五十音的声音，贺随被不标准的发音吵得灵感全失。他放下笔，折叠起废稿，准备下课扔进垃圾箱。

两人的恩怨刚刚了结，姜稚月出于善意问："林学长，你没带课本吗？"

贺随抬手支着下巴，头歪过去。女生黑白分明的眼睛盯着他，不像视力有问题。他压住嗓子里的不适开口问："你叫我什么？"

姜稚月眨眨眼，露出一个和善的微笑道："林桤学长。"

不等他答复，姜稚月把书推到他面前说："等会儿老师要提问，你还是快看看吧。"

昨晚降温降得急，贺随回来得晚，身上一件薄衬衫难以抵挡寒风，今早起来感冒就越过轻度直奔重度。嗓子像燃着一团火，烧得他难受。贺随忍住喉咙的干涩，低低"嗯"了声。

两人间相距不过半臂的距离，姜稚月的余光被他牢牢占据了。

男生没精神地耷拉着眼皮，下巴慢慢低下抵住手背。她看到他吸了吸鼻子，然后，一秒，两秒，三秒……半分钟没有呼出一口气。

姜稚月又想起了那句"你是什么味儿的"，整个人僵在了那儿。

她悄悄揪起一缕头发放到鼻尖闻，昨晚刚洗过的头发带着清新的香气。趁他不注意，她又将鼻尖凑到衣服上，干净的洗衣粉香味扑鼻。所以，他到底是闻到了什么不可描述的味道。

是他主动要坐在她旁边的，至于露出那么生无可恋的表情吗？姜稚月出于人道主义校友情请他一起看课本，可 Bking 林给她的反应是什么？

嫌弃外加仿佛被女妖精吸走了浑身阳气的模样，让她下意识以为自己是那只妖精。而且，就算她是女妖精，也有天天洗澡的好习惯，没必要这么生无可恋，长达半分钟不呼吸吧？姜稚月瞬间有种想把课本抽回来的冲动。

好在十分钟很快过去，蒋教授点人起来读五十音。前面两个小姑娘读得磕磕巴巴的，Ka 行读错一半。

蒋教授纠正后，问："有没有人自愿起来试试？"

本来仰着头看戏的小鸡仔们立刻像鸵鸟头埋沙，装成没事人翻弄着课本。

蒋教授早已料到这种情况，说："大家还是太谦虚，我继续点人吧，倒数第三排穿白卫衣的男生——"

姜稚月的视线汇入众人好奇的目光中，定格在她身旁的男生身上。

贺随听到身旁的女生发出隐忍的憋笑声，捕捉到她脸上掩不住的幸灾乐祸。谁想下一秒，蒋教授补充道："旁边的女同学，起来试一试。"

女生一愣，笑意僵在了嘴角。

贺随心底积攒的烦闷瞬间消散，连鼻塞都好转不少。

他手指按住书往她面前一推，从喉咙中挤出一声低沉的笑。

人果然要善良一点儿，姜稚月为她发自内心的幸灾乐祸忏悔。

女生从容不迫地站起身，细软的声音读日语时更是轻柔。或许因为长得好看，让其他男生与旁边的好友交头接耳。

姜稚月气定神闲地读了一遍后，抬眼看老师的反应。

蒋教授笑眯眯瞧着她问："之前学过日语吗？"

姜稚月摇头，教授又说："读得很标准，请坐！"

贺随觉得女生的声音耳熟，但一时又想不起在哪儿听过。他往后靠住椅背，侧目端详她，又觉得好像在哪里见过她。

下课铃声响起，蒋教授收拾好东西离开，教室重新陷入喧闹。

清晨的阳光透过窗帘，斜斜地落下一道柔和的光柱。

姜稚月慢吞吞地收拾东西，想挨到身侧的男生离开，结果对方比她还磨蹭。最后，她硬着头皮起身说："我过去一下。"

贺随睁开眼，桃花眼无意间开成扇，一笑起来，眉眼间的冷意全被驱散了。他自认为记忆力不错，加之女生有张令人过目不忘的脸，起初光看侧面剪影他一时没想起来。此刻，那双"这世界可真有趣"的眼睛里，不禁透露出几分看破世态炎凉的无奈。

贺随收敛起外露的神色说："昨天……"

姜稚月打断他说："学长，昨天的香水叫'玻璃夜'。您若是喜欢，可以去化学院买。"

贺随应道："哦。"

"如果您非要还原昨天那味儿，我建议您多喷两下，然后吃两颗牛肉粒。"

贺随不动声色地抬起眉梢，又恢复了冷淡的表情。

姜稚月做好售后服务，笑着问："那我可以离开了吗？您这两条大长腿挡在这儿，我过不去呀。"

贺随拎起仅有的一本书、一支笔，起身走了。颀长的背影浸在和煦的阳光中，被削弱了原有的凌厉感。

姜稚月顿在原地，目光慢慢移至他坐过的位子上。她打开折叠椅，面无表情地坐下。

随后深吸一口气，用不算敏锐的鼻腔来感受他这片空气的质量。仔细回味一番后，她还是没闻到那股让他不可描述的味道。

在其他人异样的眼神中，姜稚月不紧不慢地离开了教室。刚走到楼梯拐角处，一个白色的影子从窗口迅速蹿过去，速度快到让她以为眼前出现了幻影。姜稚月似乎闻到了那股不可描述的味道——大概就是她这等凡人与Bking天生不同的体香。

晚上九点半，姜稚月去广播室补签今早落下的值班记录。回宿舍的路上经过图书馆，她掏出手机准备完成每日的打卡任务。

姜别是本校大三生，这学期交换去了伦敦。姜家父母忙于家中的公司，索性丢给姜别一张卡，让他每月不要亏待了妹妹。

可他，还是亏待了！姜稚月想起军训到最后，她连一块西瓜都买不起的惨状，摸着良心没有给爸妈打小报告。

拨过去视频通话，那端几乎立刻接通了。

姜别那张招蜂引蝶的脸出现在屏幕上，姜稚月乖巧地喊道："哥哥。"

姜别那边还未黑天，处于一种半明不亮的状态。其实没什么好聊的，姜别就是怕有人拐走他妹，才定下了每天视频的霸道条约。

"你在学校没遇上什么事吧？"

说的是关心的话，声音却冷淡无比。在姜稚月认识的为数不多的 Bking 中，她哥与那位林桤学长不分伯仲。

姜稚月提醒他说："我下个月就成年了，可以有属于自己的银行卡了。"

姜别一抬眼，眼风冷飕飕地问："某宝用得不好吗？"

"绑定的是你的卡，不是我的。"

姜别不想和她辩论，交代她说："你在学校要是遇上麻烦，可以去找我舍友。他叫贺——"

姜稚月的眼神却飘到了他背后伸过来的一只手上。

那个女人，长得非常洋气，穿得非常露骨。

"姜别，我不想要洋嫂子。"她加重语气说。

姜别没有被她带跑偏，眸光沉沉凝视着她问："你在听我说话吗？"

姜稚月目光坚定，不肯退让地说："你得先答应我。"

"行，我答应你。"若妥协可以不造成自身损失，姜别不会浪费时间。

姜稚月就差在脸上挂一个"隔着屏幕你又打不到我"的技能，得寸进尺地对哥哥谆谆教诲道："还有哦，要记得姜家的祖训——宁折不弯。"

姜别沉默两秒，硬邦邦地吐出了一句话："姜稚月，你完蛋了。"随即毫不拖泥带水地挂断了视频。

在身为国学大师的爷爷的教育下，姜别很少爆粗口，最严重的程度，也就像刚才那样放狠话。姜稚月默默计算了一下这个月得到生活费的可能性，低于百分之十。她咽下了口水，找出手机列表中的配音导演。

暑假时，姜稚月陪闺密参加活动，玩游戏时被挑中现场演唱一曲，她虽五音不全，却硬是将整首歌念了下来。恰好有个圈内的大咖在那儿，觉得这女孩儿的声音非常具有可塑性，诚邀她到录音棚试音。

女主角这种活儿落不到她头上，但架不住男主角都有个人美声甜的妹妹。姜稚月一暑假接了五个臭妹妹的角色，她做腻歪了这份工作，开学后就没再接活儿。现在的她被迫重操旧业，万一以后她成了配音界的大拿，姜别功不可没。姜稚月戳动手机屏幕，给导演发消息。大导演日理万机，当然不可能立刻回复她。

一些高大的树木旁逸斜出地遮挡住昏黄的路灯，绕过湖畔的蜿蜒小道，隐隐能听到几声低怯的交谈声。

姜稚月夜间走路很慢，很大的原因是她有夜盲症，好在校园里处处都耸立着路灯，照亮了行进的路，她才不至于睁眼瞎。

教学楼前，两个女生正靠着一辆酷炫的机车拗造型。其中一个大胆的甚至抬起大白腿，将屁股挪到了机车后座。

姜稚月不太明白，大晚上偷车贼不偷车，反倒先留犯罪证据到底是什么心态。

不过半分钟，从教学楼中缓缓走出一个人。那人的脚步声由远及近越来越清晰，像裹挟着初秋的凉意，令人汗毛直竖。

两个人完全没注意到车主的靠近，互相分享着刚才的自拍照。

姜稚月敏锐地嗅到了好戏开场的味道，不动声色地走到了光线明亮的地方。

车主背对着她，光凭一个好看的后脑勺不能断定是不是骑机车的酷盖（指看起来很酷的人）。直到那人慢慢转过身子，昏黄的灯光顺着他的鼻梁骨向下，滑过微抬的下巴颏，停在优美的下颚线条处。

大半张脸被照亮，姜稚月猛地咳嗽出声，怎么又是 Bking 林？

贺随一只手拿着手机，走出教学楼后和电话那端的好友说了句"稍等"，目光定格在正在"玷污"他机车后座的那个屁股上，眉梢拧出一个麻花。

他伸出空闲的那只手，拎住女生的衣领，毫不怜香惜玉地把她扔到了一边。

被那个屁股坐过的真皮座椅微微凹陷，证明它曾经受过怎样不公的待遇。

两个女生面露惊恐，想挣扎一下，但对上男生漆黑的眼，瞬间吐不出一个字。

贺随屈指敲了下座椅，摸不清情绪地问："想坐吗？"

那位给座椅留下臀印的女生点头说："想的。"

贺随"啧"了一声说："做梦去吧。"

女生："……"

贺随一边抽出一张纸巾擦后座，一边对那端的好友说："你刚讲到哪儿了？"

"我妹不是考到我们学校了嘛，我不在，你有空帮我照顾一下。"

贺随垂眸，擦动座椅的力道加重。

那两个女生还愣在原地，他冷冷睨过去问："想邀请我一起做梦？"

姜稚月没忍住笑出声，清脆的声音打破了对面剑拔弩张的气氛。接收到那道凌厉的视线，她嘴边的笑意收敛了几分，正想装成路过掩饰一下，手机铃声乍响——大导演打来的电话。

贺随扔掉手中的纸巾，打算直接送去洗车。他懒散地靠住车身，眼睛不离对面的女生说："照顾你妹？"

姜别低低应了句说："稚月长得好看，你帮她挡挡烂桃花。"

贺随一弯唇角，缓缓直起身朝对面走去，问："你妹也姓姜？"

姜别被他的这个问题蠢到了，不禁怒道："废话。"

如果没记错，今早上点名的时候，这姑娘就是叫"姜稚月"。

贺随一步步走过去，在三米远的地方，听见了女孩儿打电话的声音。

"李哥，以后有活儿就联系我呀。

"对呢，我一个女生，赚点儿钱不容易。"

他觉得不太对劲，擦肩而过数十米后，停住脚步，转换摄像头对准路灯下的女孩儿问："这是你妹吗？"

姜别定睛一看，飞虫围绕的路灯底下，一个穿白衬衫的女孩儿正用脚轻轻踢着灯杆，笑起来时脸颊陷下去一个旋涡，看起来就是一甜妹。

他道："真巧，是她。"

贺随很快回他说："她说要去接活儿。"

姜别："……"

"在和一个男的打电话。"他眼皮不抬，淡淡补充道，"看起来迫不及待的样子。"

姜别严重怀疑，是机车被人"玷污"造成了贺随体内的变态因子猛增。他实在是不能接受姜稚月那么一个乖巧的女孩儿会说出"接活儿"这种话。

贺随告诉他这事没别的意思：一是给自己解决麻烦；二是小姑娘上了大学，诱惑良多难免误入歧途，给他提个醒。

过了十点，学校图书馆的大摆钟"咔嗒"一声响，整个校园熄灯。

姜稚月的手机屏幕跟着眼前的路灯一并暗下，光亮的视野瞬间变得模糊。她试探着往前迈了几步，脑袋"砰"的一声撞上了电线杆。

贺随眼睁睁地看着她撞上去了，速度快到来不及拦。

手机依旧是前置镜头，手机夜间像素又好到爆，姜别也眼睁睁地看着他妹径直撞上了电线杆。

两人一阵沉默，姜别说："她有点儿夜盲症，你去帮帮她。"

贺随脑子里莫名浮现出小时候玩的超级玛丽，小人变成姜稚月的脸，"砰砰砰"地撞上那些木块，只是不会掉落金币。

姜别说："我从朋友那儿买到了你偶像签名的头盔。想不想要，就看你一念之间。"

夜晚的凉风从脖颈儿灌进去，贺随鼻音更重地问："我看起来很缺钱吗？"

"你不缺钱，"姜别笑吟吟地补充道，"你缺的是百十个能戴头盔的脑袋。"

那边的超级·稚月在坎坷不平的小路上大步行进，眼看就要撞上第二根柱子。贺随捏了捏鼻梁，挂断视频电话及时走了过去。

姜稚月的夜盲症是先天性的，医生说平常多补充维生素 A，症状就会有所好转。好在她的夜盲症不是重度的，晚上走路打开手电筒就可以看清路。不过，今天极其不走运，手机没电自动关机了。所以，她现在就成了一瞎子。

贺随拉住女孩儿的衣领，视线掠过她的发顶，停在她额头前一小块撞红的皮肤上，肉眼可见撞得不轻。

姜稚月感受到一股拉力，脚步顿住了。不确定是不是林桤学长，她疑惑地眨了下眼睛问："请问，你是哪位？"

贺随松开她的衣领，双手轻轻搭在她纤瘦的肩膀上，给她掉转了行进方向。他垂下眼帘，鼻音浓重地说："南瓜马车。"

姜稚月心里缓缓打出一个问号："啊？"

"送无知少女回家。"

姜稚月："……"

从这个能勾得女生心神乱颤的声音中，姜稚月猜出了这辆"南瓜马车"的车主。听到对方的回答，她的第一反应是自己有可能会被拽着领子丢下去，第二反应是 Bking 林竟然把辛德瑞拉当成了无知少女。

前方一道车前灯打过来，模糊的视野出现光亮，男生颀长的身影落入眼底。

姜稚月手足无措，她咬了下嘴唇问："学长，你的'马车'有安全带吗？"

贺随单腿撑地，不紧不慢地打着火，机车发出低低的轰鸣声，不像其他重型机车那么吵。

姜稚月转过身背对着他，试图从黑暗中寻找到心灵之火：由于最近吃的胡萝卜太少，她是一点儿东西都看不见，自己摸索回宿舍的可能性不大。挣扎了半分钟，她长呼一口气，迎着光亮走过去。

贺随看着她一副大义凛然、慷慨赴义的神情，感受到了来自小姑娘的质疑。

机车的座位是连在一起的，这辆车做过改装，后座的空间变得格外小。姜稚月好不容易爬上去，手指紧紧扣住座位边沿，声音有点儿颤抖地说："学长，我坐好了。"

贺随从前面拿过头盔，手臂一弯递到了后面。

姜稚月不明所以地问："要给我戴吗？"

他微一侧头，下颚绷出一道格外性感的线条问："你不是怕吗？"

姜稚月盯着男生抿起的薄唇，或许是他浑身的 Bking 气质有一种"我无所不能"的压迫感，令她所剩无几的担忧瞬间烟消云散："学长，我不怕。"

女孩儿的声音细软，尾音压得很轻，听起来真有种云淡风轻的意味。

贺随淡睨她一眼，没再多说，直接把头盔放回了原处。

姜稚月扣住座位的手指发麻：他没打算戴头盔吗？是不是戴上会安全一点儿……心想着，她垂头看了眼距离地面的高度，"南瓜马车"的速度，应该比不过兰博基尼吧！

车子缓缓启动，这条路年久失修，缓冲带缺失一块，轮胎轧过去产生了不小的颠簸。

姜稚月有意留出的那道泾渭分明的线，在不知不觉间消失了。她发现膝盖已经贴在了男生的腿上，隔着一层布料还能感受到里面的温度。她耳尖一热，不安地往后撤。

贺随专注开车，没注意到她的局促。

行驶至十字路口，他突然停下车，身后的女孩儿没料到，一头撞上了他的脊背。

姜稚月鼻尖发涩，低低"唔"了一声。好硬，像撞上了石头。

贺随通过后视镜瞥见她的模样，大概是撞疼了，眼眶沁出了眼泪。如果她有兔耳朵，此刻一定委屈巴巴地耷拉着。他收起脑中的画面问："住在哪栋楼？"

"11 号楼。"小兔子声若蚊蚋地哼了一句。

贺随直起身子，稍微往前坐了下说："你可以抓住我的衣服。"

姜稚月看了眼他的衣服，质地柔软的布料感觉碰一下就能碰出褶皱。她试探地握住一小块衣角说："好了，我们走吧。"

A 大占地四千亩，女生宿舍楼建在半山腰。车子越过无数对抱在一起的小情侣停在宿舍楼前，门厅的灯光大亮。

姜稚月眯起眼缓了几秒，再睁开眼时视野的模糊感消失。她跳下车，感谢道："谢谢学长送我回来。"

贺随往前俯身，双臂撑在车把上，低低应了句："不谢。"权当为了姜别手中的头盔，以及对他偶像的崇拜，他心想。

姜稚月走上楼梯，脑海中突然浮现出今早上选修课的场景。她揪起衣袖放到鼻尖闻了闻，慢吞吞地转过身，看见人还在原地。

贺随拧动钥匙，正准备离开，抬头发现女孩儿又转身走了过来。

姜稚月松开紧抿的嘴唇，郑重其事地抬起胳膊问："学长，你闻闻有味道吗？"

凉风包裹着静谧的夜色，无声的沉默渐渐渗透进两人对视的目光里。

姜稚月绷着小脸，非常有仪式感地将干净的衣袖送到他面前。

贺随吸了下沉重的鼻子，连风都进不来，更别说闻气味了。但对方的表情过于认真，他沉默着不说话，仿佛是对信女的一种亵渎。

回去该问问姜别，他妹妹是不是信什么教。

末了，他的余光瞥见了经过的人手中拎着的夜宵。

姜稚月一本正经地问："学长，你闻到了吗？"

贺随舌尖顶到上颚，点头道："麻辣烫。"

姜稚月怔愣一下，眼睛慢慢睁大。

贺随一副丝毫不像开玩笑的样子说："南苑餐厅的麻辣烫。"

姜稚月："……"

南苑餐厅的麻辣烫一向以味道重出名，姜稚月回到宿舍换上睡衣，揪着衬衫闻了又闻。她早上的确去南苑吃的饭，难不成沾上了味道，只是她闻不出来？

几个舍友各干各的事儿，陆皎皎突然注意到她奇怪的举动问："稚月，你在闻什么？"她好奇道："新买的香水吗？"

姜稚月摇头，从床底抽出洗衣盆到阳台洗衣服，手中的洗衣液一遍又一遍地添加。最后，她决定丢掉这件衬衫。

贺随怕感冒传染给舍友，晚上他回了家。一进门，抱在一起看电视的老夫老妻面露尴尬，依依不舍地松开了彼此。

贺随装作没看见，换下鞋往楼上走。

蒋媛起身，看出儿子面色不好，关切地问："生病了？吃药了吗？"

"吃过了。"他恹恹地耷拉眼皮说，"我先上去休息了。"

蒋媛今早在课上看到儿子，不承想是在替舍友上课。

贺随也想起了这事，说："妈，林桤这学期选了你的课。"

蒋媛记得那孩子，他们宿舍四个人家庭条件都不错。但林桤大一后父母离了婚，他跟着母亲，生活一下子拮据起来。本打算大四出国进修，如今只能靠学校里为数不多的公费名额出去。

蒋媛叹口气说："学生会的事务再繁忙，也不能耽误上课啊。下不为例，记住了？"

贺随有种被超度的错觉，终于不用花时间再替林桤上课。

可不知怎的，脑袋里一闪而过小姑娘那张娇俏的脸，突然就犹豫起来。

周三早上没课，姜稚月却需要去广播室值班，因为晨间电台只有她一个广播员。团委老师认为应物尽其用，不需要安排过多的人手。

因为没多少人听，如果累了，允许她偷懒。于是今早姜稚月将一首背景音乐循环到尾，而她就趴在工作台上补觉。

陆皎皎抽到火锅城的优惠券，打算邀请宿舍里的人去吃一顿。开学以来四个女生没有集体出动过，合照也没拍过一次，其他人纷纷赞同。

姜稚月回到宿舍爬上床，打算先补一觉。

舍长分发学生会的报名表，递上去时问："稚月，你打算报院会还是校会？"

姜稚月想了两秒说："校会吧，德育分高。"

自打开学以来，姜稚月每逢活动都积极参加，堪称学院的模范。九月份的德育分表公布，她的名字位列第一，且与第二名拉开了十五分的分差。

A大的奖学金评定与国外交换生申请，皆以学习成绩与德育分为标准。拼死拼活赚取德育分的人，要么是看重了补助，要么是想公费出国读书。

相处了一个月，四个姑娘将彼此的脾气、性格摸得清清楚楚，姜稚月的吃穿用和旁人简直不是一个档次。虽然她不故意炫耀，但单从她用的化妆品和护肤品上就能看出，她不是经济困难的人。那她拼死拼活地赚分，就只有剩下的一种可能。

舍长好奇地问："你是想出国交换吗？"

姜稚月总不能说是为了每个月末掏出金灿灿的得分表，甩在姜别的脸上亮瞎他的钛合金狗眼，以换取下个月的生活费。这样会显得她和亲爱的哥哥，只存在金钱上的交易。作为交易的前提，她需要不辞辛劳地参加各项活动。

姜稚月打开姜别的对话框，试探地发过去一个"？"。

果不其然，消息框前显示红色的"！"。

她哥哥的举动充分证明了一句话：我傲归我傲，你傲就该在黑名单里摇摆。

姜稚月收起手机，咬紧牙关挤出了两句话："我哥要结婚。

"但他没钱，我想用奖学金资助他。"

舍长万万没想到会是这种理由，眼神中流露出几分同情。

姜稚月垂下长睫，轻叹一口气说："要是媳妇跑了，谁还会要他呢。"

学生会纳新宣讲会与专业课时间冲突，姜稚月和舍友们赶到会场时宣讲会已经结束。每个部门的纳新棚前都聚集着一堆新生，放眼望去，几乎没有她们可以容身的地方。

申城的气温忽高忽低，秋老虎席卷，吓跑了前几天的冷空气。

姜稚月拉着陆皎皎的袖子，被正午的太阳晒得蔫巴巴的。她眯起眼扫视一眼周围，最前面的棚子零零散散地坐了三个人，桌子上摆着纸桌牌，上书"主席团"三个大字。相比其他部的热闹，那个地方过分冷清了。

戴金边眼镜的学长不停地翻弄报名表，他旁边的人更像是来凑热闹的。大热天穿卫衣，站在那儿十分钟不见流汗。终于，这种无所事事的闲散态度惹恼了大忙人。

坐着的男生卷起报名表，"啪"一下抡到旁边那个屁股上。屁股的主人低下头，嘴唇离开矿泉水瓶的口，唇瓣浸染着水光，在阳光的映衬下像半熟的红樱桃。

姜稚月无意识地抿起嘴唇，直觉告诉她 Bking 林的唇色，比她这个女生的还要红。

贺随去年退了学生会，今天被林桤叫来撑场子。刚开始许多小学妹跑来问东问西的，他耐心回答了几个，最后林桤看出了他的不耐烦，让小学妹别去招惹这个不定时炸弹。

贺随单手撑着桌沿，目光从远处的棚顶慢慢收回，在途经某个地方时停下了。刚好和小姑娘意犹未尽的视线在空中撞上，他挑起眉梢，颔首表示打过了招呼。

姜稚月也点了点头，发顶竖起的一根呆毛，随着动作晃了两下。

秘书处报名的人实在太多了，姜稚月借了支笔，把秘书处改成了卫生部，然后大步迈进了旁边空荡的棚子。　瞧，坐在里面的也是熟人。

宋学长同样是被叫来帮忙的，可惜没几个人愿意报卫生部。他旁边的卫生部部长身形庞大，加菲猫似的窝在旁边打盹。

姜稚月算是明白了，每一个成功但慵懒的男人背后，一定有一个勤奋的男人。

宋昀问："要报卫生部吗？"

姜稚月递过去报名表说："是呢，只填了一个志愿。"

宋昀被女孩儿明媚的笑容晃得不好意思，低下头，用手肘拐了下熟睡的"加菲猫"说："醒醒，来人了。"

"加菲猫"猛地坐起来，条件反射道："对不起，老师，我不是故意睡觉的。"

眼前这个慵懒的猫科动物委实不太像部长，姜稚月眨眨眼问："您是卫生部部长？"

"加菲猫"松口气，推了下眼镜说："你要报卫生部是吧，来这儿签个名留下联系方式。"

姜稚月还是感觉"加菲猫"不太靠谱儿的样子，求助地看向比较靠谱儿的宋昀。

宋昀成功接收到信息，偷偷凑过来说："卫生部的人基本都走了，就留下一个，直接升职。"

姜稚月俯身签上名，"加菲猫"笑眯眯道："学妹，面试的时候再见呀。"

宋昀"啧"了一声，等眼前的女孩儿转身后，才说："收起你色眯眯的表情，别吓坏她了。"

"加菲猫"看着女孩儿又长又直的两条腿，难以移开眼，在瞪直的眼珠马上要掉下来时，一顶帽子从天而降遮住了他的视野。

身后传来一个又冷又淡、格外降燥的声音："报名表。"

贺随越过他伸手拿起表格，右上角贴着一寸照片，女生笑眼弯弯的模样格外讨喜。

"加菲猫"拉下那顶送给贺随的帽子问："随宝，这帽子你不喜欢吗？"

贺随吝啬地施舍给他一个眼神说："绿帽子。"

"加菲猫"说："反正你又不谈女朋友，没关系的。"

贺随没再搭理他，"加菲猫"站起来提醒他别忘了下午聚餐。他抬起那只拿着报名表的手挥了两下，纸张"哗啦哗啦"地发出清脆的响声。

贺随走出两步，发现有一个化学系的学弟紧随其后。

宋昀挠了挠后脑勺，欲言又止地看着他。这与半个小时前那些小学妹问他问题时的羞涩表情高度相似。

两人之间短暂地安静了一瞬。

宋昀及时出声打破这一度跑偏的尴尬说："学长，那个报名表能先借我看一下吗？我想加个联系方式。"

贺随微微眯了眯眼，想起姜别那句帮他妹妹挡烂桃花的嘱托，捏报名表的手指加重了力道。看吧，烂桃花找上她的门了，还不能装成没看见。

不过，也不一定是烂桃花。贺随想了想，掏出手机找出姜别的微信二维码说："加吧。"

宋昀一愣怔，盯着二维码中央的头像，一看就是男生的微信号。

贺随耐住性子重复道："你不是要联系方式吗？"

宋昀嘴唇哆嗦着，拒绝也不是，答应也为难。

"学长，我想要的……"是姜稚月的微信号。

随着周围气压越来越低沉，宋昀后半句话咽回嗓子眼儿，哆嗦着手扫描二维码，在贺随学长"和蔼可亲"的目光下点击添加联系人。"叮咚——"

"我通过了你的朋友验证请求，现在我们可以开始聊天了。"

宋昀："……"

火锅城人声鼎沸，正午不少拿着优惠券过来吃饭的小情侣，在店门口排起长龙。

陆皎皎过去问了排队的人数，犹豫地转过头说："前面有三十桌，我们还要等吗？"

姜稚月没意见，侧头看另外两个舍友。

舍长理所当然道："反正都出来了，要不咱们等等吧。"

陆皎皎接过前台小姐姐开出的排号单，拉开空闲的椅子和她们面对面坐下。她又朝店内看了眼，这才凑过来说："隔壁宿舍的那个同学在这儿打工。"

舍长是个直率的北方人，外加典型的白羊座，还没摸清陆皎皎话中的深意，就接话道："你们打算去兼职吗？我爸说大学还是好好学习比较重要。"

陆皎皎拉住她的胳膊让她小点儿声："不是啦，我是听隔壁的朋友说，她家的情况非常不好。"

舍长和另一个舍友面面相觑两秒，将视线投向一旁无言的女孩儿。

火锅店外悬挂着张扬的复古红灯笼，这时暖色的光线落下，把女孩儿衬得越发唇红齿白，柔暖的光束聚在她脸颊上的梨窝里，像酿了一汪醉人的酒。

陆皎皎伸手戳了戳她的梨窝说："稚月，你长成这样，你哥哥应该也不丑吧？"

话题不知怎么转移到她身上了，姜稚月对上三个女孩儿闪烁的眼神，莫名想到了午夜的母狼。她默默带着椅子往后退了一步说："别想了，我性取向正常。"

姜稚月刚刚收到导演李哥的消息，说下午两点钟在录音棚选角，问她有没有时间去一趟。

李哥又发来消息催她，这次顺道发来了录音棚的地址。

姜稚月打开导航，显示距离火锅城一千米左右，走过去再加上试个音，来回不过半个小时。她按灭手机，告知各位狼同胞道："姐妹们，我出去办件事，很快就回来。"

舍长听她的描述，很像撸起袖子要去跟人干架，忙热心地说："需不需要我们陪你一起？"

姜稚月笑眼弯弯地说："不用啦，我自己可以的！"

录音棚位于附近写字楼的十八层，姜稚月跟着导航走进写字楼，进入电梯。楼内不似外面光鲜，到处是污物与搬家用的纸箱。

到达十八层，电梯门缓缓敞开。

也许是误闯了公司的格子间，正在讨论方案的女白领转身打量着她。

姜稚月收回踏出去的脚，回到电梯内确认楼层。没错啊，就是这儿。

她不动声色地走出电梯，机械地摆动脑袋，完全没看见录音棚在哪儿。

或许是她的行为过于奇怪，穿西装套裙的女人走过来问："小妹妹，你找谁啊？"

姜稚月身高一米六五，但面前的人净身高起码一米七，再踩上五公分的高跟鞋，头仿佛扎进了一片空气质量不是那么好的区域，所以才会用对待小孩儿迷路的语气询问她。

姜稚月用一种极其郑重且严肃的口吻，如实说："我找录音棚。"

女人一怔问："什么？"

"就是一个奇怪的房间。"

女人的脸色变得很快，表情中多了一抹兴味盎然说："哦，那个房间啊，你跟我来吧。"

姜稚月跟着她横穿过格子间，左拐右绕地进入隐蔽的区域。走廊尽头阴森恐怖，安全通道的指示牌闪着绿色的光。

女人停在某个房间门口，冲她露出只可意会不可言传的眼神，然后慢慢拉开一个狭小的门缝问："你听听，是这个房间吗？"

录音棚采用了上乘的隔音设备，门一打开，里面的声音争先恐后地涌了出来。

李哥有个怪癖，喜欢让配音的人站在他面前读一遍，若是满意才放进录音棚。此刻，一个试音的小姑娘正扯着嗓子喊道："哥哥，不要……不要这样。"

姜稚月似乎理解了刚才女人的那个眼神，难道这是地下小黄片的拍摄现场？

女孩儿的声音太甜腻了，缺少识别度。李哥掏了下耳朵让她停，毫不留情地开掉道："你给我叫春呢？"

姜稚月道谢后，面无表情地推门而入。在女人好奇的目光下，又轻手轻脚地关上了门。

李哥瞧见她忙说："来来，小月牙，你给她示范一遍。"

姜稚月想到那句羞耻的台词，顿了顿。她强忍着嘴角的抽搐，憋出了一句话："李哥，我不会叫春呢。"

给李哥的上一部作品做了一个月的后期配音，姜稚月人美声甜，和棚子里的工作人员相处得不错。特别是李哥，他偏爱塑造性强的声音，即便姜稚月没接受过正规的台词与气口训练，他也不厌其烦地指导她。只是人一久处，本性渐渐暴露。李哥嘴毒又欠，一旦出现失误难免会被他训斥得满地找牙。

旁边的小姑娘大气不敢出一声，眼眶有些红，小心翼翼地瞧着李哥的脸色说："李导，再给我一次机会吧。"

李哥招呼来助理，拿过飞页给姜稚月，依旧是妹妹的角色。不过，这次的臭妹妹叛逆不服管，试的这场戏是她和哥哥吵架，气息要飙到头盖骨发麻。

姜稚月在旁边熟悉台词，等里面男女主角的配音演员出了收音室，她暗自稳了下心神，推门走了进去。

姜稚月很少会和姜别吵到脸红，一般都是姜别中途退出聊天。

第一次的情感把握不太对，李哥打手势让她调整情绪再来一遍。

姜稚月闭上眼，脑海中上演了一出大戏：姜别要结婚，但他没有钱。家里破了产，他偏要把她卖了换钱。火车站月台，人贩子捆住她的手往车里拽，而一旁的姜别竟然在数钱！

姜稚月的气息猛地聚集到了天灵盖，她睁开眼，声音中带着质问与压抑的哭腔。

李哥没料到她的情绪来得那么突然，站在控制室里差点儿泪奔：这是他教出来的好徒弟！

试音结束，李哥当场定下姜稚月。助理瞄了眼身后的姑娘说："李哥，这是副导推荐来的，直接打发掉不太好吧？"

李哥敷衍道："那你看看有没有群杂。"

正式配音是在十二月份，姜稚月签合同时留意到了报酬，比上次的那部翻了两倍。

李哥解释说："这部戏是大制作，报酬上哥不会亏待你。"

姜稚月签完字，表情带着点儿小纠结和小犹豫地说："李哥，我当然知道你不会亏待我的。"话既然已说出口，她摆出个自认为不会被揍得很惨，又格外委屈的对手指的手势："就是，能不能先预支我一小部分？"

李哥的呼吸突然滞住了，他抬眉问："缺钱了？"

姜稚月囊中羞涩，卡里的钱最多能撑一周。

李哥阴恻恻地笑了下，一只手拎起小姑娘挂在臂弯的包包，又瞟了眼她的手链说："包三千，手链五千，你这个人……"

姜稚月环胸做出防卫的姿态说："别搞我，没结果。"

李哥啧声说："除了你这个人，浑身上下都挺值钱的。"

姜稚月无言以对，抬手装模作样地抖落衣服上不存在的尘埃，保留住最后一点儿颜面，昂首阔步地离开了录音棚。

赶回火锅城，前面排队的人少了大半。两点零五分时，四个小姑娘终于走进火锅店坐下。空气中弥漫着辛辣的味道，辣锅开始咕嘟冒热气，舍长把手边的一盘羊肉扔进了锅里。

陆皎皎是典型的南方人，弄了两盘蘸料，芝麻酱上漂着一层红彤彤的辣椒油。

姜稚月还没弄蘸料，走到了摆放空碗碟的餐具台前蹲下。身边站着几个牛高马大的男生，她尽量放低重心，在手指将要碰到碗碟的前一秒，两条粗壮的腿朝她袭来。

那人也没预料到身后有人，肥硕的身体一个趔趄，手中的碗碟直接掉转九十度，里面的芝麻酱"啪"一下拍在了女孩儿的头顶上。

姜稚月愣住了，一股凉意顺着发际线蔓延开，浓稠的酱汁将她额前的刘海儿归拢在一起，并顺着发梢往下滑落。她的手还搭在空碗碟旁，一时没能收回来。

事故发生得太突然了，周围的人愣愣地看着蹲在地上的女孩儿。

终于，蘸料的主人讪讪开口道："同学，你没事吧？"

芝麻酱已经滑过鼻梁骨到达鼻尖，姜稚月屏息伸手捻起挂在刘海儿上的香菜叶子，慢慢地抬起头说："你说呢，朋友？"

眼前的朋友身穿荧光黄上衣，圆脸盘，中午刚见过。"加菲猫"离开学校，就成了不服管的"小杰瑞"。

姜稚月忍下一口气，嘴边挤出笑道："真巧啊，学长。"

"加菲猫"露出恍然大悟的表情，然而再如何恍然大悟，也无法挽救几分钟前酿成的惨案。陆皎皎她们闻声过来，看见眼前这一幕惊呆在了原地，甚至不知该如何出手帮忙。

姜稚月抽出纸巾准备清理一下头发，对陆皎皎她们说："你们站着别动，我自己来。"她把纸巾按在头顶，又顺手撸了一把，酱汁所过之处呈现出一种泥土黄。

场面过于惨不忍睹，陆皎皎低低地"噫"了一声说："稚月，要不我陪你去卫生间洗洗？"

姜稚月扔掉纸巾，转头打量舍友们的衣服，没有一件带帽子的。她怎么回去，还真是个问题，总不能顶着一头秘制火锅蘸酱上街接受路人的注目礼吧。

"学长，你能把衣服借我用用吗？"

按理说，良心尚存的人都不会拒绝，但"加菲猫"学长却犹豫了。他嫌弃地看了眼女孩儿的头发说："学妹，你等下，我去帮你借件外套。"

没过半分钟，"加菲猫"将一件黑色的连帽开衫郑重其事地交到她手里说："学妹，这件衣服好看。"

姜稚月打量半秒，不仅好看，而且贵。

"加菲猫"爽快大方地拍着她的肩膀说："不管你是当毛巾用还是穿走，学长都没意见。"

看来是泯灭的人性回光返照了。姜稚月默不作声地套上衣服，对陆皎皎她们说："我先回宿舍了，你们吃。"

"加菲猫"学长非常好心地帮她戴上了帽子。

其实，谁都看得出姜稚月隐忍的怒意。她不当场发作不光是为了给学长留面子，更是因为陆皎皎，她清楚地看到了好友眼底跳跃的火苗。

姜稚月前脚走出火锅店的大门，贺随后脚就出了包厢。打眼望去，他被好友借走的那件衣服套在了一个女孩儿身上，而这个女孩儿的背影他似曾相识。

女孩儿走出火锅店大门，煞有介事地转身对着火锅店拍了张照片。

同时，贺随看清了她的脸。小姑娘卷翘的睫毛上都是芝麻酱，她抿直的唇线无意间透露出临近爆表的愤怒心情。

贺随目光扫过餐具台前的满地狼藉问："怎么回事？"

"加菲猫"挠了挠眉毛说："嘻，就是不小心把一盘火锅蘸酱倒在了一个小学妹的头上。"

听完，贺随也大步跨出了火锅店。

姜稚月觉察出背后有人跟着她，但她实在没心情应付对方。那人跟着她下楼，左拐右拐走进了一楼洗手间的过道。

男女共用同一个盥洗池，明亮的镜面映出男生的身影。他站在她身后，狭长的眼漆黑深邃，薄唇微抿着，正通过镜子端详她的模样。

姜稚月好不容易压住的怒意一下蹿上头问："你跟着我干什么？"她的表情称不上友好，语气更是明显不悦。

贺随抬眼，下巴点了点她身上的衣服说："我的外套。"

姜稚月深吸一口气，脱下衣服，要递回去时看到被弄脏的帽子说："抱歉，我会洗干净还给您。"

贺随这才看清她是有多狼狈，头顶上的芝麻酱混杂着红油，经过自然风干结块粘在发丝上。清秀的小脸上乌云密布，分分钟就可能电闪雷鸣。

　　姜稚月打开水龙头洗脸，微凉的水从脸上拂过，她心底的愤怒，也渐渐消减了。等她简单处理完头上的油污后，旁边的男生早已不知所终。刚才她极力控制情绪，但怒火还是不自觉地泄露出来，两三星火足以燎原。

　　姜稚月又觉得这样很不好，她对着镜子鼓起腮帮，稍稍用力拍了两下脸颊，然后挤出一个笑，试图将剩余的郁闷排遣掉。

　　姜稚月走出洗手间，迎面撞上了两个人。消失不过十分钟的 Bking 林拎着"加菲猫"后颈的衣服，看她出来才松开手。

　　"加菲猫"瞄了眼对面的人，随后九十度鞠躬道歉道："抱歉啊学妹，刚才是我不对。"

　　姜稚月一愣，恍惚应道："哦，没事。"

　　"加菲猫"离开后，贺随也没打算多留。转身刚迈出一步，身后的女孩儿叫住了他。

　　姜稚月快走两步到他身边，郑重又认真地问："学长，是你让他来道歉的？"

　　贺随低低"嗯"了声，神情寡淡，声音却很柔和地说："你不是生气了吗？"

　　"但是……"

　　在场的人都没看出她到底在气什么，被泼一头芝麻酱这事，搁谁身上都不会开心。她只是单纯地想得到个道歉，但"加菲猫"学长自始至终没开口说一句"对不起"。

　　姜稚月揪住衣摆，话绕到嘴边又咽了回去。过程好像不重要了，她想要的结果已经得到了。

　　贺随看她的小动作，唇边翘起一个小弧度问："怎么，还想让我闻闻你是什么味儿？"

　　姜稚月下意识地捂住脑袋，往后退了两步说："不了，告辞！"

　　姜稚月回到宿舍快速地洗了澡，她把 Bking 林的衣服洗干净，小心地抖开上面的褶皱挂在阳台上。

　　陆皎皎她们回来时，听见她在阳台上哼着小调，不解地问："稚月，你不会被气傻了吧？"

　　"奶茶，全糖的。"舍长递上安抚奶茶说，"人在街上走都能被锅砸，你这不算啥！"

　　姜稚月揪起一缕头发让舍友挨个闻了一遍，确定没有芝麻酱的味道后，才安心地爬上床。

第二天下午四点，学生会进行第一轮面试，地点定在大学生活动中心三楼。姜稚月简单化了个淡妆，便和武装齐全的舍友们一起出门了。

据知情人透露，秘书处选人会看颜值，而报名人数不多的卫生部，则是看运气。

三楼大厅处，按照部门整齐地排成了五列纵队。站在最前面的同学，手拿相应部门的指示牌，大二的干事拿着报名表正一个一个地核对信息。

姜稚月找到卫生部的队伍站了进去，前面有三男一女。女生扎高马尾，露出光洁的额头，皮肤呈健康的小麦色，她捧着手机在默念《面试准则一百条》。

一个干事过来叫人："梁黎准备一下，302 房间，别走错了。"

女生像突然被踩住尾巴的兔子，惊恐地看向点名的学姐说："知……知道了。"

姜稚月的舍长给她打听过卫生部每年的招新人数，说是八人成团。他们这才五个人，完全没必要这么紧张吧。姜稚月看女生的肩膀微微颤抖，脸色煞白，想跟她说句"放轻松"之类的话，动了动嘴话还没出口，眼前的人已经同手同脚地迈开步子走向面试教室。

约莫是时间不够，梁黎刚进去没几分钟，一个干事走出来示意卫生部剩下的人一块进去。

"不是吧，这要群面吗？"

"我咋觉得上面的意思是一块处理了我们这些垃圾？"

两个男生叽叽喳喳个不停，猜测着里面那群人的想法。

从站在大厅的那一刻开始，姜稚月就在看李哥发来的戏本。每个月固定的练习作业，她需要揣摩各个人物的心理状态，选择适当的情绪给角色配音。所以一直到进门前，她的目光都没离开手机屏幕。进门的后一秒，眼神呈现放空状态。

梁黎站在教室中央，拘谨地双手交握着放在身前。下面坐着七八个人，除了佛系的卫生部部长，其余的都是主席团的精英。

姜稚月终于看到了"加菲猫"的真实姓名——毛杰，原来是加菲猫和小杰瑞的混血儿。

部长似乎感受到了气氛的尴尬，清了清嗓子开口让大家做自我介绍。

但这个自我介绍并不简单，主席团会根据每个人所说的内容进行追问，所以当第一个男生说特长是"特别爱笑"的时候，毛杰出了一个异常苛刻的题目。他指了指主席团最右侧靠窗的人，露出一个和蔼的笑说："试试你的笑能不能感染到他。"

靠窗的人随话音转过头，眼神波澜不惊，视线扫过站成一排的面试者，经过最后一个女生时，唇线稍微上翘地露出罕见的笑意。

姜稚月嘴角轻抿，耳垂有些发热，她下意识地别开视线，看向"加菲猫"狡黠的脸。

毛杰催促道："你站在那儿干啥？过去啊。"

男生挤出个比哭还难看的笑，磨磨蹭蹭地走到贺随面前时，嘴角开始抽搐。

平心而论，男生长得白净清秀，放在某种小说中一定是个非常招人喜欢的可人儿。奈何对面是个面瘫，无论他怎么笑，对方的嘴角都拉得平直，甚至有下耷的趋势。

贺随放在桌上的手机屏幕亮起，他垂下眼帘，声音干净低沉地说："抱歉，我先看个消息。"

男生顶不住，主动认输，一声不吭地回到了队里。

姜稚月最后一个介绍，她言简意赅道："姜稚月，新闻学。"这介绍简洁明了，非常符合一个酷女孩儿的人设。

毛杰对小学妹的愧疚之心苏醒，对她没有多加为难。他身边的秘书长翻动简历，抬头看向她问："爱好或特长有吗？"

姜稚月点头，吐字清晰地回应道："配音。"

秘书长问："可以详细说一下吗？"

姜稚月笑得乖巧地说："就是一种口技。"

此话一出，在场的几个男生憋不住笑出了声，"加菲猫"笑得最厉害，一直拿眼神和最右侧的好友交流，但贺随不搭茬儿。

秘书长领悟到他们的污言秽语，忍着笑说："我们公平点儿，你就帮那位学长配个音，让我们领略一下好吧？"

姜稚月机械地转过头，对上男生漆黑的眼瞳。两个人的视线在空中轻轻撞了一下，她清楚地捕捉到了男生眼底的意味深长。下一秒，她的脑海中自动响起背景音乐——

"我是最酷的 Bking，感受我酷炫的目光。"

"如果我是 Bking，你会爱我吗？你会爱我吗？"

姜稚月小幅度咽了咽口水说："其实，我也挺爱笑的。"

秘书长一愣，随即明白了她的意思问："那你是想尝试上一个挑战？"

姜稚月故作羞赧，伸手撩起耳畔的碎发别至耳后问："可以吗？"

秘书长左右看了看同伴说："我们没意见，你得问本人。"

自面试开始，宛如一尊雕塑坐在那儿的新晋沉思者贺随，慢条斯理地叩了下桌面，薄唇微启说："好啊。"

姜稚月走到他面前，露出个自认为亲和力十足的微笑。

小姑娘笑眼弯起，天生的微笑唇弯出一道柔和的弧，贺随心中有了新的主意，他想看看她会怎么办。只见，他嘴角绷直，俯身向前，手肘抵住桌面，两人之间的距离瞬间拉近了。

姜稚月猝不及防受到美颜暴击一万点伤害，心脏跳动的频率快了几拍。她眨眨眼，长睫颤动，默不作声地把他这张脸打量了许多遍。

应该不是个面瘫呀。她一抬手，眼睛直勾勾地盯着他，慢吞吞地把手臂移到他脑袋旁边，然后轻轻捏住了他的耳垂。

姜稚月软着声音说："学长，你笑一下嘛，我都帮你按开关了。"

女孩儿的指腹温热，贴在他的耳垂处，有种不容忽视的感觉。

众人简直要被惊掉下巴，讶异于贺随今天的反常。前几天一女生"玷污"了他的车后座被拎住衣服领子扔开的消息，在学校论坛飘了好几天。今天他竟然允许小学妹碰他的耳垂。

比起他们心中掀起的惊涛骇浪，贺随本人却是气定神闲地坐在那儿。他屈起的手指慢慢松开，长而浓密的睫毛像随风飘落的羽毛，从姜稚月的心尖缓缓扫过。

"你想让我怎么笑？"他挑起眉梢，一副格外好说话的样子。

姜稚月稳住心绪说："就，随便笑一下。"

贺随唇角微启，笑容淡淡，声音轻柔地说："我笑过了，你可以松手了？"

姜稚月忙不迭地松开捏住他耳垂的那只手，做贼心虚似的把手藏到身后，一溜烟儿跑回了队里。

面试结束，所有人离开教室。

姜稚月还没缓过神，捏过 Bking 耳垂的手指蜷起，指甲掐了下柔软的指腹，趁所有人不注意的时候重重叹了口气。酷女孩儿的人设没有立成，反倒在 Bking 面前翻了车。

第二口气还没叹完，身后有人用一根手指头戳了戳她的肩膀。

梁黎看着她欲言又止，思忖了几秒说："我是新闻二班的梁黎，你好呀。"

姜稚月一时没有反应过来，简单回了句"你也是新闻学的，好巧哦"。两个班经常一起上限选课，可姜稚月对她却没有一点儿印象。

梁黎说："刚刚你好厉害啊，那个学长看起来不太好惹的样子。"

话音刚落，不太好惹的学长就推门而出。不知道有没有听到她这句话，反正梁黎本人是被吓得呆在了原地。

贺随静静地站在教室门口，冲姜稚月抬起下巴说："过来。"

过来？——听听这唤小狗的语气。姜稚月看在他帮了自己的分儿上，心不甘情不愿地走过去说："学长，你的衣服我等下周上选修课时还你，可以吗？"

贺随答非所问地说："刚才那招儿谁教你的？"

姜稚月莫名心虚，她挠了下头，抬脸看向他说："我哥哥小时候养了只不爱笑的腊肠狗，只要一捏它的耳朵它就吐舌头笑。"简而言之，一切都是我哥的功劳。

好一手甩锅的本领，贺随真该录下来放给姜别听。他磨了磨后槽牙，突然上前一步，冷冽的木质香蹿进了姜稚月的鼻腔。

等她回过神来，男生细长的手指已捏住了她左边的耳垂。姜稚月条件反射地缩起了脖颈儿。

没过几秒，贺随松开手，看她没有想象中不悦，嘴角微微上翘说道："扯平了。"

姜稚月一脸无语，心想：是你当狗我也当狗，于是我们两个就扯平了吗？她紧抿住嘴唇，生怕嘴皮子再一秃噜进出不好听的话。

负责午后电台的广播员最近告假，团委老师便安排其他广播员轮值。今天轮到姜稚月，她却忘了。

午睡睡到下午三点，她摸到手机一看，午后电台负责人快把她的手机打爆了。她赶紧打开铃声。唉，手机时刻静音，真的不是一个好习惯。

陆皎皎睡眠质量不好，听到姜稚月起身下床发出轻微的声音，她就睡眼惺忪地爬了起来。

姜稚月快速收拾东西说："吵醒你了？我得去值班，马上就走。"

陆皎皎看了眼时间，盘腿坐在床上看着好友忙碌的身影说："稚月，你累不累呀？过段时间入了学生会，你还有时间睡觉吗？"

"卫生部的工作不忙，放心啦。"说完，姜稚月拎起包离开了宿舍。出门不过五分钟，被遗忘在床上的手机铃声乍响。

陆皎皎拿起手机，来电显示：哥哥。她挂断电话，正准备给对方回个短信说姜稚月不在，又一通电话打了过来。

陆皎皎迫不得已接起说："您好！我是稚月的同学，她把手机落在宿舍了，等她回来我会让她给您回电话。"

姜别顿了下，声音温和地说："回电话就不用了。麻烦你转告她，以后别接一些有的没的的活儿。"

陆皎皎一听，脑海中闪过姜稚月辛苦参加活动忙碌奔波的身影。心想：她这么辛苦为的是谁？还不是自己没本事，要用妹妹的奖学金结婚的哥哥！

她替好友觉得不满，思考良久稍加劝导道："您是稚月的哥哥，她是为了您能结婚才跑这么多活动的，我觉得您需要体谅她。"

姜别一时难以摸清到底发生了什么事。他虽然成年了，但至今单身，更没有在未来某个节点闪婚的打算。

陆皎皎耐心地给他讲述了从开学以来，姜稚月如何辛苦赚取德育分的励志故事，最后再次强调说："都是为了您能结婚哦。"

此时，坐在广播室中的姜稚月连打了两个喷嚏，身边的临时搭档递过来一个关心的眼神。

姜稚月挥挥手表示自己没事，打开麦继续读手中的稿件。

午后电台的工作量比晨间多了许多倍，光是手里的社会新闻头条，一整版念下来，她的嗓子就受不住了。

身旁的男生以前专门学过播音，保证吐字清晰的同时，还能趁机找到空隙休整嗓子。

节目结束，姜稚月静坐在座位上喝水。她打算点一杯奶茶犒劳自己的嗓子，手指伸进口袋，里面空空如也。

当她带着"手机去哪里了"的疑惑回到宿舍，在床上找到手机时，看见屏幕上弹出了一条"请收款"的微信转账消息。

姜别给她转了五千元。

姜稚月松了一口气，准备给亲爱的哥哥发送感谢信，顺便享受一下走出黑名单的愉悦。消息发出两秒钟后，消息框前再次显示一个红色的感叹号。也就是说，姜别给她转账成功后，又把她拉进了黑名单。这一通骚操作，让她有些摸不着头脑。

陆皎皎走出卫生间，站在她身后，犹豫了一下说："稚月，你哥哥打来电话，我帮你接了。"

姜稚月不介意，甚至没把姜别再次拉黑她的原因往这上面想，然后说："没事。"

陆皎皎舔了下嘴唇说："然后我想让他自立自强，不要用你的奖学金。"

"结果他让我转告你一句话，"她压低声音，惟妙惟肖地模仿着姜别说话的语气说，"姜稚月，等我下个月回来，你就完蛋了哦。"

姜稚月睁大眼睛，瘫倒在床上说："完了，我死定了。"

第二章

甜度加载 10%

十月中旬，秋意渐浓，寒风拂过满地落叶，悄无声息地从各个看不见的缝隙钻进来。姜稚月缩回被子外的胳膊，从床头摸出手机看了眼时间。宿舍里只有她一个人需要爬起来去上课，她蜷缩在被窝里醒了醒神，等到闹钟响起，她才认命地爬起来。洗漱完，简单地拾掇了一下自己的脸。姜稚月把阳台上挂着的外套叠好放进纸袋，轻手轻脚地离开了宿舍。

有了上一次的经验，她在餐厅慢悠悠地吃完饭，踩着上课的铃声进入教室。最后一排剩下两个座位，她过去坐好，用 5.0 的视力满教室搜寻那个好看的后脑勺。确定衣服的主人还不在场，姜稚月善解人意地往里挪个座位。没过半刻，西装革履的男老师走进教室，开口询问道："是公共日语的选修课吗？"

前排的女生点头说是，他才把书放到桌上说："你们蒋老师临时有事，我帮她代节课。哦，对了，我们先点个名，你们蒋老师吩咐的。"

底下又是一阵唏嘘声，出于对蒋教授认真负责的赞叹。

姜稚月的余光不由自主地瞄向后门，随时注意熟悉的身影是否出现。她无意间神经紧绷，当听到老师念"林桤"时，绷得最紧的那根弦"啪"的一声断了。

讲台上，男老师抬起头问："林桤不在吗？向老师请假了吗？"

姜稚月双手攥拳，在心底纠结是替 Bking 林打掩护蒙混过去，还是装作不熟无视这种尴尬的情况。随后她看了眼身边的衣服，又想起前不久捏过的耳垂。在男老师准备做记录的前一秒，她高高举起手说："老师，他在厕所，马上就回来。"

老师审视了她几秒，他见过太多以上厕所为由旷课的学生了，实在不可轻易相信。大概是姜稚月的表情太过认真，老师最后信了，说道："好，我知道了。"

课程到中段，Bking 林依旧没有出现。老师在让同学们自由朗读的间隙，还时不时低头打量花名册。

吸取了上次蒋教授点名的教训，今天翘课的人不多。准确地说，只有Bking 林一个人。姜稚月咬了咬嘴唇，不断告诉自己能做的都做了，至于是翻车还是平稳驾驶要看当事人的技术。

一直到下课，Bking 林还是没有出现。男老师双手撑在讲桌边沿，往下看了眼说："林桤还没到，是吧？"

姜稚月趴在桌上，试图挡住从四面八方袭来的目光。她看见老师在花名册上面写字，一笔一画都像针一样戳在她的心上。

Bking 林帮了她这么多次，而她首次"救英雄"就翻了车。蒋教授那么重视出勤，期末的分数中考勤肯定占了很大部分，她觉得还可以挽救一下。

姜稚月咽了咽口水，硬着头皮再次举起手说："老师……他还在厕所。"后半句的声音变得很小，明显底气不足，不过她还是强撑着气势和老师对视。

教室里短暂地静了一秒，紧接着是一阵哄堂大笑。老师露出个恍然大悟又意味深长的表情说："哦，两个小时啊，他挺厉害的。"

晚上七点钟，天色完全暗了下来，弯月悬空，月色如霜。

一辆黑色轿车停在男生宿舍楼前，坐在后座的蒋媛把几盒点心递给贺随，让他拿上去给舍友吃。今天老爷子八十大寿，贺随陪父母前去祝寿，身上穿着笔挺的西装，领口打了个绅士无比的温莎结。车厢内空气不流通，他扯开领带，接过东西推门下车。

走到宿舍门口，一阵接一阵的嬉笑声从门缝中挤出。贺随推门而入，目光扫过满地狼藉，又迅速将迈进去的那只脚收了回来。

毛杰被林桤压在床上，圆脸涨成了猪肝色，嘴里嚷嚷道："哈哈哈，造粪机本机，现在谁不知道林大主席在厕所蹲了两个小时？"

贺随静静地站在门口，等里面的两个人消停了，绕过地上的枕头、拖鞋走进去。

林桤坐在床上大口喘着粗气，抬手指着他问："贺随你干什么去了？真的在厕所蹲了两个小时？"

贺随蹲下捡起地上的枕头丢过去，身上穿着西装，整个人的气场格外强大。他递过去一个疑惑的眼神问："你没去上选修课？"

林桤彡毛道："我今天有活动啊，早上九点团建，十分钟前刚回来！"

贺随回忆起今早的场景，两个"呼噜娃"睡得不省人事。他要去给爷爷祝寿，只好把林桤叫起来告诉他这件事。他轻描淡写地道："那我是和狗交代的？"

林桤蒙了一下，断断续续地回想起半梦半醒间，似乎有个温柔的声音告诉他"我今天有事，选修课你自己去"。他瞪大眼，愤愤地拍了拍床铺说："我去，贺随你以后别这么温柔地和我说话了。"

这时，宿舍门被敲响了，隔壁的同学探进来一颗脑袋说："林桤，有个小学妹还你衣服。"

林桤走过去，狐疑地拆开纸袋，一件连帽衫的标志露了出来，这件市值三千多的联名款衣服他可买不起。另外还有杯珍珠奶茶，他又不喜欢喝。

毛杰认出了那件连帽衫，有点儿夙地窝在床上不说话。

林桤抖开衣服，转头道："阿随，这是你的衣服吧？"

贺随脱下西装外套和里面的马甲，从衣柜里取出一件风衣套上。经过林桤身边时，随手带走了那杯奶茶，他问送东西的同学："她走多久了？"

"没多久吧，她在宿舍楼底下给我的，我立马送过来了。"

男生宿舍楼的路灯时好时坏，他记得回来的时候路灯没亮。担心超级·稚月再次上线，贺随快跑几步下了楼。

他走后，隔壁的同学招呼林桤过来，偷偷摸摸掏出了一盒药递过去。

"七哥，肠胃不好就得吃药，蹲两个小时的厕所，你腿不麻吗？"

林桤："……"

贺随从人群中一眼就看到了小姑娘的身影，她的步子迈得谨慎小心，比旁人行动迟缓。他放慢脚步，和她隔着两步远。听到小姑娘一步一叹息，他差点儿就三跪九叩主动忏悔了。贺随盯着她脑后绑的小鬏看了会儿，习惯性地一把抓住了她的衣领。姜稚月被吓了一跳，瞬间转过身，额头一下子撞在了他的胸口上。

贺随没料到她的反应那么剧烈，垂眸低声问道："吓到你了？"

姜稚月从 Bking 林的话中听到了一丝歉意，她忙摇头道："不是，应激反应。"

昏暗的夜色削弱了感官的敏感度，姜稚月根本没发现他们此刻靠得极近。她微抬起头，恰巧对上男生漆黑深邃的眼瞳，从里面她看到了耀眼的星星。心脏猛地一跳，她赶紧后退了一步，眼神慌乱地问："学长，衣服收到了吗？"

贺随低低"嗯"了声说："走吧，送你回去。"

姜稚月正好有事想请教他，便没有推辞。两人并肩走在路上，长久的沉默也丝毫不尴尬，反而更像搭档间的默契配合。

姜稚月掂酌着说辞："学长，你们男生如果小心眼儿起来，应该怎么哄呀？"这句话说得很有水平，准确无误地将他也划进了可能会小心眼儿的范围里。

贺随没多少小心眼儿的朋友，他抬了下眼皮问："男朋友？"

"不是，我哥。"姜稚月咬牙切齿地控诉道，"表面看起来光鲜亮丽，其实是只大尾巴狼。"

她哥——姜别，他的至交好友。贺随收回刚才的想法问："你怎么惹他了？"

姜稚月将结婚梗原封不动地复述了一遍，没有添油加醋，却处处表现出她这个妹妹对哥哥终身大事的关切。一个二十多岁的男人，不谈恋爱不搞对象，是不是哪里有问题？

姜稚月一拍脑门说："哦，对，我记得我妈妈说他有个很好的朋友。"

直觉告诉贺随，这个朋友就是他。

"听说都睡在一起，要不是他出国交换，现在肯定还腻在一起。"

姜稚月笃定地冲他一点头说："一定是因为我猜透了他的秘密。"

几分钟前虚心请教的疑问句，转变为胸有成竹的陈述句。

冷场片刻。

贺随磨了磨后槽牙，面无表情道："按兵不动，晾着他。"

姜稚月半信半疑，眉头皱在了一块。她潜意识里觉得这招对姜别不管用，甚至会加快他想灭了她的行动。

思考了一路，姜稚月决定试着采取 Bking 林提的建议，毕竟男人比女人更了解同类。或许晾他个十天半个月，姜别就乖乖地送上门来讨好她了。

贺随这种添一把火看戏的想法没被小姑娘看破，他自己反倒于心不忍了。他扬声叫住走在前一个台阶上的女孩儿说："姜稚月，其实我不是……"

话说了半截，姜稚月转过身，及时接上他不知如何解释的后话说："学长，我知道的，你不是造粪机。"

贺随顿了几秒，从喉咙里挤出了一个表示疑问的叹词："唔？"

姜稚月明亮有神的眼睛眨动两下说："造成这种不好的舆论，是我的锅。"随后她站在比贺随高两级的台阶上，恭恭敬敬地九十度鞠躬："对不起！林桤学长。"

贺随快要自闭了。

学生会二面的时间安排在周四下午三点，几个舍友陆续收到了短信。姜稚月却迟迟没有接到面试通知，心中难免升腾起一点儿小失落。

舍长拍了拍她的肩膀安慰道："稚月，你别灰心，就当上天心疼你，想让你好好休息。"

姜稚月反复回想一面时的情况，她成功用笑容感染到了 Bking 林。难道是因为捏耳垂让主席团觉得她不尊重学长？

姜稚月脑海中又浮现出男生俯身捏住她耳垂的画面，被触碰过的地方似乎还残留着微凉的触感。她猛地缩起肩膀，试图把 Bking 林的身影驱逐出去。舍长被吓了一跳。

姜稚月的手机振动了一下，她下拉通知栏查看，是学生会的通知短信。

"我收到通知短信了。"

陆皎皎收拾完床铺，下床凑过来想看她的面试教室："你是哪个教室啊？"

二面的地点可以说分散在学校的各个角落，舍长报的新媒体要求拿相机去操场拍落叶。而姜稚月的卫生部则是——

"咦，我被直接录用了？"姜稚月反复读了两遍短信内容，既没有面试时间，也没有地点，最后一句"欢迎加入校学生会"格外扎眼。

她以为卫生部二面的内容，会是几个人一起去操场扫垃圾，看看谁扫得干净。没想到好运来得这么突然，她竟然不需要去扫地了！

陆皎皎一脸无奈地说："稚月，你是不是对卫生部有什么误解？干事只需要负责每周一的卫生检查，扫地这种事有保洁员阿姨干。"

A 大不太重视学生宿舍的卫生，每周五学生会卫生部打着检查卫生的旗号，抽查各年级宿舍有无使用违章电器的情况。姜稚月仔细想了想，这份工作很适合她干。这样还能提前知道检查时间，好把她的卷发棒和煮蛋锅都藏起来。

舍友们出门面试，姜稚月悠闲地去快递点取件。路过一家奶茶店时，她目视前方，心里默念"我不想喝"。眼看就要离开罪恶之地，迎面碰上了一个老熟人。

宋学长手里捧着一个巨大的快递箱说："真巧，在这儿碰上了。"

除了餐厅和教学楼，最能遇见熟人的地方，可不就是快递点。

宋昀白净的脸上冒出汗珠，他不太想放过这次熟络关系的机会说："走啊，我请你喝奶茶。"

姜稚月推辞道："不了不了，我真的不想喝。"

宋昀听见她刻意加重的程度副词，下意识将拒绝当成了矜持，他更主动地说："那……你能帮我把箱子抬回宿舍吗？"

男生脸上浮现出无奈又期待的笑容，本来直挺挺地抱着箱子的手臂，突然整个垮掉了。

姜稚月觉得此时自己的耐心前所未有地差，可能是因为今天秋老虎再次席卷，天气燥热难耐，光是站在太阳底下，她就冒出一层汗。她盯着对方怀里的箱子看了几秒，果断道："我只是不习惯别人请客。"

宋昀再次被她态度的急速反转惊到了。

随后，姜稚月对他露出个慷慨的微笑说："学长，我请你喝奶茶！"

奶茶店内，恒温空调吹出阵阵凉风，周围不算安静，有不少小情侣凑在一起喝奶茶。

姜稚月靠在吧台看着价目表说："要一杯珍珠奶茶，再要一杯……"她转身询问宋昀，得到了一个"随便"的答案，有点儿无语地扭回头说："大满贯吧。"

宋昀放下手中的箱子，找了个靠近空调的位子。他冲姜稚月招手，让她过来坐下等着，自己走到吧台取来两杯做好的奶茶。

姜稚月道了一声谢，手指拨动吸管到一个合适的角度，低头含住吸管。

女孩儿长睫扇动，窗外的光点染在鼻梁骨上，将五官的棱角磨得柔和，乖巧的表情好想让人探手去摸一摸她的头。宋昀斯文地抿唇淡笑，揪出两人共同经历过的高中美好片段一起回忆。

当说到他们那届高三的誓师大会，他作为代表上台发言时，姜稚月吞下了最后一颗珍珠。算上买奶茶的时间，她已经在奶茶店逗留了半个小时，她需要想办法结束这场无意义的聊天。

宋昀侃侃而谈道："我其实特别紧张，底下全是蓝色的小人，我都蒙了。"

姜稚月一本正经地点头说："我知道的，你还打了个喷嚏。"

宋昀一怔，没想到，她从那时候就密切关注他了。

女孩儿细软的声音，落进他耳中宛如羽毛轻扫过他的耳畔，带着若有若无的撩拨，令人心潮涌动。他看着对面的小学妹慢慢垂下头，不太自然地拂起额前的碎发。

这是偶像剧中常出现的桥段，下一幕必然是女生的温柔告白。宋昀放在腿上的手攥成拳，不由自主道："我准备好了。"

姜稚月欲言又止，冲他做了个靠近的手势。

宋昀咽了口口水，紧绷着神经靠过去，接着耳边响起一个忍笑的声音。

"你冒出鼻涕泡了。"姜稚月鼓起腮帮子，认真地和尴尬到要昏厥的男生对视，"我没和其他人说哦。"

宋昀身体僵硬地靠回椅背，连奶茶也顾不上喝，抱起脚底下的箱子一溜烟儿跑出了奶茶店。

昨晚，卫生部给新来的干事开了会，加上每个学院选出来的卫生检查员，一共五十余人参与卫生检查。姜稚月负责7号男生宿舍楼，主要工作是对检查员交上的检查表进行归纳。

早上九点钟，天空呈现淡蓝色，阳光穿过云层驱散了薄雾。图书馆广场前聚集着一小群人，姜稚月小步跑过去，梁黎正在清点人数。等所有人到齐，副部长一声令下，众人气势汹汹地走向各自负责的宿舍楼。

学校里的男生宿舍比较少，姜稚月和梁黎两个女生就能统计过来。

梁黎走出副部长的视野，拉住姜稚月的胳膊，语气急切地说："稚月，你能帮我去盯一下8号楼吗？我现在有个兼职要去。"

姜稚月犹豫几秒，点头说："行，我帮你盯着。"她没多问，毕竟两人还没有熟到一定程度。

姜稚月先去了8号楼，打算帮她盯完，再去自己负责的楼。

虽然大家都知道周五卫生检查，但具体时间不定，他们这次又选了个比较早的时间，很多没课的大三学生还没起来。于是，就见证了许多个男生穿着大裤衩在走廊里狂奔的身影。

姜稚月第一次来男生宿舍，不免好奇。她走向靠近楼梯口的房间，小心翼翼地探进头去。有个学长立刻挡住她的视线说："学妹，你先上楼检查行吗？我们再扫扫。"

姜稚月不近视，越过他清瘦的小身板清楚地瞧见了散落一地的扑克牌。她爽快地答应了，在学长的目送下上了楼。

四楼走廊右侧的宿舍检查完后，姜稚月被检查员叫到了一个宿舍，他们不确定变声器是不是属于违禁电器。

姜稚月接过宿舍名单表，心不在焉地打量着：

1号床：贺随。

2号床：姜别（出国交换中）。

3号床：毛杰。

4号床：林桤。

看到熟悉的名字不稀奇，但看到几个熟悉的名字堆在一起……姜稚月脱口而出道："这不是那个B……"这时，听到身后传来了轻缓的脚步声，她及时吞掉了尾音，差点咬舌自尽。

一个穿着纯色短袖和休闲长裤的男生，垂着头走到她身边停下。男生轻抬眼皮，眼底的困意还未散去。姜稚月盯着他额前有些蓬乱的碎发，心里热切地期盼他刚才什么也没听见。

看着女孩儿一脸紧张的样子，贺随唇角上挑，一本正经地重复道："B？"

姜稚月急中生智，双唇迅速碰撞着吐出："Baby？"

贺随放下手中的洗手液，意味深长地说："以后不要乱喊别人宝贝。"

姜稚月嘴唇动了动，又轻咳两声来掩饰内心的波澜起伏，好在场面控制住了。姜稚月耷拉着小脸，指腹在纸张边缘反复摩擦，气氛一度低沉，她悄悄抬眼打量着眼前的男生。前不久，她刚和他讨论了一个富含人生哲理的处世问题——该如何应对像她哥哥，也就是姜别这样小心眼儿的男生。

贺随垂眸盯着她的脑袋，没忍住伸手轻轻摸了下问："哑巴了？"

为了缓解尴尬，姜稚月硬挤出一个"有缘千里来相会"的笑道："学长，你也有个舍友叫姜别？"

贺随敛起唇角肆意的弧度，屈指轻轻叩响身侧的桌沿，装作漫不经心地提了一句说："他好像还有个妹妹。"

惊不惊喜？意不意外？他不仅有个舍友和她哥哥姜别重名，而且此姜别也有个妹妹！

姜稚月的侥幸心理被他这句话冲散，她捂住嘴巴，表现出大吃一惊的样子，道："真巧。"

林桤前段时间购置了台变声器，打游戏的人都知道，一般高手喜欢带着妹子一起玩，掉下好的装备让妹子先捡。林桤瞅准这个性别差异带来的好处，通过变声伪装成小姐姐骗过一众"鸡王"。

A大的宿舍是上床下桌，4号床的桌子被整套设备占据着。姜稚月再次确认了一遍床号，用公事公办的语气问："学长，你的这个设备符合学校电路的规格吗？"

贺随也不清楚，走到林桤的书桌旁边弯腰查看电器规格。男生细长的手指捏住变声器的话筒，眼帘耷拉着，安静专注的样子，恰到好处地戳中了姜稚月那颗迟钝的少女心。

她一动不动地看着他摆弄设备，眼神渐渐开始游离。

贺随找到变声器的规格表，确定不是违规电器后淡声告知她。抬眼却发现，小姑娘一言不发地盯着他手中的东西看。

贺随钩住耳麦的手指微屈，抬起胳膊将它送到她眼前问："想试试？"

姜稚月绵长的思路被打断时，她正暗自下决心：不知道 Bking 林从出生到现在用这张脸迷惑了多少小姑娘，而她绝不能成为沦陷者之一。

姜稚月一抬眼，视线一瞬间被他那双清亮漆黑的眸子攥住，拒绝的话已经到了嘴边，但她说不出口。最后，她舔了下干涩的唇角，用一种无比期待的口吻问："可以吗？"

其实在录音棚里，变声声卡是一种特别常见的东西，就像学生的课桌上都有笔一样。

姜稚月不确定，此刻她的表情是否像刘姥姥进大观园时那样，但她真的很想听 Bking 林用女声讲话。好奇心慢慢被吊起，她抿着唇，眼睛弯成一道月牙，乖巧的模样任谁也拒绝不了。

贺随伸手拨了下额前的碎发，脸色深沉，带着点儿无可奈何。他弯腰打开设备开关，自然而然地撑开耳麦给小姑娘戴上。

不巧，一侧耳麦夹住了她耳畔的头发。姜稚月想抬手整理，对面的人比她的反应更快，两人的手不经意碰到了一起。

贺随俯身前倾帮她调整，温热的气息扑在她的头顶。耳麦过滤掉了走廊中嘈杂的脚步声，令她清晰地听到了自己加快的心跳，"怦怦"作响。

贺随记得林桤每次是怎么用的，他打开主控器，拎起麦克风放到嘴边说："小朋友，听得到吗？"

薄唇微动，低沉清朗的声音随着电流传至她耳中。他的声音仿佛会咬耳朵，姜稚月混沌的思绪瞬间清醒了。她拉下一侧的耳麦说："学长，不是女声啊。"

贺随仿佛识破了她的诡计，眉梢一挑，将手中的麦克风塞到她手里说："自己玩吧。"

气氛再次静默，姜稚月忽然想起她小时候和几个小伙伴在院子里玩泥巴的事。那天停水，隔壁的一个小男孩儿走过来，拉下裤子对着一堆干土撒了泡尿，随后用相似的不屑语气说："你们玩吧。"

姜稚月不无遗憾地摘下耳麦，转身走到门口时，心底不禁疑问：前天他们探讨的那个问题，Bking 林应该还没有告诉她哥吧？

事已至此，是祸躲不过，听天由命吧。

又转念一想，伦敦和国内时差七个小时，刨去两边睡觉的时间，再刨去姜别和他的至交好友聊天的时间，哪有闲工夫和 Bking 林聊天？思及此处，姜稚月高悬的心算是安全着陆了，连步伐都轻快了许多。

申城大学生篮球联赛即将开赛，至去年 A 大连捧四座冠军奖杯，校领导格外重视今年的改组赛，交代校团委组织好校内的选拔。

十月底 A 大的校赛启动，姜稚月忙到几乎连轴转。不仅广播室需要派人念应援稿，卫生部也被摊派组织学生观赛、维持赛场秩序与保持场内的卫生工作。

百忙之中，姜稚月又遇晴天霹雳。自从姜别把她拉进黑名单后，时隔一周，她终于收到了哥哥的短信：我的航班号 CA****，你要是遇到贺随，就和他说一声。过几天降温，记得给我带件衣服到机场。

看到了吗？不是"降温了，记得多穿衣服"的叮咛，而是"给我带衣服，我会冷"的自爱自怜。姜稚月虽然气得咬牙切齿，却不敢造次。

原来贺随就是他那个至交好友，姜稚月算是切身体会到了"物以类聚"的真实含义。

姜稚月忘不掉，不久前万千少女写信向这位贺随学长告白的奇景。她们的爱意是传达到了，但她的嗓子却遭了殃。

梁黎跑到广播室找她说："稚月，你那儿还有没有志愿者？"

姜稚月收起手机，拉开一旁的椅子让她先坐下。

梁黎着急地说道："今天不是建筑院和外院的比赛吗？篮球场上有特别多的落叶，比赛快开始了都没人扫。"

姜稚月睁大眼说："完了，我给忘了。"

前几场比赛地点都在体育馆内，唯独今天这场，听说报名观赛的人数太多，体育馆的观众席坐不下。

姜稚月连忙联系几个没课的志愿者，和梁黎交代一声，起身就往外跑。

从大学生活动中心去篮球场有条小道，在路边的长木椅上，几个穿外院篮球服的男生懒散地坐在一块聊战术。

"你们两个严防贺随和林桤，别让他们进球。"

"老大，你还想防贺随？肯定防不住，他攻势太猛。"

姜稚月听到 Bking 林被小瞧了，心中有点儿不爽。不过她没时间逗留，绕过满地毛发旺盛的大长腿继续往前跑。

好在志愿者的速度足够快，在比赛热身前就清理干净了场地。

姜稚月站在观众席，抬眼望去，穿蓝白球服的建筑院球员已经上场热身。最近的天气格外给面子，不到下午六点，太阳绝不会无缘无故地消失。

此时日头正盛，许多女生被晒得蔫巴巴的。她们用手遮着额头，试图挡住过分媚的光线。在挡太阳的间隙，当然还不忘和身边的好友窃窃私语一番，谈论起队伍里的某个男生，脸颊也悄悄发烫。

Bking 林走在队伍最后，他正垂头调整手上的护腕。额前的碎发自然下垂，长度有些遮眼，他伸手撩起碍事的头发，无意间将英俊的眉眼全部露出。

姜稚月攥紧拳头，憋着一口气走到篮球场旁边。贺随她不熟悉，但她绝对不容许心中的 Bking No.1 被小瞧。

场地旁边围着不少女生，姜稚月费了很大工夫才找到一个空隙。她钻进去，铆足劲儿冲场上喊道："林桤学长，全场最帅！！！"

贺随松开手中的护腕，循声望过去，见一个小姑娘不停地冲他挥手。

周围打趣的嬉笑声一波接一波，林桤被突如其来的表白搞得摸不着头脑，小声嘟囔道："奇怪，现在的女生都这么开放了吗？"他决定去场边看看，是哪个女孩儿这么有眼光。

刚迈出一步，身后有人拽住了他。贺随一脸坏笑，冲他抬起下巴点了点不远处的女孩儿说："我去帮你看看。"

林桤很无语，内心独白：你什么时候那么上赶着了。

姜稚月指了指不远处一片空荡的地方，示意他到那里说话。她小脸紧绷着，像要交代什么机密大事。

空气中弥漫着清新的桂花香，树影遮掩，光斑游动，非常符合谍战剧中间谍接头的场景。

姜稚月双手抄在口袋里，学着那群外院的男生样子摆出个极其欠揍的姿势。她嘴唇噘起，压低嗓音模仿男生的声音："你太弱了，我今天要把你打败。"

说着，她抽出一只手比了个"弱爆了"的手势说："你就是个弟弟。"

贺随往后退了几步，靠在铁丝网上垂头看向她，倒是被气笑了："你觉得我不行？"

下一秒，姜稚月乖巧地站好说："不，我相信你行。但是你如果输了，就会被那群人这样挑衅。"她作势将手放到他肩膀处，郑重其事地拍了两下说："所以，为了尊严和脸面，你要冲！"

贺随一愣，后知后觉这是她的加油方式，嘴角弯出个极淡的笑。他没说话，站直身和她擦肩而过。

就要错身之际，贺随抬手揉了下女孩儿的头顶说："不会输的。"

比赛开场，裁判开球。跳球后，建筑院的队长夺过球，动作敏捷地跑向对方的场区。对方球员的反应也快，三个人围堵住他的进攻。

姜稚月看不懂篮球，只觉得男生的运动神经真发达。

活跃在线外的 Bking 林轻松摆脱两个人的联防，接过抛掷来的球迅速和队友配合起来。与此同时，观众区响起热烈的呐喊声。

"贺随"这个名字最近出现的频率太高，姜稚月混在一群小迷妹中，认为 Bking 林的排面不能丢，于是鼓足劲喊道："林桤学长加油！"

林桤听到后，差点儿把手中的球扔出去。他幽幽地看向观众区的女生，她那双黑白分明的眼瞳中是满满的信任。不过，她但凡能将目光从贺随的身上稍微移到他这儿一秒，林桤就相信她是真心为自己加油的。

周围为贺随加油的声音逐渐变小，姜稚月满意地掏出手机打开备忘录，上面记载着舍长传授给她的《驭男攻略》：如果你想让一个不熟悉的男生向你俯首称臣，你需要做到如下三点：试图讨好，有成就感；适当撒娇，发挥魅力；拉近关系，注意分寸。

姜稚月若有所思地点点头，只要做到以上三点，她就可以让 Bking 林为她保守秘密。换言之，她就能在姜别面前坚挺地活着。

那么，怎么才能让男生有成就感呢？当然是给他足够的排场。

姜稚月趁中场休息的空隙去了趟旁边的商店，她走到前台对老板说："我要两箱矿泉水，麻烦帮我送到对面的篮球场。"

老板喜笑颜开道："好嘞，我马上送。"

姜稚月没有立刻离开，她抬步绕到饮用水货架前，目光从价目表上兜转一圈，最后拿了一瓶最贵的依云矿泉水说："这个一起结账。"

姜稚月回到比赛场地，男生坐在对面的休息区的阴凉里，半边侧脸陷在阴影中。而他身旁的男生，正笑容满面地接过一个小迷妹递过去的水杯。

姜稚月没动，直勾勾地盯着他那双情绪翻涌的眼睛。她攥紧拳头，绕过大半个场地走过去。

贺随正垂着头看手机，眼前忽然落下一片阴影。他不紧不慢地抬头，看见是她，就主动往旁边挪动让出个座位。

姜稚月攥紧手中的水瓶，第一次给男生送水，她不知道怎么开口。她鼓起勇气上前一步，将手放到男生的头上轻轻摸了摸，用幼儿园老师般关切的口吻询问："为什么其他小朋友都有水，只有你没有？"

贺随嘴唇动了动，没说话。

姜稚月严肃又认真地凝视着他说："所以，我来给你送水了。"

贺随用冷脸吓退了不少送水的女生，队友手中的水，大部分是人家女朋友送的，他孤家寡人一个，习惯自己带水杯。

不过她说是来送水的，话说了好几句，手中的水也没有要递过来的意思。贺随冲她摊开手掌说："不是送水吗？给我啊。"他的声音低沉，故意拉长音调，显得他既斯文，又散漫。

姜稚月先是回头看了眼推着小车急速狂奔而来的商店老板，心底估摸着时间说:"学长,你再忍十秒钟。"

眨眼的工夫,商店老板顺利将两箱矿泉水运到,抹了把额头上的汗冲她憨厚地一笑,又推着车子走了。

姜稚月打开箱子,一瓶瓶拎出里面的矿泉水,到队伍最前面给队员们挨个发了一瓶。他们只当是学生会发的慰劳品,道谢后拧开就喝。

到了贺随面前,姜稚月把那瓶依云矿泉水交到他手里。对比清一色的蓝色矿泉水瓶,这瓶依云显得格外高端上档次。

贺随捏住瓶口,小幅度晃了晃瓶子,随后听见女孩儿略显讨好的话:"学长,有没有排场?"

其他人都是一块钱一瓶的水,只有你的是十块钱的!姜稚月眼底透露出兴奋的光,拿出手机跃跃欲试地问:"要给你拍张照吗?"

贺随舌尖顶到上颚,敏锐的反射弧极快地探知到她送水的用意。前不久她不小心在他这儿翻了车,算着日子,姜别马上要回国了,于是她试图采取迂回的方式封口。

贺随放下手中的依云矿泉水,起身从箱子里拎出"康爸爸"矿泉水,拧开瓶盖仰头灌了两口。

姜稚月被他这通操作整得有些不知所措。她的首战宣告失败,看来"试图讨好"这招儿对 Bking 林不管用。

比赛第四节外院总共得了两分,最后这个球是从贺随手中夺过去的,压哨进篮。建筑院的分数遥遥领先,队员们神情懈怠,对被追上一两分不甚在意。

姜稚月看到球被夺的那秒,Bking 林的表情极其不悦,狭长的黑眼中藏着怒火。他眉头紧皱,一脸的不开心,浑身散发出的忧郁气息隔老远她都能感受到。姜稚月大脑飞速运转,打开手机浏览器,在搜索框敲上一行字:什么东西能治疗忧郁?

"妙手医生":香蕉皮中含有大量微量元素,可有效美白肌肤,抗忧郁。

明天周二,有日语选修课。姜稚月离开篮球场,特意绕远路去校门口的精品水果店挑选了两根又大又粗、表皮干净的抗忧郁原料。

回到宿舍时,三个舍友正围在一台电脑前看八卦新闻,她悄悄溜到柜子旁边找出煮蛋锅。

陆皎皎问:"稚月,你是要在宿舍开小灶吗?"

姜稚月见瞒不住,不再藏着了,说:"我煮点儿东西,你们要尝尝吗?"她不是故意瞒着她们开小灶,实在是要煮的东西太奇怪了。

陆皎皎的注意力再次被屏幕上的照片吸引过去,她说:"好啊,等我们看完。"

姜稚月剥开香蕉，去掉里面的果肉留下果皮，用折叠刀切成小块丢进锅里，小火慢炖。她站在桌前低头观察果皮的变化，没过半分钟，香蕉皮从黄色变成棕黑，开水慢慢变得浑浊。

这玩意儿抗忧郁？姜稚月陷入深深的怀疑之中，思索的时间，锅里的水咕嘟冒热气，她小心翼翼地端起锅把水倒入保温杯。

此时，陆皎皎看完照片，投来好奇的目光问："你煮的什么啊？我怎么闻着有一股香蕉味儿？"

保温杯里有个滤网，倒水的时候自动过滤了香蕉皮碎块。

姜稚月以一副慷慨赴义的表情说："我先尝一口。"说实话，不是很难喝。除了有点儿涩，没别的毛病。

姜稚月慢条斯理地吹着瓶口的热气，小巧的鼻尖被水汽蒸得泛红，奶白的皮肤水水润润的，让人很想捏一把。

陆皎皎抿唇，小声问："你这是美容养颜汤？"

香蕉皮的确有美容养颜的功效，姜稚月点头，毫不吝啬地分享成果说："你尝尝。"包括她在内的几只"小白鼠"喝完没有不良反应，姜稚月这才放心地重新煮了一锅。

秋日夜雨最是恼人，天空像被捅破了一个大窟窿，绵密的雨水迎头浇下来。姜稚月小心地避过地上的水洼，一步一跳，艰难地朝教学楼的方向走。

到了教室，里面的人比前几节课少许多。她习惯性地走到靠窗倒数第二排，放下书包坐下，又警惕性十足地掏出了保温杯。

Bking 林和蒋教授一起踩着上课铃走进教室，姜稚月直起身冲他招手。

贺随在亲妈的唠叨下多穿了衣服，雾蓝色的毛衣外套着黑色连帽衫，一来就在几十号人营造的温室中热得浑身冒汗。来到小姑娘身边，他拉开椅子坐下后的第一件事就是脱外套。

男生长而浓密的眼睫毛上沾染着水汽，抖去衣服上残留的水珠时，眼神透露出几分不耐。姜稚月敏锐地闻到了更为浓郁的忧郁气息。

昨晚篮球队被狠狠训斥了一番，教练常挂在嘴边的"胜不骄，败不馁"被队员们以懒散的态度无视，贺随连带着受罚。

谁让每年的大学生联赛都是建筑院代表学校前去参赛呢，面对一群无意义的对手，他们那种做派情有可原。

眼前忽然出现一只白嫩的手，他抬起眼皮睨过去，一个湖蓝色的保温杯慢慢进入他的视野。贺随不解地一挑眉，无声询问她是什么意思。

姜稚月趴在桌子上避开老师的目光说："学长，这是我特意给您准备的。"

贺随没有带水杯上课的习惯。他微眯起眼，视线移到保温杯上问："又想讨好我啊？"

"不是。"姜稚月弯起眉眼，面带微笑解释着，"今天太冷了，喝点儿热水有助于健康。"她顿了下，补充道："杯子我都刷过了，没人用过。"

贺随觉察出只要和这姑娘在一起，自己的心情就过分愉悦。就像逗弄小奶猫，温顺之余不忘抬手扒拉你一下，带来时不时的刺激。于是，他决定适当接受她的好意。贺随拧开保温杯的瓶盖，垂眸打量杯中的情况，但隔着一层过滤网什么也看不到。他索性仰头喝了一口，温热的水充斥着口腔，一股异样的味道蔓延开来。

姜稚月眨巴了几下眼睛，细心观察他的神情。

贺随艰难地咽下嘴里的水，那股说不出的味道顺着喉咙进入胃里，他强压住不适感，挤出几个字问："这、什、么？"

姜稚月舔了下干涩的唇角说："神仙快乐水。"

贺随慢慢品出嘴里的香蕉味儿，深吸一口气，准备迎接今日份刺激。

姜稚月看着他唇畔若有若无的笑意，深感这个水的功效神奇，问："有没有感受到快乐？"

贺随算是看明白了，这不是讨好，是报复吧。

直到下课前，Bking 林没有再和她说一句话。而姜稚月以为他沉浸在自己的神仙世界里无法自拔，她好奇地瞄过去一眼。

Bking 林和"加菲猫"的微信聊天对话框：给我找个能降火的东西。

对方秒发了张图片。

贺随点开图片，有点儿无语。他闭上眼，忍住脾气按灭了手机屏幕。

姜稚月想起她哥的交代，不过这几天她没看见那个贺随学长，只好求助他的舍友："学长，我哥马上要回来了。你能帮我和贺随说一声吗？"

闻言，贺随不紧不慢地侧过头来，眼神意味深长，话语更带深意地问："你也知道你哥要回来了？"

姜稚月感觉背后的汗毛蹭蹭竖起来："是啊，我还要去机场接他呢。"

"行，我帮你和他说。"贺随沉着声音说，"不过你得告诉我，这杯子里的水，你什么时候弄的？"

姜稚月脑海中浮现出《驭男攻略》的第二条，她抬手拉住他的衣袖，放柔声调说："人家不是看你昨天不开心嘛，当天晚上回去就弄了。"

昨天晚上？放了至少八个小时！贺随已经自动忽略掉了她话中的代称，那股不可描述的味道渐渐冲进了他的脑壳里。他捏住衣袖边那两根手指，解救出自己的袖子，面无表情地走了。

姜稚月带着疑惑下楼，Bking 林只是短暂地开心了一下，问题到底出现在哪里了。

一楼的自动贩卖机处，男生正弯腰推开隔板拿里面的矿泉水。他没注意到她，拧开矿泉水瓶仰头灌了两口，腮帮子鼓起，喉结滑动，站在那儿喝个水都像一幅画。姜稚月不由得停住脚步，准备把这幅画欣赏到最后。

喝下大半瓶水，嘴里的味道终于消失。贺随把矿泉水瓶扔进旁边的垃圾桶，抬眼瞧见了不远处的女孩儿。她正抱着杯子静静地看着他，视线相撞的那一秒，还下意识藏起了手中的杯子。

贺随翘起唇角，露出个"我安然无恙，真谢谢你啊"的笑容。

姜稚月沉浸在名为《喝水》的名画中不能自拔，领悟能力骤降，没能理解他笑中的深意。

回宿舍的路上，李哥发来通知说，电视剧延期补拍女主角的画面，后期延至一月份；另外有两部国漫需要群杂，问亲爱的小月牙有没有时间帮个忙。

姜稚月隔着屏幕都能想到李哥谄媚的表情，询问了具体时间，周五下午正巧没课，便答应了。

宿舍楼底，远远望去围着一群人，不少下楼拿外卖的女生停住脚步看热闹。

姜稚月走近后才发现，被围在里面的是梁黎。女孩儿一双眼红肿着，身上穿着外卖员的马甲，大概是不小心打翻了外卖，汤汁溅在了对面的人身上。对方也是个不通人情的性格，扯着嗓子嚷嚷着叫她想对策。

那个不饶人的女生姜稚月略有耳闻，仗着暴脾气在学院里横着走。一头长发编成七彩麻花辫，每一根头发都在耀武扬威。

女孩儿脚上那双反绒小皮鞋是古驰家的，梁黎只在网上见过。她低着头，连连向对方道歉道："对不起，真的对不起！我会帮你弄干净的。"

女孩儿当然不肯让步，怒吼道："你用嘴舔吗？这鞋弄脏了，就擦不干净了好吧？"

盛气凌人的态度令人反感，但在场的人却没一个上前帮忙解围的。如果没看错的话，围在最里面的三个女生是住在隔壁的同学，也就是梁黎的舍友。梁黎抿着嘴唇，这种反绒的皮质她见过，可以清理干净。但对方的态度过于强硬，她底气稍显不足道："我……我会帮你弄干净的。"

"麻花辫"的嚣张气焰一下高涨，拽着她的胳膊说："来来来，你给我

046

擦干净。"

这种场面姜稚月上次见是在高中，一群恃强凌弱的大姐大围堵住学校里长得好看又好欺负的女生。

姜稚月往宿舍楼里一瞧，果不其然，宿管大妈不在。

梁黎颤巍巍地从口袋里掏出纸巾，眼眶又红了一个度，所剩无几的尊严被踩在脚底碾磨，她却没勇气直接赔偿。五千块，对她而言，是一家人三个月的开支。

就在她蹲下开始清理这双足够要命的皮鞋时，面前的人突然尖叫起来。

姜稚月也没料到，保温杯里的水会丝毫不剩地全倒在了女生的头上。她原以为会剩下一两滴供她回去仔细研究，到底是哪里出了问题，才让Bking 林喝了竟然没有快乐起来。

姜稚月可惜地晃着水杯，对上女生怒火中烧的眼睛，颇为无奈地眨眼道："抱歉，手滑了。"不可描述的味道从对方的头顶蔓延开，夹杂着丝丝香蕉皮的清香，更多的是酸涩的气息。

姜稚月似乎明白了 Bking 林铁青的脸色是怎么回事，她慢慢地靠近保温杯口，深吸一口气道："呕——"

"麻花辫"马上发作的火气被她的干呕声冲散，渐渐地，周围更多的人闻到了这股独特的味道。

姜稚月捂住口鼻，另一只手轻轻地拍动胸口将气顺下去。

"麻花辫"揪起自己的头发放到鼻尖闻了闻，脸色慢慢由红变白地问："这到底是什么东西？"

姜稚月露出个看怪物的表情说："真没见识！这叫白花蛇草神仙水，一毫升八百块。"她掂量着杯子，好商量地补充道："给你打个三五折，五千三。"

用价值五千三的神仙水洗个头，不算亏。姜稚月作势掏出二维码说："支持借呗付款。"

想是气味太磨人，"麻花辫"被熏得分不清东西南北，鞋的问题都顾不上了，翻着白眼挤开围观的人跑进宿舍楼。

姜稚月遗憾地收起手机，拧好保温杯放回书包。

梁黎还蹲在地上，瘦削的肩膀止不住颤抖。姜稚月打发走围观的人，走过去不知道该怎么开口安慰她。

陆皎皎正好取快递回来，怀里抱着个大箱子求救道："稚月，快来救命！"

姜稚月咬了咬嘴唇，弯腰小声安慰道："别哭啦，我帮你把她赶走了。"说完，在她的背上轻轻拍了两下，便跑过去帮陆皎皎搬箱子了。

两人费劲地把东西抬上四楼，姜稚月感觉胳膊都要断了。看着陆皎皎一层层扒开快递塑封，一只精致的木盆映入眼帘。随盆附赠的各种泡脚药材，满满堆了半个箱子。

姜稚月默默忏悔，她这个马上要成年的女孩儿，简直太不注重养生了。

没过多久，宿舍门被敲响，梁黎探进来个脑袋对摆弄泡脚盆的陆皎皎说："我找稚月。"

姜稚月刚爬上床准备午睡，翻身坐起冲她招手。

梁黎走到她床前，面露苦涩地说："稚月，你知道她那双鞋的具体价格吗？我实在不知道问谁好了。"

姜稚月思忖两秒，弯起眉眼笑道："最多两百，不能再多了。"

"啊？"

"某宝的同款呀，问问她是哪个链接买的，你赔她一双就好了。"

这会儿，梁黎福至心灵，眉宇间积聚的惆怅一扫而空。

姜稚月见她心情放松，托着下巴故作遗憾地说："只可惜我那瓶神仙水，白送她了。"

晚上有节专业课不能翘，姜稚月和舍友们一起出门往新传院的系楼走。路上接到姜别的越洋电话，算着日子周六他就回来了。

姜稚月盯着屏幕好半响，赶在对方挂断前，先一步挂断了。

昨晚下的那场夜雨带走了仅存的暖空气，往后几天气温将一直低迷，在十摄氏度左右。姜别那家伙绝对不会裹着大棉衣回来，所以他迫切地需要亲爱的妹妹给他带一件暖和的衣服。

姜别发来消息：在上课？

姜稚月翘起嘴角，备感有趣地回复：没有。

停顿了几秒，姜别：那为什么挂我电话？

姜稚月"啪啪"敲上一行字，反复确认没有错字后，点击发送：让你看看，现在谁才是大爷。

专业课的教授有提前上课的习惯，走到教室门口时里面传出了扩音器的"刺啦"声响。陆皎皎打开后门，探头头去搜索最佳路线。

姜稚月跟在她身后，看见教室最右侧，一个老熟人冲她招手。前不久，和她浅谈高中美好记忆的宋昀学长，再次出现在她面前。

陆皎皎说："稚月，只有那边有空位了。"

见状，姜稚月面不改色地点了下头，不就是再听一节课的美好记忆的续集罢了。

宋昀体贴地帮忙拉开椅子，姜稚月在三个舍友的眼神询问下，回过去一个"我也很蒙"的表情。

陆皎皎惊叹于好友动作的迅速，这才开学不到两个月，追求者跟韭菜似的一茬儿接一茬儿。这都追到专业课上来了！

宋昀长得清秀白净，穿上白衬衫更显斯文温柔，算是棵品相上乘的韭菜。

这会儿，"小韭菜"打开微信界面递过来，拘谨地用手背遮住嘴说："稚月，加个微信呗？"

姜稚月耷拉下眼皮，小声问："你说什么？我听不见。"

宋昀对上女孩儿那双清澈的眼睛，心中酥酥麻麻的感觉弄得他很不自在。他慢慢向她靠近，加大音量说："加个微信。"

姜稚月一皱眉，自言自语道："不应该啊，我该不会是聋了吧？"

宋昀一时无语，接着语气加重又一次重复道："我说，能不能加个微信？"

好的，这次听见了。不光后面三个竖着耳朵偷听的舍友听见了，男生清亮的声音让大半个教室的同学都回过了头。

台上的教授推了下眼镜框："那位男同学，你是我们专业的学生吗？"

宋昀面色涨红，不好意思地趴下脑袋，世界安静了。

下课铃响起那刻，姜稚月慢悠悠地合上课本，转头查看宋学长的情况。

宋昀强撑着嘴角的笑意，再次递过去手机说："稚月，加个微信好联系，你有什么事都可以找我。"

姜稚月慌张地一摸口袋，露出个歉然的笑说："学长，我没拿手机啊。"她撕下一张便利贴写上微信号："你加我吧，我晚上回去通过一下。"

宋昀这才肯罢休，接过那张字条迅速离开了教室。人生第一次遭遇滑铁卢，面子丢大了，他这个好学生需要重新进行心理建设。

姜稚月目送他的背影消失，跟着舍友们走了另一条人少的路。途中路过综合实验楼，不少学院的实验室都设在这栋楼里，穿过一条悠长而阴森的走廊，拐角处的教室里隐隐散发出一道微弱的光。

姜稚月拉着陆皎皎的袖子，好奇地往里面看。教室窗边，男生单手压着巨幅的图纸，修长的指节间夹着炭笔，指骨被染出一层极淡的阴影。他微垂着头，光线越过挺直的鼻梁骨，照亮了半边侧脸。

姜稚月抬头看了眼教室的门牌：建筑院—材料室（1）。

一眨眼的工夫，原本专注在图纸上的人正歪头打量着她。贺随拾起桌上的笔，在图纸空白处写了一句话。

姜稚月看完，耳尖一热，拉起陆皎皎拔腿消失。

那行字却像印在脑子里似的，她一闭上眼就会出现——小朋友，又偷看我。

百度词条显示，动物在发情期的生理表现为吸引和追求异性。

姜稚月趴在床上认真阅读百科知识，手边摆着一个记录本，上面工整地写着：时间段常为两周至半个月。所以只要熬过这半个月，宋昀就会退去这种激情，两人的关系会再次回归到最初相见时礼貌和谐的状态。

在教室不加微信，是想给他反悔的时间，不承想对方并没有接收到她的暗示。姜稚月点开微信通讯录界面，通过了对方的好友申请。那端几乎是秒发过来一条消息，是一个可爱的表情包。

姜稚月本着不搞暧昧的原则，想直接忽视掉他的消息，可又良心隐隐不安。她索性关上手机，开始做专业课老师留下的分析作业。

但她万万没想到，宋昀的行动力这么强。

第二天清晨，冷空气中裹着丝丝缕缕的薄雾，宋昀捧着早餐出现在去往东区教学楼的必经之路上。宋昀迎面朝姜稚月走过来时，姜稚月嘴里的一口饼干还没咽下去，饼干渣子飞进嗓子眼儿里，呛得她弯腰直咳嗽。

有不少生化院的同学路过这里，以宋昀在学院里的知名度，他如此殷勤地对待一个女生必定有情况。男生们交头接耳，女生们则投来"吃瓜"看戏的目光。

姜稚月作为被免费观赏的对象之一，她狂拍胸口将气顺平，并没有伸手去接宋昀递来的豆浆。好在陆皎皎及时出现，尴尬的两人对视变成了三人尬行。

宋昀说他今早刚好在东区教学楼上课，买了早饭看时间还早，就在这儿附近做锻炼。

女生宿舍和北苑餐厅遥遥相望，中间隔着半个 A 大，步行过来需要花费半个小时。

陆皎皎若有所思地说："学长，那你是绕了大半个校园，厉害啊。"

面对小学妹直言不讳的夸赞，宋昀谦虚地低下头，随后用一种含情脉脉的眼神看向姜稚月。女生正小口喝着热水，脸颊绯红，吹拂热气时嘴唇微张的模样可爱无比。

宋昀害羞地撇开眼，伸手搔了下后脑勺，手指不知轻重地扯下来三四根头发。

到了教学楼前，两队人准备分道扬镳。宋昀摸了摸手提袋里的豆浆说："还是热的，你拿到教室里喝了吧。"

姜稚月盯着豆浆看了两秒，然后眼睛不自觉地瞥向他的头顶。她深吸一口气说："学长，你的好意我心领了。但是，大豆中含有较高的蛋白质……"

宋昀一愣，温柔地问道："你是怕胖吗？"

胖个锤子，一杯豆浆能增长多少脂肪？姜稚月抿唇，默默往后退了一小步说："蛋白质可以固发……所以，你比我更需要它。"

去教室上课的路上，陆皎皎找不出一个合适的词来确切地形容宋昀当时的表情。说是悲痛欲绝那倒不至于，反而隐隐有种欣慰，他可能想不到姜稚月竟然会关心他的脱发问题。

这节课上马克思主义基本原理概论，新闻系与化学系一块上。可容纳百人的大教室被塞得满满当当的，姜稚月在中间位置找到了两个空位。坐定后，身后那排女生窃窃私语的声音变小了，但隐约可以听出议论的对象。

宋昀在生化院也算是响当当的人物，被女生追求不足为怪。只是没想到，他也会在追人上碰壁。

姜稚月感受到身后那几道灼热的目光，她鼓起腮帮子，打开书包找出课本放在桌子上，又从书包隔层中掏出一对降噪耳塞戴上，后面女生聒噪的声音又小了一些。她心里很清楚，现在要让宋昀知难而退不太可能，剩下的办法只当面说清楚。

这时，后排的一个女生戏谑地引用了一句微博上流行的"诗词"梗："曾经沧海难为水，不搞到手不罢休。"

"同学，你知道吗？元稹写完这首诗不足两个月，就纳了新的姜室。这充分说明了，聪明人不能在一棵树上吊死的道理。"

女生愣怔了，没料到姜稚月会转过头来，那刚才她们小姐妹之间讨论的话，岂不是都被听见了？

姜稚月拔出左边的耳塞，神情无害，细软的声音刻意压低说："我不是故意听的，是你们议论的声音实在太大了。"

成功扳回一局，姜稚月下半节课上得很舒心。身后的女生原以为捏到了软柿子，不承想是块坚不可摧的铁板。不过，这块铁板长得还挺好看的。

姜稚月约宋昀晚课结束后在综合实验楼见面，生化院正好有实验课，宋昀二话不说就答应了，还顺便问了一句："稚月，你喜欢白色还是红色？"

姜稚月回复："白。"

那端没有再回复，姜稚月收起手机专心听课。下课铃响后，她和陆皎皎交代一句，抱起书本走出教室。生化院的实验室在三楼西侧，穿过空旷的大厅便进入一条深长而寂静的走廊，寒风灌入。

姜稚月搓了搓胳膊上竖起的汗毛，走到尽头时，摇曳的烛光映入眼底。

经常出现在祈祷场面上的白色蜡烛此时被摆成心形，中央放着一捧香水百合，两三个穿实验服的男生从教室里探出头来。

这一幕十分惊悚。姜稚月顿在了原地，要不是突然响起木吉他的弦音，她一定会拔腿就跑。烛光不似灯光那样明亮，她的视野一片模糊，只看见有个人影慢慢向她靠近。

宋昀采用最原始也是最容易成功的告白方式——蜡烛、鲜花、动人的歌声。但姜稚月约他出来得太突然了，便利店售卖的只有这种白蜡烛，幸好她说喜欢白色。

三楼的实验室是封闭式的，大多是高年级的学生在使用，还不到正式下课时间，走廊中除了他俩再无旁人。天时地利人和，的确非常适合告白。

姜稚月却心底发怵，眯起眼打量着周围的一切。

宋昀酝酿好情绪即将开口时，"啪嗒"一声，走廊里的白炽灯骤亮，比蜡烛火苗不知亮了多少倍。

姜稚月暗自松了口气，手指搭在开关处，转头看向几步外的男生。他错愕地张着嘴，额前的碎发被风吹起，如纸一般单薄的身躯，好像再也经受不住任何打击。姜稚月后知后觉，她好像坏了学长的大事！于是，大脑急速反应，支配着手臂又按灭了顶灯。

宋昀："……"

姜稚月主动放弃清晰的视野，心想等会儿就算出糗她也看不见，算是给彼此保留了颜面。录音机循环播放着提前录制好的《明月几时有》，宋昀的脸色渐渐恢复正常。他弯腰拿起那捧香水百合，清了清嗓子道："稚月，咱们认识也有三年了吧。"

姜稚月一声不吭，静静地听他说完。

"上高中的时候不能谈恋爱，我们都大学了。你很漂亮，也很可爱，我很喜欢你。"

此话一出，姜稚月头皮发麻，没有转圜的余地。她咬了咬牙，憋出一句："对不起，你很优秀，但我有喜欢的人了。"

单纯拒绝的力度不够狠，对方免不了有卷土重来的可能性。这时候需要搬出一个比他优秀、让他不可企及的对象，才能让他幡然醒悟。

姜稚月在脑海中过了一遍她认识的异性，第一秒蹦出来的那张脸被她否决掉了。如果让 Bking 林知道拿他当挡箭牌，那他们以后见面会很尴尬吧？

宋昀眼底的光暗淡了一些，小声问道："能告诉我他是谁吗？"

姜稚月翘起唇角，流露出一种暗恋的小女生才会有的赧然说："是贺随，贺随学长你知道吧？学校里多少小姑娘都喜欢他，我也是。"最后三个字说得她嗓子眼儿打战，她心中默念：对不起贺随学长，借你威名一用。

宋昀脸上没有多少失望的神情，更多的是释然，他点头说好，转身熄灭掉一根根蜡烛。

他走向走廊深处，伸手要关闭录音机时，一只手比他抢先了一步。

宋昀抬起眼，在看清对方的脸后吓得一屁股坐在地上叫道："贺贺贺……贺随学长！"

姜稚月在黑暗中虽然看不清东西，但听力不受影响。风卷着那个名字灌进耳中，她震惊地扭过头。这一刻，她多么希望自己既瞎又聋，这种修罗场怎么偏偏就被她撞上了。

贺随站直身子，颀长的身影被烛光拉长，明灭的光线给他安静的侧脸镀上一层暖色，整个人像是从一张旧照片里走出来的一样。

"实验楼里还有别人在学习，放音乐的话，最好换个地方。"

宋昀不停地道歉，捡起地上的录音机一溜烟儿消失了。

姜稚月往后退，迈出和天线宝宝表情包里"打扰了"的同款步伐。可惜不远处的男生一步步靠近，经过顶灯开关处，毫不犹豫地按开了。

视野顿时变得清晰，姜稚月被明亮的灯光刺得眯起了眼。等她的眼睛完全适应了之后，看见 Bking 林就站在她面前。

贺随盯着她看了一会儿，然后翘起嘴角，用轻快的语调问了一句："喜欢贺随？"

姜稚月的天灵盖突突发涨，手指不自觉地蜷起紧紧攥住衣摆，心底格外艰难地承认一个事实：从一开始，她就认错人了。

贺随俯身和她平视，漆黑的眼底浸润着光亮："不巧，我就是贺随。"

男生清朗的声音如同一把利斧，毫不留情地从她头上劈下，为的是看一看里面究竟是不是进了一脑瓜子的水。

姜稚月欲哭无泪，想起那些天在贺随面前翻的车，想起那些笃定的猜测……她挤出一个比哭还难看的笑，双手握成小拳拳，轻轻捶了下他的肩膀说："你竟然骗我，人家不理你了！"

贺随："？"

姜稚月抓住他失神的机会，抱紧怀里的书包迅速撤退。她真的太难了。

第三章

甜度加载 20%

　　姜别周五办完值机手续，打过来越洋电话，知会远在彼岸即将会面的妹妹。

　　时差七个小时，国内的天蒙蒙亮，姜稚月裹着毛毯轻手轻脚地下床，跑到宿舍外接通。

　　姜别的语气中听不出将要告别资本主义国家回归故土的喜悦，一如既往地低沉道："周六十点落地，T3 航站楼出口。"

　　姜稚月强撑住上下打架的眼皮，迷迷糊糊地应声道："知道了。"

　　"贺随也去，到时候我让他联系你。"

　　这句话令她瞬间清醒，姜稚月猛地一激灵，穿堂而过的冷风又冻得她打了个冷战。她咬了咬嘴唇说："哥哥，家里的司机叔叔最近好像不是很忙。"

　　姜别的声音沉下几分说："刘叔上周请假了。"

　　姜稚月沉默，十一长假之后她就没再回家，刘叔到底请没请假，她也无从得知。至于曾经被她误认为是 Bking 林的贺随学长，难道要骑机车载她去机场，然后一路拉着行李箱回宿舍？那姜别该坐在哪里呢？

　　姜稚月回忆起贺随那辆酷炫无比的机车，似乎没有车筐，唯一能坐的地方只剩下驾驶位前面的空隙。所以，姜别需要坐在贺随的怀里。画面感迎面而至，她不敢再往下细想，匆匆道别后挂断了电话。

　　周六一大早，陆皎皎她们早起去参加部门例会，姜稚月睁开眼时宿舍里只剩下她一个人。她习惯性地先看手机，一个陌生号码发来的一条短信蹦了出来：早上九点，我在楼下等你。

姜稚月视线上移看了眼时间，已经八点半了，她匆忙下床往卫生间冲，洗漱化妆收拾好后，距离九点还有五分钟。

九点钟一到，电话不差一秒地打来了。

姜稚月握着手机，小步移到阳台，小心翼翼地把窗帘拉开一条小缝探头望下去，Bking贺的身影映入眼帘。他背靠着的那辆四轮车显然比两轮机车更彰显身份，就算不懂车的人，也能看懂前面的车标。姜稚月心中略微有些小遗憾。

她下楼，站在宿舍大厅磨叽了两三分钟，调整好心态慢慢走出去。白色轿车旁的男生没有半点儿不耐，静静地靠在那儿玩手机，衣服一反常态地换下了随性的卫衣，衬衫黑裤长身玉立，格外引人注目。

这也从侧面表现出了他对这次接机，对今天要见的人的重视。

姜稚月走到他面前，小声说："学长，早上好！"

小奶猫不扒拉他的时候过分温顺，贺随的目光离开手机屏幕，对面的小姑娘穿着奶黄色的低领毛衣，一截锁骨时隐时现，黑色小脚裤收拢住纤细的腿，露在外面的脚踝骨成为最抢眼的存在。

贺随盯着她因不安而通红的耳垂看了两秒，没有戳穿她那天是故意装傻，侧身打开副驾驶的门说："走了。"

姜稚月松了口气，她还担心今天穿的毛衣会不会像前几天煮的香蕉皮水的颜色。谁想刚坐进去，身旁的人缓缓开口道："你这毛衣的颜色，挺特别的。"

姜稚月机械地转过头，瞥见男生白色袖口处那两颗高贵典雅的紫色袖扣，尴尬而不失礼貌地进行商业互吹："你这衬衫的颜色，也挺特别的。"

或许因为她这句话，车内的气氛一直尴尬到机场。还不到九点半，两人在车内等着，各自玩手机互不打扰，这种状态姜稚月觉得非常可以。无奈她的娱乐项目不多，刷完微博就不知道该干什么了。

过了会儿，贺随也放下手机说："有个事儿我得先问清楚。"

姜稚月点点头说："你问。"

贺随侧目，眼神稍沉地问："你没和那个宋昀在一起吧？"

姜稚月："……"

贺随意识到自己问得太直接，手背不太自然地蹭了蹭下巴颏说："小朋友成年之前不能恋爱，你哥让我看着点儿你。"

姜稚月沉默几秒后，她一本正经和他对视着道："学长，你别听他的狗话。"

反正翻车的次数太多了，想瞒也瞒不住，不如趁最后一刻做回自己。

姜稚月大着胆子补充道："是他一直没对象才不让我找男朋友，他那个臭脾气，也就只有你能受得了吧。"

这话表面听着很受用，但仔细一品好像不是他理解的那层意思。贺随看了眼时间说："走吧，你哥快出来了。"

姜别是大二下学期出的国，中途没回来过。姜稚月算着时间，大概有大半年没见到他了。

上午十点钟，正赶上机场的人潮高峰期。行李箱摩擦地面发出的声响与脚步声混在一起，地勤人员温馨地提示航班到达信息。

姜稚月小步跟在贺随身后，视线却越过他颀长的身影投向出站口。

伦敦直飞申城的航班上座率不高，一小群人落在最后面。姜别顶着一头乌黑的头发混在一群金发碧眼的外国人里，不紧不慢地推着箱子出来。

姜别有张很符合正常人审美的脸蛋儿，一双丹凤眼勾魂勾得不分国界。走在他身边的女人时不时地暗送秋波，分开前揪一张纸巾写上联系方式往他的衬衫口袋里塞。但衬衫绷得太紧，她塞不进去。

姜稚月定睛一看，不太确定地问："学长，你看我哥是胖了吗？"

金刚芭比男由远及近，贺随抬起眉梢说："你自己问他啊。"

姜别一只手推行李，另一只手提着个正方形的盒子，走到跟前，上下打量着面前的人。

在男人们势均力敌的对视间，姜稚月快速移到她哥身边，伸出一根手指头戳了戳他的胸。原来衬衫包裹住的不是肥肉，而是梆梆硬的胸肌！偷偷练一身肌肉，回来是要收拾他的臭妹妹吧。姜别这个狗男人，半年时间不见，竟然学会鬼鬼祟祟地搞小动作了！

姜稚月感觉大脑皮层缺氧，直愣愣地向后倒去——

贺随及时揽住她后仰的脊背，笑着问姜别："在那边天天健身？"

"闲着无聊，随便玩玩。"姜别递过去手里的签名款头盔，随后拉过姜稚月说，"谢了，兄弟。"

姜稚月垂眸盯着握住她手腕的那只手，试图挣脱，结果被发现了。

姜别瞥向她问："乱动什么？"

姜稚月眨巴眨巴眼，目光从眼前两个人身上兜转一圈，毅然决然道："你放开我，别人会以为是绑架的。"

姜别用犀利的目光凝视她说："别想跑，有些账咱们慢慢算。"

姜稚月可怜兮兮地看向贺随。

姜别边拉着她往前走，边和好友说道："穿这么好看，来迎接我？"

贺随接收到小姑娘求救的眼神，嘴角弯出一道不太明显的弧度，扬起手里的头盔说："来接它。"

听此语，姜别大失所望，清俊的脸上多了几分无可奈何，与他堪比健身教练的身材格格不入。

姜稚月还是不太能接受他的肌肉线条。半年前姜别身材清瘦，在男生里骨架算小的。原本多么斯文的一个贵公子，出了趟国，回来变成了金刚芭比。事已至此，她也唯有付之一叹，决定回去给她哥哥买几件贺随同款的宽松衬衫。

贺随在八百关预订了一桌给姜别接风。他们到时，包厢内坐着两个不算陌生的人，一个"加菲猫"，另一个是真正的林桤。

姜稚月的出现，令两人不知所措。

贺随拉开椅子让小姑娘先坐下，介绍道："姜别的妹妹。"

随后，两人露出恍然大悟的表情。"加菲猫"上前握住她的手说："果然不是一家人，不进一家门！"

姜稚月回握住他的手说："学长，以后多多关照我呀！"

姜别在外面给家里回了通电话，进门就看见这个执手相看泪眼的名场面。他不客气地吼道："毛毛，松手！"

私房菜馆上菜快，等众人坐好后，老板娘亲自带着服务员进来，寒暄了几句才离开。

林桤好奇地问："你们两个的名字有啥寓意吗？一般兄妹取名父母会多思考一些，比如'姜别'，单名一个别离的'别'，仔细品品，还挺有韵味的。"

姜别没听爸妈提过他们名字的由来，一个"没有"刚到嘴边，就听到旁边的女孩儿脆生生地说："当然有呀。"

贺随捕捉到姜别眼中的讶异，知道好戏要开场了。

姜稚月清了清嗓子问："知道《琵琶行》吗？"

林桤说："知道啊，高中还背过呢。"

姜稚月一本正经地回复道："里面有句'别时茫茫江稚月'，还记得不？"

林桤一时回想不起来，毛杰当即赞叹道："妙啊！"

姜别："……"

贺随支着下巴很轻地笑了声，往右倾了下身子，悄声对姜稚月说："白居易的棺材板要压不住了。"

他说话时声调压得很低，就像在耳畔呢喃。姜稚月抬眼对上他漆黑的眼瞳，十足的底气泄了九成。

她大概明白，学校里为什么这么多女生喜欢他了。那双眼睛直勾勾地看人的时候，专注又认真，连她都差点儿陷进去。

姜别敏锐地察觉到他们之间似乎有些古怪，不解地问："你们聊什么呢？"

姜稚月撇开眼，讷讷道："贺随学长说……"

说什么？说她前不久向他告白了，你的妹妹和你的兄弟差一点儿就搞在一起了。不对，刚刚他没说这些。姜稚月思绪混乱，一向聪明的脑袋竟然宕机了。

贺随坐直身子，不经意开口道："我问你妹，我和她谁比较想你。"算是给小姑娘一个台阶下，他递过去一个眼色示意她。

姜稚月福至心灵，嘴角陷下去两个旋涡，看起来又甜又乖巧。

姜别一扬眉，也笑着问："结果呢？"

姜稚月毫不犹豫地说："当然是他比较想你啦。"

姜稚月认为识时务者为俊杰，以她和姜别的关系，实在没必要搞这些虚的。而贺随不同，他日思夜想的人终于回来了，急需要时机表达自己的想念之情。

姜别哼笑道："他是想我拿回来的头盔。"

姜稚月善解人意地替贺随学长补充了一句："也想你。"

贺随端起手边的茶杯，一边小口喝着茶，一边安静地看着这对兄妹围绕他到底想谁的话题展开充分讨论。等他们讨论完，他淡声问道："结果是什么？"

姜别喝口水润了下干涩的嗓子，很自然地略过这个令人费解的话题。因为贺随脑子里每天都在想些什么，他还真猜不到。

接下来，席上男生们谈论的事情，姜稚月压根儿听不懂，她索性低着头吃菜。好在几个男生不抽烟不喝酒，包厢中空气清新，这顿饭她吃得很愉快。

到最后，"加菲猫"突然想起什么说："随宝，今年的 CSBK（中国超级摩托车锦标赛），你参加不？"

贺随所在的车队去年在锦标赛上屈居第二，今年队长退役，车队面临解散。如果想让投资人继续注资，势必要在今年的比赛上摘得冠军奖杯。

毛杰也玩机车，不过跑越野项目，宿舍里就他两个比较关注这类赛事。

贺随意兴阑珊地回复道："参加吧。"

"什么叫'参加吧'，一点激情都没有。""加菲猫"的大脸盘猛地凑上前，"十一月就是今年最后一场了，你不快练练车？"

贺随伸出一只手把面前的那颗大脑袋往后推，他眉头皱起，眼神中有点儿不耐烦。

姜别用手肘拐了下他的胳膊说："毛毛说得对，该练练了。"

CSBK今年将在全国七个城市的八条赛道上举办。比赛时间为四月至十一月，申城作为最后一个赛区，比赛具体时间已定。

以上信息全部来自网上资料。姜稚月虽然听不懂他们讨论的内容，但不妨碍她用手机查询相关词条，对于新鲜的课外知识，她一向求知若渴。

在充分了解这个比赛的基本情况后，她准备仔细听听他们讨论的内容，却非常不巧地将她关心贺随的画面收入眼底。

贺随学长一只手把玩着"加菲猫"的头，侧头回应姜别的话。他抬起眼皮，懒懒扯动嘴角笑了下问："你陪我？"

姜稚月以为下一幕会是温情戏码，没想到姜别这个没有人情味儿的男人，用一种格外冷淡的眼神剜了眼贺随说："才喝了几杯啊，就醉成这样。"

贺随胸有成竹地说："别管了，我有计划。"

这么一说，几个人才放心。

贺随的车坐不下所有人，林桤和毛杰打车回去，姜稚月本想跟着他们。结果姜别不放人，她只好硬着头皮和贺随一起坐在后座，姜别开车。

贺随单手撑着下巴，手肘抵在车窗框上，一言不发地看向窗外。姜稚月默默地缩在另一侧当空气。

姜别从后视镜看她一眼说："明天回家一趟，早上我去宿舍楼接你。"

姜稚月随口问："回哪个家？"

"静安巷子。"

好半晌，后面没再出声。车子遇上红灯停在路口，他疑惑地回头，对上女孩儿略显怯懦的眼神。

姜别眸光渐沉，一边转身继续开车，一边说："十点半，我给你打电话。"

觉察出气氛不对，贺随微一侧头，目光扫过身旁女孩儿攥紧衣角的手，视线上移，她那双生机勃勃的眼睛一反常态地沉静。

静安巷子是申城老规划区中的富人聚集地，姜家的老太太寡居在那儿，贺随回去探望老爷子时能遇上两个老人聚在一块聊天。

怕见老辈人是年轻人常见的心态，在姜老太太那样严肃的长辈面前，连姜别都不敢放肆。

车子停在女生宿舍楼前，姜稚月下车时面无表情，转身离开了，没有施舍给姜别一个眼神。

贺随坐到副驾驶的位置，狭小的空间不足以容纳他的两条长腿，他别扭地调整了下坐姿，拉上安全带说："小姑娘不想回去，你逼她干什么？"

姜别目送那抹纤细的身影消失在大厅，情绪不明地说："回个家而已，又不是要她的命。"

因为要回静安巷子这件事，姜稚月晚上睡得并不好，周日一大早就被噩梦惊醒。她收到一条取件短信，这个快递公司在学校里没有驿站，她只能到校门口签收。姜稚月套上衣服下楼，扫了辆校内共享单车骑到校门口。

深秋时节，雾浓露重，太阳不出来，整个世界显得格外阴沉。空气中的潮湿水汽灌进鼻腔，让人有种窒息的压迫感。

姜稚月本就不好的心情被天气影响，她接过快递员递过来的箱子，神色黯然地道了声谢。她抱着箱子往回走，视线捕捉到不远处一个熟悉的身影。是贺随，他单手提着画夹，迈着缓慢的步子朝一辆双层大巴走去。

姜稚月眼睛一亮，撒腿跑过去，赶在他上车前拦住他。

建筑院每个月组织一次采风，这周轮到大三外出，贺随他们宿舍没有一个人想去，又怕教授布置难为人的结课作业。于是，他就被林桤软磨硬泡地委以重任，代表宿舍前去。

姜稚月一手拉住贺随的衣服，另一只手里托着的快递箱摇摇欲坠。

感觉衣服后面被人扯住，贺随及时停住了步子。扭头看清是谁后，眉尾微微上扬，唇畔的笑意若有若无。

Bking 还是那个 Bking，浑身寡淡的气息让人猜不透他的喜怒。姜稚月收回手，表情带着点儿讨好的意味问："学长，你这是去哪儿？"

贺随淡声解释道："去苏州采风。"

苏州，即使大巴够快，起码也要下午才能到。姜稚月脸上的阴霾一挥而散，她激动地抓住贺随的画夹，凑过去压低声音和他商量道："能带我一个吗？"

贺随垂眸看向女孩儿，想起昨天晚上她那副楚楚可怜的模样。他当然知道她的小心思，不过懒得戳破，甚至愿意帮她一把。

两人对视的几秒，姜稚月心跳如雷，她能不能快乐地度过今天，就在他的一念之间。

贺随松口说："明天上午才能回，有课吗？"

这是答应了？姜稚月体内的快乐因子托马斯回旋式庆祝，情绪平复后，她弯起眉眼说："没课，谢谢学长！"

贺随再次在她眼中看到了"这世界可真有趣"的光芒。他腾出一只手接过小姑娘怀里抱着的箱子，小姑娘跟在他后面上了车。

建筑院的男女比例平衡，女生大多盯着院里的男生希望内部解决配对问题。贺随是赫赫有名的单身优质男青年，然而这次他竟然带了家属！

姜稚月经过几个女生的座位，似乎听到了少女心"咔嚓"碎成粉末的声音。

贺随怕小姑娘晕车，拉住她的袖子把人塞到前排一个靠窗户的座位，随后俯身越过她打开窗户，歪头询问道："会晕车吗？"

他半个身子前倾着，两人距离近到她能闻到他身上冷冽的木质香。

姜稚月垂下头，躲过他的香味袭击说："我不晕车的。"

贺随坐回旁边的位子上，他扯出口袋里的耳机戴上，然后从包里拿出眼罩，脑袋往后面一靠，双腿一蹬，仿佛与世隔绝。

车子启动前，负责人站在最前面清点人数，最后发现多了一个。他走到后面，问这个面生的女生："同学，你是随行的家属吗？"说着，他伸出手指了指补觉的男生："随哥的家属？"

姜稚月思忖两秒，吐出了两个令其他女生死心的字眼："是的。"

负责人比了个"OK"的手势，轻手轻脚地转身离开，告诉司机师傅可以开车了。

途中，女生们有说有笑，互相交换零食。不知道谁吃了周黑鸭，气味飘了过来。姜稚月早上没吃饭，空空的胃开始不满地抗议，她忽然想起脚边快递箱里面装的是什么了。

她试图用手撕开包装胶带，但由于粘得太紧，徒手撕不开，只好四处寻找可以利用的工具。姜稚月把全身上下搜索了一遍，只有纸巾和手机，她悄悄地将视线移到贺随裤子右侧的口袋上，鼓鼓囊囊的。只需要一把钥匙就可以，她心想。

作案的手鬼使神差地探了出去，马上要碰到口袋的时候，姜稚月却怂了。她咬了咬嘴唇，心一横把僵住的手伸了过去，不承想却猛地拍在了男生的腿上。许是力道太大，贺随的身体抖了一下，他抬手拉开眼罩，目光顺着横过来的手臂移动。

姜稚月第一反应是扭过头，后知后觉她的"作案工具"还没收回起来。

贺随这会儿不困，被吵醒时没有发脾气。他捏住那只纤细的手腕，小姑娘白而细腻的皮肤经外面的阳光一照，能清晰地看见下面隐藏的青色血管。

姜稚月紧张到不敢呼吸，第一次做坏事就被当场捉住了。她用余光瞥向旁边的人，试探性地抽动自己的手臂，满脸写着：行行好，这个作案工具可不能没收！

贺随一动不动，手上的力道也不肯放轻半分。他微一侧头，声音中带着笑意问："小朋友，占了便宜就想跑，谁教你的？"

姜稚月欲哭无泪，她只是想在不吵醒他的情况下悄悄拿到钥匙打开箱子。可是由于过度紧张，失手被人当场抓包了。

女孩儿嘴唇轻轻抿起，挤出一个无辜的笑说："就算你觉得吃亏了，我也不能让你摸回去。"

贺随被气笑了问："你要找什么？"

姜稚月另一只手放在箱子上拍了拍说："想找钥匙，打开它。"

贺随松开她的手，从口袋里掏出一串钥匙，钥匙环上挂着一把小巧的瑞士军刀。他递过去，神色悠然地凝视着她。

姜稚月手抖着接过钥匙串，打开瑞士军刀小心翼翼地划开包装胶带，随后迅速收起刀具，毕恭毕敬地还了回去。

姜稚月把手伸进箱子里摸索片刻，慢吞吞地掏出一根黄灿灿的香蕉。

前段时间，为了给学长煮香蕉皮水，她跑遍了学校的水果店。学校里的香蕉不仅价格高，而且品相也不好看，陆皎皎就给她推荐了一家据说销量第一的网店，今天正好收到了快递。

"盲选"的这根香蕉，表皮已经有了一些黑色的小斑点。她索性将一整把香蕉拎出来，挑出完美无瑕的一根，双手捧到贺随面前。

贺随抬了下眼皮，一股酸涩的气息，却骤地涌入鼻腔。

"学长，谢谢你的帮忙。"姜稚月又把香蕉往他跟前递了递说，"最好看的给你吃。"

贺随压抑住不适，缓缓从喉咙里挤出一句："你自己吃吧。"

姜稚月用真诚的眼神看着他，确定他不是矜持，遗憾地收回手，扒开果皮，垂头小口小口吃着。一根香蕉还没吃完，箱子顶上的手机屏幕亮了，来电显示：哥哥。

时间恰好是十点半，她赶忙咽下嘴里的香蕉，要接听的那一刻，她犹豫了。姜稚月求救似的看向身旁的人，腮帮鼓起，可怜兮兮地道："我哥。"

贺随接过女孩儿的手机，接通了电话。人是他带走的，怎么也得通知一下人家家里人。

那端，姜别的声音不太愉悦地说："我在你宿舍楼下。"

贺随搭在膝盖骨上的手指轻轻敲了两下说："是我。"

很可能是在检查拨号是否有误，姜别沉默两秒后问："你现在不是应该在大巴上吗？"

"已经上高速了，"贺随语气轻快道，"你妹帮你来上教授的采风课，今天不跟你回去了。"

姜稚月脑海中立刻浮现出她哥委屈巴巴地等在宿舍楼下的画面。秋风萧瑟苦等许久，却等来了一个妹妹跟兄弟跑路的结局。

贺随捕捉到女孩儿脸上类似"隔着屏幕你又打不到我"的嚣张神情，唇角不自觉地弯出浅弧。

姜别被这突如其来的消息搞得不知所措。他发现让贺随帮忙看着姜稚月，从一开始就是一个错误的决定。

良久，贺随耳畔传来一串忙音，对方直接挂断了电话。

危机解除，姜稚月悬着的一颗心终于放下了，她长吁了一口气。

昨晚失眠，大概两点半才勉强睡着，此刻困意缠上来，她实在困到掉头。刚闭上眼没一会儿，意识就渐渐模糊。

手机还在贺随手中，他把手机轻轻放回小姑娘的箱子上。

手机屏幕自动亮起，屏保是一张姜稚月和姜别小时候的照片。小男孩儿一脸厌世地站着，冷酷无比；旁边的女孩儿笑容灿烂，五官清秀小巧。

他们的模样和现在变化不大。

贺随移开目光，重新戴上眼罩，哈欠驱散了唇畔的笑意，原以为会无聊两天，现在……好像还挺有趣。

本次采风的地点选在了苏州郊区的一处私人园林中。车程很长，司机中途停过两次车。但车上的人却基本不动，除非被尿憋急了，才肯挪挪尊贵的屁股。

姜稚月被一阵颠簸弄醒了，一看时间，她竟然睡了五个小时。天色已晚，漆黑的幕布遮住了整个天空，几颗星星点缀其上，显得分外亮眼。

学校联系好的住宿地点是一家民宿，在私人园林对面的村子里。进入郊区，路面变得坑洼不平，车上睡觉的人大多被颠醒了。

姜稚月看向旁边的 Bking 贺，黑色的眼罩遮住了他的大半张脸，高挺的鼻梁骨将眼罩下方撑起一个小三角，额前的头发懒散地垂着，头顶上有几根头发调皮地翘了起来，他看上去是那么气定神闲。

早上吃的那些香蕉，此时已经全部消化完，久违的饥饿感再次袭来。她支着下巴，真想问问他的肚子里装了什么。

车子缓缓驶入民宿临时搭建的车棚，司机扬声提醒大家该下车了。贺随肩膀先是一动，发觉胳膊发麻抬不起来了。

姜稚月没注意到他肩膀动，以为他还没醒，于是悄悄靠过去，伸手拉他的眼罩。没想到刚扯开一道缝隙，就猝不及防地看见了一对漆黑的眼珠子。姜稚月下意识松开手，极具弹性的眼罩"啪"的一下反弹回贺随的脑门上。

贺随："……"

司机见他们两个还不动弹，交代了一下说："我先去上个厕所，你们下车时记得关窗。"说完，摁灭顶灯就下了车。

一瞬间，姜稚月的视野变得模糊了，仅凭窗外的微光，实在不足以照亮她脚下的路。

贺随背上画夹，起身迈下台阶。走出两步，抬眼看见小姑娘摸索着前进。他站在原地，没出声，等着她走出座位。

姜稚月伸长胳膊，手指触碰到男生的衣角，然后紧紧攥住了。女孩儿嘴唇翕动，声音细软轻柔地说："学长，我有点儿看不清路。"

贺随显然知道，她用的程度副词是不够准确的。他抬起手，从她手里解救出被握住的衣角。

姜稚月手心瞬间空了，她耷下眼皮，不知所措地站在原地。

黑暗将人的敏感无意间放大，她下意识地觉得自己给他带来了这么多麻烦，他一定很讨厌她，凭什么还要事事顾全她。

姜稚月抿了下唇，准备自己找路下车。不承想，伸出去探路的手被他轻轻握住，男生的指腹很凉，攥住她指尖的掌心却格外柔软。

贺随走在前面，声音带着初醒时的沙哑说："前面有台阶，步子迈得小一点儿。"

姜稚月愣了会儿神，生平第一次和哥哥以外的男生牵手，她有些蒙。

贺随倒没顾虑那么多，只想到她拉着他的衣角，万一没抓牢跌倒受伤，姜别回去不得和他干一架——若放在半年前，他兴许还能打赢，但现在姜别那身腱子肉可让人不敢小觑。

下了车，视野的模糊感消失，姜稚月试着抽回手说："学长，我能看清了。"

贺随低低"嗯"了声，松开女孩儿的手，又将那只牵过她的手藏进了口袋。

三层楼的民宿共有十个房间，加上姜稚月这次出来的有二十个人，刚好两人住一间房。相识的女生们结伴入住，到后面余下三男一女，姜稚月就是唯一的那个女生。

负责人惊叹道："缘分啊，随哥，你就和你的小女朋友住一间吧。"

姜稚月立刻解释道："学长，家属不光是女朋友呀。"

负责人愣怔片刻，恍然大悟道："那就是未婚妻！"

姜稚月："……"

贺随抬步走向楼梯，冲依旧在那儿解释的女孩儿一招手说："走了，上楼。"

姜稚月赶紧跟上，心想就算是住一间房，她可以睡沙发，没什么大不了的。只可惜，民宿老板不给她睡沙发的机会，房间里陈设简单，一张木床、两把椅子，桌子的长度才只有五十厘米左右。

贺随弯腰放下画夹，半蹲着身子掏出背包中的炭笔。回头时，看到姜稚月石化在门口，他一低眉，声音平静道："我们晚上出去采风，你自己在房间。"

"晚上出去采风？"她疑惑地问。

"嗯，早上参观的人比较多，不对团队开放。"

昼夜颠倒，怪不得他在车上睡了一路，原来是早有准备啊。姜稚月后知后觉自己也睡了很久，今晚可能会睡不着。她连上民宿的无线网络，开始看新闻采访的视频。

负责人挨个房间叫人下去集合，来到他们这儿看情形不解地问："随哥，家属不一块去吗？"

贺随手指钩住画夹，回头看了眼屋里的小姑娘。

她抬眼，正好迎上他的目光。贺随敛神，声音出奇柔和地问："自己在这儿，怕吗？"

姜稚月皱眉，听出他的话外音，嘟囔了句："真把我当小朋友啊。"

贺随偷笑，走到桌边弯腰在一张便笺纸上写下联系方式，并用杯子压住说："上面是我的微信号，和手机号码不是同一个。你想聊天的话……"

他顿了顿，微微一笑："我也可以勉为其难地陪你聊几句。"

姜稚月算是感觉出来了，今天 Bking 贺的心情特别好，连话都多了起来，而且多到让她想打人。

走廊里响起了嘈杂的脚步声，持续了大约十分钟，一队人离开后，夜晚终于回归它该有的宁静。

姜稚月找了一张白纸，将专业课老师布置的新闻分析作业列出纲要，做完都已经到凌晨了。她端着杯子准备去大厅接水，刚打开房门，一道刺眼的光晃了进来。

园林工作人员专门为夜晚采风的学生新建了工作台，千瓦的白炽灯照亮了整个建筑，黑夜宛如白昼。

贺随落在队伍最后，和负责人并排坐在一起。旁边的女生们叽叽喳喳地讨论着，他不耐烦地塞上了耳机。

这位教授讲课有唠叨的毛病，简单的几句话硬是讲了一个小时。在这期间，贺随已在画板上勾勒出建筑的基本结构，笔迹稍显潦草，胜在线条硬朗。

静谧的夜晚，只有炭笔摩擦纸面的唰唰声。两点多时，白天没睡觉的学生开始频繁地打哈欠，负责人也被传染了，嘴巴张得能吞下拳头。贺随给了他一个警告的眼神，对方立刻乖乖闭上嘴巴。

在所有人都疲惫不堪时，一阵突兀的手机铃声骤响。负责人赶忙接起，是民宿老板打来的电话。

不知道那边说了些什么，他脸色一变，挂断后先是跑过去向教授知会一声，然后告知大家民宿遭到入室盗窃的消息。

姜稚月还在民宿里。贺随懈怠至极点的神经猛然紧绷，他一蹙眉，一言不发起身离开。

园林距离民宿步行十分钟的路程，加快步伐赶回去时，三层小楼前已被警戒线围起，当地的警察正在里面拍摄案发现场。几个房间被翻得很乱，女生们的随身背包都大敞着，里面的化妆品散落一地。

警戒线外围观的人群中没有姜稚月的身影，贺随反复找寻几遍后，他抬步走向警车旁问："请问您见过一个女生吗？她就住这个房子里。"

警察板着脸回应道："一二层没有人，至于三层，还没进行搜查。"

小偷为了躲避监控，直接切断了楼里的总电路，姜稚月的夜盲症不允许她摸黑下楼离开。

后面回来的同学，被警察请到一个房间清算丢失的财物。贺随跑到三楼他们的房间，推开门用手机手电筒找人。桌上摊开的纸上写满了字，所有物品都还在原地。

这个屋子没有遭到盗窃的迹象。同样，也没有小姑娘的身影。

贺随眼底藏着戾气，伸手试探性地拉了下衣柜。

柜门被反锁住了，贺随眉梢微挑，力道加重了一些将门拉开。

大概是听到响动，抱膝窝在里面的女生睫毛颤动，随即缓缓抬起眼帘。大片光线争先恐后地挤到眼前，她揉了揉眼就要站起来。

贺随没料到她会站得这么急，眼睁睁看着一颗脑袋"砰"的一声撞上了隔板。他默默咽下想夸她聪明的话语，语气平静道："没事儿就好。"

姜稚月被撞得眼冒金星，着急道："你们怎么才回来啊？那小偷都快把这房子搬空了。"

警察听到她的声音才反应过来："小姑娘，是你打电话报警的吧？"

姜稚月从衣柜里爬出来，点点头问："贼抓住了吗？"

警察立刻沉默了，这是个比较难回答的问题。

姜稚月悄悄拉近贺随的衣角，避过警察们，小声嘀咕道："我打电话的时候，那个贼还在搬，搬了差不多十五分钟。这么长的时间，他们这些人都在玩泥巴吗？"

贺随轻拍了下她的后脑勺说："别乱说。"

姜稚月噤声，眨巴着眼睛看着他。熬了半个夜，他的皮肤不见半点儿暗淡，连黑眼圈都没有。她不自觉地伸出手轻轻摸了摸自己的眼眶，心中不由得感叹自己真是个很容易冒出黑眼圈的生物。

贺随凑过来一点儿，无意间拉近了两人间的距离，男生身上清新好闻的木质香钻进鼻腔，姜稚月捂住脸下意识后退了几步。

只见他的手移到女孩儿的头顶上轻轻敲了两下，警告意味十足地说："再乱说话被逮进去了，我还得陪着你。"

姜稚月拉下他的手，声音越发细微地说："谁要你陪。"

贺随脸上浮出一个浅浅的微笑说："行，我还得去捞你。"

话音刚落，对面一个警察大叔和蔼地笑道："小姑娘，麻烦你跟我们去趟派出所。"

姜稚月一脸震惊，下意识地查看他手中有没有手铐，又一想她没犯事儿害怕什么。为了掩藏心里的紧张，她极不自然地抬起藏在身后的手边整理头发，边问："是有什么事需要我配合吗？"

贺随轻轻笑了声，在接收到小姑娘不忿的目光后，他敛起看热闹的神情，又恢复了平常那副寡淡的模样。

因为是姜稚月报的警，警方需要请她去派出所做份笔录。

贺随不放心她一个人去，就跟着上了警车。

姜稚月第一次坐这种车，不免有些好奇。她打量着车厢中的配置，和平常的私家车没什么区别。而当她扭过头看向窗外时，心中忽然升腾起一股别样的情绪说："学长，你知道有种病叫作'靠近窗户就伤感综合征'吗？"

贺随抬起眼皮，强忍倦意道："放心，你还能出来。"

姜稚月心中的那一小丢丢伤感，因为他的这句话而灰飞烟灭。

天蒙蒙亮的时候，姜稚月走出问讯室。做笔录时，警方照例问了几个问题，让她根据附近邻居提供的信息描述嫌犯的样貌。

当时走廊漆黑一片导致她视野受限，隐隐约约看到是个一米八的壮汉。

能清楚知晓民宿内住进了一批学生，踩着点上门行窃，说明窃贼经常在附近打转，同村的可能性较大。不过，这些都不是姜稚月该顾虑的。她现在该担心的，是姜别回去会不会把她杀了。

时间倒退三十分钟，警察同志对在场证人进行身份登记。

当她掏出身份证时，警察同志看见出生日期非要联系未成年人的家属。

姜稚月百般无奈之下，只好交出她哥哥的联系方式。

姜别的生物钟调整迅速，五点半竟然起来晨跑了。

他以为他可爱的妹妹专程打电话过来是道歉的，可没想到——

"你好，这是虎丘区派出所。请问姜稚月小姐是您的家属吗？"

姜别太阳穴突突发涨，咬牙挤出了一句话："对不起！你打错了。"

贺随坐在走廊的蓝色长椅上，趁女孩儿进去做笔录的间隙补觉。他微仰着头，后脑勺抵住椅背，双腿懒散地交叠在一起。好看的人连睡觉的样子都很好看，过往的文员小姐姐们都忍不住偏头瞧他。

姜稚月走近，张开手在他眼前晃了晃，对方还是没醒。她用一根手指轻轻戳了下他的肩膀，压低音量喊道："学长，起床啦！"

贺随睡得不沉，在她伸手试探的时候就已经醒了。

姜稚月指了指外面的停车区说："你看，他们一车人专程接我们回去。"

负责人远远瞧见她，蹦跶起来冲她招手示意：你们没事，真的太好了！

两人上车后，收获了一车厢的注目礼。大概是很少有机会派出所三小时游，其他人都带着一副"好好奇他们都做了什么哦"的表情，这令贺随不胜其烦。

姜稚月满脑子都是怎么应付她哥，没在意他们的目光。返程的路上，她拿出一半的时间思考，剩下的那半时间实在忍不住睡了过去。

贺随戴着耳机看今年摩托车锦标赛前面几条赛道的比赛视频，看到精彩处，右边肩膀上突然一重。他侧头一看，曾经那颗撞过电线杆、撞过衣柜隔板的脑袋，此刻安安静静地靠在他肩上。

贺随瞬间懂了，为什么这颗脑袋饱经风霜，却依旧能坚挺地立在她的脖子上，因为它实在是太硬了！

下午一点到达学校门口，司机指挥学生下车。姜稚月应声醒来，她揉了揉硌得生疼的脸蛋儿，扭头去看是什么东西那么硌脸。

被当"人肉枕头"枕了一路，贺随右边肩膀麻麻的。他眯起眼，似笑非笑地问："睡得舒服吗？"

姜稚月舔了舔嘴角，下意识去检查"枕头"上有没有残留的异物。好在她这个人睡觉不流口水，男生的肩膀上只留下一抹温热的气息。她长吁一口气，真诚地道谢说："学长，谢谢你！"

贺随起身拎包，但右臂使不上劲，背包登时脱手掉落在地上。

姜稚月被巨大的撞击声吓得缩起脖颈儿，她忧心忡忡地看了眼他右边的肩膀，弯下腰迅速捡起包。

该不会是她脑袋里装太多知识把他压坏了吧。姜稚月没时间多想，下午第一节课马上开始了，她把包交给贺随后，匆匆下了车说："我先去上课了……要是有其他后遗症，你电话联系我呀。"

贺随舌尖顶住上颚，后槽牙轻轻磨动。他下车转身打算回宿舍，迎面撞上了一个熟人——他的好友某姜姓男子单手抄兜，正朝大巴这边走来。

贺随思忖两秒，他决定站在原地，静静等着姜别来到他面前。

不等对方开口说话，贺随用一如既往的冷淡表情说："东南方向，你现在追还来得及。"

认识贺随六年以来，姜别第一次见他如此识时务。

另一侧，拼命往教学楼赶的姜稚月莫名地连打了两个喷嚏。口袋里的手机突然振动，她几乎是下意识地转身，果不其然——

姜别正杀气腾腾地向她走来。

姜稚月睁大眼，脑补出一个杀人狂魔大杀四方的血腥场面。她倒吸一口凉气，拿出体测跑五十米的速度冲进教学楼。幸好上课教室在一楼，姜稚月狂奔进去，在陆皎皎占好的座位上坐下。

陆皎皎讶异地问："稚月，你是在躲追债的人吗？"

姜稚月喘着粗气摇头道："不是，躲我哥，他杀到学校来了。"

这节课是综合英语，上课铃打响三分钟后老师还没有出现。姜稚月神经紧绷，她要时刻注意姜别是否在周围出没。

耳畔突然响起喧闹声，整个教室沸腾了。姜稚月循声看去，眼珠子差点儿掉下来。

她哥——姜别此刻正站在讲台上，手里拿着一本综英的教材说："吴教授这节课不来了，我帮他代一节课。"

姜稚月咽了咽口水，很快垂下头，默不作声地拿出手机摆弄几下。

几秒后，姜别手机振动，银行流水短信通知：您尾号为 8860 卡 10 月 28 日 14：05 分快捷支出 1300 元。备注是"保平安 - 保险"。

姜稚月的行为落在他眼里是赤裸裸的挑衅，充分表现出"打我人，花你钱"的狂妄。

姜别隔着老远，冲台下的妹妹微微笑了笑说："我们开始上课。"

姜别初中念的是国际学校，接受全英文教育，他高考英语拿了满分，托福考出了令人惊叹的分数，所以这次帮教授代课，完全不成问题。

好在姜别没有在课上难为她，姜稚月一整节课都保持着鸵鸟头埋沙的姿势，在手机上翻阅《未成年人保护法》。再过几天，她就无法享受这份权利了。轻则罚款，重则进局子，不管哪种惩罚都会留案存档，会影响人未来的发展。

姜稚月抬头看了眼讲台上的人，突然不太忍心。姜别可是他们这辈人里，最令长辈引以为傲的存在啊！

绝对不能添上"涉嫌家暴"的案底。绝对不能！

距离下课还剩五分钟的时候，姜稚月拜托陆皎皎把她的课本带回宿舍。

在脑中规划好逃跑路线后，她又摘下手链和手表一并交给舍友。她要尽量保持最轻松的状态，以最快的速度从姜别面前逃离。

陆皎皎不免担忧地问："稚月，你哥哥混进教室了？"

姜稚月心生一计，悄悄趴下头说："皎皎，台上那个学长讲课好温柔哦。你能帮我要个联系方式吗？"

陆皎皎脸一下红了，拒绝道："这事儿我做不来啦。"

"你就说是帮朋友要的。"姜稚月双掌合十道，"拜托拜托。"

陆皎皎抿住嘴唇，表情格外认真地说："无中生'友'，必遭天谴。但为了你的幸福，我帮你！"

台上，姜别提前讲完PPT的内容，剩下的时间不多了，他弯腰关闭电脑。凭着兄妹二人长期相处的经验，他决定提前两分钟去教室外蹲点。

陆皎皎眼尖地看穿了他要走的想法，在他迈出讲台前倏地站起身说："学长请等一下！"

速度快到姜稚月来不及拉住她，周围的人投来好奇的目光，姜别也站住了。

陆皎皎咽了咽口水，鼓起勇气开口道："我有个朋友，她想要你的联系方式。"

闻言，姜别轻移目光，投向她口中所谓的那个朋友——一排三座的座位区只坐着她们两个人。所谓的朋友，不是姜稚月还能是谁？

姜别识破了姜稚月的诡计，她试图请舍友阻拦他的去路，好留给她开溜的时间。

他盯着她们看了好一会儿，弯唇温柔地笑道："麻烦请你的朋友下课亲自来和我要。"

姜稚月自动翻译了他的话外音：负荆请罪，还有活路。

拽住好友衣袖的手慢慢收回来，她戴上卫衣的帽子，下课铃打响后耷拉着脑袋走出教室。

不少看热闹的同学还没离开，一个个抻长脖子等待好戏上演。

姜稚月慢吞吞地走到姜别面前，双手抄在卫衣前面的口袋里。她抬起头，余光瞥过围观群众说："其实，你应该感谢我的。"

姜别面无表情地问："感谢你进局子之后，还记得有我这个哥哥？"

"不是，感谢我让全校的人第一时间知道你姜别回来了。"她一本正经地说，"毕竟不是每个交换回来的学长，都能被我这样漂亮的女孩子告白。"

姜别眸光沉沉地凝视她问："戴高帽又是几个意思？"

姜稚月隐隐约约感受到一股寒意，硬着头皮回答道："怕你打我。"她小心翼翼地打量着对方的脸色，又补充了一句："然后，还有点儿丢人。"

姜别不太温柔地拽过女孩儿的胳膊，快步离开围观群众，来到一条寂静的无人小路。他松开她，一把扯下她的帽子。

"这次能跑，下次你要跑哪儿去？"他面色不悦地说，"回的是你的家，不是别的地方。"

姜稚月抿唇，抬手整理额前的头发，她垂下头，一言不发，默默地与他僵持着。

西沉的太阳将两人的身影拉得格外长，凉风渐起，树叶"沙沙"作响。

对面的人是一定要等到一个答案才肯罢休。姜稚月用脚尖钩住一颗小石子，又轻轻踢开，肩膀泄气地垂着。

她知道奶奶不喜欢自己，也尽量避免单独和老人相处。哥哥却是个顾虑周全的人，以为多点儿相处的时间，彼此的态度都能转变。但有些刻在骨子里的认知，是永远扭转不了的。她没有能力让所有人开心，单是能让在乎的人开心，就已经很不容易了。

姜别的耐心有耗尽的迹象，清俊的眉眼间藏着火气。

姜稚月挤出一个讨好的笑，赶在他开口前妥协道："哥哥，下次吧，下次我一定去。"

姜别薄唇紧抿，半信半疑地抬起眉梢问："真的？"

姜稚月一本正经地做了保证后，伸手捏住她哥哥两侧的脸颊，试图将他紧绷的唇线拉出一道上翘的弧度。她直视着他闪光的眼睛说："拿姜别下学期的成绩起誓，以上说的都是真话。"

姜别："……"

回宿舍的路上，姜稚月接到了她妈妈打来的电话。大概是见她没回去，有些不放心地说："小稚，阿别说你有事才没回来。妈妈给你买了好多新衣服，到时候让刘叔给你送去。"

姜稚月踢着脚下的小石子，妈妈温柔的声音响在耳侧，她的心情却突然崩溃了。她慢慢蹲下，手指蹭了蹭眼眶。

有些事情她无能为力，甚至没办法解释清楚。她一直以为家里人都不理解她，还怪她无理取闹。但实际上，他们从来没有怪过她，什么事都由着她。愧疚之意在心底发酵，无止境地蔓延，几乎要吞噬掉她整个人。

A大校内篮球选拔赛进入第二轮半决赛，新传院被建筑院打得很惨，两队分差悬殊。下半场新传院的球员敷衍了事，团队配合不默契；建筑院势不可当，继续领先。

姜稚月坐在自己学院的观众席里，支着下巴听身边三个舍友激情无比地替对方球员加油。

今天贺随和姜别都没上场，林桤操控全场。毛杰不是打球的料，站在场边指挥啦啦队摇旗助威。

四个人不同时行动，不在场的两个人单独出去一定有猫儿腻。姜稚月非常好奇他们去哪儿了，比赛结束后她跑到赛场边截住"加菲猫"问："学长，我哥呢？"

毛杰打发走身边的男生说："你哥陪随宝去练车了，找他有事？"

姜稚月抿唇，露出个为难的笑说："是有点儿事。"

毛杰没追问，清清嗓子爽快无比地说："那我带你去找他们。"

"加菲猫"言而有信，下午一点就准时出现在校门口。他屁股底下坐着的那台电动小毛驴看起来不堪重负，姜稚月不太放心，坐上后手指紧紧地扒住座位边缘。

小毛驴开动后轮子发出"吱嘎"的响声，它以绝对缓慢的速度行驶在非机动车道上。

到达地铁口，毛杰找地方停下车，轻车熟路地带着小学妹换乘地铁。

赛车场位于郊区，一个荒凉的小山头被圈了起来，绕过山的阴面，进入了另一片天地。

半露天设计的顶棚遮挡住刺眼的光线，赛道旁竖起隔板，安全路障接连不断，靠近右侧的大屏幕上，循环播放着车队成员的照片。

姜稚月跟在毛杰身后进入俱乐部大门，空旷的大厅不见人影。毛杰解释道："今天放假，成员们都不在。"

话音刚落，身后的车场上响起一阵急促的哨音，随后机车的轰鸣声骤起。一个白色的身影箭一般地冲出去，疾风鼓起他的衣服，他像插上了一对翅膀。

姜稚月被那个身影紧紧攥住目光，她走到落地窗前往外看。

毛杰一瞧说："哟，都开始跑了，咱去里面看吧。"

休息室里挂着液晶屏幕，从上面可以看到赛场内摄像头三百六十度无死角拍摄的选手状态，以及车载摄像头拍摄的选手的面部特写。贺随戴着头盔，只露出一双漆黑的眼睛。因为隔着一层玻璃罩，他的眼神变得晦暗。

毛杰一巴掌拍到姜别的肩膀上说："别哥，你妹找你。"

姜别一蹙眉，转过头看见门口的女孩儿，问他："你怎么把她带来了？"

姜稚月眼睛一眨不眨地看着屏幕，当车子急速冲过终点时，男生顾长的身影仿佛在她脑海中拉出了一个澎湃的惊叹号。

姜别拽住她的衣领，强迫她扭过头说："找我干什么？"

姜稚月不小心把心底话说了出来："好飒一男的！"

姜别面无表情地松开她，算了，他不想和花痴讲道理。

屏幕那端，贺随取下头盔，额前的碎发凌乱而蓬松。他倾身到机器前查看时间记录，成绩不是很理想，比预想中晚了五秒。

姜别手中的传讯机没关，休息室内的谈话声，一句不落地进入他耳中。

几个大老爷们儿的声音里夹杂着女孩儿细软的惊呼，贺随疑惑地朝楼上看了眼，按开机器的通信设备问："姜别，谁过来了？"

姜别回答道："我妹。你刚才弯道拐早了，这次成绩估计不理想。"

"猜对了，慢了不少。"贺随重新戴上头盔说，"再跑一圈。"

休息室里除了姜别他们，还有俱乐部的其他几个成员。毛杰经常过来玩，和这伙人的关系不错，一群人闹闹腾腾的有些吵。

姜稚月偷偷转移到离屏幕最近的沙发上，拿出手机打开录像功能对准了屏幕。

第一次偷拍 Bking 贺，她心虚又紧张，处处注意着别人的举动，镜头不知不觉偏移了屏幕，结果愣是没拍出 Bking 贺骑摩托时帅爆了的气质。

姜稚月戴上耳机，将偷拍的视频回放。由于看得太专心，她都没注意到身后渐近的身影。她来回滑动视频进度条，截出一段比较满意的动图存了档。她切换手机相册查看之际，黑色的屏幕上映出男生的脸。

姜稚月笑容僵在脸上，机械地扭过头。

贺随单手撑在沙发靠背上，不知在她身后站了多久。不过，他脸上寡淡的神情似乎说明了一切：该看的不该看的，他全看到了。

姜稚月摸不清他的情绪，挥手打招呼道："下午好啊。"

多么不走心的问候。贺随低低"嗯"了声，拿出两瓶矿泉水，递给她一瓶，然后在旁边的沙发上坐下。

姜稚月拧开瓶盖，小口喝着水，眼神不由自主地往他那儿瞥。

贺随放下手中的水瓶，左手轻轻按了按右边的肩膀，也就是她昨天的临时"枕头"。男生身形清瘦，隔着一层薄薄的卫衣，能清晰地看见凸起的骨骼。

姜稚月吞下嘴里的水，语气稍显不安地问："学长，你什么时候比赛呀？"

贺随淡声答道："十一月中旬。"

姜稚月点头，缩进沙发角掏出手机摆弄，不说话了。

休息够了，贺随不紧不慢地坐直身，先跷起腿系紧鞋带，又将裤腿上的灰尘掸去。起身离开前，他歪着头叫她："小朋友，要不要去现场看比赛？"

姜稚月抬头，眼神中露出不解。

"到时候让你光明正大地拍。"他浅笑了一下，唇畔的弧度越发明显地问，"去不去？"

姜稚月犹豫两秒，算是安慰所剩无几的矜持，随后她攥紧手机点头说："要去的。"

毛杰不知什么时候出现在他们旁边说："随宝你偏心，都不邀请我。"

一百八十斤的糙汉子学小姑娘哼哼唧唧的，这行为着实恶心到了贺随。他挑起唇角，一副要笑不笑的样子。

毛杰自动理解为：你在异想天开。

"好的，我走。"

进入十一月份，申城告别了短暂的秋天。一股强冷空气袭来，毛衣针织衫已经抵挡不住严寒，不少怕冷的小姑娘拿出围巾手套将自己全副武装起来。

姜稚月在牛仔外套里套了件加绒卫衣，她戴上口罩，出门拿快递的时候给她哥发了条短信。

快递点距离男生宿舍不远，她取完件小步跑到宿舍楼底。姜别站在门厅外，身上套着深蓝色的大衣，应该是刚回宿舍。

姜稚月单手抱着箱子冲他招手，对方看见后抬步走过来。

姜别顺手接过她怀里的箱子，本以为重量很轻，没想到手臂被压得猛晃了一下。

姜稚月屈指敲了两下箱子表面说："你帮我交给贺随，千万别说是我买的！"

女生很容易产生慕强心理，前段时间看贺随骑机车当场表露赞叹，这又悄悄送礼物了。再过不久，他是不是就要眼睁睁地看着妹妹和兄弟双宿双飞了？想到这里，姜别眼神意味深长地问："怎么不自己给？"

姜稚月一看她哥的表情就知道他想多了，将差点儿压断他兄弟胳膊的事解释了一遍，手指又敲了两下盒子说："他快比赛了，身上有伤不太好呀。"

姜别不太相信人性始终丧失的妹妹能做出这种善事。

"不要拿这么恶毒的眼光看我。"姜稚月十分理所当然地说，"反正是用你的钱买的。"

姜别想起上次她从他卡里支出的1200块大洋，眉梢开始抽搐。虽然不知道里面是什么，但价格甚是可以。他颔首，淡然的表情出现了裂缝："是我不配。"

姜别抱着箱子上楼，一进宿舍，翻滚的音浪差点儿把他撞到地上。贺随烦躁地翻了个身，抽出枕头准确无误地扔到毛杰的脑袋上说："关掉！"

姜别走进屋，将箱子扔在桌上说："你也别睡了，给你买的东西到了。"

贺随忍住起床气坐起身，黑眼中藏着戾气，下床去卫生间洗了把脸，出来时脸色转缓。

他停在桌前，拎起一把剪刀拆开包装胶带，慢条斯理地一层层打开，似乎对里面装的东西一点儿都不感兴趣。

姜别守在一边，奚落道："你的动作慢死了。"

贺随索性停住，抬起眉梢看向他问："你急什么？不是你买的吗？"

姜别噤声，秉承着契约精神，没把姜稚月供出来。等贺随不紧不慢地拆完，箱子上面放着一张说明书。他翻开看了眼，半晌没有再动一下。

姜别下巴抬起，侧头凑过去看——肩颈按摩器，专治偏瘫麻痹。

气氛一时难以形容。

姜别淡定地垂下头，拿出箱子里的按摩器，手指不小心碰到了旁边的开关，整个东西"嗡嗡"响起，引来其他两人好奇的目光。

毛杰跳下床，伸出手指轻轻碰了下振动的物体，发出一声惊叹："哇哦，好东西哟！"

林桤也凑过来，不过他看的是说明书，纸上一行加大加粗的字，他不戴眼镜也能看清。他故意道："我天，贺随你这么年轻就偏瘫了？"

贺随舌尖顶住上颚，手指轻敲按摩器表面，淡睨着旁边的好友，等待他给出合理的解释。

姜别最怕他这种似笑非笑、说怒不怒的眼神，忙说："我问问是不是发错货了？"

新晋按摩器送货员小姜收到她哥的消息，点开一看竟然是一连串问号，下面还附带一张按摩器及说明书的照片。按摩器型号是她做了很多功课挑的，颜色也是她特意选的符合 Bking 贺审美的暗夜黑。只是，为什么说明书上会写"专治偏瘫麻痹"呢？

姜稚月百思不得其解，重新登录某宝查看商品信息，详情页面也找不到相关字样。她戳客服询问：请问这款产品手臂发麻可以用吗？

客服小爱：可以哟亲亲，不过手臂发麻是偏瘫的迹象呢，小爱建议您去做下正规检查哈。

姜稚月无语：我不是想买医疗按摩器，你们为什么不标清楚？

客服小爱：那您是想买情趣款吗？我们店也有的哦。

姜稚月实在难以想象贺随看见说明书时的表情，她拉开抽屉，取出手账本。贺随留下微信号的那张小字条，被她妥帖地夹在纸页中。

她决定承认错误，不能让姜别背了这口锅。

好友请求几乎是秒通过，手机"叮咚"一声响，姜稚月颤巍巍地伸出手打字：学长，那个按摩器……其实是我买的，客服说单纯的手臂麻也可以用。

贺随没想到姜稚月会这时候加他，而且只是特意为了解释眼前这台按摩器。去苏州采风的时候遇上窃贼入室，她也没主动联系他。

他盯着消息下面两个卖萌的小表情看了会儿，回复道：知道了。想了想，又补充上一条：左手打字稍微有点慢，不过你放心。

放心什么？当然是四肢健全无瘫痪迹象，谢谢你的体贴与关心，好意我心领了。

姜稚月通过他的回复解读出许多深意，好在他没生气，还有心情和她开玩笑。

贺随一勾唇，继续滑动屏幕，目光定格在好友生日提醒的消息框上："姜别，你妹生日快到了？"

姜别说："这周日吧。"

毛杰感受着按摩器振动的同时，插话道："小学妹生日，你们做学长的得有点表示吧？"

林桤故意调大振动频率，听见毛杰哀号的声音才扔开遥控器说："你们部的小学妹，还是阿别的妹妹，论关系你得给我们打个样啊。"

毛杰拉开抽屉，甩出几张花花绿绿的纸问："够不够诚意？"

城西新开园的游乐场，辅导员收到之前毕业学生送来的门票，工作忙没空去，就分给了几个关系好的学生。

毛杰凭借超强的交际能力，哄得女辅导员眉开眼笑，剩下的票就全塞给他了。

"要是小学妹想去，咱们就陪她一块，最好能拉上她舍友。"

林桤抡起手中的书把毛杰的脑袋当木鱼敲道："洗洗睡吧，阿别她妹看不上你，她舍友的审美肯定也在线。"

毛杰撺掇姜别去问她妹，周六没课，坐地铁可以直达游乐场正门，反正省钱省力，稳赚不亏。

姜别一向善解人意，将毛杰的心意充分传达给姜稚月。对方没回消息，估计是有事没看手机。过了会儿，他后知后觉地问："阿随，你问她生日干什么？"

贺随已经戴上耳机打开软件建模，一副独善其身的模样。

几个人自觉地安静下来，回到桌边做手头的工作。

姜稚月肯定不会自己一个人跟着一群大老爷们儿去游乐场，但那家游乐场的广告设计和人物形象做得特别出彩，专业课老师在课堂上不止一次提到过。

为了避免出现一女 N 男的情形，姜稚月探过头问："皎皎，这周六你有事吗？"

陆皎皎正在看视频，拔下耳机摇头道："没事，咋啦？"

"要不要一起去西边那家游乐场，我发给的票。"她转念一想，事先打预防针说，"他的几个朋友也去，介意吗？"

陆皎皎眨眨眼说："可以啊，正好我那天没事做。"

上周五配音的报酬，已经打进了姜稚月的账户，不多不少正好 3000 块。姜稚月顺手转进了姜别的卡里，买的保险和送给贺随的按摩器，算是她自己花的钱。

在钱这方面，父母从不会亏待她。姜别虽然嘴上总是说克扣她的生活费，但最后也舍不得让她经济拮据，不等她低头服软，一眼不眨地将大笔的生活费划进她的账户。姜稚月觉得这是他的计谋，于是高中毕业后便想方设法经济独立。

她马上就十八岁了，离长大成人只剩最后几天了。成年，一个多么遥远又陌生的年龄，就这样悄无声息却又不可阻挡地到来了。

第四章

甜度加载 30%

周六早上，天气久违地放晴了，还不到八点，被云层遮掩住的太阳就冲破束缚，刺眼的光线倾斜而下，透过窗帘照入阴暗的房间。

姜稚月的生物钟是七点半，她轻手轻脚地下床洗漱，八点左右收拾完，走到陆皎皎床边轻轻叫醒她。

姜别今天赶交流报告，没时间跟他们一块去，给她发消息传达了约定时间和地点。

南方城市不供暖，进入十一月份，早上的温度极低。姜稚月搓了搓冻得发麻的手，抱着手机犹像地敲上一行字：贺随学长去吗？

因为大一新干事的加入，学生会的例行会议调至周日，周二的选修课贺随不必再替林桤去上。也就意味着，姜稚月平常与他会面的机会，从一次减到了零。

距离上次见面，已经有一周的时间。姜稚月好像习惯了生活里有他的存在，明明他们只是再普通不过的学长与学妹的关系。思及此，她默默删掉打好的那行字，简单回复：知道了。

姜稚月她们踩着约定好的时间点到达校门口，男生宿舍离这儿比较远，毛杰和林桤坐着校内专线车过来了。

陆皎皎认出了两个学长，拉住姜稚月的衣摆小声问："稚月，这不是主席和你们部长吗？"

姜稚月点点头说："是他们，我就不用介绍了吧。"

陆皎皎眼神中流露出震惊，她突然有种想溜的冲动。

当然，其他三人不会给她溜的机会。毛杰从手机上搜索目的地，确定路线后，毛系导航再次上线，带着身后几个人寻觅地铁站。

　　由于时间还早，平时最繁忙的三号线此时车厢空荡，车门关闭隔绝掉外面的冷空气，姜稚月坐在靠窗的地方无聊地刷着微博。

　　毛杰活动下肩膀，不由得喟叹道："你别说，阿别送给随宝的按摩器还真好用。"

　　林桤觑他一眼说："也就你觉得好用吧，你见他再碰过一下没有？"

　　他们说话的声音不大，但坐在旁边的姜稚月却能清楚地听到。所以，那天他并不是和她开玩笑，只是简单地向她证明：我的左手还能用，不劳烦你操心。所以她的解释对他无效，她的所作所为让他觉得不能理解。

　　姜稚月一抿唇，不停滑动屏幕的手指顿在一处，对话框被敲出无数乱码，她回过神后急忙删掉了。

　　陆皎皎觉察出她的不对劲，疑惑地碰了碰她的手臂。

　　姜稚月扯动嘴角摇摇头，唇畔的梨窝硬挤出来，陷下去的弧度和平常不一样。

　　到了游乐场门口，正赶上开园庆典，穿卡通玩偶服装的工作人员站在花车上跳舞，轻松欢乐的音乐奏响，场控指挥游客排队检票。

　　姜稚月长吁一口气，不想让自己的情绪影响到其他人。

　　跟着大部队往检票口走，毛杰开始四处张望道："贺随怎么还没到？"

　　姜稚月已经走掉了，没听见他们的对话。她正心不在焉地排队时，眼前突然飘过一只氢气球。她以为是哪个小朋友的，便稍微往后退一步，结果那只气球再次飘过了她眼前。

　　姜稚月顺着气球的红色系带看过去，带子的一端被一只手拽着，那只手干净修长，骨节分明。

　　然后，一个熟悉的声音落下——

　　"发什么呆呢？都排错队了。"

　　进场入口分提前购票和现场购票，毛杰拿的这些票是 VIP 通道票，根本不需要排队。

　　姜稚月抬头，眼神有些飘忽，不敢和他对视。

　　贺随手中牵着一只气球，和他浑身的气质格格不入。许是这种违和感太过强烈，经过的女生不免侧目，回头率翻倍提升。

　　作为 Bking 后援会的忠实会员，陆皎皎在看清男生的脸后，一直保持灵魂出窍的状态。

　　贺随将手中的气球递到小姑娘面前说："只买了一只，怎么办？"

　　陆皎皎元神归位，连忙摆手道："学长我不要，你给稚月吧。"

台词被抢，姜稚月动作缓慢地去接气球，脑海中无端又回响起毛杰他们在车上说的话，伸出去的手指又蜷起。不想此时对方也松了手，气球的系带就从两人手指间的空隙飞走了。

　　姜稚月回过神来，抬头的瞬间陷进了一双漆黑清亮的眼中。

　　贺随看着她，薄唇微动道："没事，别追了。"

　　姜稚月咬了下嘴唇，像做错事的小孩儿垂下头说："对不起！"

　　贺随不是喜欢察言观色的人，但并不代表他没有这项能力。他敏锐地感知到今天小朋友的情绪不太对劲，又不知道从何开口。

　　毛杰大喇喇地揽住贺随的肩膀说："走啊，咱进去吧。"

　　斟酌到一半的话被堵住，贺随不悦地屈起手臂撑向毛杰的肚子，像是警告："松开。"

　　一行人检票进园，林桤展开一张游乐设施的简介图，他用红笔框出世界巡回鬼屋的图示问："这个刺激，敢不敢去？"

　　毛杰颇为不屑地说："谁说怕谁是儿子。"

　　陆皎皎记得这个鬼屋，忙说："网上有人说被吓哭了，特别可怕的。"

　　姜稚月攥紧手机，缓缓扭过头去，她天不怕地不怕，唯独害怕鬼。宿舍一起看鬼片的时候她都借口出去，等她们看完才回来。她清了清嗓子："那个……"

　　不等她说话，毛杰拍板决定："那我们就先去这里！"

　　姜稚月扯住他的衣袖说："学长，你理我一下。"

　　毛杰和蔼可亲地看向她，憨厚的笑脸上洋溢着"吉祥如意我能辟邪"的圣光。

　　同时，他身旁的人也看过来，寡淡的神情中多出了一种类似看破不说破给她留面子的嘲笑。

　　是的，嘲笑。

　　姜稚月咽回已经到嘴边的话，硬着头皮不避不让回视他说："学长，我已经迫不及待了。"

　　走出一段路，两个女生落在后面。陆皎皎拉过姜稚月说："你刚刚的表情，一点儿都不像迫不及待的样子。"

　　姜稚月的神经处于十级警戒状态，她苦笑道："是不是更像慷慨赴义？"

　　陆皎皎点头，递给她一个只可意会不可言传的眼神。

　　巡回鬼屋的挑战成功率不足百分之四十，许多挑战者雄赳赳地进去，被吓得屁滚尿流找不到出口。姜稚月深以为，她会成为屁滚尿流群的成员之一。

工作人员在门口分发定位设备，如果二十分钟后不见人出来，他们会派人进去寻找。

姜稚月戴上手环，紧紧抓住陆皎皎的手。

工作人员撩起布帘，一阵阴飕飕的风迎面吹来，走道两边墙壁上镶嵌的骷髅头虽然看起来有些假，但伴着瘆人的惨叫声，那点儿违和感又消失了。

深入隧洞，暂时没有奇怪的东西出没。几个男生走在后面，防止出现意外情况。

鬼屋是手术室主题，几个大的病房中摆放着带血的道具，红色的液体从标本中流淌出，带着鲜血的腥味，十分逼真。

姜稚月屏住呼吸，不停地进行心理暗示：那些都是假的，都是人扮演的。光线逐渐变暗，她的视野开始不清晰，周围设备喷射出的冷气，透过毛衣缓缓爬上她的皮肤。

姜稚月猛地顿住脚步，不巧撞上了后面人的胸膛。她条件反射地缩起肩膀，颤巍巍地回过头。

贺随扶住她的肩膀说："是我。"

姜稚月刚要松口气，一只冰凉的手突然攥住了她的脚腕。

隧洞顶上的红色光芒忽明忽暗，一阵凄惨的笑声由远及近地响起，姜稚月来不及多思考拔腿就跑："富强民主文明和谐……啊——这是！什么鬼东西！！"

身后的小鬼一拥而上，姜稚月凭着感觉往前跑，根本不知道跑到哪儿了。她贴着墙根小心翼翼地移动，突然又有一只冰凉的手抓住了她的手腕。

对方极有预见性地捂住她的嘴说："别叫，你一叫她们就过来了。"

贺随低头和她四目相对，带着隐隐约约的笑。他的手还放在她的嘴边，那股若有若无的木质香钻进鼻腔，让她感觉到丝丝暖意。

姜稚月眨眨眼，伸手拉下他的手腕问："你是不是很想嘲笑我？"她满不在乎地耷拉下眼皮说："给你机会。"

贺随扬起眉梢，没说话，牵住她的手走向一旁的隔间。他撩起血淋淋的布帘将小姑娘带到木架前，然后用自己的身体掩护住她。

"每三分钟会有一波袭击，但他们会给玩家调整心态的时间。"

他单手撑住木架一侧，低头凝视她问："想出去吗？"

姜稚月垂着脑袋，白皙的后颈露出两寸，尖尖的下巴藏在毛衣领子里，弱小纤细的模样极易激起异性的保护欲。她咬着嘴唇，低低回了声：

"想。"

贺随勾唇笑了，表情里有种鱼儿上钩的愉悦，说："那你得告诉我，今天为什么不开心？"

"……"

"一路都躲着我，我是鬼吗？"

姜稚月别扭地不肯说话，三分钟一过，隧洞中再次响起嘈杂的脚步声。玩家们尖叫嘶吼，似乎真的有人被吓哭了。

贺随慢慢直起身，他拉长语调提醒说："小朋友，你再不说，我可就走了。"

身后的玻璃墙上浮现出一只血手印，姜稚月的视线猝不及防地对上窗外一双黑洞洞的眼睛。她拉住贺随的衣襟，颤着声音说："那台按摩器，我真的没有别的意思。林桤学长说你看见它就不开心，我……怕你觉得我烦。"

贺随愣了下，盯着她变红的脸颊说："我知道了。"

姜稚月摸不清他话中的意思，小声问："所以，你到底有没有觉得我烦？"

"林桤说的？"贺随答非所问，轻捏了下女孩儿的脸颊说，"等我出去揍他，乱造谣。"

贺随这几天忙着练车，待在宿舍的时间不多，昨天就近回了城西的家，今早直接到了游乐场。这种地方他不太愿意来，各种游戏项目幼稚无趣，一点儿都比不上机车刺激。可转念一想将小姑娘丢给毛杰他们，又有些不放心。

要是他今天不来，还不知道姜稚月会怄气到猴年马月呢。小姑娘表面上看着什么事都不在意，心理却格外敏感。

三分钟一过，隧洞里张牙舞爪的身影消失，贺随走在前面，让姜稚月抓住自己的衣摆，两人一前一后顺着走廊往出口走。

出口设置了五扇暗门，有四扇门的后面藏着奇怪的东西，只有一扇可以安全地走出去。

贺随动了动手腕示意她松手，说："我去看看。"

姜稚月心想：贺随学长刚才一直在保护我，现在让他独自承受突如其来的惊吓，会显得我很不人道。想到这儿，她眼神闪烁，硬着头皮拽住他说："学长，我和你一起！"

贺随敲响第一扇门，下一秒，红色木门"吱嘎"敞开，一颗逼真的血眼珠子映入眼帘。他的衣摆被那只手攥得更紧了，贺随回过头，看见女孩儿瞪大了眼睛，一脸的生无可恋。

贺随耷下眼帘，后退一步至她身旁，抬手遮住她的双眼，缓缓俯身说："你只需要往右移，其他的交给我。"

　　视野彻底陷入黑暗，与以往夜盲症发作时不同，此刻覆盖在她眼帘上的手温热而有力，带给了她从未有过的安全感。即便什么也看不见，但她能真切地感觉到有一个人陪在她身旁。

　　姜稚月跟着他移动脚步，第二扇门里藏着什么东西她不知道，不过听那故作凄惨的哀号也能猜到不是好东西。

　　第三扇门里扮鬼的工作人员不够敬业，他直接将一条血淋淋的断臂拿在手里，额头上贴的符咒被阴风吹落。他眨眨眼，有点儿不知所措。

　　贺随略一弯腰捡起那张符，面无表情地按回他额头上，又毫不犹豫地"砰"的一声关上了门。

　　碰撞的声音不小，姜稚月缩了缩肩膀说："学长，你要对'鬼'温柔一点儿啊。"

　　好在下一扇门就是出口，贺随放下手，淡睨她一眼说："要不你去安慰他一下？"

　　姜稚月连忙摇头。游戏结束，她沉重的情绪得到释放，明媚的光顷刻铺在她的心上，一切都变得敞亮而美好。

　　他们是最早出来的，出口处稍显冷清，工作人员回收定位手环时递上了小礼物，是一个僵尸形象的钥匙扣。

　　姜稚月用手指捏了捏小僵尸的脑袋，它窟窿似的嘴巴里立刻吐出了长舌头。

　　时间才过半，其他人还没有出来的迹象。贺随找了条干净的长椅，双腿交叠，优雅地坐在那儿看手机。姜稚月坐在一边，支着下巴翻看简介图。

　　远处走来一只玩偶熊，手里提着花篮，经过木椅时脚步一顿，悄悄溜到了两人背后。

　　姜稚月被一双软乎乎的爪子捂住眼，她费劲扒拉开后疑惑地回过头。

　　这只玩偶熊很矮，肥大的衣服很不合身，硕大的脑袋感觉下一秒就会掉下来。

　　玩偶熊摘下头套，露出一张清秀的脸。

　　姜稚月诧异道："梁黎？"

　　女生被闷得脸颊泛红，余光瞥见旁边的男生时，不自然地整理了下蓬乱的头发。

　　贺随轻抬脑袋看了一眼，寡淡的神情传递出三个信息：不认识，不需要介绍，没有必要。

姜稚月乖乖挪开视线，从随身的小包里抽出纸巾递过去说："快擦擦，你都出汗了。"

梁黎局促地接过纸巾，感受到身旁男生散发出的强大气场，她讷讷地询问道："稚月，你和学长……"

话未说完，身后传来粗哑的男声，游乐场的管理员皱着眉头走过来，不问缘由地将梁黎训斥一顿，又拿扣工资威胁道："不好好干活，还想不想要工资了？"

梁黎吓得手中的花篮都摔在了地上，有几枝玫瑰花被摔掉了花瓣。她急忙蹲下，边收拾边不停地道歉。

姜稚月想替她解释一下，话刚到嘴边又咽了回去。就算能帮她一时，等他们走了，管理员还是会对她颐指气使的。好不容易赚到的工资，万一被克扣精光，梁黎该怎么办？

这时，旁边鬼屋的一扇门被打开，三个人从门内拥挤而出。走在最前面的毛杰和林桤面色不佳，他们满脸都是类似番茄汁的液体。

陆皎皎惊魂未定，她跑过来紧紧抱住姜稚月的腰不撒手说："太丧心病狂了，我要被吓哭了。"说完，她意识到气氛不对劲，用口型询问姜稚月发生什么事了。

梁黎瑟缩着身子，眼眶红红的，低头拎着篮子站在那里听管理员的训斥。

毛杰认出她是卫生部里的小干事，急忙走上前去打圆场道："碰都碰见了，是不是得表示一下啊？"说着，他便掏出手机对准梁黎身上的二维码扫了一下说："林桤，爸爸送你玫瑰花，感动不感动？"

梁黎紧咬嘴唇，眼中噙满泪水。她感觉此刻自己被人羞辱到了极点，尽管他们只是出于好意，但此刻穿着夸张的玩偶服站在这儿丢人现眼的是她，被骂得狗血淋头的也是她。

在情绪彻底崩溃前，梁黎戴上头套，脚步匆忙地从他们面前离开了。

毛杰付完钱，玫瑰花还没拿到手，脱口喊道："梁黎，我的花呀……"

林桤抬起手肘撑了他一下，用眼神示意他注意分寸，别乱开玩笑。

毛杰百口莫辩，最后低骂一句，招呼大家去别的地方玩。

一直不吭声的姜稚月手指攥住衣摆，三步一回头，一副不太放心的样子。走出十米左右，她突然转身跑向管理员，速度快到贺随都来不及问她去做什么。

姜稚月叫住管理员，声音不稳地说："她……那些花我都要了，多少钱？"

游乐场新开园，许多设施还未经过专业测试，暂时不向游客开放，可以玩的项目玩完后才下午四点钟。

毛杰打算打道回府，临走前问了一句："随宝，你跟我们回学校吗？"

姜稚月偷偷看向身边的人，他下垂的眼帘缓缓抬起，思忖几秒说："晚上回，你们先走。"

毛杰转头问两个小学妹："你们俩呢，回学校，还是另有安排？"

414宿舍即将迎来成员的第一个生日，舍长打算集体给姜稚月庆祝，本来定在周日的，但姜稚月接到通知要她明天回家，庆生活动不得已提前到了今晚。

陆皎皎回应道："我们两个回学校，晚上有安排。"

毛杰朝身边的两人挤眉弄眼地调侃说："你们两个看看！小学妹们的夜生活，可比你们这些大老爷们儿的丰富。"

姜稚月歪着头，一阵风吹起她披散着的长发，有几根头发飘到嘴边，差点儿被她吃掉。

陆皎皎有点儿窘迫，支支吾吾半晌不知该说些什么。

姜稚月用发圈将头发扎起，露出一脸单纯的神情问："部长，他们两个是大老爷们儿，你是什么呀？"

毛杰的脸色瞬间变得一言难尽。

"哦，我知道了。"姜稚月弯起眉眼，细声细气地补充道，"大老娘们儿？"

毛杰不说话了，像只斗败的公鸡默默跟上林桤，试图从好兄弟那里寻得一点儿安慰。

姜稚月落在后面，贺随不紧不慢地跟在她身后，走到分岔路口时，他揪住她的后衣领，垂眼盯着小姑娘的马尾辫，好一会儿才说："今晚别喝酒。"

姜稚月倒吸一口气，急忙问："你怎么知道？"

"你这个年纪的小朋友，都想去探索未知世界。"贺随语气轻佻，尾音故意拉长让她主动反思。接着，他一脸严肃地提醒了一句："栽跟头的不在少数，注意着点儿。"

姜稚月的注意力全放在他一共说了多少个字上，Bking贺惜字如金的习惯竟然变了！

出于礼貌，她乖巧地应下了。这样的话若是姜别和她说，指不定他们还要互呛几轮呢。

舍长她们早早等在了约好的烤肉店。这家店的消费水平比其他同类的店高，舍长念叨了好久，无奈手头紧得要命一直没来成。不知陆皎皎从哪儿得知，会员生日当天店家会多送两盘羊肉，几个人痛下决心选在这儿为姜稚月庆生。

为了感谢开学以来舍友们对自己的照顾，寿星决定这餐由她请客。可看到菜单价目表时，姜稚月觉得自己就像一只即将被宰割的无助的小羔羊。

吃完饭，舍长提议去隔壁新开的酒吧长见识。陆皎皎长这么大第一次去这种场合，不免有些紧张。她挽着姜稚月，看到对方一脸淡定的表情问："稚月，你常来酒吧吗？"

姜稚月不太喜欢热闹的场合，奈何她有个喜欢闹腾的闺密。

姜稚月秉承着"没吃过猪肉，还没见过猪跑吗"的心态，点了点头说："这种地方，我还比较熟悉。"

一个看似经验丰富的老手，带着三个土包子潜入酒吧。她们在卡座里坐好，卖酒的服务员一瞧是几个小姑娘，兴致不高地问："喝点儿什么？"

闻言，舍长拍了下桌子佯装不悦地问："你这是什么态度？"

服务员的工资提成要看每晚售卖的名酒，几个小姑娘一看酒量就不行，他都懒得多费口舌，指了指酒台说："小姑娘，你们去点鸡尾酒吧，这边的酒你们喝不来。"说完，他挂上笑脸去迎接下一桌顾客。

他怠慢的态度把舍长气得不行，她不服气地说："到底是看不起谁啊？今天本姑娘就让你见识见识什么叫酒量！"

十分钟后，四个女生坐在吧台前。

身旁的一个成熟女人要了杯名字听起来就很高端洋气的酒，陆皎皎学得像模像样地对酒保说："来四杯一样的。"

酒保一愣，不过还是依言调出了四杯，依次放在她们面前。

酒的颜色五彩缤纷的，最上层浮动着蜜桃粉。姜稚月举起酒杯轻轻闻了闻，浓烈的酒味儿中夹杂着一股水蜜桃的清甜。

姜稚月低头喝了一口，味道却没有闻起来那么甜，辛辣贯穿唇齿，舌尖开始发麻。她忽然想起贺随的话，有点儿底气不足地晃着杯中的酒，心想：就喝一杯，应该不会有事吧。

这么想着，她又喝了一口。这次不等酒精在舌尖发酵她便匆匆咽了下去，口中竟然残留了淡淡的甜。姜稚月眼睛一亮，她觉得自己似乎找到喝酒的秘诀了！

为了验证秘诀是否正确，她将杯中的酒全部吞下肚后，单手撑住发晕的脑袋，扭头问陆皎皎："你觉得这酒甜吗？"

陆皎皎只喝了一口，避过酒保打量的目光小声说："我觉得太难喝了！"

姜稚月抓在手里的手机振动了起来，她低头看了眼，是姜别打来的电话。

姜稚月接通后，呆呆地握着手机不说话。

酒吧里的吵闹声通过手机传至另一端，姜别沉默良久，声音渐沉地问："你在哪儿？"

"姜别，我也喝过酒了，你以后再也不能叫我土包子了，听见没？"酒劲儿还没完全上头，小姑娘说话有条不紊，吐字清晰。

姜别按捺住脾气问："哪家酒吧？"

姜稚月趴在桌子上，低下头小心翼翼地打量着周围，确定姜别不会在下一秒出现后，她大着胆子说："你猜是哪家。"

台上驻唱歌手唱完一首歌，顺便给新开的酒吧打广告，嘶吼的声音传至手机另一端。姜别眼皮猛地跳动两下说："我现在马上出门，过去接你。"

姜稚月心想：完蛋了。她抿唇看了眼几个舍友，想着不能让她们看到自己挨揍，会有损她的光辉形象。于是她借口酒吧里太闷，想出去呼吸新鲜空气，提前一步出了酒吧。

酒保忙完手中的活儿过来和她们搭讪，那个长得最漂亮的女孩儿现在不知所终，只留下一个空酒杯。

"你们那个朋友的酒量真好啊，这杯酒度数挺高的，竟然都喝了。"

陆皎皎骄傲地道："她是老手，酒量当然好。"

然而，众人口中酒量好的姜稚月，在舞池中蛇形游走，好不容易避开乱晃的人群又走错了门。顶着沉重的脑袋晃到正门时，胃里的酒精作祟，弄得她很想吐。

室外的温度格外低，冷风一吹，将她的理智拉扯回了几分。

姜稚月找了处人少的地方蹲下，从手机上搜了几个教柔道基础招式的小视频。她要做好准备，等会儿姜别来了，她绝对不能被他一拳打倒。

看了十分钟视频，还不见姜别的身影。姜稚月缩起冻僵的手指，抬头寻找附近能坐下休息的地方。她看见对面的木椅上坐着一个行乞的老爷爷，他身上破烂的衣服遮不住寒风，脏乱的胡子被风吹起，露出干裂的嘴唇。

姜稚月强忍住膝盖酸麻，人家好不容易找到可以歇息的地方，她可不能去抢。

这时，不远处传来了机车低沉的嗡鸣声。

姜稚月仔细一听，觉得这声音很耳熟，循声望过去，呼吸猛然顿住了。

马路边，穿白色卫衣的男生垂头扯下头盔，动作不算温柔，以至于额前的头发嚣张地蓬起。几秒钟后，那撮参起的头发，又异常乖巧地落回了原来的位置。

一个眼神就能让人自觉服从，不说话就能令头发乖巧无比的 Bking，除了贺随还能是谁？

姜稚月耳畔回响起某人下午的忠告，她机械地伸出手遮住嘴巴呼出一口气，温热的气体中有股淡淡的桃子味儿，还有无法忽视的酒味儿。

姜稚月下意识拔腿想跑，但那抹颀长的身影，却已悄悄临近。

站起身她一定会立刻暴露于敌人的视野范围之内，最好的办法就是找到合适的藏身地。

小时候玩及时营救的游戏经验指挥着她寻找藏身地，趁贺随打电话的空隙，姜稚月一溜烟儿跑到了行乞爷爷的身边。

她灵光一闪，飞快地移过老爷爷面前乞讨用的铁碗，双手合十拜托他说："爷爷，借我用一用。"

老爷爷奇怪地瞅着她，试图用眼神赶走这个不速之客。

不久前，贺随刚回到宿舍就接到了姜别的电话，说他不省心的妹妹跑去酒吧喝酒，可能喝醉了。他开车还得半个小时到学校，拜托贺随先去接应一下。殊不知，这通电话将他不省心的妹妹一脚踹进了火坑。

就这样，贺随清楚地知晓了自己的话被姜稚月当耳旁风忽略的事实。说得再难听一点，他就像放了个屁，而且这个屁还需要他自己吃掉。

贺随站在酒吧门口，放眼四处寻找小姑娘的身影。看见不远处的木椅上坐着个老头儿，而他身边缩着一团白花花的不知道是什么的东西。

找不到人，贺随掏出手机拨通了姜稚月的电话，忙音响了两声后，一串悠扬的铃声从旁边响起。准确地说，是从那团白花花的东西身上传出来的。

姜稚月防不胜防，手中的手机"啪"一声掉进了铁碗里。不等她捡起手机，眼皮底下出现了一双白球鞋，鞋面一尘不染，和它的主人一样很不接地气。

姜稚月觉得这次她死定了，然而强烈的求生欲让她试图再挣扎一下。她捧起那只脏兮兮的铁碗，学电视上的乞讨小姑娘那样晃动着里面的硬币说："哥哥，行行好，给两个钱吧，妹妹要饿死了。"

贺随蹲下身子捡起碗里的手机，又用机身轻轻敲了下小姑娘的头，漆黑的眼底无波无澜地说："饿死谁，都饿不死你。"

两人靠得近，姜稚月有意屏住呼吸，可身上那股酒味儿依旧浓烈。她的脑子变得晕乎乎的，胃里也翻腾得厉害。

贺随从钱夹里拿出张整钱放进铁碗，拎起女孩儿的手臂转身离开。走到路的另一侧时，他松开手，回头看到的是黑漆漆的发顶，女孩儿自知理亏，不敢抬头直视他。

贺随刚开始是有点儿生气，但不知怎的，看见她像被抛弃的小孩儿一样蹲在那儿的时候，那股气突然消了。

鸡尾酒的后劲儿上头，姜稚月头重脚轻，身子一歪，直接把头抵在了面前人的胸口上。

贺随没躲，任由那颗坚硬的"陨石"坠落进他怀里。女孩儿毛茸茸的头发轻轻蹭了蹭他的衣服，声音柔软地说："学长，我没喝多。我真的……只喝了一点点。"

"姜稚月，"他第一次认真地、完整地叫她的名字，这三个字由低沉的嗓音发出，带着些压迫感。贺随停顿几秒，提高音量接着说："你不是很听话啊。"

姜稚月缩起脖颈儿，意识有些混沌不清。在她的印象里，只有她爹会用这种语气训她。

姜别赶到的时候，第一眼看见的就是这幅说不清道不明的亲密画面。他狐疑地拽过姜稚月，然后更加狐疑地看向好友：你竟然不推开她？

那种若有若无的木质香消失了，取而代之的是一种偏向茶树的香。姜稚月的脑袋换了个胸膛抵住问："爸爸，你怎么换香水了？"

姜别的脸色很不好，推开她的脑袋冷声道："你换了个爹。"

姜稚月："……"

贺随静静站在一旁问："你们直接回家？"

姜别点头道："谢了，你也回宿舍吧。"

贺随垂眸，从口袋中掏出一个精致的盒子说："小朋友的生日礼物。"

姜别一愣，表情有些难以置信。自从回国后，他发现贺随现在越来越有人情味了。

盒子里是一条手链，款式简约，只镶嵌着一颗通体晶蓝的珠子。虽看不出材质，不过贺随送出手的东西，价值定然不菲。

姜别盖上礼物盒，侧头睨了眼副驾驶座上的女孩儿，不知道是不是他多想了，总感觉贺随的人情味是他妹激发出来的。

姜稚月一上车就开始昏睡，一路睡到家。车子轧上车库前的缓冲带时剧烈颠簸了一下，她猛然醒转。

身边的人阴恻恻地看向她说："还知道醒啊。"

姜稚月深以为如果再晚醒那么一分钟，她今晚就得睡在自家车库里了。不经意看见置物架上放着的精致礼盒，她凑过去揶揄道："哥哥，你找女朋友了？"

姜别沉默两秒，用同样的语气回击道："你男朋友送的。"

姜稚月先是一怔，瞬间识破了他的诡计，于是将计就计摆出一副惋惜的表情说："你见过他了啊，我还想改天咱们一起吃顿饭的。"

这次轮到姜别愣怔了，他一时间反应不过来，嘴角得逞的微笑来不及收敛。

姜稚月眨眨眼问："他帅不帅？是不是很温柔？有钱吗？"

姜别脑子里缓缓打出一个问号。

"我连我男朋友长什么样都不知道，哥哥你竟然都见过了。"她伸手拿过礼物盒子，晚上她只和贺随见过一面，礼物想都不用想就知道是谁送的。所以，她哥误以为是妹夫的那个人，想都不用想就能知道是谁。

姜别眸光沉沉，屈指敲了两下方向盘，憋出了一句稳住气势的话："最好不是。"

他往后靠着椅背，摸不清情绪地开口道："你能想象贺随叫别人哥的情景吗？"

姜稚月沉思了一秒，毅然决然地摇头道："想象不到，但我知道那一定很惊悚。"

"那不就得了。"

姜稚月每年的生日通常是在家里过的，但今年父母二人恰巧都去国外出差了，家里只剩下了她和她哥。就算这样，仪式感也不能少。姜别拜托家里的阿姨做了一桌子的菜，应父母要求，在他们经常坐的位置上摆放了两台平板电脑，吃饭时一家人要视频通话。

场面很诡异，白色边框的平板电脑上显示着两个人头，而且这两个人头还面带笑意地看着他俩。

姜稚月对面是妈妈，当她夹起一筷子辣椒炒肉时，妈妈温柔的话语响起："小稚，少吃辣椒，你嗓子容易哑。"姜稚月默默收起筷子，低头专注地喝着粥。

姜别对面是爸爸，男人一向沉默寡言，吃饭时要求小辈食不言，将爷爷古板的性格继承了百分之百。

到了切蛋糕的时间，姜别关上灯。除了蜡烛的光亮，姜稚月手腕上的那颗珠子泛起荧光。

贺随送的那条手链上镶嵌着萤石，也就是俗称的夜明珠。

姜别兴致盎然地打量着那颗珠子，它通体透明无杂质，心里暗想：贺随的手笔可真够大的，要是哪天他真出手的话，妹妹不一定能稳住不动心。

姜稚月轻轻戳动那颗珠子，触感冰凉，模糊的视野内出现了这抹微光，她竟然觉得异常安心。

周一下午有课，姜稚月于上午回到学校。刚到宿舍楼底，她就被部长一个电话叫去了学生会。

A大的校内篮球选拔赛进入最后一个赛段，建筑院对阵数学与统计学院。比赛安排在周一下午五点钟，诚邀全体同学前去声援。

姜稚月被秘书处叫到现场帮忙，同样没课的梁黎也在现场。两个小姑娘搬不动桌子，毛杰打发她们去标注座位区的号码。

姜稚月本想和梁黎一同去仓库拿号码牌，不等她开口说话，梁黎就垂着头绕开她走了。

姜稚月嘴唇动了动，没叫住她，带着一肚子疑问往体育馆的仓库走去。

仓库临近更衣室，经过更衣室时，她从半敞的门口瞥见贺随正在里面换衣服。他双手拉住卫衣的衣摆向上扯，被衣服包裹住的肌肉线条全部暴露出来，背肌弓起，肩胛骨突出而立体。

姜稚月急忙捂住眼，背过身提醒他说："学长，你没关门！"

几分钟前队友换完衣服出去，大概没有随手关门的好习惯，他也没注意就开始换了，只是没想到恰巧被她撞见了。贺随迅速套上队服，蓝白色球服衬得他皮肤更白了。

阳光从窗口倾斜而入，纤尘在柔光间浮动。男生单手撑住门框，俯身向前说："可以睁眼了。"

姜稚月捂住眼睛的手指悄悄移开一道小缝儿，瞥见面前的人，确定他并非半裸状态，她长吁一口气放下了双手。

姜稚月有点儿后悔，她刚才竟然没有偷拍。自从上次一起去游乐场后，陆皎皎天天在她耳畔念叨贺随长贺随短的，有次被念叨烦了，姜稚月颇为无奈地用一颗糖堵住了好友的嘴巴。如果能用一张这样的照片换来半天安静的时间，这波稳赚不亏。

贺随不知道她心里在打什么算盘，垂眸时注意到女孩儿手腕上的手链，正是他送的那条。

姜稚月顺着他的目光往下看，视线定格在自己的手腕处。她耳尖一热，悄悄将手缩进衣袖里说："谢谢你的礼物，我很喜欢。"

贺随站直身，动作缓慢地戴上护腕，笑着说："所以特意当面来谢我？"

姜稚月一顿，总不能说是来帮忙凑巧遇见了，那岂不是太尴尬了，而且她的确想当面谢谢他。

贺随一勾唇，再次俯身和女孩儿对视，试图在她眼底找出一丝犹豫或是窘迫，结果对方毫不避让地直视着他。

姜稚月抿了抿唇角，长睫轻颤着说："这次不是，等下次我专门来见你。"

贺随脸上也看不出遗憾，略微一挑眉问："毛杰让你们这些小女生过来干活？"

姜稚月替部长辩解道："不是搬东西，只是安排下位置而已。"

贺随垂眸睇她，目测了下小姑娘的身高，随后抬步往旁边的仓库走，还不忘提醒她跟上。

仓库阴暗潮湿，一进门就闻到了一股浓重的霉味。无数个高架子并列摆放着，贺随轻车熟路地找到了第五排的架子。他搬了一条长木椅放在架子边的桌上，动作轻快地迈上去。桌子叠加椅子，勉强能够到最上层。

姜稚月看着摇摇晃晃的椅子腿，十分不放心地问："学长，要不我来？"说不准她轻一点儿，椅子能稍微稳固一点儿。

贺随一手撑住架子最高处的隔板，一手翻找箱子里的号码牌。这里有一年没打扫了，隔板上积攒着一层厚厚的灰尘。

"要几个？"他淡声问。

姜稚月紧紧握住椅子腿，抬头回答道："五个。"

贺随找出一到五的号码牌，稳稳当当地站回桌上，然后轻松一跃落地。他递过去，神情放松，开玩笑道："你去问问毛杰，他是想让你飞上去吗？"

姜稚月接过号码牌，掏出随身带的湿巾一个个擦干净。她低着头，又抽出一张干净的湿巾，轻声说："我可不会飞。"

贺随拍掉手背上沾到的尘土，正要转身离开时，身后的女孩儿突然拉住了他的手腕。

姜稚月手中攥着湿巾，低头帮他擦手背。她的表情认真极了，像清理一件精致的工艺品。

贺随的手修长有力，指骨凸显，他比其他男生白许多，皮肤下的血管清晰可见。

湿润的触感自手背处传来，贺随歪着头，静静地看她将自己手上的灰尘一点点擦干净。

最后，他弯起嘴角，好奇地问道："帮姜别擦过手吗？"

姜稚月沉思了几秒，脑袋慢慢抬起来一点儿，似乎不太理解他这句话的意思："没有过呢。"

男生眼底瞬间笑意涌动，声音如往常那样低沉，但夹杂着让人不易察觉的愉悦说："这么看，是我赚了。"

贺随的声音在偌大的空间里冲向四周的墙壁，又被反弹进她耳中，莫名引得她耳尖发热。

姜稚月睁大眼睛，语气里带着讨好的意味说："学长，你千万别和他说！你也知道他那个人，太小心眼儿了。"

贺随难以想象，平时姜别都是如何对待他妹的，以至于提起他，姜稚月总是警惕再警惕。贺随是独生子，大概一辈子也体会不到那种亲近里带着嫌弃的相处方式。

比赛下午五点开始，姜稚月下课后匆匆赶到比赛场地，彼时赛程已经过半。数学与统计学院死死咬住分差，上半场结束时，比分竟然被追平了。

姜别没上场，坐在冷板凳上玩手机。他瞥见他妹偷偷摸摸地溜进观众席，立刻发了一条消息过去：带水了吗？

姜稚月看到消息的时候一脸无语，她打开书包，里面有一瓶农夫山泉和一瓶依云。姜别的臭毛病是喝水非依云不喝，她跑到校外小卖部才买到的。不过他连场都没上，有什么资格要水喝？

姜稚月低头摆弄着手中的水，还没控诉完，赛场上突然传来"砰"的一声响，紧接着周围安静了几秒，随后响起了喧闹的议论声。

她抬起头，目光蓦然滞住了——

靠近三分线区，贺随单膝跪在地上，一只手握着左脚踝，他背对着光，看不清脸上的表情。而林桤则是紧紧地拽住对方球员的衣领，愤怒地争辩着什么。

裁判上前劝阻，告诉他们，友谊第一比赛第二，竞技运动时受伤不可避免。

林桤猛地松开对面男生的领子，眼眶猩红地问："他故意的，你们都瞎了吗？"声音近乎嘶吼，赛场上的人都能听出他话中的内容。

很明显，为了取得胜利，数学与统计学院采取了卑劣手段。他们明白只要放倒对手负责得分的球员，下半场稳赢，这样他们就能代替建筑院参加申城的大学生篮球联赛。

陆皎皎愤愤地扔掉手中的加油横幅问："怎么能这样啊？"

姜稚月双手紧紧攥住矿泉水瓶，直勾勾地盯着场上的那个男生一言不发。看到贺随跪下的那一秒，她的心被狠狠揪起，那种酸涩感并不陌生，她曾体会过一次。

姜别初中时参加跆拳道比赛，对方趁他不注意时用脚狠狠踢向他的头，造成他轻微脑震荡，在医院住了三天。

老师们只当他们是同学间的玩闹，但所有学生都清楚地知晓，一个优秀的人风头太盛，容易被人妒忌，被人仇恨。

之前是姜别，如今是贺随。

他什么时候能这么轻而易举地牵动她的情绪了呢？姜稚月喉咙干涩，不知该表露出什么样的表情。她和身旁的舍友交代了一声，就绕过比赛场地往校医离开的方向走。

临时休息室内，贺随皱着眉将受伤的那只脚搭在椅子边，等待校医过来处理。

校医配好消肿的药水，仔细检查过后不太放心地说："我建议去拍个片子，踝骨错位需要重新固定。"

贺随一拧眉问："这么麻烦？"

校医被他的话逗笑了，问："伤的是你的脚，疼起来看你还嫌麻烦不？"

林桤守在旁边，双手叉腰气得不轻地说："我就看见他们想搞你，三人联防你一人，到最后还使绊子踹你一脚，真小人！"

贺随眼帘垂落，一边拿起一旁的冰袋进行冰敷，一边说："你们下半场好好打，得对得起他们的'良苦用心'。"

林桤半晌没吭声。他离开时，日光突然停在了休息室门口。

姜稚月静静地站在那儿，她头顶上竖起的两根呆毛被风吹得左摇右摆。女孩儿黑白分明的眼睛直勾勾地盯着贺随没有说话，不知道已经站了多久。

校医出去叫车送病号去医院，下半场比赛马上开始，林桤回到了赛场继续战斗。这会儿，休息室中只剩下他们两个人。

姜稚月慢吞吞地走到贺随旁边坐下，拉开书包拉链掏出一瓶矿泉水递过去说："学长，你喝水。"

贺随脑袋上顶着一块白毛巾，额发有些湿润。连打两节体力消耗不小，一向挺直的脊背微微弓起。

贺随看出她的担忧，眉梢挑起安抚道："摔了一跤而已，不至于看见我就要哭出来吧。"

姜稚月不吭声，替他拧开瓶盖说："我哪有哭，就是……"顿了下，她也觉得自己的情绪来得莫名其妙，补充道："想打人。"

贺随屈起膝盖，手肘支着膝盖骨，声音变得格外温柔，像是怕触动小姑娘紧绷的情绪说："现在不太行，等我伤好了让你打。"

一直耷拉着的那颗脑袋，终于愿意抬起来了。

两人的目光对上，女孩儿的眼睛大而有神，眼尾微微下垂，笑起来时像一弯月牙，眼神一直那么干净纯粹。

画面定格几秒后，贺随先移开眼问："听你哥说，你们俩小时候学过跆拳道？"

姜稚月强装镇定的肩膀松懈下来，低低"嗯"了一声。不等她补充上自己只是去玩的这样谦虚的话，就听见男生低叹道："那我可打不过你。"

不是，她什么时候说要打他了？姜稚月后知后觉，他突然转移话题只是想让她消气。思及此，她好不容易平复的呼吸再次屏住，心跳也渐渐失去了原有的频率。

贺随并不知道女孩儿此刻复杂的内心活动，他垂下眼皮，很轻地笑了声说："小朋友，记得手下留情。"

校医找来一辆私家车等在体育馆外，姜稚月去休息室帮贺随拿了件外套，跟着车一起去了。

校医直接联系了 A 大附属医院的骨科医生，他将车开进医院停车场时，一个小护士推了把轮椅过来。

贺随看见那把轮椅，沉默了一会儿问："有拐杖吗？"

姜稚月以为，他想保留身为 Bking 的最后一点儿体面，上前一步接过小护士手中的轮椅推到他面前，然后她摘下脖子上的围巾示意他低下头。

贺随还没反应过来，眼前一黑就被校医按坐在了轮椅上，随后一股清淡的花香冲入鼻腔。温热的围巾又被轻轻拉开一条缝儿，他一双狭长的黑眼重见天日。只见宽大的围巾包裹着他的下巴，遮住了他的口鼻。

姜稚月示意小护士说："姐姐，可以走了。"

贺随的舌尖顶住腮帮子，有种无可奈何的感觉。针织围巾虽然抵挡不了往他脖颈儿里乱灌的冷风，但心里聚集起的暖意，似乎带走了他脚踝的疼痛。

贺随在做检查的时候，打完比赛的队友们赶到医院，他们身后还跟着两个面生的人。

姜稚月悄悄拉过姜别问："他们俩是谁啊，好像不是你们队的呀？"

姜别脸色阴沉，语气不算好地说："使绊子的人。"

姜稚月一愣，缓慢转过头去打量他们俩。其中一个穿黑色卫衣的"黄毛"竟然在笑，笑得还和一朵太阳花似的。

姜稚月心中很不爽地问:"他们是来挑衅的吧?当你们宿舍没有人了?"

姜别下巴点了点不远处的舍友说:"林桤差点儿和他打起来,老师说让人来道个歉,这事儿就算完了。"

姜稚月下意识反驳道:"他在想屁吃。"

话音刚落,姜别淡睨她一眼,留给她充分的时间思考这句话应不应该说。作为一个可爱的女孩子,将"屁"字挂在嘴边,是否有欠妥当。

姜稚月赶紧捂住嘴,改口道:"他想个桃子。"

校医走出诊室,手中拿着贺随的病历说:"伤筋动骨一百天,别让他做剧烈运动,好好养着。"

林桤推开诊室的门,一群人拥进去。几个块头极大的队友将贺随围住,姜别弯腰看了眼他的脚,踝骨那儿都肿成馒头了。

姜别一皱眉:"你这脚还能骑车吗?"

CSBK 最后一条赛道将在本月十五号开赛,还剩不到十天,贺随脚这个样子能下床走路就很不错了。

听到姜别的话,对面医生的目光从 X 光片上移开,冲他咧嘴一笑说:"你们这些小年轻,受伤了就好好养着。两个轮的车别想,四个轮的也别想。"

气氛渐沉,寂静的诊室里只听见医生敲打电脑键盘的"啪嗒"声。

这场比赛对贺随所在的车队至关重要,倘若拿不到通往总决赛的门票,下季度车队将会因赞助商撤资而面临解散。

贺随的常规赛成绩在车队中排名首位,全队的希望都寄托在他身上。这时候退出,难免会让其他成员丧失斗志。

这时,门口传来懒洋洋的低笑声:"贺随,你就听医生一句劝吧,别总想有的没的,好好养伤。"是那个穿黑衣染黄毛的人,他靠在门框边,漫不经心的态度惹恼了屋里的一群人。

特别是姜稚月,她觉得他根本不是来道歉的,而是特意来添把火,将众人的怒气点燃。

林桤和几个队友已经上前摁住了"黄毛",他们强硬地拖拽着他离开了诊室门口。

姜稚月也想跟出去,但被贺随一把拉住了手腕。她急切地扭过头问:"我要是不动手,真当我的白黄带是扎头绳吗?"

贺随虽然没练过跆拳道,但至少知道段位颜色,白黄带比初学者的白色带高一个段位,随便练练就能拿到的。说实话,其实没什么杀伤力。

"打架是男人的事儿。"他拉她坐下说,"你一个小姑娘就别去了。"

姜稚月心想,贺随能让那么多兄弟为他两肋插刀,肯定有隐藏的实力。于是，她乖巧地请他指教道："所以，您觉得我应该做什么事儿呢？"

贺随受伤的那只脚平放在支架上，长时间保持着不动的姿势实在太困难了。他坐直身子，慢悠悠地抬起眼帘想了想，语气有点儿温柔地回答："乖乖地被保护。"

姜稚月的潜意识告诉她，这句话肯定还有后半句他没说，大概类似于"好好学习，天天用脑"这样的。

又细细品味了几遍，姜稚月偏头，不太确信：他好像在无意撩她。

"小黄毛"被收拾得不轻，脸上虽然没挂彩，但走进诊室时一条腿瘸着。他道歉的语气也不对劲，像憋着一肚子火。

回学校时一拨人分乘两辆车，姜稚月和姜别一辆，女孩儿直接被送到了宿舍楼下。

下车后，姜稚月忽然说："我的围巾还在贺随学长那儿，你帮我收起来吧。"

姜别今晚的心情不佳，低声答应后也没多说话。目送妹妹上了楼，他交代司机师傅去男生宿舍。

A大校报记者团的能力有目共睹，昨天下午打完比赛，第二天早上就出了新闻稿。

十月底，广播室调整了晨间电台的广播内容，每天早上安排两个广播员来播报校报上的消息摘要。姜稚月的搭档是同系的大二学姐，人很温柔，只不过在工作上三天打鱼，两天晒网的。

今早六点她发消息给姜稚月，说她要和小男友出去约会，不能上岗了。

姜稚月去了趟新闻社拿到最新的报纸，打开一看，主版用花体字写着：A大校内篮球选拔赛结束，建筑院贺随因意外受伤。

什么叫"因意外受伤"？姜稚月一口气差点儿没提上来，目光定格在下方的来稿人介绍上。果不其然，是数学与统计学院的记者主笔。她自言自语道："现在写稿子的人都不讲事实的吗？难道职业素养被狗吃掉了？"

她气愤地坐回控制台前，眼睛直勾勾地盯着报纸上的字，拍开话筒开关说："各位听众朋友们，欢迎回到A大校园晨间广播，下面将给大家播送校内新闻……"

姜稚月深吸一口气，字正腔圆地开始无稿朗诵："震惊！昨日刚刚结束的校内篮球选拔赛上，因不服建筑院贺随的实力，数学与统计学院一球员竟一气之下将人打进医院，这是道德的沦丧，还是人性的缺失？希望当事人可以给我们一个解释。"

"UC震惊部"（网络流行词，来源于网络，是UC浏览器上的标题党，标题基本都是以"震惊"开头）入驻A大校园晨间广播的消息很快被传至学校论坛，不少建筑院的学生顶帖要求领导给一个合理的说法。

学校记者团不属于学生会管理，校报上具体刊登的内容，林桤也是拿到报纸后才知道的。看到这篇新闻报道时，他着实被护犊情深的戏码恶心到了，不禁道："笔尖一歪什么都敢写，幸好广播室的人有良心。"

毛杰拔下耳机，一连爆了无数粗口道："随宝，这是你的小迷妹吗？她真敢说。"他将上传至论坛的音频调至最大声，女生的声音经由麦克风过滤，又收入手机录音机，几重压缩后失去了原有的清亮感。

贺随正安静地画图，听见这熟悉的声音抬起头。

林桤兴致勃勃地补充道："我记得阿随生日的时候，也是这姑娘读的咱们写的信。"

贺随一言不发，打开电脑登录校园论坛。早上的帖子挂在首页很多人顶帖，不知哪个好事者传上去的音频被人作为证据存档了。

林桤非常好奇新闻当事人的态度，走过来想打趣一番，结果看见贺随电脑屏幕上是一串乱码。

贺随先把音频下面的跟帖删掉，又跟踪音频上传源，打算黑掉爆料人的账号。

林桤眼见阻止不了，下意识按住他的手问："你干啥啊？这么好的证据删掉干什么？"

贺随已经按下回车键，操作执行中，无法撤回。等一系列程序执行完毕，他合上电脑，淡声说："是姜稚月。"

林桤若有所悟，听说广播室的老师严厉古板，手下的电台出现散播言论公然鼓动学生挑战领导权威的事情，定然不会轻易放过相关广播员。轻则训斥，重则记过。贺随趁音频流传范围还很小时，及时删掉音频源。简而言之，他这样做是为了保护姜稚月。

贺随拿出手机，打开微信聊天对话框，敲上一行字：太冒险了，下次不准这么做！听见没？

那端，姜稚月走出广播室，看到这条消息，就又跑了回去。她打开控制台的电脑，找到自动存档的音频文件夹删掉了今早的播音记录。她庆幸广播室的老师每天十点才上班，不然根本来不及毁灭证据。

她慢悠悠地离开学生活动中心，路上回复了贺随的消息：学长，我帮你出了口恶气。你好好养伤，我让我哥回家带排骨汤给你喝！

收到回复，贺随勾唇笑了声，站起身敲了敲对面的床。

姜别抬头看向他，预感到会有不太好的事情发生。他不太明白，因为受伤有可能不能参加比赛的关乎车队命运的人，此刻的心情为何那么好。

　　贺随敛起外露的神色，用一贯低沉的语气说道："我掐指一算，你今天可能要回家。"

　　姜别低低"哦"了句，又接着问："你被神婆附体了？怎么神神道道的？"他前天刚从家回来，想好好休息一下，这段时间应该都没有再回去的打算。

　　姜别躺回床上，闭眼继续睡觉，眼皮沉重得刚要进入深度睡眠时，昂扬的手机铃声乍响，来电显示：家——刘叔。

　　此刻，远在足球场上的姜稚月狠狠打了两个喷嚏。陆皎皎抱着足球避开体育老师的视线，凑过来和她咬耳朵。

　　姜稚月揉了揉发痒的鼻尖，她对飞尘过敏，脚底下踩着的这块草地上的人工草皮，是上星期刚铺设的，尘土味儿未散尽，他们就被老师急匆匆抓来上课了。

　　做完准备活动，老师按照男女生搭配的方式将所有学生分成两队，双方进行足球比赛。陆皎皎和姜稚月没分在一个队，两人依依惜别。

　　两队选好守门员后，球员代表以"剪刀石头布"决定谁先开球，姜稚月那队赢了。老师把白色的球放在足球场中央，吹了一声哨，开球队球员一脚将球踢向自己队里。

　　姜稚月混在一群人里面做一条随波逐流的小锦鲤，她跑到哪儿，球必定传到哪儿，躲闪不及时那颗白色的球恰好滚到了她脚边。而球门就在距她三米远的地方，守门员懒散地叉着腰站在那儿，似乎丝毫不怕她进球。

　　姜稚月感觉被挑衅了，她趁对方不注意奋力一踢，脚下的球呈直线运动缓缓地滚入球门。

　　守门员正抱臂做拉伸运动，看见那个白色的球顺着脚边擦进球门，愣愣地抬头看她。

　　旁边经过的队友没忍住笑出声说："稚月，你踢错球门了。"

　　其他人反应过来后跟着笑，一时间足场上的气氛变得异常活跃。不远处的体育老师闻声看过来，他立刻结束了和同事的闲聊，狐疑地走近询问发生什么事了。

　　被学生告知了这个乌龙事件，体育老师调侃道："同学，脑子是个好东西。不要的话，记得捐给别人啊。"

　　此话一出，周围的笑声更响亮了。姜稚月扒拉了下头发，毫不躲闪地迎上老师的哂笑说："老师，我的脑子特别贵，一般人要不起的。"

临近正午，阳光强烈刺眼，女孩儿稍眯起眼，说话时嘴角上翘，小巧的梨窝陷了下去，这副可人的模样，光是站在那儿就让人不敢轻易忽视。

　　体育老师挥挥手不和她计较，接着将脚边的球踢回球场，指挥他们继续比赛。

　　队里的几个男生结伴过来和她聊天，内容不太有营养，大致是让她别把刚才的事情放心上。一个皮肤黝黑、性格爽朗的男生露出羞赧的笑说："踢错球门这种事，真不是一般人能做得出来的。"

　　姜稚月搞不明白这话到底是在夸她还是在骂她，敷衍地回以微笑。为了避免尬聊继续，她快速跑到了陆皎皎身边。

　　"稚月，广告班的那几个男生刚刚跑来向我要你的联系方式。"陆皎皎指着旁边的一小群人说，"不过，我说你不用微信，也不用手机。"

　　活得真像个原始人的姜稚月，此刻将视线定格在某处——

　　为了避开男生的推搡抢到球，梁黎谨慎地迈着步子，但还是被力气大的男生撞倒在地上。

　　而从她身边经过的几个女生脚步顿了一下，最后装作无事发生的样子，默默绕开走了。

　　陆皎皎轻轻拉了下姜稚月的衣袖说："我听朋友说，她在宿舍被孤立了，在班里也不太活跃。"

　　姜稚月想起游乐场那幕，心中升腾起愧疚之感。也不知道管理员最后有没有为难梁黎，一般情况下，收了钱的聪明人都会选择不再计较吧。

　　梁黎从地上爬起来，低头看着被蹭破皮的手掌。她平静地给伤口吹气，半晌没吭声。

　　敏感的人对别人的视线相当敏感，梁黎抬起头时对上不远处女生的眼睛，她下意识地将受伤的手往背后藏，嘴唇动了动，低着头跑开了。

　　当天晚上七点钟，姜稚月写完新闻作业正打算点份外卖逍遥快活，猝不及防地接到了姜别的电话。他言简意赅道："下楼。"

　　姜稚月还没来得及回应，对方没什么耐性地挂断了。她套上外套下楼，宿舍楼前空荡一片。于是，她掏出手机给他打电话，对方早有预见地开口道："后门，不是前门。"

　　姜稚月无语地盯着手机屏幕，不过还是好脾气地绕过大半个宿舍楼走到后门。在晾衣架旁，男生手中提着两个保温桶，浑身散发着阴沉可怖的低气压。

　　姜稚月顿住脚步，估算了一下四肢健全地回到宿舍的可能性，大概低于百分之五十。她攥紧衣摆，试图趁她哥还没注意到轻手轻脚地溜走。

然而，姜别极快地捕捉到她的身影喊道："跑什么，怕我打死你？"

姜稚月缩起肩膀，小幅度偏过头，语气微弱地说："怕你打不死我。"

姜别迈开步子向她走来，沉声问："想喝阿姨做的排骨汤？"

姜稚月牙关紧闭，生怕下一秒趋于狼化的姜别，会让她把两大桶的排骨汤全喝掉。

宿舍楼后灯光全无，天光已全部暗下，寒风骤起，呜咽声凄惨无比。这与刑侦片中凶案发生前的场景，有接近百分之九十的相似度。

剩下百分之十的差异，在于姜别长了张符合青春校园言情剧的脸，与当下可怖的氛围格格不入。

果不其然，姜别面不改色地拧开保温桶，氤氲的热气袅袅升腾。他把桶往前一推说："喝吧，我亲自回家拿的。"

姜稚月露出一个乖巧无比的笑说："哥哥，你怎么不让刘叔送来啊，亲自回去多麻烦。"

姜别幽幽地凝视了她一会儿，然后从餐盒中取出勺子，体贴地伺候他的臭妹妹在露天寒夜里喝汤。

姜稚月眨眨眼，有点儿犹豫道："哥哥，这是我叫阿姨给你们宿舍准备的。我本来想回家拿的，但是体育老师突然说要上课。"女孩儿表情中透露出几分歉意。除了将投喂对象换成他们整个宿舍的人有点儿怪之外，这个解释合情合理，没有任何不妥。

姜别露出个十分理解她的笑说："好啊，贺随不爱吃排骨。这两桶我就拿回去给毛杰他们分了。"

姜稚月睁大眼，拦住了他的去路。两条纤细的手臂张开，下一秒牢牢抱住了男生的腰："哥哥，你看贺随学长都伤成那样了，你就给他喝两口吧。"

被抱住的人半晌没有动静。姜稚月提着保温桶的手慢慢垂落，然后将手中的东西全部放在旁边的架子上。

姜稚月慢吞吞地站直身子，看着他。

姜别斟酌着说辞，最后选择最简单的方式问："你是不是喜欢上贺随了？"

姜稚月的嘴唇渐渐抿紧，清秀的眉头蹙起，表情像是遇上了一道难解的高数题。她脑海中浮现出那张熟悉的脸，心跳蓦地漏了一拍。

姜别认真观察着她的表情，突然有种不好的预感。

姜稚月很难将那张脸和她哥话中的男主角挂上钩，她挣扎了一下，终于吐出了心里的话："哥哥，你怎么会有这么危险的想法？贺随学长帮了我很多，现在他受伤了，我不应该回报他吗？"

闻言，姜别半信半疑地垂下头，眸光中辨不清喜怒地问："真的只是这样？"

姜稚月一本正经地点头道："你放心，我绝对不会碰你的好朋友。"

姜别的脸色转缓，慈爱地摸了下妹妹的头顶说："你碰了也没有关系，如果真有那么一天，我就等着贺随叫哥。"但他的表情并不像话里说的这么简单，更像是想让贺随叫他别的。

姜稚月吞了吞口水，没敢在老虎屁股上拔毛，后退一步，她还是先保住小命为妙。等姜别收拾起保温桶转身离开后，她长吁一口气往后门的楼梯口走。

宿舍后门临近垃圾桶，味道异常刺鼻，很多人宁愿多走几步绕到前门，也不愿走这个楼梯。姜稚月拉起连帽衫的衣领遮住口鼻，跑了进去。

楼道里的白炽灯有些暗淡，微弱的灯光与窗口照进来的月光交融成一片昏黄。突然，一阵压抑的呜咽声清晰地传入耳中。

姜稚月上楼梯的动作顿住，她探出脑袋望向三楼的休息平台上。一团粉色缩在角落，低着头看不到脸。

可以一步两个台阶，在不打扰对方的情况下迅速上楼。姜稚月计划好路线，刚要迈出第一步，那团粉色出乎意料地抬起头，是梁黎！

姜稚月收回探出去的那只脚，石化在原地。说实话，她不太会安慰别人，有时候说出的话还容易被人误会。撞上这种尴尬的场合，装成没看见转身就走，又显得她过分冷血。而且她也不忍心把梁黎一个人留在这儿。

隐忍的抽泣声一瞬间消失了，窗外的风依旧肆虐，呼呼作响。

姜稚月垂至身侧的手蜷起，走过去靠着她坐下。

梁黎迅速往另一侧挪动，但被女孩儿抓住了手臂。

"我可能做了什么事情让你误会了。"姜稚月轻声说，"你不要躲着我，我们把话说清楚可以吗？"

梁黎像受惊的兔子，双眼通红地看了姜稚月一眼，似乎察觉到自己的狼狈，她沉默地垂下了头。

姜稚月也垂下头，仔细回忆着说："那天在游乐场，管理员又为难你了吗？"

梁黎摇头，低声回答道："没。"

"那就好。"姜稚月鼓起腮帮，看着自己的脚尖说，"那天你也是因为和我说话，才被管理员为难的。"

或许是因为姜稚月的主动提及，并把所有的错归结在自己身上，梁黎突然觉得自己对姜稚月的情绪是在无理取闹。可那天被管理员狠狠责骂、羞辱的是自己，真的做不到对她笑脸相迎。

如今，一切都有了答案。梁黎嘴唇翕动，话语凌厉不留余地地说："你一向都这么自以为是吗？"

姜稚月一愣，没有与她针锋相对，脸上的表情一如既往地平静。

那种从容不迫，彻底击垮了梁黎。她肩膀颤抖，隐忍的眼泪再次冲出了眼眶。

经过短暂的寂静之后，姜稚月松开轻抿的嘴唇说："我只是在做我认为对的事情。"

就在刚才的那几分钟，梁黎的坏情绪得到了彻底宣泄。对于她的怨怼，姜稚月没有生气，就那么静静地接受。

梁黎憋住眼泪，平复好情绪说："抱歉，我不是想责怪你。"

她还想说，但没说出口：因为你太耀眼了，所有的光都向你聚拢。对比之下，我就像活在阴暗角落里无人问津的青苔，散发出令人厌恶的气息。

梁黎咬紧嘴唇，断断续续地说："我只是……一个人，没人愿意和我做朋友。我也不知道哪里让他们不舒服了，他们好像都看不起我。"

姜稚月明白了，她是不小心撞到了枪口上成了梁黎情绪失控的导火索。

听舍友偶然提过隔壁宿舍有矛盾，梁黎总是在没课的时候去做兼职。她家庭困难，对宿舍的集体活动没办法全部支持，渐渐地，宿舍的人开始疏远她，后来是一个班级的人都疏远她。

姜稚月不太理解梁黎的这种心态，别人的眼光真的这么重要吗？难道别人觉得她该死，下一秒她就该抱石投河自尽？这世界哪有这么极端啊！

昨天晚上姜稚月失眠了，不是因为和梁黎聊到的这些沉重话题，而是一闭上眼，脑海中就闪现出一个画面：一张熟悉的脸贴近她，用低沉悦耳的声音追问她——

姜稚月，你是不是喜欢我？

学生会的义工活动一向是由卫生部和青年志愿者协会负责的，姜稚月拖着沉重的脑袋来到会议室开会。她非常不理解，为什么这种活动会让卫生部负责。

会议中，林楷主席解答了小干事的疑惑："因为卫生部负责的活动比较少，大家闲着也没事干，是吧。"

姜稚月昏昏欲睡，低头偷偷打了个哈欠，然后听见林楷说今天下午三点钟在北门集合。除非有特殊情况，不允许无故请假。

下午补觉的计划落空，姜稚月耷拉着脑袋跟在人群后离开会议室。

"加菲猫"不知从哪儿蹿出来，重重一掌拍在她肩膀上，姜稚月瞬间清醒了。

"放心，学长不会让你坐小三轮去的。"男生圆润的脸庞，几乎要撑破眼镜框，"你哥开车去，你坐他的车。"

姜稚月的睡意被他一掌拍散，她幽幽转过头说："学长，我有个不好的消息想告诉你。"

毛杰附耳过来说："你说。"

姜稚月清了清嗓子，吐字清晰道："你看起来又胖了十斤。"

毛杰："……"

"还不是因为昨天的排骨汤太好喝了！"

下午三点，姜稚月走到学校北门，一小群人正在商量三辆电动三轮车该如何安排座位。她悄悄走到一辆白色轿车前，趁其他人不注意拉开车门弓身坐了进去。

对不起，大冬天坐露天敞篷车，她受不住。

安静的车厢内还有其他人，姜稚月的视野内先是出现了一只修长的手，顺着干净的白色毛衣袖口往上，她看到了梦里追问她的那张脸。此刻，它的主人正用一种意味深长的眼神看着自己。

姜稚月下意识看向他的脚，看来排骨汤真的有效果。不仅能让人一夜增肥，还可以瞬间接骨。

姜别经由后视镜打量后座上的两个人，下一秒，对上女孩儿清澈的眼睛。

姜稚月舔了舔嘴唇说："哥哥，我记得家里阿姨炖的猪脚汤，也挺好喝的。"

车窗外，坐满人的三辆小三轮正以龟速行驶，车内的气氛一时难以言明。

家里阿姨经常说吃什么补什么，姜别很快就摸透了姜稚月的小心思。不过吃再多猪脚恐怕也无济于事，脚伤都困不住小猪崽，非要跟着他们去孤儿院凑热闹。

贺随摆弄手机的动作停住，斟酌着该如何温柔地拒绝小朋友的好意。不等他想出合适的话语，就听驾驶座上的人冷冷开口问道："吃猪脚能让他老实待在宿舍养伤吗？"

姜稚月没有犹豫，坚定地摇头道："不能。"

姜别唇角翘起，不急不慢地补充道："唯一的办法就是把猪脚剁掉，割以永治。"

好狠一男的。姜稚月垂头，脑补出贺随没有脚的画面。如此，她将永远见不到他骑酷炫的机车驰骋千里所向披靡的样子——这绝对不可以。

夕阳西沉，天边被染成浓重的胭脂色。落日的余晖透过明净的玻璃倾斜而入，给男生棱角分明的侧脸镀上一层柔和的釉。

姜稚月嘴角翘起微小的弧度，默不作声地歪头看向他。

贺随把手机放进裤兜，侧目疑惑地用眼神询问她怎么了。

姜稚月用一种极度痛心外加关切的语气问："学长，你为什么不好好养伤呢？"

贺随看出小朋友是真关心他的伤势，先是送排骨汤，今天又想送猪脚汤。他俯身靠过去几寸，尽量放低语调说："我闷，想出来喘口气。"

姜稚月心地柔软，同情心一下泛滥了。她抿紧嘴唇，伸出左手轻轻揉了揉他的头，想通过这个安抚性举动让他不要气馁，更不要不开心。

贺随黑亮的眼睛静静凝视了她几秒，然后他的头以更轻的力道蹭了下小姑娘的手心说："谢谢，小朋友。"

一种温热的触感自手心传来，姜稚月反应迟钝了会儿，回过神后迅速收回手。而温度似乎还残留着，她攥紧那只手，悄悄移开视线，耳尖止不住发热。

这幅温情脉脉的画面，一点儿不落地全部收入姜别的眼底。他看了眼后视镜里的妹妹，呵笑一声问："你刚才是不是摸了他的头？"

姜稚月记起昨天他问的那句话，不由得缩起脖颈儿，有些底气不足。

贺随笑容很浅，以为她哥是吃醋，心想现在他最好不要掺和进去。可没想到下一秒，姜别保持低沉的声音继续说："像是在摸一只狗。"

像是在摸一只狗！！！姜稚月发现自从她哥回国后，小时候养成的好习惯好像全被丢在了大洋彼岸，腹黑性格不加掩饰，说不准还有"妹控""兽耳控"等一系列隐藏的癖好。

贺随不气不恼，若无其事地靠回座椅说："别说，说就是你在羡慕。"

因为这一段小插曲，一直到市孤儿院前，车里没有人再主动说一句话。大概是快到感恩节了，最近孤儿院的活动比较多，正门前停靠着一整排的车，停车位都被占满了。

姜稚月指挥姜别往后门开，熟稔的口吻引来了身侧人的注目。

好在知道孤儿院后门的人不多，姜别停好车，三个人搬出后备厢的捐赠礼品，等待其他人出现。

三轮车的速度肯定比不上四轮汽车，在配置上就输了一大截。

半个小时后，毛杰驾驶的小三轮第一个冲到终点，林楷学长紧随其后。车上的几个小女生脸色发白，下车后秘书长死死卡住毛杰的脖子说：

"这车速……老娘要窒息了。"面试时端庄优雅得像名媛，如今成为工作伙伴后，小姐姐也不再伪装了。

姜稚月后退两步，避免被战火无辜波及。

孤儿院的负责人踩着点下楼，几个义工帮忙将捐赠的衣物和书籍搬至仓库。负责人和林桤打过招呼后，目光停在一旁的女生身上。

"稚月？好久不见你来了。"负责人笑着迎上去，握住她的手说，"辰辰昨天还念叨你呢。"

苏辰是姜家助养的一个孩子，生下来就残疾，被亲生父母遗弃在湖边，被人捡到后警察帮他寻找父母未果，最后送至孤儿院。

姜稚月打过招呼，拉着姜别的衣袖问："哥，你要去看辰辰吗？"

姜别转头看向拄着拐杖行动不便的好友问："你去吗？"

贺随抬起眉梢，迎上他略带挑衅的目光，动动嘴角说："去。"

姜稚月敏锐地察觉出，他们对视间小火苗噼里啪啦乱迸，难不成这就是传说中友爱的小火苗？因为贺随不好好在宿舍养伤，姜别劝说无用，心疼中带着关心，所以通过变相打击，激励好朋友重整旗鼓？没错，一定是这样的。

姜稚月走在前面带路，辰辰的腿不方便，房间被安排在一楼，没想到无意间便利了贺随。

院子里，坐在轮椅上的小男孩儿认真地看着书，听见响动抬起了头。

如果他腿脚方便，此刻一定会控制不住激动的心情，飞奔过来抱住姜稚月。男孩儿转动轮椅，小手挥舞着说："姐姐，你来看我啦。"

姜稚月快走几步到他跟前，半弯下腰摸了摸他的脑袋说："辰辰，最近乖不乖啊？有没有想我？"

苏辰认识姜别，他小心翼翼地拽住女孩儿的手问："姐姐，另一个哥哥是谁啊？"

彼时，姜别正与贺随就"女孩儿触摸异性的脑袋，是真心安慰还是变相示好"的问题进行深度讨论。作为哥哥，姜别还从来没有享受过妹妹的摸头安慰。

等贺随走近，苏辰突然睁大眼说："我认识你！FIO车队的副队长，去年CSBK的亚军！"

姜稚月愣愣地回头，如果没记错，前不久去的俱乐部就叫FIO。但她和辰辰相识多年，第一次知道他关注赛车。

辰辰意识到自己的情绪太激动，小脸骤然绷紧道："我偶然在电视上看见的。"

贺随看破他的伪装，微微一笑，算是和小孩儿打过招呼。

姜稚月陪苏辰玩了一会儿，就被林桤招呼过去帮忙。

贺随落在后面，听见轮椅碾过枯叶，发出细碎的声响。他停下步子，回过头，然后拄着拐杖再次回到小孩儿面前。即便拄着拐杖，贺随浑身的矜贵气息也没被敛去半分。

贺随俯身，食指放在嘴唇上做了个保密的动作问："告诉哥哥，喜欢机车吗？"

苏辰犹豫片刻，咬着嘴唇点头说："喜欢。"

贺随学姜稚月的动作，抬手轻轻揉了揉小孩儿的头说："那辰辰要好好做复健，等到站起来那天，哥哥教你骑车。"

苏辰的眼睛变得格外亮，急切地抓住他的手问："真……真的可以吗？"

走廊那端响起脚步声，估计是有人找不到贺随，原路返回来寻。贺随站直身，向小孩儿保证说话算数。他刚走出两步，小孩儿扬声喊道："哥哥，这次你要拿冠军！"

姜稚月不放心贺随一个人走路，半道儿拐回去准备陪着他。没想到贺随不仅是个 Bking，还有做交际花的潜质。半分钟不到，一向不喜欢和陌生人交流的辰辰，竟然主动为他加油。

姜稚月疑惑地问："你和辰辰聊什么了？他看起来挺喜欢你的。"

贺随用手肘支着拐杖的扶手，桃花眼微微眯起，自带蛊惑人心的特效。他冲她勾了勾手指，示意她过来点儿。

姜稚月不疑有他，附耳靠过去。

女孩儿小巧的耳廓藏在发间，露出一小抹微红。

贺随眸光稍沉，语气懒散地说："他问我对你好不好。"顿了下，他沉声补充道："我说，谢谢你。"

温热的气息染上她的耳廓，姜稚月飞快地跳开一步，不自觉伸手去摸烧红的耳朵。

辰辰怎么会问这种问题？一个十二三岁的小孩子哪懂这些？明明是……明明就是他借题发挥，不敢直接道谢，才引诱她过去。

贺随已经走出几步，发现小姑娘没跟上，歪头拉长语调提醒道："走了，小朋友。"

姜稚月垂着头小步快走几步，和他擦肩而过时，头发盖不住泛红的耳朵。

耳尖容易红的小朋友。贺随轻轻弯起嘴角，笑着跟上去。

第五章

甜度加载 40%

距离比赛还剩一周的时候，贺随的脚已经能触地走路了。姜别不放心载他去医院检查，医生建议放弃比赛，万一牵动伤口很容易造成二次受伤。

回到车上，姜别沉默许久，转头看向副驾驶座问："弃赛吗？"

贺随把高领毛衣的领子往下扒拉了点儿，听到这话备感意外。他那双眼睛直勾勾地盯着人的时候，总散发出一股摄人心魄的煞气。

姜别觉得他那股煞气又上来了，说："为了你自己好。"

贺随窝进车座里半天没反应。这几天他也没睡好，长期处于丧志状态很容易扑上去咬对方两口。半晌，他坐直身子，话中听不出情绪地说："姜别，这次我必须去。"

姜别不太理解地说："车队如果失去赞助商，你完全可以再拉赞助，甚至自己投钱赞助。现在你这么拼，有必要吗？"

贺随颇为无奈地瞅了眼人傻钱多的姜小总，对方满脸写着"你没有钱我可以让你宰，宰不够算你输"的迷之自信。

姜别突然想起什么，问："真打算让我妹去比赛现场？"

下午五点多，夜幕缓缓降临，车子汇入繁忙而无尽头的车流中。一闪而过的车前灯与霓虹光亮交织在一起，光线忽而明亮，十分刺眼。

贺随歪头看着窗外，揉了下额角，笑着说："都邀请她了，骗小孩儿不好。"

姜别将贺随送到家门口，赶在他下车前，叫住他问："蒋阿姨同意你去吗？"

贺随沉默了一小会儿，无数种回答从他心中闪过，但哪个都不是最好的答案。最后他把话题岔开说："你怎么比我妈还念叨，路上小心。"

贺随拉开雕花大门进入院子，马上要进门时脚步略顿，局促的样子像考试成绩很差不敢进门的小孩儿。良久，他肩膀松懈，透出几分释然，抱着破罐子破摔的心态走进家门。

屋内，蒋媛和丈夫正在客厅里鉴赏一幅字画，听见开门声他们扭头看去。

贺随简单打过招呼，换好拖鞋上楼。没过一会儿，蒋媛端着杯热牛奶敲门喊道："阿随，妈妈有话和你说。"

贺随收回要拉动抽屉的手，将旋转椅轻轻转动一个弧度，抬头望向门口。几乎在看清母亲的神情时就瞬间猜到了她想说的话，他垂下头，手指攥紧了。

蒋媛放下手中的牛奶，用商量的口吻问道："下周六是你舅舅的忌日，你有没有时间和妈妈一起去祭拜？"

贺随小的时候并不是由父母亲自照料的，而是养在外公膝下。外公家里还有个比母亲小十岁的舅舅，那时候老爷子对他那个叛逆不好管的儿子无可奈何，只希望他不要惹出大乱子，更不要带坏外孙。

所有人都不曾料到，在三年前的一场机车比赛中，被誉为"CSBK 无冕之王"的车手因拐弯速度太猛，连人带车冲出跑道撞上了一旁的山体。最后车毁人亡，让无数职业赛车手及粉丝唏嘘悲恸。

干净敞亮的房间中，只有钟表指针转动的"咔嗒"声，缓慢而无止境地延续。

两人无声地对视良久，贺随先撇开眼说："我那天有事，去不了。"

蒋媛一愣，有点儿出乎预料地问："很急的事情吗？不可以推掉吗？"

"是，很急。"他的声音低哑，语速缓慢，像是有意给对方留心理准备的时间，"有场比赛需要去。"

蒋媛脸上的血色一下子褪去，变得格外苍白。她动作急促，一只手抓住桌沿，另一只手一把抓住贺随的肩膀，嘴唇翕动数下，艰难地开口道："你舅舅的教训，你还嫌不够吗？你为什么非要这样？"

抓住男生肩膀的手指慢慢收紧，隔着一层薄薄的家居服，指甲好像要陷进皮肉里。

贺随皱了皱眉头，向她保证道："妈，我答应你，只此一次。"

就这一次，拿回本该属于舅舅的东西——他期待了一辈子、热爱了一辈子、到头来都无缘亲手捧起的冠军奖杯。

蒋媛是哭着离开的，贺随上一次见她哭是舅舅去世时，一向坚强的女人突然倒下了。

他转回书桌前，又拉开第一层的抽屉，一摞外文原版书籍底下压着一个木匣。匣子保存的时间太过久远，表面的漆层已变得斑驳，失去了原有的质感。

匣子里装着一张旧照片，是贺随的舅舅蒋冲所在的车队首次参加比赛获得亚军的合照。在他白底紫边的队服上霸气地写着英文字母：FIO。

这个人一直在做一件令常人不能理解的事情。他崇拜的速度与激情，在别人眼里是追求玩乐的笑柄，他的努力与付出只是侧面表现出他玩得有多么疯狂，甚至到死都没能让人接受他的所作所为。终其一生，都活在不被认可的质疑声中。

在跨上机车前的那段时光，贺随也是质疑阵营中的一员。

直到飒飒狂风呼啸过耳畔，所有质疑的声音被抛之身后，有光芒未被狂潮淹没。它是澄澈的，是耀眼的，是永恒不灭的。

昨晚下过一场夜雨，整个世界变得潮湿阴冷，寒风从四面八方聚集而来，试图掀起衣角贪恋地和皮肤进行法式热吻。

姜稚月死死按住宽大的针织衫衣摆，等这阵妖风过去，才慢吞吞地走去教学楼。

周二的日语选修课，她失去了前几周的积极性。蒋教授的课讲得是好，但太过枯燥无味，她有大半节课是和手机一起度过的。

进入教室，习惯性地拐到倒数第二排靠窗的位置坐下，掏出笔袋、课本、水杯，依次摆放好之后，姜稚月趴上头开始玩手机。

上课铃打响前几分钟，教室里的学生已经坐好了。

姜稚月滑动屏幕看着视频，身旁的折叠椅被人拉开了，轻微的响动过后，一只修长的手伸过来敲了敲她这边的桌子。

姜稚月顺着那截白皙的手腕望过去，旁边的男生奋拉着眼皮，今天好歹拿了一支笔，但还是一副没什么精神的样子。

姜稚月却突然有了精神，她"腾"地坐直身问："学长，你又来替课了？"

贺随懒洋洋地"嗯"了声，从口袋里抽出两张比赛门票递过去。

姜稚月其实已经买好了票，但只抢到了后排的座位，眼前这两张票竟然是VIP座区。她伸出一根手指按住票据的一角，尽量表现出一副"看在你盛情相邀的分儿上，我就勉强笑纳了"的样子。

贺随手肘抬起，压住了移动的纸张。

姜稚月感受到一股阻力，眨眨眼不解地看着他。

贺随唇角翘起，高深莫测地盯了她几秒说："有条件的。"

姜稚月光洁的脑门上出现一个大大的问号："啊？"

贺随又露出那种引诱小兔子主动落网的表情，勾了勾食指。

这个动作前天就让她上过当，这次故技重演是当她傻吗？姜稚月坚守阵地，一本正经道："有话说话，别动手动脚的。"

贺随薄唇轻抿，虽然神色依旧淡然，但扬起的眉梢可以看出他的心情挺好的。他单手支着下巴，悠悠地说："挺聪明呀，不上当了。"

这语气过于温和平静，甚至有点儿笑里藏刀的意味。

"行，你不过来，那我靠近你一点儿。"说着，贺随微微弓起脊背，侧脸枕在手臂上，两人间的距离一下拉近了许多。

姜稚月不自然地撇开视线，催促他道："快说，是什么条件呀？"

贺随垂下眼帘，手指轻轻敲了敲两张票说："拿了我的票，胳膊肘就不能往外拐。"

姜稚月一脸茫然地问："什么意思？"

贺随不说话了，静静地坐在一旁，让她自己领悟。

姜稚月看了看票，又抬眼看了看他。片刻，她的脑海中浮现出无数个结论，每产生一个奇怪的念头，她的脊背就一阵发麻。

过了几分钟，贺随直起身靠住椅背，看见小姑娘捂住了双眼。

她坚决道："我也控制不住我的眼啊，它们总是会不由自主地看向好看的人。"

声音听起来十分无辜，也让人无法反驳。

贺随被逗笑了，摇摇头说："我不是这个意思。"

捂住眼睛的手指移开了点儿，姜稚月的脑袋慢慢垂了下去。贺随也跟着微微俯身，重复了一遍刚才的话说："拿了我的票，就只能给我一个人加油。"

就这么简单？太不可思议了。姜稚月弯起眉眼，向他保证道："学长你放心，比赛那天我的眼睛里只有你一个人。"她边说，还边做了个"小稚正在看着你！"的手势，就这么愉快地决定了。

贺随抿直的嘴唇松懈下来，弯出一个微小的弧度。他正准备在亲妈的课上稍微睡一会儿，旁边的女孩儿主动靠过来说："学长，我有个问题。"

贺随强撑住困倦的眼皮，下巴抬了抬示意她说下去。

姜稚月前几天上学校表白墙找替课的组织，有人说安全度不能保证，容易被老师查出来。她没什么经验，挺怕被蒋教授查出她找人替课，然后让她直接挂科。她可不想大一上学期就开始挂科之旅。

她又转念一想，贺随替林桤上了那么久的课，蒋教授竟然没有发觉，一定是因为他的替课技术高超。

然后她左右环顾一周，确定没有人注意他们时，悄悄靠过去小声问："学长，林桤学长给了你多少钱，你才答应给他替课啊？"

贺随和她四目相对，眼底闪过一丝荒唐感。他舔了下干涩的嘴唇，移开视线说："我不收钱。"

姜稚月长长地"啊"了一声，真的是万年好朋友，有伤有病一起走。

体育课临时取消了，姜稚月下课后打算去录音棚帮忙。

最近群杂的活儿特别多，李哥心情不佳，整天无精打采的，求助无门，迫不得已请她出山。

李哥的甜言蜜语一套接一套，姜稚月受不住糖衣炮弹的蛊惑，心一软就答应了。

录音棚还是写字楼角落的那间，今天去的时候，那群白领依旧坐在大厅讨论合作方案。

姜稚月轻车熟路地绕到录音棚前，推开门进去，迎面撞上一张黑脸，李哥不知道被哪个"小萌新"气成了这样。

李哥招手示意控制台的工作人员全部停下，将棚子里的那个配音新人放了出去。为了避免下一幕上演格斗名场面，他主动走到门口抽根烟冷静一下。

小新人是个留着南瓜头的男生，娃娃脸模糊了年龄特征。他自认为配得不错，出来后一屁股坐进沙发里开始玩手机。

姜稚月坐在他旁边，余光瞥见他屏幕上的几辆摩托车，以及亮瞎眼的会员名片：FIO一群狗。

"南瓜头"点击游戏开始按键，他黑白相间的机车位于第三跑道区。机器人一声令下，所有人应声冲出起点，"FIO一群狗"落在最后。

其他玩家的车技明显比"南瓜头"好太多，不管是弯道还是直线，人家都能轻松应对。"南瓜头"不服气地爆粗口，少年声音奶声奶气的，没有一点儿杀伤力。

"FIO一群狗"未能进入决赛圈。

姜稚月想也不想，就拍手叫好："漂亮！"

"南瓜头"侧过脸，凶狠地冲她一龇牙，愤怒值临近爆表道："输了还漂亮！"

姜稚月歪了歪脑袋说："可能是你ID（昵称）的问题。"

"南瓜头"一脸无语。

"不尊重车神队伍，幸运之神忽略你很正常。"

"南瓜头"嗤笑着，两根胖乎乎的手指捏住手机一端，漫不经心地转了半圈，整个动作看来不太美观。姜稚月记得贺随那双修长的手做相同动作时，她甚至想成为那部手机。

"南瓜头"都懒得解释了，调出一张照片给她看。照片上显示的是一则很久前的新闻报道：CSBK 赛车手服用兴奋药物致幻，冲出赛车跑道，车毁人亡。

"南瓜头"语气颇为不屑地说："队长都能做出这种事，其他队员还能好到哪儿去。"

姜稚月嘴唇紧抿，认真读完了报道内容。她不了解那届赛事，也无权质疑这篇报道的真实性，但对方一竿子打翻了一整船人的态度让她很不爽，特别是那条船上还有她熟悉的人。

"南瓜头"还在滔滔不绝，话语停顿的间隙，他终于感受到了气氛的阴沉。

女孩儿清秀的小脸上蒙上一层阴霾，黑白分明的眼睛直勾勾地盯着他，眼底的不悦一层层荡开了。

"现在都二十一世纪了，还流行连坐制吗？"姜稚月的声音不受控制地渐渐拔高说，"用一句话否定掉十几个人的努力，你真的特别伟大！"

"南瓜头"不明所以，他不知道自己哪句话说错了，突然触发到女孩儿人格转换的开关。明明几分钟前还是一甜妹，怎么一转眼就变成要人命的魔鬼了？

姜稚月不想和他理论，起身走出录音棚。站在门外抽烟的李哥吐着烟圈看过来，样子很社会。

姜稚月走到他跟前问："李哥，里面的'小萌新'是你叫来的吗？"

李哥掐灭烟蒂，脸色转缓不少道："是，临时从别的组调来的，咋了？"

姜稚月屏息凝神，一板一眼道："他挑衅你，说你是吃人不吐骨头的魔鬼，说你压榨新人，他要向协会投诉你。"

李哥刚刚放晴的心情再次乌云密布，撸起袖子直接转身走进了录音棚。

姜稚月默默跟上去，把门关死，确定不会有声音漏出去招来警察叔叔。她气定神闲地站在一旁等着看一出"猫捉老鼠"的好戏。

"南瓜头"今年二十二岁，是播音专业刚毕业的学生。一个初出茅庐的小人物，竟然敢挑衅配音导演界的"大拿"，一定是活得太舒服了！

姜稚月数了数在场的人，掏出手机给所有人都点了一份奶茶。

奶茶店就在楼下，五分钟后配送员敲响录音棚的门，里面的闹剧暂时告一段落。

姜稚月笑意盈盈地给所有老师分完奶茶，拿出最后一杯不紧不慢地走向"南瓜头"。这家伙被李哥收拾得不轻，此刻正撑着屁股趴在沙发上。

姜稚月递过去奶茶说："不知道你喜欢喝什么口味的，随便买的。"

"南瓜头"泪眼婆娑，一把握住"恩人"的手说："谢谢你，你简直就是天使。"

他艰难地坐直身子，低头喝了口奶茶，脸上的表情猛然僵住了。一秒后，他难过地闭上眼，强忍住将嘴里的液体喷出来的冲动。他咽下去后，不可思议地看着她问："我天啊，这是什么玩意儿？"

姜稚月一弯唇，脸颊上小小的漩儿陷下去说："奶茶呀，怕你不喜欢喝，我特意让服务员多加了两份糖。"

"小南瓜"变成了"小苦瓜"，姜稚月心满意足地走到李哥那儿领了群杂的剧本。

周五晚上，群杂的配音正式结束。姜稚月当场领到报酬，足足3000块。

和"南瓜头"徐骞合作不算累，因为李哥的注意力全部放在他身上，火气一个劲儿冲着他撒。徐骞被骂得狗血淋头，走出录音棚时长吁一口气问："我说小稚妹妹，不，漂亮可爱大方的姜稚月小姐，我到底哪儿得罪你了，要这么整我？"

姜稚月舔着唇笑，表情看起来挺无辜地说："看你不爽。"

徐骞仔细回忆哪里让她不爽，脑海中浮现出周二上午初次见面，两人就FIO车队进行的一番辩驳。他大彻大悟地伸出根手指头指着女孩儿的鼻尖说："你是FIO的'脑残粉'？"

气温越来越低，体寒星人姜稚月每年入冬后都活得格外艰辛。她伸出手捂住口鼻，呵出一口热气，又放下来搓了搓。

"我见过一个人努力的样子。"她声音压得很低地说，"见不得别人对他的努力指手画脚。"

徐骞挠了挠后脑勺，诚心向她道歉道："抱歉啊，我态度有点儿过激。仔细想想，FIO那群笨蛋要是服用兴奋剂早就拿第一了。"

姜稚月听他这话还是有点儿不对劲儿，掏出兜里的门票拍在他肩膀上说："明天的比赛，你睁大眼睛看清楚——FIO是怎么拿到总决赛入场券的！"

小姑娘力气不小，拍在他肩膀处的力度让他始料未及，同时声音清晰响亮。徐骞摆出一副求饶的姿势，刚想握住她的手腕，身后却传来一道低沉的警告声："她让你碰了吗？"

贺随站在路灯底下，光线恰到好处地勾勒出他脸部的轮廓。光是静静地站在那儿，就将对方的气势碾压粉碎了。

徐骞睁大眼，以一种不可置信的口吻问："你是——FIO 的副队长？"

贺随垂眸睨了眼处于灵魂出窍状态的女孩儿，又看向男生，拖着懒洋洋的尾音问："不是笨蛋之一吗？"

姜稚月回过神，不敢去想他在那儿站了多久，是不是把他们的对话一字不落地全听进去了。她拉拉贺随的衣袖，试图给即将长期合作的配音伙伴求情道："学长，他没恶意的，我也整过他！"

贺随心情不错，唇畔挂着浅淡的笑说："我没生气，开个玩笑。"

徐骞心想：玩笑不是这么开的。

贺随叫来出租车，让身边的小姑娘先上车，等她坐好后才弓身坐进去。

姜别替教授跑了趟研究所，中途想起来他还有个患夜盲症的妹妹，晚上十点半才回宿舍。怕出事儿，就把即将参加比赛的贺随提溜起来，看看他有没有多余的精力去接人。没想到，贺随毫不犹豫地答应了。

姜稚月看到玻璃上映出的倒影，紧紧抓住挎包的手慢慢松开了。在挪动手臂时，不小心碰到身侧的人，她心跳如雷，屏住呼吸侧头问道："学长，你觉得自己努力吗？"

贺随把手机揣进口袋，眉梢一扬，神情中带了几分疑惑。

姜稚月轻轻吐了口气，脸颊的热度逐渐散去，说："没事，明天一定要加油。"

看来她和徐骞说的那句话没被本人听见，她总共没见贺随练过几次车，其实有些自说自话的嫌疑。而且像他这种不喜欢张扬的性格，练车都要挑其他队员放假的日子，肯定不喜欢别人说三道四的。

姜稚月再次将头扭向另一侧，错过了贺随弯起的嘴角。

贺随眸光幽深，盯着女孩儿后脑勺上的小鬏鬏看了会儿，笑容中多了几分别的意味。他心想：被人无条件支持、护着的感觉，挺不错的。

司机师傅将两人送至女生宿舍楼下，收了钱驱车离去。

十点半左右，楼底下一对对小情侣抱在一起互相取暖，姜稚月拉着贺随到了一处无人的角落。

忽来一阵寒风卷起地上残存的落叶，沙沙作响。

姜稚月从书包里掏出一支荧光笔说："学长，你把手伸出来。"

贺随蜷在口袋里的手动了动，不紧不慢地抽出，依言照做。小姑娘握住他的手指，低头在手心上写着什么。

路灯明明灭灭的光线铺洒在她漆黑的头发上，晕染出满目的暖色调。

"那只手。"女孩儿以无比严肃的口吻交代道。

贺随轻哂一声，抽出另一只手递过去，然后抬起左手借着路灯打量手心上的字：大。

姜稚月写完，扣上荧光笔的笔帽，把笔扔进书包，然后双手合十清脆地拍了三下。她眼神示意他照做，贺随耷拉下眼皮，目光扫过右手上的字：吉。

姜稚以为他不懂，捉住他的两只手说："学长，你要虔诚一点儿，明天才会有好运到来。"

贺随无奈地弯起眉眼，跟着她一本正经地向命运之神祈祷。

刚祈祷完毕，宿管阿姨就走出宿舍楼的大门，态度不是很好地扬声叫各位小女生回宿舍，通知她们马上锁门。

宿管阿姨喊道："树底下那对，别以为我看不见，快回去。"

姜稚月回头看了眼凶神恶煞的宿管阿姨，她转身走出两步，又不放心地回过头，先是看着贺随清俊的脸，视线下移至他受伤未愈的脚踝。最后深吸一口气，她笃定道："学长，明天你一定可以的，我相信你。"

女孩儿的眼睛澄澈明亮，所有情绪不加掩饰，清楚地让他觉得，明天如果输了，这小孩儿会替他躲在某个角落哭鼻子。

贺随低下头，用那双"开过光"的手轻轻揉了下她的头。像篮球比赛那次一样，简洁明了地告知她说："不会输的。"

今年 CSBK 申城区的赛道选在城西的山脚下，常规跑道不用于越野类的比赛，半露天的场地提前几天封闭，今日才得以窥见整体面貌。

赛场规定，除车队参赛者及赛场工作人员可进入休息室外，其他人员持门票在观众席对号入座。

不少车迷为了见偶像一面，早早蹲守在入口，直等到熟悉的队服出现，一群人簇拥而上，控场人员根本阻止不了。

姜稚月默默避开这群疯狂的粉丝，来到观众席，"南瓜头"徐骞已经板正地坐好，仿佛下一秒就要接受检阅。

姜稚月打过招呼坐下，将沉重的书包放到腿上。可能是因为书包被撑出一个奇怪的形状，徐骞投来好奇的目光问："稚月妹妹，你包里不会是防狼喷雾之类的东西吧？"

姜稚月一摇头，拉开拉链拿出里面的神秘物体——一台高配置的望远镜。

虽然他们是 VIP 前排座席，但弯道上车手们挤在一处时就看得不甚明晰。她想牢牢捕捉贺随的身影，从开场到结束，她绝对不会移开目光。谁让她拿了他的票呢，"小稚正在看着你！"的誓言不能违背。

姜稚月抽出折叠的三脚架在身前的空区架好，又把望远镜放在上面固定好，后又调了调角度，一系列动作看得"南瓜头"一愣一愣的。

八点半，各参赛车队进场。上赛季的冠军是来自隔壁城市的车队，而亚军 FIO 是申城本地的老牌车队。两支队伍在最后一条赛道相遇，吸引了许多外地的车迷。

姜稚月对赛车这方面不了解，周围人聊天的内容她听不懂，只好掏出手机求助百度。

在比赛场地右侧，花花绿绿的机车整齐排列，这些就是他口中所说的"赛事专用车"。

主持人和讲解员在采访区就位后，澎湃激昂的入场进行曲奏响，从东、南、西、北四个大门走进来八支队伍。与其他车队宛如彩虹般绚烂多彩的队服相比，FIO 的紫白色显得格外清秀。

贺随落在队伍最后面，头发似乎打理过，额前的刘海儿掀起，露出英挺的眉骨。他从容不迫地走进场，目光只淡淡地从呐喊的观众席上掠过，很快收回。走到采访区时，他垂着眼皮，权当对面的几千人是透明的空气。

姜稚月拉动望远镜变倍杆，手上的动作一个不稳，调至最大倍数。恰好那双漆黑的眼睛望过来，她的心跳突然漏了一拍，愣愣地抬起头。

贺随的确是望向她的。

姜稚月抿了抿唇，隔空和他打了个招呼。

比赛上午九点开始，参赛者回休息室准备，主持人激昂澎湃的声音被堵在了门外。

FIO 与老对手在同一个休息室，对面的几个"黄毛"聊着天，时不时往他们这边瞟。虽然他们聊的内容不可告人，但一个个的眼神却清楚地告诉对方：我们就是在讨论你们这些弟弟。

室内温度太高，贺随脱下外套，不甚在意地睨了他们一眼。

毛杰递给他水说："我可真服了，他们敢不敢再大声点儿。"

自从蒋冲意外去世后，FIO 的成员接连被其他车队挖走，对面的那群人里就有不少是原先的成员。

生而在世，谁都想谋个更好的出路。贺随无意挑事，也不想让他们为难。他掏出耳机隔绝掉外面的议论声，气定神闲地和外场的伙计们聊起天。

"姜别"修改群名为"随宝放心冲，我们永相随"。

林桤：老骥伏枥，志在千里，冲呀！

姜稚月：横扫饥饿，做回自己，加油！

贺随："……"

八点五十分，工作人员敲门温馨提示，请参加常规赛道的比赛选手至A1门领取号码牌签到。对面车队的队长一向跑常规赛，出门时刻意停住脚步，意味深长地问："贺队，早上没吃什么不该吃的吧？"

毛杰一听，压制住的暴脾气"腾"地又蹿上来说："你早上吃的啥啊，一张口臭死了。"

贺随按住好友跃跃欲试要干一架的肩膀，表情里颇有种"劳您挂心，好走不送"的淡定从容。

毛杰十分不理解他忍耐什么，又不是打不过，嘴欠的人不抽他几巴掌根本不会反省。

贺随停住脚步，指着对面墙上张贴的比赛守则说："第八条，第三句。"

"比赛期间不得出现斗殴及群体打架事件，否则取消涉事者本次的比赛资格。"毛杰读完，乖乖闭嘴了。

检录完毕，参赛者找到了与号码对应的专用车。

很不巧，老对手队里的一个"小黄毛"与贺随相邻。在工作人员最后一遍清理赛道的时间，他戴上头盔打开防风罩。他像一个跳梁小丑，急不可耐地找寻激怒对方的开关。

"小黄毛"龇牙咧嘴道："你舅舅当年是不是也骑八号车，最后摔出去了？"

贺随沉静的眼底有些情绪在涌动，"小黄毛"继续挑衅道："你可别学他，不然FIO倒了，我们车队可不收垃圾。"

贺随薄唇紧抿，舌尖舔了下后槽牙，并没有发怒，倒是轻笑了一声。

二十岁出头的男生浑身蓬勃的朝气难以被忽视，气场也足够逼人。他单手拎起头盔，动作幅度有些大，让人以为下一秒他就会拿头盔给人开瓢儿。

然而，预想中的场景并没有发生，贺随慢条斯理地戴上头盔，长腿跨上车座，他调整好受伤的那只脚，侧目淡淡地看着"小黄毛"说："拭目以待。"

"小黄毛"还沉浸在差点儿被开瓢儿的恐惧中，愣愣地跨上车座，找回自己的声音说："第一名肯定是我们队长的，你想都别想。"

所有机车一齐冲出来的那刻，姜稚月的心悬至嗓子眼儿。

领头的并不是熟悉的紫白色队服，那个身影混在五彩缤纷的车流中，因为急速难以被肉眼捕捉。

第一个弯道，贺随下压的幅度比较大，轻而易举地过掉了半数人。

拉开差距后，来到第二个弯道，依旧采取同样的办法。

观众席上，一个内行人感慨道："真不要命啊，这种弯道过人对腿部产生的压力特别大，稍不留神就会侧翻。"

姜稚月屏息凝神，双手紧紧攥住，彼时贺随与去年的冠军并排，车速不相上下。

进入第二圈，只需要一个弯道就能彻底超过他。贺随却被对方堵截，失去了最佳区域。回旋的最后一个弯道作用力在右脚，贺随不知道他的脚踝能不能撑住。

解说员激动地站起来说："弯道区，八号再次采取同样的方法！三号追上来迅速堵截，最佳区域被占——"

身后 FIO 所剩无几的支持者急躁无比地说："被堵一次还不长记性，脑子是不是有包儿！"

话音刚落，原本正要拐弯的那道身影突然向另一侧冲去，在所有人以为他主动放弃时，径直越过紧紧相逼的人。

主持人说："超过去了，距离拉太大了，三号追上去的可能性几乎为零！"

在一瞬间，姜稚月看到了轮胎与地面剧烈摩擦出现的微小火花。那火光映在他的身上，刺得她眼眶发涩。

全场欢呼声乍起，震耳欲聋。

贺随摘下头盔，汗水打湿了他的额发。他没有立刻下车，而是弯腰触摸了下右脚的脚踝。

姜稚月猛然站起身，不顾工作人员的阻拦穿过半个场地跑至出口。那里围栏紧锁，将所有簇拥上前的粉丝隔绝，包括她。

贺随平复呼吸，下车后径直朝围栏走过来。他的步伐很缓慢，因为要迁就那只受伤的脚。

等警戒线一撤开，姜稚月就被记者和粉丝裹挟着寸步难行。

场控上前组织记者采访，贺随趁机离开，从人群中捉住女孩儿的手腕。

"躲什么？"他笑着说，"我这不是赢了？"

姜稚月有点儿无措地看着他问："你的脚没事吧？需不需要我扶你回去

休息？"

两人站在空旷的散场通道里，四周封闭的环境显得声音很大，从中能清楚地听见小姑娘颤抖的尾音。

贺随轻轻活动了下右脚踝，眉头皱起说："好像真的伤到了。"

姜稚月立刻掏出手机要给姜别打电话，手指还未碰到屏幕，面前突然横过来一只手臂。贺随一把揽过她的肩膀，在她耳边小声说："扶我回去。"

女孩儿身量娇小，他手臂揽过去，不像是她扶着人，更像是被人抱在怀里。

姜稚月没有意识到，他们此刻的姿势有多亲昵，一心只想着快点儿把他扶回休息室。走到半路，"小黄毛"垂头丧气地跟在队长身后，四个人隔着半个走廊遥遥相望。

作为一个合格的狗腿子，"小黄毛"即便不动手惹事，嘴上也不肯放过贺随。骂骂咧咧几句后，看出低等招数对贺随不管用，于是他又拿蒋冲的事儿戳对方的心窝子。

贺随舌尖顶住上颚，半倾的身子站直，压制了一上午的暴躁因子在体内涌动。

"小黄毛"年纪不大，口气不小地说："有其舅必有其外甥，蒋冲什么德行尽人皆知，你也好不到哪儿去。"

姜稚月捕捉到他话中的几个关键词，脑海中回想起"南瓜头"给她介绍的 FIO 创始人兼前任队长的资料。所以他提到的服用违禁药品导致车毁人亡的那位，是贺随的亲舅舅？

姜稚月难以置信地转头看向身边的人。

贺随的视线向四周游移，确定散场通道处于监控摄像头死角区。然后他冷淡地瞥了眼对面的"小黄毛"，心想不给这小子点儿教训，他大概一辈子也不懂什么叫尊重前辈。

姜稚月拉住他的袖子，紧张地问道："你是要动手吗？"

贺随侧头看她一眼，低低"嗯"了声，将搭在她肩膀上的那只手抬起，遮住了女孩儿的双眼。

"大人打架，小孩儿别看。"他垂头低声道，"数到一百再睁眼，听见没？"

贺随俯身过来的时候，那股清淡的木质香严密地包裹住她。话音刚落，香气飘走了，随后听到了渐行渐远的脚步声。

姜稚月不由自主地屏住呼吸，不远处传来一阵尖叫。她挣扎几秒，慢慢睁开了眼。

贺随抓住"小黄毛"的领子拖到墙角，由于力量过于悬殊，对方被拎起来直接双脚离地。

"小黄毛"的队长接下来还有比赛，他非常有自保意识地选择了放弃小卒子，站在一边静静观战。

"小黄毛"也没料到，看起来很清瘦的男生怎么会有这么强的臂力，他一时慌了神说："你还想不想比赛了？被抓住取消资格，你可别怪我！"

"哪来这么多废话！"贺随耐性被耗尽，一拳打在"小黄毛"的腰腹处，"小黄毛"的脸瞬间狰狞，眼睛瞪得极大。

凄惨的哀号声一阵接一阵，姜稚月缩了缩肩膀，默默从口袋里掏出耳机戴上，又后退两步找了处光亮的地方蹲下。

"小黄毛"不认怂，趴在地上喘气，他受不了这屈辱，决定奋力一搏，一骨碌爬起来抡起拳头冲过去。

贺随单手接住他的拳头，反手拧住他的胳膊将人抵在了墙上。

"小黄毛"的脸与墙壁亲密接触，腮帮上的肉被挤在一起，大喊道："队长救命啊，他是想打死我。"

这会儿，"小黄毛"的队长才走上前打圆场。这位仁兄丝毫不觉得这是场真正的格斗，圆滑地说："贺队，打几下消消气就得了，别真出了事儿。"

贺随钳制着"小黄毛"的胳膊，使劲儿往墙上撞了几下，听见他求饶的哀号声才不紧不慢地收回手说："有看戏的时间，不如好好管管队里的人。"

"小黄毛"拖着战败的胳膊回到队长身边说："够狠，不就说了几句实话吗？"

贺随凌厉的眼神扫过去问："你说什么？"

"小黄毛"梗着脖子死撑道："当年蒋冲出意外，尸检结果和比赛前的检测数据如出一辙，他就是服用了兴奋剂，这一点没得洗。"

队长用手肘狠狠拐了他一下说："别说了，赶紧走。"

姜稚月捂住耳朵，尽量去听耳机里的歌，但对面说的话却一字不落地冲进了她的耳中。不远处那个顾长的身影被灯光拉长，昏黄色的光线衬得他整个人越发暗淡。

他不该是这样的，他应该光芒万丈。姜稚月站起身跑到他身边，伸手拉住他的手腕，轻轻晃了两下。

贺随眼底还残留着未退尽的戾气，他抬头看着她。

姜稚月一言不发，牵着他的手走出散场通道，室外耀眼的光霎时倾泻下来。女孩儿指着公示比赛成绩的大屏幕大喊道："学长你看，你的名字在那儿——八号赛车手贺随第一名！"

贺随眯了眯眼，很轻地"嗯"了一声说："看到了。"

"我也看到了。"姜稚月笑眼弯弯，一本正经地纠正道，"不只有我们两个人看到了，还有许许多多关注这场赛事的观众都看到了。"

我们共同见证你的荣耀，也将为你抵挡所有的流言蜚语。她低头看向自己的脚尖，缓缓补充道："你往前冲就好，我相信你。"

贺随愣怔半秒，心底有微妙的情绪快速闪过，他嘴角弯了弯，露出个浅浅的笑。

此时，解说台上的主持人高声呐喊道："让我们看一看获得 CSBK 总决赛入场券的这几位车手，此刻是什么样的表情？"

场内摄像镜头迅速精准地捕捉到几位车手的身影，大屏幕上的画面被切成四个小框。

姜稚月看到他俩被投放到大屏幕上，她朝四周看了看，没发现镜头藏在哪儿。

贺随的双手还搭在她肩膀上，经过大屏幕的成倍放大，她察觉到了丝丝怪异。

主持人本着娱乐大众的精神打趣道："FIO 的贺队正在与女朋友庆祝，我们就别打扰他们了，镜头切换至飞鹰队！"

姜稚月低着头，耳尖红得发烫，她不确定自己的脸是不是同款番茄色。

解说台上的主持人，还在滔滔不绝地与其他车手互动。

贺随看了眼迎面过来的几个人，克制着平静地开口道："你哥过来了。"

姜稚月疑惑地望过去。

"看样子是来'杀'我的。"贺随摸了摸下巴说，"你看他手里是不是有刀？"

姜稚月："……"

姜别还真想提一把刀来，从下场后他们几人就到处找不见贺随的人影。如果不是从大屏幕看到，给他一万个脑子，也不敢想贺随是拐着他妹一块跑了。

姜稚月看了眼贺随，又看了眼脸色十分不好的哥哥，最后选择站在原地。

她现在过去，不知道姜别会怎么处置她。姜稚月往贺随身后藏了藏说："哥哥，这都是误会，学长他脚伤犯了。"

姜别移动视线，盯着好友的脚踝看了几秒问："哪只蹄子来着？"

贺随脸上的笑意收敛几分，他把受伤的那只脚往前迈了一步，格外好脾气地附和道："这只。"

姜别奇怪地瞅了他一眼，用眼神示意身旁的毛杰，帮忙把蹄子受伤的冠军移至车里。

毛杰接到命令，上前一只手揽住贺随的肩膀，就要弯腰公主抱的时候，姜稚月突然制止道："学长，注意分寸，有镜头！"

姜别终于抓住机会一把拉住她的手腕，用一脸要算账的表情说："你的分寸有点儿短啊，都一起上屏幕了。"

姜稚月一抿唇，板着小脸正经道："你的长，谁都不如你长。"

毛杰换了种姿势扶着贺随，顺便和林桤搭话道："快打醒我，他们兄妹是不是在开黄腔？"

林桤毫不留情地一巴掌拍上他肥硕的大脸问："你觉得呢？"

开来的车是四人座，姜别差点儿把贺随安排进后备厢，好在其他几个人及时劝阻了。

姜稚月比较瘦，不占多大空间，就和林桤、贺随挤在后排。她坐在贺随旁边，虽然她一直在蜷缩着身子，但她的腿还是紧紧贴着他，稍微一动彼此都能感知到。

姜别一个急刹车，姜稚月身子不稳地向前趴去，眼看鼻梁骨就要撞上副驾驶座，身边的人一下揽住了她的腰。

姜稚月又随惯性后仰，顺着他胳膊伸过来的方向一下子跌进了他怀里。她抬起头，整个人僵住了。

男生浓密的睫毛垂下来，光影打在他凸显的眉骨上，衬得那双眼睛干净而深邃。

突然想到车上有后视镜这种东西，姜稚月下意识看向前面。果不其然，姜别的眼神变得不可捉摸，警告中带着劝导，引诱他们自投罗网。自投罗网是不可能的，因为连网都还没织出来。

贺随敏锐地感知到，今天姜别对他的意见有点儿大。他抬起眼皮，懒洋洋地笑着问道："小稚月，还想在我身上趴多久？"

因为这个略显变态的称呼，前座的毛杰忍不住回头，脸上的表情像在看一个怪物。

姜稚月也被他整蒙了，以往他要么不叫名，要么亲昵地叫她一声"小朋友"。她狐疑地坐直身子，看见她哥马上要捏爆方向盘的手，沉默了。

她被夹在中间左右为难，感觉自己好惨。

到了医院，医生建议重新拍个片查看下是否有二次受伤。拍完片，姜别陪贺随坐在医院走廊里等待结果。

气氛难以言明，经过的小护士侧目打量着两个装作互不相识，但气场又格外相合的年轻男生。终于，左边的那个开口说："姜稚月长得是漂亮，性格也好，被人喜欢很正常。"

贺随伸直双腿，懒洋洋地靠在椅背上，闻言抬起眼皮，寡淡的神情起了些许变化。

姜别以为他没听明白，接着说："但是她今年才十八岁，未来可能会遇到更多适合自己的人。"

贺随坐直身子，抻了抻衣服上的褶皱，漫不经心地回应他说："说重点。"

姜别沉下脸，明知刚才说的那些不是实话，未来妹妹会遇到很多适合她的人，为什么贺随不能是其中之一呢？

因为一个是和他同窗三年的兄弟，另一个是他从小看着长大的妹妹。一想到他们两人未来会睡在同一张床上，亲密有加，他就忍不住尴尬。

小护士送出来 X 光片，细心地提醒他们两个该回诊室了。

贺随道谢后站起身，抽出片子对着光看。看着青白相间的底片，他眼前却浮现出今早那一幕——女孩儿指着大屏幕，坚定无比地告诉他：我相信你。此时，在他心里，那种被无条件相信的感觉似乎突然变了味道。

"别为你的尴尬找借口。"贺随放下手中的片子，不经意补充了一句，"我觉得合适。"

贺随那只脚这次没有伤及骨头，只需要静养几日就能恢复。医生告诫他不要再受伤，不然会留下病根。

一行人打道回府，姜稚月在校门口下了车，嘱咐车上几个人等等她，然后快步跑进了一家餐厅。不过十分钟，她提着两袋东西回来，买的排骨汤太烫，老板好心给留了一个散热的孔儿。于是她一上车，整个车厢内盈满浓香排骨的味道。

贺随的口味挺挑剔，肉不喜欢吃排骨，鸡不喜欢吃内脏，宿舍里的人见惯不怪。

姜别经由后视镜看向他，翘起嘴角慢悠悠道："是挺合适的。"

贺随："……"

姜稚月很郑重地将一盒汤交给贺随，告诉他这汤里面添加了中药材，老板说对养伤特别好。她怕其他人抢着喝，特意买了两份。

毛杰笑成狗，腮帮上的肉直抖道："小稚月妹妹，这次我们不和随宝抢，两盆都是他的。"

林桤扭过头，最后没忍住"扑哧"一声笑了出来。

贺随两条长腿在后座狭小的空隙里别扭地交叠着，他手指搭在膝盖骨上敲了两下，一脸轻松地看向吃不到葡萄说葡萄酸的一群人。他也是第一次被小朋友特殊对待。

贺随伸手钩住包装袋，眼睛弯成好看的月牙说："谢谢！我收下了。"

姜稚月对上他那双狭长的黑眼，被其中深浓的情绪攥住视线。她蓦地愣怔住，觉得对方的眼神太过炙热。就像她小时候在街上看见喜爱许久的玩具，被服务员拿给了别的小孩儿。她想一把抢走小孩儿手里的玩具，拔腿就跑。但社会公德不允许她这么做，所有的喜欢，都只能单纯地留在心里。

姜别算起日子，后天是老太太的生日。上一次妹妹借故逃了，她承诺下次一定乖乖地跟他回静安巷子。

姜别把车停进女生宿舍楼下的临时停车位，赶在她下车前说："后天是奶奶的生日，记得吗？"

姜稚月正思考贺随究竟要做什么违反社会公德的事情，她迟钝地发出一个单字："啊？"

姜别轻轻摇了摇头，挺无语的样子。

姜稚月其实听见了，但不想理他。短暂的静默过后，她和一众人告别后上了楼。

刚走到二楼平台处，陆皎皎发来消息：稚月你回来了吗？我们几个人决定去弄头发啦！

姜稚月停住脚步，掏出包里的小镜子，又用手挑起一缕黑色偏棕的头发对着镜子端详。她想，顶着一头大众色的头发去参加奶奶的寿宴，会不会显得她太没有品位？

又一想，反正在奶奶心中，她就和街边的流浪狗一样。高兴了赏口饭吃，不高兴就踹到一边。

姜稚月迟到多年的叛逆心理压制不住，她咬住嘴唇，牙齿轻轻磨动几下，决定和舍友一起去搞个头发，最好是染成"妈见打"的颜色。

学校里的"托尼老师"比较受欢迎，他们到店里时，前面有三个排队剪头发的。剪头发比较快，舍长约的烫发，陆皎皎也准备换发色。

姜稚月对着镜子看了会儿，问旁边的造型师："姐姐，你们这儿可以染一次性的头发吗？"

造型师笑意盈盈地答复她说："当然可以呀，能维持三四天。"

姜稚月舍不得她的头发，如果真的染成"妈见打"的颜色，她说不定都不想照镜子了。

前面剪头发的半个小时就完事了，"托尼老师"交代几个助手帮她们洗头发。

姜稚月坐在椅子上发呆，口袋里的手机传来振动声。她掏出来一看，学生会的联络群里下发一份表格，要求各个部门的新任干事填写详细信息登记表。毛杰提到了姜稚月，让卫生部的几个人填完汇总至她这儿。

陆陆续续有人把表格交过来，姜稚月填完自己的，一一将表格合并。检查有无遗漏时，她发现梁黎的家庭住址只写了"申城南安镇"，可秘书长要求具体到门牌号。

姜稚月戳开私人对话框询问梁黎。

"托尼老师"双手按在她肩膀上问："小美女，想染个什么颜色的头发？"

姜稚月言简意赅道："翡翠绿。"

翡翠绿是近似于"原谅绿"的一种，颜色比正常绿色浅。"托尼老师"轻快地吹了声口哨，表示自己很有兴趣。

对话框跳出来几条消息——

梁黎：稚月，具体地址不填行不行？

梁黎：我家那边的街道太旧了，我也不知道门牌号是什么。

姜稚月看出她的为难，和毛杰说了声，对方表示没问题，她才将表格转发给秘书处。

染头比较快，姜稚月和陆皎皎洗完头准备面对自己的新发色时，舍长仍顶着满头的烫发卷在玩手机。她没戴耳机，游戏里厮杀的声音有些刺耳。

陆皎皎说："茵茵从游戏上认识了个好朋友，明天见面，她可不得好好打扮打扮。"

姜稚月记得舍长提过几次，那个好朋友是个女生，声音格外甜。

彼时，"托尼"的助手开始给姜稚月吹头发。绿色浸了水和黑色差不多，吹干之后逐渐显色。

姜稚月看向镜子里顶着一头翡翠绿的自己，有点儿无措地扒拉了两下刘海儿。

"托尼老师"走过来检查上色情况，却听见小姑娘犹豫着问道："用洗发水就能洗掉是吗？"

"托尼老师"一本正经地保证道："在我这儿染头发绝对不会轻易掉色的，你放心。"

姜稚月猛地转过头，一双鹿眼瞪得极大地叫道："洗不掉？"

因为紧张，女孩儿的声线拉得格外尖细，引来了旁边造型师的目光。小姐姐关闭斗地主软件，尴尬地和她对视一眼道："呀！我给忘了，这小姑娘想染一次性的。"

姜稚月："……"

男生宿舍，一回来贺随就打开电脑建模画图。最近忙 CSBK 的事，欠了导师三张图，他准备熬夜补回来。

然而，桌对面的人，并没有让他好好画图的打算。

林桤的变声器最近出了故障，总是会在打游戏的时候外放声音。甜腻宛如蜜糖的女声嗲到令人反胃，毛杰和姜别受不了跑去图书馆自习。

林大主席能闲下来打游戏的时间不多，作为好友，实在不能剥夺他调剂心情的唯一乐趣。

林桤打完一局，爬下床拉了把椅子坐到贺随旁边说："阿随，明天我要见个人。"

贺随懒懒地抬起眼皮睨着他问："网恋对象？"

"不是网恋对象，一个外系的同学而已。"

林桤心里没底，对方用男号，从来不开麦，赛季排名靠前，应该不是个女生。见一面就当结识个兄弟，以后打游戏组队容易。

他斟酌着说辞，第一次和网友见面还有点儿紧张，问贺随："随哥，你能和我一块去吗？"

贺随眼皮不抬，握住电容笔的手指勾起，笔身灵活地在他指尖转动。"啪"的一声，笔被放在桌上。

林桤肩膀一缩，准备迎来今日份辱骂，闭眼等待半刻，没有预想中的腥风血雨。

贺随靠在椅背上，脸隐在暗色中，神情越发寡淡。他沉默许久，缓慢开口问道："林桤，你知道怎么追女生吗？"

林桤简直不敢相信自己的耳朵，拉动椅子又凑近一些。

"有目标了啊，是咱们学校的吗？"他眼神里带着点儿"吃到大瓜"的意味问，"班里的？"

贺随歪头，静静凝视着他。

林桤立刻领悟了好友的意思，问什么答什么，不该问的别多问。

"那姑娘对你什么感觉？你得告诉我你们进展到哪一步了，我才能给你出主意是吧。"

贺随一垂眸，在脑海中过了遍最近发生的事情，他眼前浮现出的全是小姑娘的脸——

是听说他的脚不能比赛，气得像只河豚要冲上去和人干架的模样；

是听见有人说他的不好，一本正经地选择相信他与别人辩解的模样；

是比赛过后拉着他去看成绩，说你只管往前冲时的模样。

贺随低下头，不自然地抬手蹭了蹭嘴唇说："对我，挺好的。"

林楷抽出一张白纸，在上面写上几个字问："对你挺好，今年多大？"

"大一，刚成年。"

"那她对别人好吗？就是除了你之外的人。"

贺随思忖片刻，淡淡回应他说："好吧，挺善良的小孩儿。"

林楷一拍桌子，瞬间得出结论："这明显是小朋友涉世未深，随时随地散发善意。贺随你这条老狗竟然看上了刚成年的小姑娘，有没有点儿道德心？"

贺随眸光渐沉，将他话中最后三个字咬字清晰地重复了一遍："道德心？"

他的声音太冷了，像夹着冰碴儿，林楷默默地把后面想说的话换了种说法："不然？人家十八岁，什么事儿都没经历过呢，你就准备下手，简直禽兽不如！"

贺随以沉默打断了两人无意义的谈话，随后一言不发地拉开通往阳台的门走出去。

寒风从窗户的细缝里丝丝钻入，吹得他眼眶发涩。

过往二十年从未有过的情愫来势汹汹，他双手撑在窗台上，低头很轻地笑了一声。

一想到未来她可能会遇见许多人，遇见许多比他还要好的人，他就忍不住想当一次禽兽。

舍长和网友约在北苑餐厅二楼的咖啡厅见面，陆皎皎出于好奇想去看看，又不敢一个人跟踪，舍长走后没多久，开始求姜稚月陪她一块去。

姜稚月正仰面朝天躺在床上，她拉起被子蒙住头，蒙住了所有的头发，不允许一根头发丝暴露在外。

陆皎皎软磨硬泡道："稚月你想想，万一茵茵见的是个用变声器的男变态呢！茵茵一个人去太危险了。"

姜稚月想起上次检查卫生时在贺随宿舍见到的那台变声器，猛地坐直了身子。又想到现在"校园贷"层出不穷，万一是不法分子看中了舍长的善心，让她帮忙贷款怎么办？

姜稚月简单收拾了下脸，拉起卫衣的帽子藏起那头翡翠绿说："皎皎，我们走！"

女生宿舍到北苑的距离太远，两人在楼下开了辆校内共享电动车，开足马力冲向北苑，中途偶遇了踟蹰不前的舍长某茵。

三个人面面相觑，场面一度十分尴尬。

陆皎皎忙不迭从电动车上下来问："茵茵，你不是去见网友了吗？"

舍长挠头，藏起那份小紧张说："对呀，我这不是在往那儿去嘛。"

陆皎皎了然地颔首道："行，那我们俩先去等你。"

姜稚月使劲儿拉住她的手，用眼神示意她说错话了，本来就是暗地里保护舍长不要被不法分子拐走，虽然行动过程出了一点小小的意外，但行动意图坚决不能变！

陆皎皎也意识到自己说错了话，跨上电动车再次开足马力，她们要赶在当事人到场前找到合适的隐藏位置。

这个点咖啡厅的人不多，姜稚月坐在靠窗的位置，点了杯卡布奇诺。

没过一会儿，舍长踩着约定时间露面，而另一位当事人却迟迟没有出现。

咖啡厅的装潢偏北欧风，两个卡座间隔着一块木白色的雕花隔板。舍长就坐在她们斜对面，雕花隔板也沦为了无用的摆设。

陆皎皎小心翼翼地抬眼望向门口，看到两个男生将要走进来，拍拍姜稚月说："这两个人有点儿眼熟啊。"

姜稚月顺着她的视线望过去，那两个男生已经走进咖啡厅，左边戴眼镜的男生径直朝舍长所在的位子走去，另一个懒洋洋地在找寻座位。

下一秒，两人的目光在空中轻轻撞上。姜稚月飞快地垂下头，整理帽子的动作显得很刻意。

陆皎皎不太满意现在的隐蔽区，嘟囔道："稚月你挑的这个地方什么都听不见，我们换个位子吧。"说完，她迅速找到下一个藏身地，闪身跑了过去。

姜稚月慢吞吞地拉扯着帽子，用余光瞥向走廊。被阳光照射得极为明亮的地方，男生静静地站在那儿，单手抄在兜里，白色卫衣和她身上的这件貌似同款。

在姜稚月正绞尽脑汁地思考如何能像一只过街老鼠，不被发现又能轻而易举地消失在他眼前时，对面的椅子被人轻轻拉动，发出一阵轻微的摩擦声。

然后，贺随异常平静地坐下了。

姜稚月一口气没提上来，清秀的小脸涨得通红。她将脑袋一点点耷拉下去，下巴几乎要埋进卫衣领子里。

贺随也随着她低头的动作，慢慢趴下了。但他的动作幅度比较大，下巴直接抵住了放在桌子上的手背。

　　姜稚月一垂眸，视野里出现了男生清俊的脸。

　　贺随眉眼低垂，弯起唇角看着她问："小朋友，怎么还不敢让人看了？"

　　一张咖啡桌的距离并不远，他的说话声音很轻，却清晰地传至她耳中。

　　姜稚月捂住脸，小声说："没有不让人看。"

　　贺随眼睛弯出很温柔的弧度，拖长语调说："哦，那就是不想让我看。"

　　姜稚月备感冤枉，放下手准备和他好好辩论一番，不料一缕头发从帽子里跑了出来。

　　窗外的阳光明媚依旧，打在她翡翠绿的发丝上，很容易就能看出她夸张的发色。

　　贺随愣了下，缓缓站起身，手臂越过半个桌子，用两根手指捻住了她的那缕头发。

　　女孩儿的发质细软，大概是刚染过，发梢变得有些干。

　　姜稚月一抿唇，忍住拼命下耷的嘴角问："学长，你色盲吗？"

　　贺随的手指移动到她卫衣帽子的边上，动作很慢，像是给彼此一个心理准备。他眨了下眼，拉下面前的白色帽子，终于看见了女孩儿头发的全貌——那头翡翠绿宛如青山连绵，又如春水初盛。

　　两人对视一眼，经过无声的交流后，贺随找回了自己的声音说："我色觉良好，这应该是绿色。"

　　姜稚月挤出点儿笑意，竖起大拇指说："学长你真棒，这就是绿色。"

　　贺随本就是俯身的姿势，他又往前倾了倾身，在距离她五厘米远的地方停住了动作。

　　小姑娘不安地眨动眼睛，澄澈明亮的眼底倒映出他缩小的影儿。也许是翻车次数太多，积累出了经验，此刻她除了表情有点儿僵硬外，其他各项生命体征基本正常。

　　贺随站直身，轻笑了声说："挺好看的，怎么选这个色？"

　　姜稚月瞬间松了口气，莫名有种释然。如果他说的是"好丑""太难看"之类的话，她的心情恐怕会跌到谷底。

　　明明别人的评价并不会多么影响她的心情，唯独他，是和其他人不一样的。

　　姜稚月讷讷开口道："我知道不好看，过几天就染回去。"她鼓起腮帮子，装作一副坦然无所畏惧的样子："你不用说善意的谎言啦，我都懂。"

贺随单手撑住下巴，微歪头，脖颈儿与下颚连接的那处皮肤白得扎眼。他沉静的目光落在她身上，声音温柔地说："还是哄一哄比较好，怕你哭。"

姜稚月后知后觉，舍长打游戏认识的那个好友竟然用变声器，还是她认识的林桤。A大赫赫有名的学生会主席，竟然哄骗小学妹线下见面！

她其实早就该想到的，男生宿舍里安置一台变声器目的绝对不纯。不对，那个时候她以为用那台变声器的是眼前这个人。

俗话说"物以类聚，人以群分"，作为同宿舍的好兄弟，贺随身上可能也有不为人知的小秘密！

贺随很容易就看透了她的想法，问："想问我什么？"

姜稚月先是摇头，后又实在忍不住好奇心，她真的想不出，像他这样的男生能有什么小怪癖。

宿舍深夜卧谈会提及的许多引人脸红心跳的词汇，此刻全部灌进了脑海中。姜稚月艰难地抬起头，幻想着对面的男生戴上猫耳和柔软的猫尾巴会是什么样子。

不行，危险的思想一定要及时打住！姜稚月端起咖啡喝了一小口，脸颊升腾起的红晕却无法消散。

对比线下见面的两个网友畅所欲言，他们这边的气氛有些迷。

姜稚月想了几个话题试图打破尴尬的静默，但贺随不接茬儿，仿佛是在猜想刚才她脑海中的画面。

姜稚月喝完最后一口咖啡，笑容干巴巴地说："林桤学长的爱好挺独特的。"

贺随歪头看向相谈甚欢的两个人，神情淡淡地说："是挺独特的。"

姜稚月想着她和贺随也算熟悉，随口问一句应该没什么大不了，最坏的结果不就是被小贺学长提起来打一顿。但只要能够满足她的求知欲，这顿挨打也算值了。

姜稚月下定决心，她主动换座，坐到了贺随旁边。

贺随讶异于她的主动接近，原本放在桌子左边的手收回一些，不经意碰到了女孩儿的手臂。他轻蜷起手指，极力控制住心底翻涌的情绪。

自从确定对这小孩儿有禽兽想法后，他就不由自主地想再多触碰她一点儿。但又怕吓坏她，只好保持安全距离，不敢轻举妄动。比起林桤用变声器撩妹的操作，贺随觉得自己才是那个哄骗小孩儿没有道德底线的人。

姜稚月拽了下他的衣袖，眼中带着好奇地问："学长，你有没有类似的爱好呀？"

贺随喉咙发干，侧目凝视着她，目光扫过女孩儿颤抖的睫毛，继续向下停至她翕动的嘴唇上。

他眸光渐沉，低低"嗯"了声。

姜稚月睁大眼，没想到他连犹豫都不犹豫，就瞬间承认了！不是她喜欢想歪，而是当事人的表现促使她去想。脑海中的小人儿开始冲她摇尾巴，蓝紫色的猫耳朵轻轻擦过她的掌心，留下余温。

姜稚月眼中迸发出求知若渴的光芒说："学长，请你务必告诉我！"

贺随佯装思忖，眉头轻皱起来说："那不行，这是秘密。"

姜稚月眨眨眼，秒懂他话中的意思，侦察左右没有人注意到他们，下一秒她弯腰凑到他旁边说："你小声告诉我，我绝对保密。"

贺随垂眸，眼前是一个白花花的脑袋，他觉得帽子太碍眼，伸手给她揪掉了。

姜稚月疑惑地抬头。

接着，一股清洌好闻的气息扑鼻。

贺随靠了过来，他问："小朋友，你看我们像不像在说悄悄话？"

两人间只隔着三个拳头的距离，而且是三四岁小孩儿的拳头。姜稚月第一次和包括她哥在内的异性靠得这么近。这个距离已经超出男女正常交往的界限，她慌张地往后缩，试图找回合适的距离。

贺随任由她退缩，也不恼，气定神闲地勾唇一笑道："我觉得不像。"

姜稚月不解地应道："啊？"

贺随说得有理有据："你有小秘密瞒着我，当然不像了。"

姜稚月回想起脑补的那些画面，那些连他都不可能幻想过的画面，沉默了。

那边，林桤和舍长交换完真正的联系方式后，就将彼此的小号删掉了，第一次线下见面会完美结束。

陆皎皎在舍长离开前抢先一步离开咖啡厅，她的反射弧长到极致，走下楼才想起遗忘了某件事——和她搭伴的小姜同志，现在还落在敌区！

陆皎皎准备潜伏回去时，迎面撞上了面无表情走出来的小姜，她身后跟着小林和帅哥小贺。

姜稚月拉住她的袖子，一阵风似的离开了其他人的视野。

绝对不能让拥有聪明脑瓜子的贺随看出，她对他抱有龌龊的想法。绝对不能！

第六章

甜度加载 50%

老太太的生日宴每年都一个样儿，邀请世交好友来家里吃顿饭，小辈们陪一陪，不像其他家庭弄得那么隆重。

一想到要回去面对那些长辈，姜稚月失眠了一整晚。

第二天清早，当她顶着两个浓重的黑眼圈爬下床收拾好自己时，姜别还没给她打电话。宿舍里空调温度太高，她有些闷，拿起包下楼等他。

姜别开的是上次那辆车，停在路边亮起车前灯示意她。

姜稚月慢悠悠地挪着步子，一副犹豫又抗拒的样子。距离越来越近了，她意识到这次逃不了，泄气地垂下了肩膀。

等姜稚月坐好系上安全带后，姜别毫不犹豫地按下中控锁将四个车门全部锁起来，完全阻断了她中途逃跑的可能性。

姜稚月为自己拥有一个这样"凶狠毒辣"的哥哥感到悲哀。

A大至静安巷子的车程是半个小时，姜稚月扭头望向窗外，脑袋包裹在卫衣帽子里，生无可恋的自闭模样有点儿可爱。

姜别从她后脑勺上读出了几个字：被迫营业，非我所愿。

红绿灯路口，他侧目看向她问："在车里还戴着帽子，不热吗？"

姜稚月不想搭理人，她把卫衣帽子上的两根绳系住，牢牢打出了一个死结才安心。

车内异常安静，不知道是不是心理作用，姜别总觉得她在酝酿什么大招。

静安巷子是申城早些年的富人区，城市规划进行了多年，这片区域被重点保护围起来当作景区。能继续住在这儿的，全是些有头有脸的人物。

看到熟悉的路标，姜稚月装死地靠在窗户上，脑袋动弹两下，才缓缓坐直身子调整情绪。

姜别斟酌着说辞，左打方向盘拐进临时停泊点。他沉吟片刻，认真地和她说："稚月，奶奶今年七十六岁了，已经走到了即将告别人世的节点。"

姜稚月揉了揉眼眶，抿唇不语。

"但我们一家四口，以后会有很多时间好好生活，就当为我们委屈你一会儿，可以吗？"

姜稚月心软了，有点儿后悔染了一头绿毛。她想和他坦白，可一对上哥哥那双澄澈的眼睛，感受到里面是对她的无限包容，本就不多的勇气，突然不知道去哪儿了。

"知道了。"她闷闷地应了声说，"我会努力的，不让奶奶生气。"

宽敞的大厅里坐满了人，身着华服者有之，谄媚逢迎者亦有之。不同往年只有几个世伯家的人，在座的大部分人，姜稚月都叫不上名字。

老太太穿着长款旗袍，岁月很宽容地没有在她脸上留下太多的痕迹，眼角下耷的弧度让她看起来格外慈祥。

听见开门声，老太太款款走过来，目光只在她孙子脸上停留。她挽住姜别的手牵他进门，连余光都舍不得施舍给旁边的人。

姜稚月扯动嘴角，她已经习惯了这种对待，久而久之，也不觉得不忿了。她不想在客厅多留，趁大家不注意跑上楼，准备等到开饭的时候再下去。这样免得被当成话题中心，被所有人用怜悯的目光打量。

直到下午，大厅里哄闹的声音才散去，留下的都是相熟的人。姜别上楼在拐角处的客房找到了她，怕弄乱被褥，小姑娘平整地躺在床上，睡得正沉。

姜别本想温柔地叫醒她，但手挥下去的那秒，他又转变了主意。

他伸出两根手指头捏住女孩儿的腮帮子，打算用这种粗暴的方式贯彻他人设的一贯作风。

姜稚月猛地挣扎一下。她坐直身，扒拉两下头发说："姜别，你是不是人？"

突然意识到什么，她揪住头发的手指顿住了，姜稚月扭头看了眼帽子，非常艰难地认清了一个事实：人是起来了，但帽子有点儿不听从指挥。所以她的满头翠绿，被姜别看了个一清二楚。

姜稚月小心翼翼地抬起眼皮，捕捉到他眼底闪过的错愕。对方眨眨眼，一脸难以相信的表情。

姜别的脸色一下子变得阴沉可怕地问："是我色盲了，还是你染头发了？"

作为今天她唯一能依靠的人，姜稚月不能惹姜别生气。她轻抚他的胸膛帮忙顺气，话语笃定地回复道："哥哥，一定是你色盲了！"

姜别不吭声，上下打量她。

姜稚月慢腾腾地缩回手，快速戴上帽子跑下床，生怕哥哥揍她时把血溅到这张床上。

姜别没对她怎么样，反倒冷静地走向书橱，拉开抽屉寻找胶水，他想帮她把帽子粘紧一点儿。

饭桌上的人见一对兄妹一前一后下楼，后面的小姑娘还戴着帽子。

姜稚月刚落座，一个小孩儿拉住妈妈的手，好奇地询问姐姐为什么不摘帽子。旁边的姜老太太不甚在意，动筷给小孩儿夹菜说："不要在意这些不重要的，小宝多吃菜才能长得高。"

这些不重要的，说的是她戴着帽子，还是她这个人？旁人都以为老太太不拘小节，对小辈宽容，只有姜稚月听出了奶奶话里的真正意思。她眼眶发涩，低头吃着面前的菜。

不是都习惯了吗？那些冷眼、漠视，以及像对待流浪狗一样阴晴不定的态度。她以为自己已经麻木了。

姜稚月吸了吸鼻子，抬头看见母亲递过来询问的眼神。她摇摇头硬挤出一个笑，示意自己还好。

餐桌上的小孩儿都吃得很少，吃饱喝足后，几个调皮的小男孩儿商量着怎么搞事情。

姜稚月没料到，他们会把主意打到自己身上。刚才问她为什么不摘帽子的小孩儿，跑到她旁边拽住她的衣角。

不等她开口询问，另一个小男孩儿从左边直接拽下了她的帽子。

小男孩儿们睁大眼叫道："姐姐的头发是绿色的！"

所有人的视线顿时聚焦在她身上，准确地说是她那头翡翠绿的头发上。

敞亮的大厅变得鸦雀无声，连吵闹的小孩儿们也懂得察言观色不再说话，推杯换盏也陷入无尽的沉默中。

姜老太太脸上的笑容消失了，她将筷子直接拍在了桌上。

姜稚月父母面面相觑，最后姜母出来打圆场说："小稚，是要参加学校的活动才把头发染成绿色的吗？"

姜稚月看了父母一眼，对方露出不赞同的表情。此时，她应该顺坡下驴把染发这件事当成玩笑，当成迫不得已。但是，就算她这样说了，奶奶就

135

会不生气了吗？

然而意想不到的是，老人脸上重新挂上笑容说："血缘真是个奇妙的东西，这孩子一直很古怪，不太随姜家人的性子，让你们见笑了。"

姜稚月悬着的心"咚"的一声沉了下去。

姜别从桌子底下握住她的手腕，关切地问："最近学校举办的金秋艺术节，你参加了？"

姜稚月试图将手腕从姜别手里挣脱出来，她不明白为什么所有人都在拼命地告诫她不要惹奶奶生气。父母是这样，姜别也是这样。

撒谎，一点儿必要都没有。姜稚月嘴唇翕动，抬起头时已隐去了痛苦的表情说："不是为了参加活动……"

攥住她手腕的那只手终于松开了，姜别的薄唇拉成了一道直线。

"我觉得绿色好看，"姜稚月将头顶上爹起的一撮头发抚平，细软的声音里带着些质问，"你们觉得不好看吗？"

久久无人回应，她泄气地垂下肩膀，自言自语道："那也没办法，我觉得好看就行。"

说完，她今天最后的勇气全部用光了。她甚至没敢去看姜别的脸色，低着头离开了。

庭院中换了新的绿植，适合在冬季生长的植物葱郁茂盛。

姜稚月跑出大门，身后传来急促的脚步声。姜别快走几步拦住她问："为什么非得这样？"

姜稚月心里积攒的怒意把她的理智全部吞没了，她记得答应过他什么，也知道该怎么做，但她就是忍不住想发泄。

"我就是想惹她生气。"姜稚月眼眶通红，一想起今天听到的那些话，想起过去十几年自己遭受的冷眼，她压制的情绪突然崩溃了，"哥哥……我不是没有努力过。"

只不过，她失败了而已。

十二岁那年的平安夜，她买了一个平安果，小心翼翼地放进书包里带回家。她把苹果洗干净，然后用水果刀削皮，切成小块摆放在一个好看的盘子里。

她把自己能拿出的最好的心意捧到奶奶面前，以为能得偿所愿，让所有人开心。结果却是切好的苹果被人扫落在地上，连带她想做个乖小孩儿的勇气，一并打碎了。

当晚，姜稚月发烧了。她头昏脑涨地趴在床上，几个舍友睡得很沉，她不想打扰她们。情绪逐渐稳定后，她想给哥哥道个歉，但每次打开聊天对话框都无从开口。

最后，她找到了另一个人。

贺随收到姜稚月的消息时是半夜十二点，女孩儿字里行间透露着小心翼翼。她问姜别现在有没有回宿舍，又问他看起来高不高兴。

贺随抬头看向空荡荡的床铺，很显然，他只能给她第一个问题的答案。

姜稚月意识不清，难受得要命。她跑到阳台关上门，给夜不归宿、此刻肯定在某个角落生气的哥哥发语音消息：

"哥哥我知道错了，我下次不会这样了。

"我遭到报应了，你听我都发烧了，再不原谅我，你就是猪。"

另一端，安静的宿舍里响起女孩儿委屈巴巴、低哑的声音。

贺随扔掉手中的笔，言简意赅地回复道：下楼，我送你去医院。

姜稚月烧得不轻，以为是姜别回复的她，赶紧轻手轻脚地穿上衣服下楼。

外面的路灯昏暗，宿舍楼上看不见光亮，眼前的世界陷入无尽的暗夜中。这时，拐角处有道刺眼的灯光扫过来。她难受得想吐，蹲在地上仰头望过去。

机车的嗡鸣声越来越近，又在耳边戛然而止。接着，一个颀长的身影走近，在她面前俯身蹲下。

姜稚月嘴唇发干，强打起精神问："我发错消息了吗？"

贺随伸手探向她的额头，微凉的指尖触碰到滚烫的皮肤，他感觉她现在至少烧到了39摄氏度。如果他再晚点儿知道，这小孩儿非得烧出病来不可。

男生的手很凉，贴在额头上很舒服，姜稚月无意识地蹭了蹭他的手指，额前的刘海儿被弄得凌乱。她浑身无力，有些头重脚轻，一不留神摔坐在地上，白色的羽绒服沾上了灰尘。

贺随单手拉住她的胳膊，将她提起来，轻声问："还有力气站住吗？"

姜稚月点头，又摇头，不等她站稳，整个人就被抱了起来。脚尖悬空几秒后，她才发现自己正贴在男生身上。

贺随弯下腰，空出来的那只手绕到她身后，轻轻拍去她羽绒服上的灰尘，又顺手把帽子给她戴上说："走了，哥哥带小稚去看病。"

姜稚月体温39.3摄氏度，风寒又引起扁桃体发炎，医生给她开了消炎退烧的药。他们从诊室进到输液室时，已是凌晨一点半。

医院走廊中走动的人很少了，偶尔有查房的小护士匆匆经过，偌大的输液室中也只有他们两个人。

一整天心情起伏不定，加上药物逐渐发挥作用，姜稚月开始打瞌睡，但她却不敢睡过去。贺随见小护士给她扎上针后就出去了，这会儿就剩她一个人窝在床上。像被丢弃在街边的小动物，没人管没人问，姜稚月忽然有些委屈。

她想，造成今天这种局面，也不是她一个人的问题。她越想越难受，好不容易压制住的情绪再次席卷，鼻尖发酸，连带着眼眶也发涩。

姜稚月使劲儿憋住眼泪，抬手捏住鼻尖仰头看向白花花的天花板，它像是天上的云彩，一朵又一朵飘过来，斑斑点点的黑色污渍就是一颗颗芝麻粒。这种靠想象力转移注意力的方法真是屡试不爽。

过了会儿，贺随手里拿着一个暖手宝回来了。他以为小姑娘睡着了，放轻动作走过去。

姜稚月扒拉开蒙在头上的被子，可怜兮兮地看着他。

"不困吗？"贺随示意她抬起手说，"护士说你手太凉，容易跑针。"

"困，不敢睡。"由于嗓子疼，姜稚月的声音失去了原来的细软，仿佛有块刀片卡在嗓子眼儿里，让她讲话变得很困难。

姜稚月蔫巴巴地耷拉下眼皮问："学长，你不困吗？"

贺随拉了把椅子在病床前坐下，这几天昼夜颠倒地画图，倒是没有睡意。他温柔地对女孩儿说了句："你该睡了。"

顿了顿，他掏手机的动作停住了，神色散漫，语气却格外认真地补充道："睡吧，我守着你。"

姜稚月抓住被角的手慢慢收紧，他后面这句话带着可感知的暖意，把她沉入谷底的心捞了上来。但他本人似乎没有什么多余的想法，正漫不经心地靠坐在椅子上看手机。

她长吁一口气，调整好一个舒服的姿势闭上眼。

明天是作业上交的死线，贺随还有半张图没赶出来。不过教授好脾气，答应宽限他半天，他回复完邮件抬头端详着床上的人。

以前他并不觉得一米六五的女生有多么小巧，但现在看她蜷缩起来裹在被子里是那么小一只。

她睡着时，眉毛舒展，嘴角轻抿，一缕头发挂在耳边，看起来无害又可爱。他想，如果是原先的黑头发，应该会更可爱。

这一觉睡得很沉，姜稚月连小护士拔针都不知道。她睁开眼时，输液室里的人明显多了许多。

蓝色的隔帘半拉着，贺随坐过的那把椅子被隔壁床的陪护家属拉过去了，而他不知所终。

姜稚月坐直身子，摸索口袋里的手机，电量已经消耗殆尽，手机自动关机了。

值班的小护士还没下班，一脸疲态地和她打招呼道："你男朋友守了你一夜啊，感觉怎么样，舒服点儿了吗？"

喉咙灼烧的感觉退去不少，她点头说："姐姐，他人呢？"

"出去买饭了吧，你醒之前还在这儿。"

两人谈话的时候，输液室门口多了个人，一直到小护士帮姜稚月测完体温，他才被身后的人推搡进去。

小护士端起托盘离开，姜稚月抬起头恰好看见他。

姜别手里提着几个打包好的保鲜盒，目光扫过很多个蓝色帘子围起的隔间，才看见小姑娘坐在病床上的身影，他一向冷静的表情突然垮掉了。

贺随从身后踢他一脚说："愣着干什么？进去啊。"

姜稚月竟然在她哥脸上看到了愧疚的神情，昨天她搞砸奶奶的寿宴，他今天不应该手拿流星弯月刀，砍得妹妹双脚直跳吗？

姜别走到窗边，将帘子全部拉上问："生病了为什么不告诉我？"

屏蔽掉外面所有的喧闹与刺眼的光线，封闭的小空间更适合报仇。躲过监控和众人的耳目，姜别可以在这儿对她为所欲为。

姜稚月警惕地抓住被子，小声说："弱者才会生病。"

姜别慢慢取出保鲜盒，一盒白粥，两盒白粥，全是清淡无味的白米粥。

"那你现在是什么？"他语气挺不屑地说，"都到医院来了。"

姜稚月想了两秒，声音越发微弱地说："强者只会被气病。"

姜别不再说话，侧过头静静凝视着她。

姜稚月意识到自己的话有歧义，落入他耳中，说不定还有点儿不知悔改的意思。

姜别却又低下头，掀开保鲜盒的盖子，氤氲的热气蒸腾而上。

然后，姜稚月在要不要和他说明白，以及抵死不认的两种选择中纠结之际，耳畔传来了低沉的道歉声——

姜别说，哥哥错了，以后不会再委屈她做什么了。是他想法太简单了，以为小辈乖一点儿，久而久之就能消除掉陈旧的观念与固化的隔阂。

昨天是她第一次反抗。但他明白，过去的十几年，她一直都在忍耐。

姜别眼底是深深的怜惜，他看着妹妹的眼睛说道："你不喜欢的事，就不要勉强去做了。"

姜稚月愣怔了一会儿，难以想象姜别昨晚一直都在反思，所以他没有怪她。他的态度并非出于谅解与包容，而是从头到尾都觉得她没有错。

"哥哥，我不想骗你。每次回奶奶那儿，我真的很难受。但是爸爸妈妈和你……对我太好了，让我觉得，如果我不去做点儿什么，是没办法与你们的付出成正比的。"

她其实一直在心里默默计算，从六岁时被姜别带回家起，从她无处栖身到重新拥有一个家的时候起。

姜别抬手按住她的头顶，动作不算轻柔地揉了两下说："谁会在乎你的回报，你开心就好。"他不太自然地拿起粥递到她嘴边说："喝吧，昨晚也没好好吃几口饭。"

白米粥如姜别白净的脸蛋儿，毫无杂质，也毫无添加。这对刚输了三瓶药水、嘴里寡淡无味的姜稚月来说，简直难以下口。

姜别垂头说："贺随帮你买了洗漱用品，我去叫他进来。"

姜稚月盯着桌上的白粥，勉强喝了两口，喉咙的不适感引得味蕾失去了原来的功能，她感觉自己现在像是在喝一碗糨糊。

贺随和姜别两个身材高大的男生并排站在她床边，引来了不少人好奇的目光。

姜稚月有种被当成大熊猫观赏的错觉："你们两个能不能坐下，或者蹲下？"

贺随看了眼时间，忙打发身边的人回去："早上有课，需要交作业。"

姜别冷着脸道："我知道。"

"我还有半张图没画完。"他一本正经地暗示道，"现在还来得及。"

姜别转头看向贺随，第一次觉得他脸上没有表情也格外欠揍，不忿地说："你的作业，关我什么事？"

贺随挑起眉梢道："我帮你照顾妹妹，你替我画个图。怎么……"

姜别懒得听他继续唠叨，不耐烦地说："闭嘴，我现在就回去。"

姜别临走前又交代姜稚月注意身体，虽然语气不怎么好，但好歹是回到了正常的兄妹相处模式上。姜稚月好不容易送走他，将面前喝了没几口的白粥往边上一推，她可太难了。

贺随把藏在身后的袋子拿出来说："楼下超市看到的，医生说可以吃。"

是一串糖葫芦，光是看见，就能感觉到它酸甜的味道。

姜稚月眼睛一亮说："学长，你简直是天使。"

贺随又将洗漱用品放在桌上，交代道："蓝色的毛巾我用过，绿色的是你的。"

姜稚月正在专心致志地抽出糖葫芦，纸袋发出"窸窸窣窣"的响动，他说的话也不知道听没听见。

贺随懒洋洋地拖长音调，低声道："有了吃的，就不听哥哥说话了？"

哥哥，哪来的哥哥？姜稚月机警地抬起头，下意识藏起了手中的糖葫芦。在确定姜别没在后，她小心翼翼询问："他藏在哪儿了？"

贺随靠着桌沿，神情辨不出喜怒地说："昨晚你这么亲口叫的我。"

有这回事，她怎么不记得？

"抱住我不撒手，一直叫哥哥。"贺随摆出一副很好说话的样子，尽量藏起他话中的小心思，"再叫一声，说不定就想起来了。"

姜稚月头一次觉得"哥哥"这个称呼如此烫嘴，特别是对着贺随那张脸，嘴皮子再怎么秃噜，也很难糊弄过去。

她淡然的表情出现裂缝，赶紧掀开被子下床穿鞋，嘴里不停地念叨着"一定是你记错了"。

贺随听见小姑娘驱鬼似的念咒，无可奈何地收拾起桌上的东西，抬步跟上她走去盥洗室。

医院的洗手池很破旧，一长串水龙头连成排。姜稚月挤出牙膏，试图专注于伟大的刷牙事业，却不想一个中年男人竟然开始在她旁边涮拖把。

中年男人按动拖把棍的频率异常规律，三重一轻，污水顺着不算洁白的瓷砖流淌至她面前。

墙上"洗手池"几个大字看不清？姜稚月吐掉嘴里的泡沫，好心提醒道："叔叔，这是洗手池，您涮拖把可以去那边。"

大叔瞅了眼她那头翡翠绿，凭借多年识人的经验，他很快将眼前的女孩儿归进"不良少女"的群体，骂骂咧咧道："那边有人，我在这儿还碍你事儿？"

姜稚月沉默两秒说："对啊，是挺影响我洗脸的。"

"你的脸是镶金子了？再说一句，我用这拖把给你洗脸。"

大叔对她评头论足一番，从家庭教育至学校教育，深刻又客观地通过她满头绿毛剖析了"不良少女悲惨的一生"，最后还不忘拿他家的姑娘做对比。

姜稚月从他冗长的话中解读出以下内容：他有个跳级考入 A 大的"神童"女儿，上着学还不忘给他们一家汇生活费。话语中满是炫耀，丝毫不觉得这些话对陌生人说有什么不妥。

贺随进来时，中年男人正以咄咄逼人的态度质问女孩儿，男人的体形占上风，鼓起的肱二头肌能拎起三个姜稚月。

贺随走上前拉住中年男人的手臂，空出的那只手把那个拖把拉出了洗手池，力道不多收敛，污水溅了对方一身。他身上干净的牛仔裤也没有幸免，好在只有两三滴，不太明显。

男生身影颀长，挡在她面前瞬间挡去了所有的光。姜稚月躲在他营造的阴影中，有种安全感涌上来。

贺随的脸自带漫画男主角出场的圣光，即便是温和的表情，也自带压迫感。

"叔叔，需要我教你怎么涮拖把吗？"这句话从他嘴里说出来，不像是教人涮拖把，更像是"有兴趣吗，咱们干一架"。

大叔没有怕，他撸起袖子准备教训教训这小子。

在此剑拔弩张的气氛下，门口响起脚步声，一个熟悉的声音及时制止了这场即将上演的男人间的搏斗。

"爸，我不是说过吗？这里是洗手池。"

姜稚月回头，和来人对视时，很难将她和对面的大叔扯上关系。

来人是梁黎，她看见和父亲发生冲突的是熟人，也愣了愣。气氛僵持片刻，她慢吞吞地移动到父亲旁边，语气中透露出不能接受，以及无法掩饰的羞耻道："爸，这是和我一个学校的学长和同学！"

大叔反应能力不算好，口中还在说着："同学怎么了？同学我也要教教他们……

"你说这'小绿毛'是你同学？"

梁黎急得眼眶泛红，不自觉地拔高音量说："你能不能别说了！"

大叔悻悻地耷拉下嘴角，暴脾气勉强收敛起。

贺随松手，默不作声地打开水龙头冲掉了池子里残留的污水。等大叔离开盥洗室后，他把毛巾放到一旁的置物架上说："我去外面等你。"

水池旁剩下两个女孩儿，梁黎挪动步子到姜稚月面前说："稚月，对不起啊，我爸那人就这样，没一点儿文化，总喜欢和别人吵架。"

姜稚月一抿唇，摇摇头打开了水龙头。她听出了梁黎话中小心隐藏的情绪，不是为她爸没有文化而感到抱歉，而是为熟人知道她有这样一个没素质的父亲而感到丢人。

姜稚月洗干净脸，回头发现梁黎依旧用满含歉意的眼神看着她。

"稚月，你不生气了吧？"

"叔叔也没说什么特别过分的话。"姜稚月想了想，揪起一缕绿色的头发无奈地一歪头说，"况且我这发色，看起来确实也不像好女孩儿。"

梁黎明显松了口气说："对呀，你怎么染了这个颜色？"

贺随还在外面等着，姜稚月没和她多聊，忙说："学长还在等我，下次再聊。"

梁黎一并出了盥洗室，有点儿不放心地问："稚月，我要不要去和贺学长道个歉……我看他刚才，挺生气的。"

对面，贺随耐性极好地坐在走廊的蓝色椅子上，双腿优雅地叠在一起。听见声音，他漫不经心抬起头问："洗好了？"

几分钟前的庆气散尽，贺随脸上情绪很淡，走上前顺手接过了她手中的东西。

姜稚月好奇地问道："学长，你现在是不是很困？"所以才会臭着个脸，吓得一旁的梁黎都不敢说话了。

贺随语气平和，话中带了点儿笑说："我还以为，你忘了我守你一夜的事。"

姜稚月的愧疚心理越发沉重，她试探着问了一句："下次我请你吃饭，吃两顿，行不？"

贺随昨晚一直没睡，早上又因为莫名其妙的人有了莫名其妙的情绪，刚才太阳穴还突突发涨。这会儿，听到女孩儿略带沙哑的声音，那种难受劲儿顿时减轻了不少。

他低低"嗯"了声说："走了，回学校。"

姜稚月立刻上前一步说："我去输液室拿糖葫芦，还没吃几颗呢。"

梁黎刚才找不到插话的机会，如今只剩下她和贺随两个人，她又不敢轻易开口。斟酌半晌，她鼓足勇气开口道："学长，刚刚对不起。"

一秒，两秒……梁黎观察男生的表情，他的目光像蜻蜓点水似的掠过她的脸，带着种不在意，甚至好像忘记了她是哪个。

坐贺随机车后座的经历已经数不清有多少次了，姜稚月还是很难接受其他女生看她的表情。自从车子跑进学校，一路上驻足围观的小姐姐们似乎看见了旷世奇观。想都不用想，又要成为学校论坛上的热门话题。

姜稚月极有预见性地戴上了羽绒服的帽子，蓬松的毛领遮住了她的大半张脸。"帽子一戴，谁都不爱"，有几个人会知道，她只是单纯地想遮住那头翠绿的头发呢？

"学长，你在这儿停下就好。"她扬声说，"我直接去发廊弄头发。"

贺随没停车，拐弯驶入紫薇路，是要送她过去的意思。

发廊门口没有停车区，贺随把车停在了对面的空旷区域。后座的小姑娘爬下车，摘掉帽子灰溜溜地跑进了理发店。

太阳钻出云层，明媚的光线驱散了他残存的睡意。于是，他抬步跟着她进了发廊。

姜稚月趴在前台翻弄染发的参照本，"托尼老师"答应无偿给她恢复黑色秀发。但考虑到她天生的发色偏深棕，染成全黑会有些怪异，就建议她染成接近的颜色。

这时，一只手伸了过来，修长的手指敲了敲某个发色说："这个好看。"

姜稚月头也没抬地问："会不会太浅了？"

贺随毫不犹豫地说："你白。"

发烧的后遗症令人神志不清，反应迟钝，姜稚月这才发现身边的人是贺随。三秒前，他竟然用这张从不夸人的嘴巴说：你白。

姜稚月有些不好意思。受到蛊惑，她露出个略显娇羞的笑容问："那就换这个？"

贺随翘起唇角回以微笑说："挺好。"

一个小时后，姜稚月终于恢复了正常发色。才洗了头乍一出门可能会加重病情，她又戴上了帽子，还未走出发廊，她就因为视线受阻差点儿撞上柱子。

姜稚月想起这段时间的很多个黑夜里，她好像牵过小贺学长许多次手。

贺随在前面走，没注意到女孩儿的局促。等他推门，袖口传来轻微的拉扯力，回头看到一团毛茸茸的东西。

姜稚月费劲地从宽大蓬松的帽子里露出脸说："学长，借我牵牵可以吗？"她认真地看着他，心中没有半点儿杂念。

贺随不动声色地偏过头，挺配合地伸出手。

姜稚月嘴角弯出一个小弧说："学长，每次我拉着你，就感觉像牵了一只特别可靠的导盲犬。"

导盲犬？话一出口，姜稚月瞬间意识到不对劲，想收又收不回来，只好低头捂住了嘴。

贺随舌尖顶住上颚，直到车旁才松开手，然后用鼓励的眼神盯着她说："小朋友，再给你个机会，刚才我们两个像什么？"

刚才，他们两个牵着手，一前一后走出发廊。除了盲人和导盲犬外，还能像什么……姜稚月的余光捕捉到后面一对小情侣手牵手走出来，心中冒出个不得了的想法。

姜稚月忧心忡忡地走进宿舍，一脸即将升仙的表情让舍友们百思不得其解。最后她爬上床问："你们说，如果有一个男生对你特别好，是不是喜欢你啊？"

陆皎皎扔掉手机，八卦之魂熊熊燃起问："又是哪个男生对你献殷勤了？"她可忘不掉几个月前宋昀学长碰了一鼻子灰的名场面。不只如此，即便上课时在教学楼遇见了，那位蹿得比猴都快。

姜稚月一摇头道："不是献殷勤，就是对我特别好的那种。"

舍长仔细帮忙分析道："是大一的吗？有没有交过女朋友？"

"大三的学长，也是我哥的朋友。"

姜稚月虽然认识了贺随很久，但具体情况真不了解。他之前有没有交往对象，他的理想型是哪种，她一概不知。

舍长追问道："那他对你哥好吗？"

姜稚月毫不犹豫地回应道："很好，他们俩是至交。"

同时，她回想起过去小贺学长帮姜别解决的各种问题，深感贺随有颗博爱之心。听家里说他们俩高三就是舍友，上了大学又被分在一块，这种近似于走狗屎运的缘分令人羡慕不已。

舍长瞬间了悟，斩钉截铁地说："一定是他对你哥哥好，顺带就对你好了。"

这个解释也说得通。但姜稚月又觉得最近贺随看她的目光变得很不对劲儿，有种逐渐狼化的趋势。刚认识那会儿，他十足的 Bking 人设如今崩了六成，惜字如金的习惯，在她这儿也消失不见。

姜稚月抽出一个本子趴在床上涂涂写写。

陆皎皎凑到她床边看了眼问："最近老师让写新闻大纲了吗？"

姜稚月反复按动圆珠笔帽说："不是新闻大纲，我在对雄性的心理进行剖析。"

怎么判断一个男生是不是喜欢你？

百度经验回复：他走在你的身后，你只要偶然回头就会发现他的眼神落在你身上；经常给你朋友圈点赞，刷存在感；想和你有身体接触……

姜稚月合上本子，一本正经地告知她们剖析的成果："我觉得，还是需要进行实战才能确定。"

没谈过恋爱的女孩儿们，聚一起探讨的结果就是摸不清男生的套路，所有知识全靠百度和自我感觉。

舍长反其道而行之，支着脑袋歪头看着她说："如果你确定他是喜欢你，你能怎么办？"

姜稚月沉默半刻，笔杆在指尖打转。

她发现自己并不抗拒小贺学长的接触，在慕强心理的作用下，那一丁点儿崇拜甚至成了好感的催化剂。姜稚月没法确定对方是不是喜欢她，但已经察觉出自己对他的朦胧心意。

一个深夜带她去医院的人，一个总是想办法逗她开心、尽可能护着她的人，似乎在不经意间，正慢慢扎根在她的生活里。

姜稚月弯起眉眼，脸上的愁容挥之而去地说："那就在一起试试呀，还能怎么办？"

陆皎皎捏住她的脸蛋儿，打量眼前的人是不是被什么妖魔鬼怪附了身地说："稚月，你好不矜持啊。"

舍长冷不防给她打预防针说："但是，如果是你想多了呢？"

姜稚月毫不介怀，脸颊上的梨窝若隐若现地说："没事，反正不是我一个人尴尬。"

进入十二月，姜稚月的实战计划制订完毕，恰好赶上Ａ大的元旦晚会。晚会节目都是由社团申报的，每个社团申报两个节目，最后由文艺部择其一进行彩排。卫生部的干事负责灯光设备，她没课的时间几乎都耗在了礼堂。

姜稚月忙里偷闲，窝在观众席最后一排打开手账本，上面记录着满满十页的《驭男攻略》。

礼堂里没开空调，四处张扬的冷空气要把人冻成冷面包。但外面更冷，谁都不想跑去食堂打饭，只能苦苦等待投喂。

贺随来给林桤他们送饭，主席团的几个人和他很熟，扬声与他打招呼。扎堆坐在一起的演员们循声望去，看见站在舞台边的男生带着懒洋洋的冷漠神情。

分完主席团的盒饭，他目光搜寻到后排，捕捉到毛茸茸的白团子，抬步走过去。贺随拉开一个座位上的桌板放下手中的饭菜，大概是动作不大，戴着耳机翻书的女孩儿竟然没发现他。贺随屈指敲响桌面，试图唤起她的注意力。

姜稚月的视野内出现了一只熟悉的手。她慢慢抬起头，正巧听见毛杰用大喇叭喊道："灯光组准备，试一下光。"

姜稚月心下一紧，赶忙拉住他的手腕，半是强硬地让人坐下。不，准确地来说是趴下。

贺随猝不及防被拉动，膝盖别扭地屈起，单手撑住她身边的小桌板，眼前是女孩儿的头顶。

清浅的呼吸落下，姜稚月微愣，但也只是愣了一下。

这时，毛杰用大喇叭喊道："小稚月去哪儿了？灯光组准备了哟。"

姜稚月上午替梁黎的班，移动灯具这种男生做的活儿她也迎难而上。

几个小时过去，她实在没力气了才藏起来。

她抬头，想暗示一下小贺学长别拆穿她。不承想抬头的一瞬间，额头轻轻蹭过男生的下巴，好像还触碰到了一个柔软的东西。

贺随挺配合地弓起身，由于距离太近，像在耳畔呢喃道："在这儿偷懒呢？"

姜稚月大脑宕机，浑身的热度集中到了她的耳尖。

贺随没有继续逗她说："你吃饭，我去弄。"

姜稚月鼓起腮帮子，脸颊绯红地问："学长，会不会太麻烦您了？"

面对突如其来的敬语，贺随眉梢抬起，目光一寸寸扫过她纠结的小表情，轻轻弯了弯唇角说："学妹，您不用这么客气。"

姜稚月："……"

想要确定他是不是喜欢你，要保持距离，营造出若即若离的小暧昧。显然这招对小贺学长不管用！

贺随在学生会当过一年副主席，在灯光组工作过两年，所有工作驾轻就熟。毛杰见他过来，好奇地问："小稚月呢？我怎么没看见她？"

贺随淡睨他，声音冷淡地说："她忙了一上午。"言下之意，你心里有没有点儿数。

毛杰迅速闭嘴，几秒后小声嘀咕道："也没见人家哥哥这么多事。"

没过一会儿，梁黎匆匆跑进礼堂，先是弯腰一个劲儿对部长和几个副部长道歉，然后放下包去找姜稚月的身影。她小步跑过去说："稚月，谢谢你啊。我今天下午没事，咱俩一起弄吧。"

姜稚月点头，咽下嘴里的菠萝鸡问："你吃饭了吗？"

梁黎抿唇，轻轻摇摇头道："我不饿，下午再去吃。"

姜稚月看了眼餐盒里被自己扫荡一空的饭菜，不好意思请她一块吃，只好点头说："好啊，应该快结束了。"

梁黎指了指前面说："我先去帮学长，你慢慢吃。"

毛杰正在接受贺随的"吊打"，对方一板一眼地指挥他怎么用灯光，什么时候开大灯，什么时候用彩灯，还顺便提醒林桤主席，灯光组的负责人竟然不知道某个设备的开关在哪儿。

梁黎跑过来，主动揽过活儿说："学长，我来吧。"

毛杰如获大赦，准备飘去一旁的座位上好好休息。

灯光顺次表贴在设备前面，具体操控的几个按钮梁黎看不懂，之前学生会组织的灯光控制台讲演会她统共没参加过几次，一时半会儿难以搞明白。于是只好求助一旁的人说："学长，这个按钮是在哪儿？"

贺随一抬眼，目光有些惊讶地问："你不是灯光组的吗？"

梁黎咬住嘴唇，硬着头皮回应道："是……但是讲演的时候我不在。"

贺随没有继续问她，无非就是各种各样的事由，真假难辨，他也不想费心去猜。他走过去，弯腰打开某个黑匣子，里面的红白按键复杂交错。

随着男生的靠近，梁黎感受到些微压迫感。她讷讷地抬起头，颤着声音问："学长，你能具体教教我吗？"

贺随直起身，神情寡淡地盯着她看了一会儿，缓缓移开视线。他启唇，声音更冷淡地问："我看起来很闲吗？"

贺随转头问林桤："今天是第几次彩排？"

林桤忙得焦头烂额，用隐隐有撕台本的冲动说："这点儿小事还要问我？自己参加过几次没点儿数——"话音及时止住，他憋下即将脱口而出的"芬芳"文字说："今天第三次了吧？"

贺随轻飘飘的目光又落在女生脸上，这次他的语气更像是来自一位学长的询问，温和而斯文地问："所以前两次你都没学会吗？"

他的态度骤然转变，语气虽温和，却令她感受不到丝毫的善意。梁黎嘴唇翕动道："抱歉，我前两次有事，没能过来。"

意料之中，贺随关上黑匣子的盖子说："去问别人吧，我今天是来帮忙的。"

姜稚月出去扔了趟垃圾，回来现场的气氛就变了。"加菲猫"抓耳挠腮地对着设备一顿猛抠；梁黎低垂着头，看起来心情很不好的样子；而贺随则坐在第一排的椅子上正帮林桤订正节目单。

姜稚月小步跑过去，看见毛杰在摧残和她相伴许多天的设备，顿时头皮发麻地说："毛哥，你别乱动，有什么不愉快的冲我发泄好吗？"言外之意，咱别乱动设备，讲演的老师说一台设备十几万，弄坏了谁赔！

毛杰差点儿给姜稚月跪下，低头哈腰地请她过来，摆出一副虚心求教的架势，认真看着她摆弄各种按键。

姜稚月耐心十足，身旁的两个小徒弟第一遍没学会，她也没露出看傻子的眼神，笑眯眯地又讲解了一遍。这次，梁黎弄懂了光束灯如何操作，但背景LED灯的几个按钮她还是搞不明白。

毛杰彻底放弃了，他是头一次接触灯光组。去年贺随负责的时候，他就只跟在后面"打酱油"。他一脸崇拜地看向贺随问："随宝，当初你是怎么弄懂的？"

贺随一蹙眉，伸出根手指抵住他靠过来的脑袋说："有话说话，别动手动脚的。"

毛杰欲哭无泪地问："你……你竟然嫌弃我？"

靠近无脑生物容易被传染。姜稚月读懂了小贺学长的眼神，并成功解读出其中的深意。

由姜稚月带领灯光组，彩排顺利进行，中途有个复杂的转换器贺随也没见过，小姑娘眉头都不皱一下地做了处理。

彩排在下午四点钟结束，林桤拿着大喇叭喊道："辛苦大家，现在可以回去休息了。"

一直紧绷的神经终于松懈下来，姜稚月突然有种得道成仙的感觉。

林桤头上戴着鸭舌帽，两个黑眼圈极其重，看起来已经很久没睡好觉了。他走过来招呼宿舍的兄弟问："晚上去哪儿吃？"

不等毛杰他们回复，他自顾自地扭头邀请姜稚月说："学妹也一起来吧。"

姜稚月已经答应陆皎皎她们一块出去吃火锅了，她背上包，略带遗憾地回应道："学长，我就不去了，晚上和舍友们约了。"

闻言，林桤无光的眼睛立刻变得炯炯有神，连黑眼圈都像涂了珠光的眼影，说："我不介意，可以拼桌。"

姜稚月想起林桤和舍长的那段孽缘，不太清楚他们现在的关系如何。她避开林桤的视线，掏出手机八百里加急询问舍长。

对方发来个阴恻恻的斜眼微笑，后追加了一句：怕什么？去！

两队人马一拍即合，毛杰给姜别发消息让他开车来礼堂门口。

众人后知后觉还有个梁黎。林桤和她不熟，递给毛杰一个眼神。毛杰知道她家里的情况有点儿困难，他不好开口，于是把包袱扔给了姜稚月。

梁黎抱紧怀里的帆布包，低声道："我就不去了，晚上还有个兼职。"

姜稚月不疑有他地问："你在哪儿兼职？可以让我哥送你过去。"

梁黎摆手拒绝了，经过他们面前时脚步一顿，被一双长腿堵住了去路，她抬头看了眼长腿的主人。

贺随并没有注意到她过来，依旧低着头在看手机。

姜稚月低声叫他："学长，你收收腿，人家要过去。"

贺随叠起双腿，懒洋洋地抬起眼皮，将"人家"两个字在心里过了一遍问："你要过去？"

姜稚月一愣，反应过来她的用词有歧义，忙解释说："不是我，是梁黎。"

贺随深邃的目光从两个女生脸上掠过，笑意很浓地说："我还以为你又在撒娇。"

姜稚月睁大眼，急切地反驳道："我哪有……"

话说到半截儿，她突然想起之前遵照《驭男攻略》的指示，意图讨好Bking贺以求在她哥面前苟命时，她拼命撒娇的场景。她还真就习惯用"人家"两个字恶心人。

姜稚月秉承沉默是金的原则，直到离开礼堂，也没有主动再和小贺学长说一句话。

寒风刺骨，姜稚月鼻尖冻得通红，她一手捂住口鼻，一手给姜别发消息，催促他快点儿来。不然过不了多久，他将会拥有一个冰棍妹妹。

冰棍妹妹上线进行中，一条暖乎乎的围巾迎面罩了下来。

男生将宽大的围巾在她脖颈儿处绕了几圈，遮住了她的大半张脸。

贺随今天穿了件V领的白色毛衣，摘下围巾后能看到那对半隐半现的锁骨，以及隐在暗影里的喉结。

姜稚月鼻尖萦绕着熟悉的木质香，抬起头对上男生狭长的黑眼问："学长，你不冷吗？"

贺随抿唇，揪起她的帽子往前拉了拉说："怕你被冻坏了。"

就是这么不凑巧，姜稚月鼻尖发酸，侧头打了个喷嚏。

贺随眉眼含笑，扶住她的帽尖慢慢俯身和她平视着说："你这小孩儿，怎么这么容易生病。"

可她只是打了一个喷嚏而已！

两人近在咫尺，男生俊朗的五官靠近她眼前，浓密的睫毛成扇，薄薄的双眼皮拉出一道柔和的弧度。姜稚月很想摸一摸他的眼皮。

这个想法一冒出来，她就忍不住抬起手，马上要触碰到他的脸时，她突然回过神来。

竟然被他轻易蛊惑了！姜稚月迅速想好对策，抬起手"啪"一声拍在他的额头上说："学长，你离我太近了。"

贺随一抬眉，有点儿疑惑。

《驭男攻略》上写得明明白白的，要适当撩回去，不能一味处于被动状态。姜稚月翘起嘴角，细软的声音拉长道："我会把持不住的。"

陆皎皎和舍长早早等在火锅店占位子，老板特意给他们开了间包厢。一行人走进店，气势非常足。

姜别确定没漏数人，不解地问："你们宿舍只有三个人？"

"那个舍友转专业去了新校区。"姜稚月拉开椅子坐下说，"你们点菜了吗？"

陆皎皎和几个学长打过招呼后，扫码开始点单。男生们大多是很有绅士风度的，将主导权交到女生手里。唯独林桤一改平易近人的作风，舍长每点一个菜他总要出声刺一句。

毛杰已经撞见他们两人单独出去挺多次了，见惯不怪地说："别问，问就是情趣。"

姜稚月也没想问，点完自己想吃的，扭过头问贺随："你有什么特别想吃的？"

贺随盯着女孩儿白嫩的脸看了会儿，莫名想起一种食物，于是懒洋洋地回复道："豆腐。"

姜稚月毫不犹豫地说："那就要两份豆腐。"

在等待上菜的漫长过程中，爱打游戏的人开了一局组队战。技术最强的林桤和舍长茵茵打赌，如果输了，就两周不玩游戏。

剩下的几个，要么没玩过，要么技术不太好。而贺随早就卸载了游戏。

姜稚月硬着头皮接受队伍邀请，三个小人站成黄金铁三角，毛杰队长点击"开始游戏"。

毛杰让姜稚月落地后先练走位，他带着有点儿基础的陆皎皎去找人。

毛杰着急地对观战的贺随喊道："随宝，你教教小稚月，她一个劲儿朝天看。"

贺随低头看了眼，屏幕上的小人四十五度角仰望天空，不知道往哪儿跑。他低笑出声，很自然伸出手捏住她的手指说："视角放平。"

姜稚月感觉浑身的血轰地聚集到天灵盖，男生的手腕蹭过她的皮肤留下丝丝温热。她另一只手也不听使唤，贺随的手臂从她身后绕过来，几乎是把她圈在了怀里。

贺随耐心地教了一遍问："会了吗？"

姜稚月点头，凭着感觉跑出几米，看起来依旧不是很聪明的样子。

陆皎皎"阵亡"在半路上，姜稚月则全程被带进圈。毛杰带着她躲进了一个房子里想苟一苟。闲来无事，毛杰决定考查一下小学妹的学习成果。他直线跑过去踢了一脚姜稚月，又骚气无比地扭起了屁股。

姜稚月比"人机"还迟钝的走位，当然躲不开毛杰这个戏精。她甚至想用枪了结他，但没瞄准，盒子上出现了无数个黑洞洞的枪眼。

贺随本身对游戏不太感冒，平常连观战都懒得去，今天却意外地一直盯着，不舍得将视线移开屏幕一秒。他支着下巴，勾唇笑了笑说："他在挑衅你啊。"

姜稚月眨眨眼，一脸挺无辜的表情问："我能反抗吗？"

游戏设定好像不能打死队友。贺随静默片刻，等手机右上角的数字减到三，毛杰准备重出江湖杀敌时，他打开背包引导姜稚月拿上雷说："用这个。"

那边两个人剑拔弩张，姜稚月悄悄溜到毛杰后面，扔雷的动作非常帅气。不等她反应过来，游戏结束的背景音响起。

毛杰愣道："我天，什么情况？"

姜稚月心情极好，她关掉游戏页面说："菜熟了，我们吃饭吧。"

冬天唯火锅与被窝不可辜负。

姜稚月战斗力超群，一盘蘸酱吃完，要去弄第二盘蘸酱，刚倒上芝麻酱时，眼前突然一片黑暗。

不仅火锅店的灯全灭了，外面一整栋楼的灯，也黑了。

姜稚月一摸口袋，手机没带出来。她要怎么才能绕过大厅里的桌子，保证半路不会把头扎进火锅底料里，安然无恙地回到包厢呢？这是个问题。

姜稚月抬手摸索到桌子边沿，手腕上亮起的荧光是她唯一能依靠的光亮。不过，夜明珠的光亮不足以照亮脚下的路，它除了好看没别的用处。她想，如果这是颗充电的灯泡，那就太好了！

姜稚月摸索着往前走，手指处传来一股温热，她用手指一戳，还软软的。为了确定到底是个什么东西，她两只手又往旁边抓摸了几把，最后摸到了两条结实的手臂。

啊——原来这是个人。姜稚月讪讪地收回手说："大哥，不好意思呀，我不是故意想摸你的。"

手还没垂下去，被人一把握住了，那位被揩油的大哥问："手感怎么样？"

姜稚月小小的脑袋里出现了大大的问号："这么黑，你是怎么找到我的？"

贺随眼睫低垂，语带笑意地问："真当我送你的礼物是摆设？"

难道不是吗？姜稚月很想反问一句。

她垂眸看向手腕上那点儿荧光，虽然它没法照亮路，但换个角度想——却可以让他在黑暗里一眼就能找到她。

姜稚月觉得自己的想法太自作多情，她不敢去确认，被牵着回到了包厢，里面被手机手电筒照得很亮。

视野清晰开来，她看见姜别以一种成功捕捉奸情的眼神看着他们俩。

姜稚月将手从男生温热的手掌中拽出来，抬头对上贺随漆黑的眼，其中隐隐藏着些难以言明的情愫。她扭头看了眼姜别，毅然选择先安抚一下身边这位"导盲犬"的情绪。

姜稚月轻轻拍了拍贺随的手背，手劲轻得像拂去灰尘，像羽毛滑过。

火锅店很快就来电了。灯亮起后，店老板亲自端了盘极品肥羊，说是给每桌客人的补偿。

姜稚月趁其他人不注意，掏出手账本翻开，用笔在心动数值的那一栏打上了四个巨大的星号。

一群人吃饱喝足后准备回去，姜别已经提前结了账，这十分符合有钱人家少爷的做派。

申城的气温一降再降，姜稚月放在宿舍里的衣服不保暖，她想回家拿棉袄。姜别把其他人送回学校，准备和她一起回家过周末。

姜稚月换到副驾驶座位上系好安全带，为即将到来的美好周末，心里唱起了"今天是个好日子"。

她歪头看向认真开车的姜别说："哥哥，你知道回家意味着什么吗？"

姜别目不斜视，从喉咙中挤出一个不算敷衍的疑问词："啥？"

"意味着我即将拥有品尝各种美味佳肴的机会，大盘鸡、爆炒牛肚、剁椒鱼头……都会主动飘进嘴里来。"

在等红绿灯时，姜别捏起她的衣角示意她自己闻闻，刚吃完火锅好意思装饿死鬼吗？

姜稚月盯着哥哥抬起的手臂，沉思两秒说："哦，还有可乐鸡翅。"

姜别朝她狠狠地翻了个白眼，然后继续开车。

父母今晚有应酬不回来，阿姨也放工回家了，家里变得空荡又冷清。

姜稚月的房间在三楼，二楼除了大客厅，还有几间客房。她爬上楼钻进房间，拉开衣帽间的隔门，看见悬挂外套的架子上又多了几件大衣和棉袄。她没仔细看，找出睡衣回卧室换上，听见隔壁姜别在打电话。

过了会儿，姜别站在她卧室门口，手里捏着车钥匙说："我出去一趟。"

姜稚月挺害怕一个人待在家里的，死命拉住他的手不放说："你晚上必须回来。"

姜别按住她的头顶，防止某人有更疯狂的举动说："林桤他们都没拿钥匙，进不了宿舍，我去接他们来家里住一晚。"

姜稚月也有忘带钥匙的经历，她眨眨眼问："那为什么不去找宿管阿姨拿备用钥匙？"不过需要证件抵押。

姜别扯动唇角，冷冷地笑了声说："你觉得凭他们的脑子，能记得随身携带校园卡吗？"

闻言，姜稚月毫不留恋地松开他的手臂，态度一百八十度转变，他仿佛只是一个负责填房的网友。

姜别去接人的时间，姜稚月洗完澡吹干头发，仔细阅读《驭男攻略》——男生对喜欢的女生会有一些冲动反应，因性格不同，表现方式各异。

姜稚月好奇，会有哪些冲动反应呢？她将问题输入百度搜索框，最佳答案显示，在肢体接触的时候，男生对喜欢的女生会有一些生理反应。

姜稚月认为不太靠谱儿，但网友的条分缕析又令她心动。算了，勉强试试看吧。

姜别本来想回家好好休息的，几个大老爷们儿一来，今晚别想早睡了。他走在前面，语气略微嫌弃地说："他们来就算了，你在学校外面有公寓，怎么也跟来了？"

贺随神情坦然，抬起眼皮看向他说："都说了，钥匙没带。"

上到二楼的大厅，姜稚月已经勤快地泡好茶，一股清新的水蜜桃味恰好舒缓了疲惫。

姜稚月帮他们倒茶，挨个递过去。轮到贺随时，她绕过半个桌子走到他面前，他的坐姿有些懒散，该挡的地方挡得严严实实的。

贺随伸手去接水杯，很正常的一个动作，中途却出了岔子。

姜稚月不松手，嘴唇抿得格外紧，不知道的，还以为下一秒她就慷慨赴义了。

那边的三个人打开投影在找视频看，没人注意他们这儿。

姜稚月迎上贺随疑惑的目光，艰难地挤出了一句："学长，我能看一下你的皮带吗？"

贺随脸上没表现出多么震惊，至少眼神平静。

这就是见过大世面的人！姜稚月努力维持住嘴角的微笑，脑袋歪了歪，细软的声音有些勾人地问："可以吗？"

面对没有前情回顾的惊喜，贺随的承受能力比常人好了太多。他弯唇，修长的手指搭在白色毛衣边沿，慢慢往上拉动，眼睛不离女孩儿的脸，将她的表情变换全部收入眼底。

姜稚月其实不太敢看，她吞了吞口水，忍住了想要撇开的视线。

他手指拉动衣摆，就要露出皮带的前一秒，动作戛然而止。

贺随面露遗憾，故意放慢语速，声音低沉地说："这么隐私的东西，可不能轻易给人看。"

听到他说"隐私的东西"，姜稚月心中的羞耻感终于找到了爆发点。她脸颊爆红，"咣当"一声撂下玻璃杯，转身往三楼跑。

说得就好像她要看什么不可描述的东西一样！姜稚月拿起笔，愤愤地划掉了手账本上这条不靠谱儿的分析，合上本子后脑海中依旧留存着男生说话时的神态，似乎在质问她，你这小孩儿怎么能看男生的皮带呢？

她没脸再出去了，只好用手机找贺随去解释，在对话框打上一行字，确定没有错别字后点击发送：学长你别误会！这不是快到我哥哥的生日了吗？我想送给他个礼物，但又不知道送什么样的好。

贺随回复很快：我建议你换个礼物。

文字淡化了对方的情绪，同时也给了姜稚月较为宽广的遐想空间。比如，他真的相信她的说辞，这是最好的结果。

近似掩耳盗铃的做法起到了安慰作用，姜稚月又玩了会儿手机，坦然进入梦乡。

晚上吃得太咸，半梦半醒中那种口渴的感觉越发明显。她眯起眼醒了醒神，实在扛不过去了，才决定下床去客厅喝水。

夜里两点钟，廊道安静无比。通往二楼的楼梯间，昏黄的光线足以让她看清脚下的台阶。

走到二楼大厅，只看见幕布上散发出荧荧光亮。姜稚月没看见地上还有几个没收拾的易拉罐，走过去一脚踢翻了三四个，碰撞滚动声响成一片。

她走到幕布前，上面正播放着黑白默片，男演员动作滑稽，引人发笑。而一扇门相隔的露天阳台上，有猩红的火光忽闪忽灭。

姜稚月按亮客厅中的灯，想看清对面的人。原本背对她站着的人转过身，脸部的线条被夜色削磨，立体又分明。

在和他对视的半分钟里，姜稚月能看出他眼中藏着的戾气以及隐忍。

黑夜是一切坏情绪的收纳桶，这句话对谁也不例外。她喝完一杯水后，正犹豫要不要打扰他时，贺随抬起下巴，冲她勾了勾手指。

姜稚月按开阳台的感应门，走到他面前说："学长，你是失眠了吗？"

"不是。"他声音添上了几分凉意，"我在想一个人。"

"今天是他的生日，我却没办法给他最好的生日礼物。"

姜稚月垂下眼帘，快速想了几个安慰人的方法，最后抬起头靠近他。安慰的动作还没做出来，身后突然有一股拉力。

她转身看到睡衣的飘带被感应门夹住，也在一瞬间，腰间打好的结扣被拉扯开了。

睡袍散开，露出女孩儿光滑平整的锁骨。里面穿的是件紧身的小吊带，长度堪堪至腰上。

姜稚月猝不及防，下意识伸手裹住衣服说："你刚才什么都没看到！"

155

女孩儿说这话时，脸颊是红的，耳尖是红的，就连眼眶都因为着急而泛着绯色。

贺随喉咙发干，垂下眼皮绕开她，按开玻璃门的按钮，解救出那条飘逸的丝带。

姜稚月的两只手用来固定睡袍，她定在原地，试图松开一只手去拿丝带。不等她碰到，贺随眉眼低垂，倾身将带子绕过她纤细的腰。

姜稚月忍不住往后缩，但被固定在丝带和男生中间无法后退。

贺随抬起头，炽热的目光滑过她的脸，轻声说："再乱动，我就真的什么都看见了。"

姜稚月想找个地缝钻进去，可惜她家的地板是进口的，用钻头钻说不定能出现个裂缝。

贺随帮她系上带子，也没多说什么，只关切地说："外面冷，回去吧。"

姜稚月低低"哦"了一声，余光瞥见桌上的烟灰缸，里面有三个烟头。可能是外面风大，她闻不见他身上的烟草味，只闻到了淡淡的木质香。

她走出两步，板着小脸再次转过身，一言不发地伸手探向他的口袋。

贺随立刻截住她的手问："小朋友，不是说让你换个礼物吗？"

姜稚月一本正经地说："学长，你裤兜里有易燃物品。出于强烈的道德感，我必须收缴它。"

今天这个小朋友怎么回事，还盯着他腰部以下的地方不放了？贺随嘴角翘起若有若无的弧，神情稍显无奈，最后掏出口袋里的烟盒问："想要这个？"

姜稚月点头，从小学习的知识告诉她吸烟有害健康，剧烈吸烟将看不见明天早晨的太阳。她可不能眼睁睁地看着小贺学长自残。

贺随用两根手指捏住烟盒，轻轻地抵在她的头顶说："我还以为，你又想占我便宜。"

姜稚月颇为无语，要不是担心他的健康，她至于亲自上手收缴吗？

"你裤兜里还有别的易燃物品？"

"没了。"

贺随坦然的表情不像说谎的样子，姜稚月夺过他手里的烟盒装进睡衣口袋，三步一回头地走出阳台。离开他的视野后，强装出的淡定全然消失，她一溜烟儿跑进了房间。

第二天一大清早，熬夜的那群人起得比鸡还早，阿姨准备好饭菜，他们吃完就离开了。

姜稚月睡到日上三竿才醒，昨晚贺随在她梦里吸烟，薄唇性感，吞吐

156

烟雾的模样很像小时候看的港剧里的大哥。

洗漱完，空荡的胃开始不满地抗议，她套上件薄外套准备下楼觅食。以前要是睡到这个点，她妈早就上来叫三四次了。今天却不见人影，难不成是在应酬还没回家？

走到二楼平台处，有争吵声传入耳中。姜稚月顿住脚步，悄悄探出头看过去。一楼客厅的沙发上坐着四个人，奶奶一如既往地优雅得体，只不过讲话的声音比平时拔高几个度，给人一种盛气凌人的感觉。

"我不管，既然有了线索，这次必须要把孙女给我找回来。

"南安镇是什么地方，穷乡僻壤穷山恶水，囡囡在那边受苦，难不成只有我一个人心疼？"

"那是你们的女儿，小别的亲妹妹，不是没有血缘的陌生人！"老太太被身边三个人的平静反应激怒了，"你们搞搞清楚！"

姜稚月第一次在奶奶脸上捕捉到名为"急切和怜惜"的情绪。

那个女孩儿是姜家两位老人的掌心宠，走失的时候才四岁，家里人苦寻许久，渐渐接受了她离开的事实。为了安抚老太太崩溃的情绪，姜老爷子带着姜别从孤儿院领回了姜稚月。姜稚月的亲生父母曾是姜爷爷的得意门生，在一次连环车祸中不幸罹难。

后来爷爷去世，奶奶的性格变得更加极端。她偏激地认为，是姜稚月占据了原本属于自己孙女的人生。

听到奶奶这些话，姜稚月心中像被堵上了一块大石头，闷得她喘不过气来。她想，是不是只要找到那个女孩儿，奶奶对她的态度就会变好？他们一家人就能毫无芥蒂地一起生活？

或许到那时，这个家再也不需要她了，她这个替代品就会被踢出局……以后究竟会怎样，姜稚月不敢细想。

老太太没留下来吃饭，司机送她回去后，姜别上楼敲妹妹卧室的门，里面无人回应。他不大放心地拧动门把，推门而入。

姜稚月塞着耳机窝在床上，见哥哥进来就爬了起来。姜别脸上的神色并不轻松，他扯动嘴角，声音低沉地说："睡到现在才起，你还挺厉害。"

姜稚月低头拨弄着自己的手指，头顶的头发有些蓬乱。她斟酌着说辞，尽量让自己的语气听起来和往常没什么不同地说："哥哥，爸妈会找到她的吧？"

姜别知道她在担忧什么，敛去沉重的神情，抬手在她的发顶上揉了两下说："她回不回来，都不会影响你是谁，明白吗？"

在姜别心里，姜稚月永远是他的妹妹，不是谁的替代品，更没有占据谁的人生。

十二月中旬，所有的考查课陆陆续续进行了考试，姜稚月除了赶论文、睡觉、上课外，其他空闲时间全部耗在了礼堂里。团委老师不厌其烦地组织彩排，姜稚月他们作为幕后人员也要跟着来。

小贺学长最近很少来礼堂了，两周只见过他两次。听毛杰说元旦过后他要跟导师去参加国际大学生研讨会，所以忙到连跑腿送饭的时间都抽不出。

《驭男攻略》上明明白白地写道：距离会产生美，同时也会使关系疏远。这是姜稚月临时补充上的一条，源于她对小贺学长的思念之情。换句话说，她迫切地想见到贺随，她要为自己主动去找贺随找一个合适的借口。女孩儿的矜持不可避免，但危机感能轻易战胜所谓的矜持。

姜稚月找她哥要到他们班的课表，和自己的课表比照，只有周二下午的一节课她有时间。但非常不巧的是，那时候她要去礼堂盯场。

姜别见她突然对建筑系的课程感兴趣，主动询问道："想转专业？你千万不要想不开……"

"我怎么想不开了？你清醒一点儿。"

姜别很快猜透了她的想法，戳开与贺随的聊天界面，在对话框打上一行字：有人要为你想不开。

姜稚月当然没料到来自隐藏助攻的这波操作。周二上午的日语课上，当她准备拉下面子请梁黎帮她替场时，消失许久的小贺学长手中拿着建筑学的课本不紧不慢地走进了教室。

他径直走到倒数第二排的那个位置，放下折叠椅，在她身边坐下。

阳光明媚，是暮冬时节难得的好天气。姜稚月已经准备好要和小贺学长展开短暂的叙旧，不承想对方放下课本，展开一张图纸就开始认真勾勒起建筑轮廓了，丝毫没有要搭理她的意思。

姜稚月犹豫着要不要打断他，在快要上课时，终于忍不住了。她深吸一口气，趴下轻轻地拽了下他的袖子问："学长，你又来替课了？"

贺随停下笔，侧目凝视她片刻说："听姜别说，有人想我了。"

姜稚月没说话，黑白分明的眼睛直勾勾地看着他。

"我就来看看她是有多想我。"贺随拖长语调，抬起手腕看了眼表盘说，"结果有半个小时没主动找我说话。"

姜稚月目光幽幽，他竟然也计时了！明明是他一坐下就开始认真画图，浑身上下散发着"别惹我"的低气压。

"二十九分钟八秒。"她打开手机,屏幕上显示着计时器,"学长,你挺持久啊。"

贺随舔了下后槽牙,低低闷出了个疑问词:"什么?"

姜稚月一垂眸,扫了眼他按住的画纸说:"我不和你说话,估计你能一直画到天黑吧。"她的嘴角慢慢耷拉下去,语气自责无比地说:"对不起,你继续画吧。"

贺随依言,重新拾起笔,余光却关注着她的一举一动。他刚碰到笔的时候,女孩儿默不作声地抿起嘴唇;在他笔尖落下时,她闷闷地鼓起腮帮,像只憋了一肚子气的小河豚。

贺随在纸张空白处画上一扇窗户,几笔画出一个小人儿,他不是专门学画画的,肖像画得不怎么传神。类似卡通形象的女孩儿气鼓鼓地坐在窗边,她旁边的对话气泡内写道:"我那么想你,你竟然不理我!"

姜稚月看见那行字,脸颊发热,在课堂上又不敢做出奇怪的举动。

贺随懒洋洋地握着笔,在画中女孩儿的头顶上画出一只手,又逐渐勾勒出一个男孩儿的形象。

他大概对自己的脸没有清醒的认识,把男孩儿的脸画得实在太丑了。接着,他在男孩儿旁边也添上了一个对话气泡。在下笔写文字时,笔尖顿了两秒,他扭头看了下她的表情,最后写上了四个字,外加一个句号:我也想你。

姜稚月反复看了几遍对话气泡里的文字,连句号她都莫名地觉得好看。

她不自然地别开脸,拿出橡皮丢过去,示意他赶紧擦掉,简直没眼看。这种不加掩饰、大胆而热烈地表露想念的方式,让她难以招架。

在回宿舍的路上,姜稚月终于确定了一个事实——小贺学长一定对她有意思。以他的个性,那种话怎么会随便对女生说呢?

陆皎皎在南苑门口等她,见到她就问:"稚月,中午吃啥?"

"吃点儿好的。"姜稚月弯起唇角,心情极好地挽住她的臂弯说,"走,我们去吃烤肉。"

当晚,姜稚月试图采取最后一击,打开朋友圈设置仅部分好友可见,敲上一句矫揉造作的话:怎么办?下午喝了奶茶,现在都睡不着了,一只羊、两只羊、三只羊……

按照常理,小贺学长会温馨提示她下次记得不要喝了,或者是陪她聊聊天。姜稚月捧着手机准备接受慰问,激动的心情按捺不住,她冒着滚下床的风险,在被窝里来回滚了两圈。

三分钟后,她打开微信,朋友圈出现了一个红色的提醒。调整好情绪，她点入主页面，视线定格在回复栏上，不太确定地眨了眨眼睛，刷新后并没有看到评论。

十一点半，男生宿舍灯光不灭，贺随放下电容笔翻看朋友圈，恰好滑到了姜稚月新发的动态上。他打上评论，又删掉，来来回回重复了两三遍，最后歪头踢了脚正在打游戏的林桤。

突然挨了一脚，林桤手中的雷一下扔偏了，他不满地说："可恶，死了。"

贺随眼神平静，待他缓过神，把手机递过去说："七哥，帮个忙。"

林桤抖落一地的鸡皮疙瘩，别人叫他哥，他都能受着，唯独贺随叫一声，他能折寿十个小时。

贺随手指屈起蹭了蹭下巴颏问："我该怎么回？"联系最近一个月或疯狂或隐秘的试探，他知道这一定是小姑娘在暗示他什么。

屏幕显示的是一条朋友圈动态，贺随没给人家改备注，看头像是个女生。林桤想起贺随给他提过的那个学妹，眉毛皱成蚯蚓状表示疑惑地问："你行不行啊，还没搞定！"

贺随不怒反笑，身子往后靠进椅子里说："我不行，才让你帮忙啊。"

林桤在学生会任职，和女生们打交道算是游刃有余。听贺随的描述，那姑娘八成对他有意思，只是两个人僵持着等一方先表白而已。他动动手指敲上一行字，不多犹豫点击发送。然后把手机重新扔回贺随手里，准备再开一局游戏。

贺随抬起眉梢，看见评论的那行字后，一向泰然自若的神情渐渐出现了裂缝。什么叫"我也睡不着，不如一起出去看星星"？

林桤小声嘀咕道："我看那个学妹的头像怎么那么眼熟呢？我肯定在哪儿见过。"他扒拉出自己的好友列表，终于找到相同的头像，而此头像的备注是姜稚月。

林桤猛地扔掉手机，音量不自觉地拔高问："你搞的是老八的妹妹？"

今天极为不凑巧，宿舍四个人全在，更加不凑巧的是姜别连耳机都没戴，所以他说的话一字不落地传进了当事人耳中。

姜别坐在床上，淡然地翻开笔记本说："你说错了。"

林桤惊魂未定地抬眼看过去，没等他开口问，就听对方用阴侧侧的语调补充道："他们两个是在我眼皮子底下互搞。"

"……"

学生宿舍晚上十一点封楼，正值大好年华的各路好汉自然有办法出去。姜稚月偷偷摸摸地避过楼道中的摄像头，在一楼大厅的某扇窗户前徘徊。

宿舍楼的地基高，她跳窗不一定能稳稳地降落，必须有人在底下接着她。

徘徊的过程中，姜稚月又掏出手机看了遍评论，心想：小贺学长怎么变土了？不会被盗号了吧？

大厅里的信号不好，她刷不出新消息，只好推开半个窗子把身子探出去，看起来很像天线在寻找卫星发射的信号。

这时，一道身影绕过灌木丛一步步临近，姜稚月以为是巡逻的保安，连忙收回脑袋，结果后脑勺"砰"的一声撞上窗框，疼得她眼泪在眼眶打转。

半分钟后，那道身影停在她面前。定睛一看，不是保安，是约她出来看星星的小贺学长！姜稚月捂着后脑勺眼泪汪汪地看着他。

贺随上前一步，抬起头看向姜稚月，月光铺落下来，给他漆黑的眼瞳染上细碎的光。他静静地看着她，目光柔和，不似初见时那般极具压迫感。

姜稚月的后脑勺渐渐失去痛觉，她放下手，探出头望向天空。今晚天气晴朗，月亮圆而亮，只有几颗稀疏的星星。她疑惑地问："学长，我们真的要出去看星星吗？"

离开前，林桤将土味情话的后一句告知了贺随。他抿唇，不自然地清了清嗓子说："不看星星，出来走走也行。"

姜稚月没忍住笑出声，她迈上窗台跳了下去。落地的时候果然没稳住，好在贺随眼疾手快扶住了她的肩膀。

他的左手顺势移至她后脑勺，轻轻揉了揉问："应该没撞坏吧？"

撞坏了你能给我换个脑子？姜稚月在心里嘀咕着。

周围黑漆漆的，姜稚月打开手电筒，小心翼翼地跟在他身后走出花坛。他们迎面撞上一对小情侣，女生是广告系的系花，男生也是熟人——曾经用白蜡烛给姜稚月告白的宋昀学长。

夜盲症患者姜稚月都看见他们了，对方的眼肯定也不瞎。但宋昀的反应有些奇怪，他下意识地往女朋友身后躲。

贺随点头打过招呼后，牵着身后的小姑娘找到一处光亮的地方坐下。

姜稚月坐在长椅的这端，贺随坐在长椅的那端，两个人之间自觉保持着一段距离。

长久的沉默间，微风缓缓拂过耳侧，枯叶在脚下沙沙作响。

贺随微仰着头望向天空，看他的样子真的像在看星星。

下一秒，他忽然开口道："我记得，宋昀追过你？"

姜稚月稍感尴尬，点头说："好像是。"

静谧的夜里，贺随的声音越发低沉地问："不是你喜欢的类型？"

"不是。"

姜稚月总感觉宋昀这样的男生喜欢她，是因为她长得好看，带出去很有面子，而不是真的懂她的狼狈和藏起来的小心思，想把所有的爱都给她。虽然这么想有点儿自以为是，但这就是她内心的真实想法。

听到回答，贺随转过头看向女孩儿，眸光渐沉，极有暗示性。

姜稚月心跳不可控制地加速，在她以为他会问一句"你看我怎么样"的时候，贺随唇角敛起，平淡地回复了一句："哦。"

姜稚月差一点儿心跳骤停，心想：我暗示得都那么明显了，你说个"哦"是什么意思？

姜稚月正在心里疯狂吐槽时，贺随掏出无线耳机递过去一只，话中带了几分笑意问："听首歌吗？"

她不疑有他，赶紧接过来戴好，耳机里传来了悠扬的钢琴声。

贺随起身去对面的自动售卖机买了瓶牛奶，摸起来还是热热的。他没立刻回来，背对着她静立在机器前，看不清在做什么。

就在他转身的那一瞬，耳机中的音乐戛然而止，取而代之的是熟悉的声音，经由耳机清晰地传至她耳中。

"现在是十二月十八日，时间快到凌晨了，分别前想问一问我面前的这个小朋友……我能不能追你？"

姜稚月愣住了，脑袋里燃起的烟花"砰砰"炸开，心跳声要盖过耳畔呼啸的风，以及他拉长的尾音。贺随站在她面前，抬手轻轻将耳机摘下，手指不小心碰到了她发烫的耳尖。

眼前铺落下一片影子，姜稚月抬起头和他对视了几秒，又低下头拽住他的衣袖喃喃道："我有点儿难追。"

贺随拉长音调"嗯"了声，不甚在意地说："见识过。"这小孩儿对待不喜欢的追求者，拒绝的手段总是这么令人意想不到，而又说不出哪里不好。

正当他计划下一步时，听见她慢吞吞地说："但如果是你，难度会像超级玛丽的第一关。"

闭着眼睛就能通过的那种。

贺随眼睫垂下，勾起唇角笑了笑说："那我争取早点儿通关。"

第七章

甜度加载 60%

十二月十九日，姜稚月多了一个新的追求者。

这个追求者很大牌，连续三天没有露面，连基本的早晚安都没有，丝毫没有一个追求者该有的模样。倒是追求者的舍友，每天在她面前晃荡。

姜稚月第五次放下手机，蔫巴巴地靠在椅背上看台上的节目彩排。还有一周时间，女主持人还没选定，他们这些灯光组的小喽啰，却忙了半个月。

今年的元旦晚会在新、老两个校区同时举办，播音主持系在新校，他们老校要人没人，要设备没设备。关键是两个校区的节目还要进行评比，结果将与团委老师的年终奖挂钩。所以林桤一点儿也不敢松懈，生怕出岔子挨骂受罚。

林桤翻看着递上来的主持人的个人简介，听了试音找不出一个心仪的人。

姜稚月拎出瓶矿泉水递过去说："学长，你别急，总会有合适的人。"

林桤闭着眼，听见女孩儿细软的声音突然精神一振，问："稚月，你是不是广播室的来着？"

姜稚月有种不好的预感，帮他拧矿泉水瓶时手劲一个没收住，水喷涌而出。

林桤不为自己前半个月的眼睛找借口，说："你就是那个合适的人。"

姜稚月慢吞吞地抽回手说："我上，也不是不可以……"

关键是她一直负责灯光的总控制台，她走了，一周时间内其他人可能没办法熟悉操作。

林桤毫不在意，星星眼感激地看着她说："果然是老八的好妹妹。"

然而，姜稚月穿上学校准备的小礼服和高跟鞋后，她就后悔了。她不常穿高跟鞋，脚上这双十厘米高的鞋，让她简直与天并肩。

第一次上台，她踩到裙摆，差点儿摔个狗啃泥。

第二次走场，鞋跟毫不留情地踩在男主持人的脚尖，险些造成男女主持人双双残疾。

到了下午休息的时间，林桤让他们两人下台休息。

姜稚月一瘸一拐地走下台阶，抬眼捕捉到了一抹熟悉的身影。

贺随坐在第一排一个隐蔽的角落，和她对视几秒，起身走过来。

他低头看着她的鞋说："脱了，别崴脚。"

地上的毯子不是很干净，还有些碎木渣。姜稚月仔细地巡视一周，神情怔怔地问："你是认真的吗？"

贺随俯身，语气不容辩驳地说："脱了。"

姜稚月倒想看看这个不称职的追求者能玩出什么花样——

"不是，你！"

她刚踢掉鞋，视野突然倾转，裙摆上一闪一闪的碎钻在灯光的映衬下，过分刺眼。

姜稚月抓住他的衣襟，声音颤抖地说："你倒是给我个准备的机会啊。"

贺随毫不费力地抱起她，走下台把人放到椅子上。他双臂顺势撑住两边的扶手，呈一种环抱的亲昵姿势。

姜稚月缩起脖颈儿，被困在他的胸膛和座椅间。彼此的呼吸交缠，她一抬头便撞入他深邃的眼中。

就在他抱起她的那刻，周围瞬间安静了下来，接着起哄声不绝于耳。

姜稚月伸出手指戳了下贺随的脸颊问："学长，你这是要让我当女生公敌呀？"

她能想象到晚上论坛热议的帖子——建筑系某知名学长公共场合竟对某女子……适当留白足以引爆点击量。

其实他也没对她怎么样，只是单纯地抱了一下而已。姜稚月发现，自己越来越无可救药了。

贺随垂眸，目光扫过女孩儿身上的曳地礼裙，停留在她白净精致的脸上。她有一双会说话的月亮眼，不笑时带着一丝似有似无的笑意，笑起来时像弯弯的月牙，让人感觉整个世界都亮了。他看得入神了，本就挨着的身子又轻靠了过来。

姜稚月看着他不断放大的五官，睫毛止不住地颤抖。

164

贺随停在她眼前，伸出拇指轻轻蹭过她的嘴角说："口红花掉了。"

姜稚月下意识舔嘴角，不承想男生的手指还没收回，她小心翼翼地探出去收拾残局的舌尖恰好触到温热的指尖，两人皆是一愣。

姜稚月急忙解释道："我不是故意——"

舔你的，这么说不太好；不是故意用舌尖和你的指尖亲密接触，这么说太复杂。

她试图以眼神示意对方自己此刻尴尬、惶恐、紧张和纠结的复杂心绪。

姜稚月相信聪明的人一定能领悟，果然不过几秒，贺随一抬眼，慢条斯理道："不是故意偷吻我的？"

对不起，是她低估了对方的智商。而且小贺学长的语文应该不差，毕竟没点儿文学素养，是不会把"舔"上升至"吻"的，将引人遐想的语句替换得这么直截了当。

心理暗示成功，姜稚月深吸一口气，保持住脸上的笑容说："对的，我没有这个意思。"

贺随拉开旁边的椅子坐下，侧头不动声色地凝视着她说："知道了。"

姜稚月高悬的心终于落下，她装作淡定地看向舞台。台上的工作人员在忙着摆放道具，她用余光瞥见男生垂头敛眉，好像在酝酿什么大招儿。

果不其然，半分钟后，贺随单手撑住下巴，语调微扬地开口道："下次可以亲这里。"

姜稚月难以置信地转过头，视线跟着他那根修长的手指移动。

那根手指很给她留情面，在贺随脸前晃了一圈后，只是戳了戳脸颊。

姜稚月竟然有种松了口气的感觉，在和他对视的几秒间，目光一直落在他的嘴唇上。

如果非让她主动亲一下，也不是那么不能接受。她还挺……期待的。

休息结束后，林桤招呼大家各就各位，开始晚会的倒数第三次彩排。

姜稚月这次特意拜托男搭档放慢步子，好让她保持优雅的姿态下台。因为有专门的串词主持人，她不需要反复上台，今晚的任务只剩下闭幕的走位。

第一部分的节目顺利排完，到第二部分时，灯光操作的步骤变得复杂了。追光灯打得还不错，而染色灯和摇头灯却频繁出差错。

模特与礼仪社的节目反复排了三四遍，台上的演员开始有了负面情绪。

姜稚月不太放心，转头对贺随说："我去看看，等会儿团委老师该生气了。"

她猫下腰准备往侧台跑，手腕被一把拽住，身后的人稍加用力拉她坐了回去说："我去，你坐着。"

侧台，不常跟场又没参加过培训的梁黎正手忙脚乱地摆弄着设备，贺随怕她弄坏机器，伸手拉下总闸。

突然看见一只手伸过来，梁黎一惊，手背不小心蹭到他的手，在看清是谁后，表情越发惊慌。

贺随淡睨她一眼说："看清楚，我只教一遍。"

梁黎点头，认真记下他操作的顺序。男生低沉的声音在周围的嘈杂声中显得格外悦耳，她忍不住悄悄地偏过头看向他。

贺随弄到最后有些不耐烦地问："看明白了吗？"

梁黎紧张到声音颤抖地说："明……明白了，谢谢学长！"

贺随没再搭话，抬步走回观看区，坐下后他眼底的冷意倏然消失了。只有在面对身边这个女孩儿时，他才总是一副温和耐心的模样。

看着贺随径直地走到姜稚月身边坐下，梁黎默默垂下头，心想他们是在一起了吧。

中途，贺随的导师叫他去综合实验楼帮忙盯着大一的学生画图，晚课要上到十点，比彩排结束的时间晚了许多。

姜稚月一边掏出手机联系姜别，一边对身边的人说："你放心，我告诉我哥了，他接我回去。"

贺随这才放心，离开前揉了下女孩儿的发顶，俯下身与她平视着说："提前说句'晚安'？"

就算他们坐在角落里，也躲不过四周看热闹的目光。姜稚月本来可以应付他的"温柔暴击"，可那些好奇的眼神紧紧地盯着他俩。她别开脸，艰难地做出回应道："晚安！"

第三部分和第四部分的灯光换成第二组的人负责。梁黎慢吞吞地回到座位，拧开水杯猛灌了两口，像是为了掩饰心底的慌张，咽下水后她小心地问道："稚月，我能问你个事儿吗？"

姜稚月不太明白，她为何看起来这么紧张，爽快答应道："好啊，你问。"

梁黎欲言又止，眼睛盯着手里的水杯问："你和贺随学长是在一起了吧？"

姜稚月一皱眉，放下手机认真凝视着她。抿紧的嘴唇暴露出她的紧张，手一直在搓动水杯，又说明她很纠结。

察言观色一番后，姜稚月答非所问："怎么突然想起来问这个了？"

梁黎扯动嘴角，故作轻松地说："就是我有个朋友，向我打听啊。"

又是"无中生友"系列？姜稚月觉得梁黎喜欢的男生不该是小贺学长那种类型的。和贺随在一起抗压能力必须强啊，动不动就被吓得哭鼻子，落别人眼里还以为贺随对她怎么样了呢。

姜稚月半信半疑，松口说："我们没在一起。"

她说的是实话，贺随说要追她，不能刚开始追她就答应了。超级玛丽第一关还有两个障碍呢。

梁黎搓水杯的动作突然顿住了，眼底泛起些许波澜，脸上是掩饰不住的小兴奋，是情窦初开的少女才会有的那种神情。

梁黎主动转移话题，说起彩排结束终于有休息的时间，她打算回家一趟："我这学期都没回去过，大学好忙啊。"

姜稚月脑海中闪现出档案表格里的某个地址，低声问了句："你家在南安镇？"

她上网查过这个小镇，在申城山区，是个很偏僻的地方。20世纪末很多人外迁离乡，如今的居民不过百户。如果那个走丢的女孩儿真的在南安镇，说不定当地人会知道她的踪迹。

姜稚月沉默半响，梁黎不解地看向她，笑着问："怎么突然发起呆了？"

姜稚月摇了摇头，尽量让自己的语气听起来正常地说："我能跟你一起去看看吗？"

梁黎愣了下，委婉拒绝的话已经到了嘴边，因为脑海中浮现的那张脸，她默默咽回了组织好的话语，转而说："好呀，不过我家挺偏的，得坐大巴回去。"

梁黎和姜稚月约定周六上午十点在校门口见，十点十五分有趟去南安镇的大巴经过那里。

姜稚月提前十分钟赶到校门口，她怕当地的宾馆不安全，打算当天回，就没带多少东西。

梁黎拖着拉杆箱，肩上还背着个双肩包。包看起来很重，压得她弓起了腰。

大巴停在公交站牌前，售票员阿姨手中挥舞着写有"南安镇"的纸牌，不远处的梁黎挥手示意她。

姜稚月帮梁黎拉着箱子，两人小跑到车前。

梁黎头上出了很多汗，额前的碎发乱蓬蓬的，看起来有些狼狈。

上车后，姜稚月从包里翻出小镜子和梳子递过去说："头发乱了。"

梁黎不甚在意地说："没事啦，我随便弄弄就好。"

姜稚月一抿唇，主动帮她整理好刘海儿说："你好久没回去了，家里的人肯定很想你。特别是阿姨，看到你漂漂亮亮的肯定会开心。"

梁黎看着面前的女生，嘴唇翕动却说不出一个字。

两人认识前，姜稚月已经存在于舍友们的谈话中了。每次提及她，总绕不开"家境好、样貌好、性格好"等话题。她们都很羡慕她，也愿意和她做朋友。

在这一刻，梁黎突然明白了为什么那么多人会喜欢她。她太好了，好到让人看不到她的缺点，而自己身上到处都是不足。

姜稚月收好梳子和镜子后，戴上耳机开始听歌。

这种互不打扰的相处方式，给了梁黎抚平心绪的空间。她习惯性地登录学校论坛，想看看有没有招聘兼职的信息，主页飘红的帖子后标上"热"的 TAG（标签），说明很多"吃瓜"群众在关注这件事。

梁黎点进去，看到了一张照片，是从远处拍摄的，不算清晰，但能看清男生俊朗的侧脸。帖子的标题是"据知情人爆料，建筑系某大神正在追求新闻系某知名人物，有图有真相"。评论区展开了激烈讨论——

1楼：咳！我早知道了，前几天还见贺随的车载人家回学校。

2楼：楼上正解，我也看到过，还是用那辆不允许女生"玷污"的车。

…………

梁黎浑身僵硬，脑袋低垂着，她之前问的问题，就这样得到了答案。而她悄无声息捂紧的那一丁点儿希望之火，也被现实浇灭了。

她深吸一口气，不知从哪里来的底气质问身边的女孩儿："稚月，你不是……没有和他在一起吗？"

姜稚月没太听清她的话，摘下耳机，一脸疑惑地问："什么？"说话的同时，她看见梁黎手机屏幕上的帖子，忍住笑意说："这是谁写的啊？绝对不是咱们新闻系的，老土又不专业。"

梁黎攥紧手指，声音突然拔高说："我是问你！"

姜稚月歪头看完帖子的标题和内容，神情平静地说："不过他说的是真的，小贺学长是在追我。"

梁黎松开攥紧的手指，意识到自己的情绪外露得过于明显，而且她根本没有资格指责别人。

一阵沉默后，梁黎试探性地问道："那你会答应吗？"

姜稚月低头玩着耳机线，把它缠成一团又抻直，秀气的眉毛紧皱着，看起来很苦恼。

她迟疑不决的模样，给了梁黎一种她不喜欢贺随的错觉。

　　然而，姜稚月心里想的却是有人将贺随追她的事闹到论坛上，万一晾太久损了学长的颜面，那贺随以后在建筑系那些小学弟面前抬不起头来该怎么办。所以，她还是尽早答应比较好。

　　梁黎似乎对他们的感情状况特别感兴趣，现在"吃瓜"群众都耐不住性子直接问当事人了吗？她记得"大粉头"陆皎皎都不太关注贺随的感情问题，一如既往地只在乎他好看的皮囊。

　　姜稚月转头看向梁黎，她巴掌大的小脸上泛着浅浅的红晕，漆黑的眼睛明亮有神。

　　她在期待什么，又希望听到些什么呢？姜稚月不得而知，只好听从内心的想法，坦然道："会啊，我会答应他。"

　　大巴驶入偏僻的小车站，南安镇只是中转站，停留时间并不长。梁黎垂头背起双肩包，下车后接过姜稚月手中的行李箱说："我自己来。"

　　南安镇被城镇规划遗忘，一派颓败的光景。刻有镇子名字的界碑在日复一日、年复一年的风吹日晒中模糊了字迹。这里一如奶奶所说——穷乡僻壤，穷山恶水。

　　姜稚月默默地跟在梁黎身后，一进镇子便有热情的妇女迎上来和梁黎打招呼，许是镇上出了名的姑娘，旁人对她格外热络。

　　但梁黎的回应不温不火的。

　　姜稚月明显感觉到梁黎的情绪发生了变化，不知其为何变得低沉。她没话找话地聊起这里的变迁，对方也只是牵起嘴角笑笑，不愿多说什么。

　　一条贯穿小镇的南北向街道，只有校园主路的一半长。

　　梁黎停住脚步，拉行李箱的左手微微一用力说："下午四点半有一趟回市里的车，我今天不回学校，你自己逛一逛，记得别晚点了。"

　　姜稚月点头说"好"，本就没有麻烦她的意思，可是自己又不知道从何处找起，只好问道："梁黎，这镇上有没有十四五岁的女生？"

　　梁黎毕竟是这个镇子上的人，求助她比自己像只无头苍蝇乱窜管用。

　　梁黎多心地问了句："你是来找人的呀？"

　　从姜稚月说话的语气中听出，她要找的不像认识的人，甚至可能连面都没见过。而能让她不辞辛苦地跑到穷乡僻壤来，找的一定不是毫无关系的人。

　　梁黎露出十分关心却无能为力的表情说："我们镇上没有这个年龄的女生呢。"

姜稚月嘴唇翕动，一句"怎么可能"就要脱口而出，又被她咽了回去。奶奶找了很多年，收到过很多虚假的消息，那女孩儿在南安镇的消息说不准也是假的。

"好吧，那我自己转转。"她眼底闪过失落说，"谢谢你！"

梁黎走后，姜稚月顺着大路漫无目的地走着。正是正午，有不少年迈的老人并排坐在路旁晒太阳，一只猫咪迈着轻快的步子蹿过马路，窝进一个杂草堆里，懒洋洋地舔着身上光滑油亮的毛。

姜稚月被太阳晒得脑袋发蒙，姜别打来电话，她迟钝了一会儿才接起。

姜别以为妹妹在宿舍，直接开口道："我买了份八百关的甜品，等会儿送你楼下。"

姜稚月迟钝的神经瞬间绷紧说："哥哥，我最近减肥，你自己吃吧！"

话音刚落，不远处驶来一辆三轮车，车后拖曳的树枝与地面摩擦着发出"刺啦刺啦"的响声。

姜别起疑地问："你不在学校吗？"

姜稚月想搪塞过去，理由还没编好，三轮车的大喇叭突然出声替她回答道："南安红糖糍粑，又香又甜的红糖糍粑——"

卖糍粑的老奶奶脸上洋溢着慈祥的笑容说："小姑娘，来一块红糖糍粑不？"

手机里的声音一下消失了，姜稚月屏住呼吸，盯着老奶奶手中的纸盒看了几秒，小心翼翼地开口道："哥哥，你要……吃糍粑吗？"因为底气不足，整句话说得磕磕巴巴的。

那端，姜别直接把电话挂断了。

姜稚月鼓起腮帮子，抬起头对上老奶奶依旧笑意盈盈的脸。她的笑眼里藏着满满的爱意，温暖如春风，让人不自觉地想要亲近。

姜稚月掏出零钱买了盒糍粑，蹲在地上和老奶奶聊天。她咽下舨甜的糍粑，向老奶奶打听道："奶奶，这镇上有没有十四五岁的小姑娘呀？"

老奶奶认真想了想，不太确定地碰了碰身边的老伴儿问："西口姓周的那家，是不是有个小女娃？"

"是的呀，那家的小女娃长得可漂亮了。"

姜稚月向老爷爷、老奶奶道谢后，端着只吃了一口的糍粑往镇西口走。

这个镇子不大，步行到镇西口只需要十分钟。姜稚月向路人打听周姓一家的位置，最后来到了一条胡同深处。这里有两户人家，一家大门紧闭；另一家大门半敞着，枯萎的葡萄藤蔫巴巴地从院墙上垂下来。

姜稚月往前走了两步，正准备敲门时，里屋走出了一个人。

梁黎看见门口站着的女生，愣怔了几秒，擦干净手上的泡沫后跑过去问："稚月，你……你是怎么找过来的？"

姜稚月收回敲门的手，眸光微闪。这不是姓周的那家，对面的才是。原来梁黎家对门就有个十四五岁的女生，但她没有说。

姜稚月喉咙发干，发出微弱的声音说："听一个奶奶说，姓周的那家有个十四五岁的女孩儿，我过来看看。"

她仔细观察着对方的表情变化，只见梁黎将视线移开，面无表情地说了句："对面那家你别去了，他们一家精神都有问题。"

姜稚月听出了她话里的嫌弃，嘴唇动了动，没有说话。

梁黎补充道："他们家是有个女孩儿，辍学在家好久了，是被学校劝退的，因为智力发育不太好。她肯定不是你要找的人吧？"

姜别的亲生妹妹智力发育会不正常吗？姜稚月有些迟疑，慢慢回头看了眼对面的大门。

梁黎伸手拉住她的臂弯，继续劝阻道："那家的男人是个赌徒，我们镇上的人都不待见他的。"

姜稚月若有所思，看来今天这趟是找不到人了。她嘴角带着浅浅的笑意向梁黎告别道："谢谢你啊，我就不打扰你了。"

梁黎也没留她的意思，看她转身离开后，随即将大门关上了。

姜稚月听见身后"咔嚓"一声清脆的上锁声，她狐疑地回头看，心里有点儿别扭，又说不出哪里别扭。

大概是因为梁黎前后反转的态度吧，先是隐瞒女孩儿的事情，后又一股脑儿地全部告诉了她。

姜稚月觉得不对劲，硬着头皮想去看个究竟。她自我暗示：赌徒怕什么，赌徒也不能违法伤人；赌徒除了有不良嗜好外，也是个人。

就在她转身之际，那扇紧闭的门被人猛然拉开了。一个穿着单薄粗布裙的女孩儿，从里面跑了出来，她摇摇晃晃地跑到梁黎家的门前，一边用手拍打着铁门，一边不停地哭喊道："姐姐，救救我，姐姐——"

门里无人应答，她微弱的声音回荡在空寂的胡同中。

姜稚月提起一口气，慢慢朝她走去。姜稚月刚要出声询问，一个中年男人从对面门里骂骂咧咧地走过来，一把抓住女孩儿纤弱的胳膊，开始对她拳打脚踢。

女孩儿没有一点儿反抗的力气，缩成一团躲避着他的殴打。她脸色苍白如纸，瘦削的脊背颤抖着，头发十分凌乱。

姜稚月手心攥出了汗。她回想起学跆拳道时老师教的招式，下意识地四处寻找可以利用的工具。

有了！梁黎家门外堆着一捆木柴，她抽出一根握在手里。

第一次实战操作，姜稚月紧张得直冒冷汗。她走到男人身后，举起木棍对准他脖颈儿上某个不致命的部位敲了下去。

男人当即晕倒在地，手中还拉扯着女孩儿的头发。

姜稚月扔掉手中的木棍，十指张开又攥紧着，满怀歉意地对地上的男人说："对不起大叔，这已经是最轻的力道了！你就稍微睡一会儿吧，别怪我！"

女孩儿浑身发抖，呜呜地哭了起来，一副弱小可怜又无助的模样。

姜稚月不会安慰人，而且她们也不认识，摸摸头的方法就不能用了。她慢慢蹲下身，不自然地摸了下她的脸颊问："那个，你吃糍粑吗？"

女孩儿止不住抽噎，蓬乱的头发把她的脸完全遮住了，看不清她长什么样。

姜稚月看了眼她倚靠的大门，心想门口有这么大的动静，梁黎居然都没有开门看看。她是不是太狠心了点儿？如果今天自己不在，这女孩儿会不会被家人打伤？

姜稚月打开随身的小包，抽出几张纸巾递过去说："擦擦脸，有什么事可以和姐姐说呀。"

女孩儿抽噎的声音渐渐变小，她缓缓抬起头，小声说："谢谢姐姐！"

姜稚月一手展开纸巾，一手帮她整理凌乱的头发。蒙住脸的头发被撩起，女孩儿清瘦的脸映入眼帘，如果不是太瘦显得面色蜡黄，她会更漂亮。

姜稚月抬手要帮她擦去嘴角渗出的血时，女孩儿突然呼吸困难，双手捂住嘴剧烈地咳嗽起来。

这是哮喘病，姜稚月曾见高中同学犯过病，对女孩儿的这些症状并不陌生。

姜稚月努力稳住心绪准备拨打求救电话时，姜别的电话刚好打了进来。

姜别把发病的女孩儿送到了距离南安镇最近的市人民医院。眼看着人被推进了诊室，姜稚月忍不住想跟上去，突然衣服后领被人拽住了。

姜别神情严肃地瞪着她问："跑那儿去做什么？"

姜稚月无辜地眨眨眼，伸手拉下他的手腕说："我这不是去买东西嘛，红糖糍粑，你吃不吃？"

姜别没脾气了，直起身静静地站在原地，颀长的身影吸引来不少目光。他垂眸，若有所思地盯了她一会儿问："知道她家人的联系方式吗？"

姜稚月往后退了一小步，艰难地找回底气说："她家人应该被我一棍子打晕了。"没错，就是你看见的那个趴在地上不省人事的人。

姜别后槽牙磨动，一脸阴恻恻的笑。他低头卷起衬衫衣袖，露出了健壮的手臂。

姜稚月急忙抱住头说："哥哥！'但行好事，莫问前程'，这句话不是你教我的吗？"

姜别伸手马上要拍到她脑壳的时候，诊室的门打开了，医生走了出来。

哮喘是种反复发作的疾病，医生摘下口罩满脸担忧地问："谁是家属？她有哮喘病必须时刻准备着急救药，还有她这满身的伤是怎么搞的？"

对方语气中流露出对"不称职家长"的指责，所有矛头都指向最像家属的姜别。

这口无缘无故的"锅"来得突然，姜别薄唇紧抿，没有否认，反倒是平静地承下医生的指责问："她醒了吗？"

医生摆摆手，示意他们跟自己去诊室看。

姜别回头睨了一眼来不及偷笑，但嘴角明显上翘的女孩儿，用眼神交代她最好老实点儿，不然今天也会让她躺进病房里。

姜稚月乖乖地跟在他身后去了诊室，一个护士正为女孩儿涂抹药水。因为送来的时候情况比较紧急，具体的病历资料现在需要补办一下。但女孩儿抱膝蜷缩着，双眼空洞无神，一言不发，这让一旁负责登记的护士有些不耐烦。

听见声音，女孩儿微抬起头，看到一个陌生男人的身影，恐惧的神色在清秀的小脸上弥漫开。

姜稚月急忙上前，蹲在床边放柔语气问："还记得姐姐吗？"

女孩儿垂着眼皮，茫然失措地抿紧唇角，伸出一只手轻轻拉住姜稚月的小手指。

姜稚月弯起眉眼说："别怕，没有人会打你了。不过，你得告诉姐姐，刚才打你的人是谁？"

女孩儿挽起衣袖，露出的小臂上青紫遍布，很难想象她曾经受过什么伤害。姜稚月的话似乎触碰了她不敢回想的记忆，情绪突然决堤，眼泪瞬间夺眶而出。

她抱紧自己的肩膀，小声求饶道："爸爸别打了，别打了……晚晚不会再犯病了。"

无法交流，无效沟通，小护士无能为力地离开了，姜稚月拉着姜别也走了出去。

走廊上静悄悄的，他们两人相对而立。窗外一阵寒风吹进来，掀起沾满消毒水味的窗帘，空气变得刺鼻难闻。

姜稚月低着头，左手还拿着一盒凉透了的糍粑。她想了几分钟，果断地把纸盒扔进旁边的垃圾桶说："哥哥，我今天不是去买东西的。"

她其实一点儿都不喜欢吃粘牙齁甜的糍粑，只想帮家里找到那个女孩儿，抓住最后一丁点儿希望，试图缓解日益紧张的家庭关系。

如果能找到她，奶奶会很开心，说不定他们一家人会长长久久地相伴在一起。

姜稚月深吸一口气，因为神经紧绷声音变得有些哑地说："我问了镇上的人，他们说只有那一家有年纪相仿的女孩儿。既然奶奶说这次的消息很准确，你要不要——"

姜别冷声打断道："不要。"

他这辈子只能接一个小姑娘回家。

他永远忘不掉那年在孤儿院的场景，姜稚月蹲在院子的角落里摆弄枯叶，被其他小孩儿欺负了也不哭。

爷爷说，以后她就是妹妹，小别要一直护着妹妹。

但是后来他好像做错了一些事，还是委屈了她。

姜稚月转头看向病房，仅存的一丝犹豫，在她看见女孩儿瘦削的身影后消失了。

"哥哥，接回她并不会对我是谁有任何影响，这也是你告诉我的。如果她真的是妹妹，为什么要眼睁睁地看着她继续受苦？"姜稚月不自觉地把音量提高了。

姜别顺着她的视线望过去，被她的话点醒了，问道："你确定她一定是吗？"

姜稚月沉声道："不确定，查一查总没有坏处。"

哪个父亲能对自己的亲生女儿下这么狠的手？

姜别妥协了，不忘警告她说："我让贺随接你回去，以后不准乱跑。"

为什么哥哥会第一时间想到让贺随接她回去，而不是请家里的司机接她回去？姜稚月带着疑问下楼，迈进刺骨的寒风中，风铆足劲儿拍打在她脸上。

姜稚月瞬间清醒了：一定是姜别觉得他们有情况了！

小贺学长五分钟前通知她马上到正门，她下楼的时间加上犹豫思考的时间，走至马路边时，恰好看见了那辆熟悉的白色 SUV。

下午五点半，正值下班高峰期。贺随上午跟导师参加峰会，一身衬衫西裤，社会精英的打扮削弱了他身上的少年气。

姜稚月暗暗庆幸他没有骑机车来，不然回到学校她的脖子真会被风拧断。

副驾驶前面的置物台上放着一个牛皮纸袋，贺随打转方向盘，不忘提醒她说："姜别说你没吃饭，路上随便买的，你先垫垫。"

姜稚月拆开袋子，里面的三明治还温温的。她想起早上的帖子，极力安抚下不满抗议的胃，脸转向贺随，小心地问道："学长，论坛上的帖子对你有影响吗？"

贺随侧目凝视她几秒，心中存了逗弄的心思说："有吧。"

姜稚月咀嚼食物的动作突然停住，吐司塞满口腔，腮帮子鼓起像只进食时受到惊吓的小仓鼠。

贺随的桃花眼拉出一道诱人的弧说："向其他人宣告我将是你的所有物，算吗？"

换种说法，以后他的追求者会少一条街。

姜稚月讷讷地开口，以一种不太确定的口吻问："这算是好的影响吧？"

贺随听出了她避重就轻，意图逃避真相，也不拆穿她，脸上的笑意渐浓。

两人在商圈找了家新开的川菜馆。

贺随全程没有问她为什么会跑到南安镇，觉得姜别跟着她，一定不是做什么非法勾当去了。

回到车上，贺随打开顶灯，熟练地倒出车位。昏黄的灯光洒下来，在他身上晕染出金色的轮廓。

姜稚月平视前方，余光小心翼翼地打量着他。现在他们的关系算是追求者与被追求者，她就是他现在的女神，放在心尖上喜欢的人。

所以，她可以光明正大地端详他，这根本不犯法。姜稚月鼓起勇气，一本正经地转过头，像观赏艺术品似的，目光一寸寸地扫过他的脸。

贺随察觉到她的视线，偏头疑惑地抬起眉梢。

小姑娘脑回路一直很清奇，总是让人措手不及，他索性不去猜测她的想法。

第一眼姜稚月看得还挺心虚的，但对上他漆黑的眼睛后，底气莫名足了起来。

然而，当贺随一点点靠过来，一只手臂伸到她肩膀处，异性的荷尔蒙铺天盖地席卷而来的那一刻，姜稚月还是慌了神。

女孩儿长睫颤抖，不由得泄露出丝丝紧张。

贺随伸手扯住安全带，身子随即退回去说："小朋友，开车上路要系安全带。"

姜稚月甚至已经闭上了眼睛，他竟然只是给她扯个安全带！

狭小的车厢内暧昧气息浓重，贺随那种意味深长的眼神，更是令她尴尬到无处安放小手。

贺随屈指蹭了蹭下巴颏儿，气定神闲道："你看起来有点儿失望。"

姜稚月想把人直接丢出窗外的欲望非常强烈。可是交通安全法明确规定，不允许向车窗外投掷垃圾。哪怕这个"垃圾"长得非常好看，也是不能被允许的。

贺随往前俯身，将两人间的距离拉近，一只手轻抚着女孩儿的后脑勺。他眼睫动了动，视线停在她的嘴唇上。

"现在不能亲你，没身份，没权利。"贺随眉眼低垂，用一种蛊惑人心的声音说，"怕你哥揍我。"

姜稚月的眼睛睁得很大，表情有些僵硬，连呼吸都忘记了，呆呆地看着他。

玩笑开得有点儿过头了。贺随直起身，准备发动车子时，突然听见身侧传来低低细细的一句："那我给你身份呀。"

一直处于被动地位，被爱慕、被追求的姜稚月决定反击。她拉开安全带，板着小脸转过身说："只要你不介意以后要叫姜别一声'哥'。"听陆皎皎说男生很在意辈分大小，姜稚月鼓起勇气给了他一个承诺。

贺随眸光沉沉，睫毛在下眼睑上投出浅淡的阴影，他嘴角勾起，笑着问："用一个称呼换来个喜欢的小姑娘，好像还是我赚了？"

姜稚月心想此刻需要矜持，但她已经下意识点了头说："没错，你是赚了。"

不等贺随出声，姜稚月的手机响了起来，是不知不觉便收了一个小弟的姜别打来的电话。

姜稚月接电话的速度很快，等到那边出声，她又不太敢听。迟疑了一会儿，她才将手机放到耳畔问："哥哥，有结果了吗？"

姜别说："那个女孩儿叫周晚，的确是买来的孩子。具体的事那人没和我说，大概得等鉴定结果出来。"

姜稚月不停地用手指抠裤子上的破洞，问："奶奶知道了吗？"

"她在赶来的路上。"

姜稚月也不是没有产生过偏激的想法——倘若以后他们的眼里没有

176

了她，自己该怎么办？她能赚钱，大不了多跑几个配音场，养活自己不是问题。

姜稚月积攒许久的情绪终于压抑不住了，她揉了揉鼻尖试图控制住即将夺眶而出的眼泪说："哥哥，就算我不再是你独一无二的妹妹了，你也不要丢下我。"

通话结束，姜稚月努力平复情绪，前一秒还沉浸在拥有男朋友的喜悦中，后一秒就陷入了患得患失的愁绪。这种过山车式的情绪体验，她实在吃不消。

贺随倾身过来，拿纸巾帮她擦了擦脸。姜家老太太和他家老爷子的关系不错，他也听说过老太太一直在找亲生孙女。

姜稚月吸了吸鼻子，抽出一张纸巾摊在自己脸上。她觉得自己哭的样子肯定特别丑，但就是怕，就是忍不住。

车厢内一片寂静。

姜稚月偷偷拉下纸巾露出一双眼睛，湿润的眸子澄澈明亮。她发现贺随正目不转睛地看着自己，忙说："你别看我，丑。"

贺随依然盯着她，伸手扯走了纸巾，将她整个脸露了出来。

"你叫我声'哥哥'。"他轻轻摸了摸女孩儿的发顶，和她商量说，"以后让你当我的独一无二。"

在昏黄的灯光下，贺随的眼睛温暖而明亮。

姜稚月凝视着他，心底柔软的一隅微微塌陷下去。她回过神来，伸出一根手指抵住他的额头说："不行，让我哥知道，他会'杀'了你。"

她可不想刚找到男朋友，就又成了单身。

贺随倒挺会自我安慰地说："行，就当你是心疼我。"

姜稚月心里缓缓打出一个问号，心疼他会被姜别"追杀"？对不起，她真的没有这个意思。她就是单纯地叫不出口，长这么大以来，她只认姜别这一个哥哥。

贺随也不强迫她，很好说话地说："那以后，你偷偷叫我'哥'。"

姜稚月嘴唇动了动，非常想满足他的要求。但那两个字刚到嘴边，就灼热得让她又连忙咽了回去。

第一次尝试算是失败了，不过以后还会有无数次机会。

贺随似乎看出了她的窘迫，懒洋洋地拖长语调，好心情都要从话里溢出来了道："不急，以后慢慢就习惯了。"

第二天，姜别发消息告知姜稚月，那个小姑娘已经转至私人医院，有专门的医生负责诊治。

姜稚月简单回复了"知道了"，想了想又敲上一行字：哥哥，我能去看看她吗？

看姜别没有立刻回复，她扔掉手机回到桌前继续啃数学题。高数课她每节都去，可那些知识却独独绕过她进了别人聪明的脑瓜里。

她蔫巴巴地趴在桌子上摆弄手机，找出与贺随的聊天对话框，还没想好怎么给他改备注，盯着对话框最上方的"小贺学长"一时出了神。

最后，姜稚月滑动椅子到陆皎皎旁边说："皎皎，如果你谈了男朋友，你会怎么称呼他呀？"

陆皎皎转念一想道："其实你可以问问你男朋友本人，他喜欢你怎么叫他，你就怎么叫。"

姜稚月若有所悟，低头敲字，她习惯的开场白是"学长……"现在他们的关系已经捅破了学长学妹这层暧昧的窗户纸，再这么叫好像不够亲切。

她一抿唇，非常官方地敲上了两个字：在吗？

全球人都在用的聊天打招呼的方式，这样一定不会出错。

陆皎皎终于反应过来问："姜稚月！！！你是不是有对象了？"

这一嗓子差点儿把宿舍的天花板掀翻，舍长猛地抬起头问："我的天，谁有对象了？"

姜稚月没来得及坦白，贺随那儿拨来了语音通话。她跑到阳台点击接通，余光瞥见身后两个鬼鬼祟祟的人正靠在门上偷听。

贺随不说话，姜稚月也不知道怎么开口。

门后的陆皎皎一脸不解地问："这刚谈恋爱，怎么就'冷战'上了？"

舍长捂住她的嘴，用唇语警告她，窃听者要有保持沉默的基本素质。

姜稚月回头瞪了她们一眼，舍长尴尬地拉着陆皎皎回了屋。

她清了清嗓子，声音软糯甜美地说："学长，你说话呀。"

贺随低笑了声问："这不是没被盗号吗？"

姜稚月眨眨眼，瞬间明白了他话中的意思。那句全球人都在用的开场白，还让他以为她被盗号了！

"没……没被盗号。"她小声说，"没别的事，我就先挂啦！"

贺随一贯平和的语气带着些许失落说："不多聊会儿？我可是瞒着导师跑出来打的电话。"

姜稚月心里越发愧疚地说："我听哥哥说，你们的导师特别严，经常打人。"

姜别还说，这位古板的老学究会准备一把戒尺，哪个学生偷懒耍滑，手心就会挨上几板子。

贺随轻抚掌心，真被她猜对了。

刚才消息提醒一亮，贺随没忍住滑开手机看了一眼。于是，从来没被导师打过的他，就在全班同学的注目下领了两板子，最后他还不怕死地继续摸老虎屁股，说要出去给女朋友打个电话。

老教授撂下狠话说："打打打，打不够半个小时你别回来！"

姜稚月听后紧张地"啊"了一声，话语中流露出担忧问："你真被打了啊，疼不疼？"

她还想问他丢不丢人？同学眼中不会犯错的大神，为了给她打电话确认有没有被盗号，当众被导师打，这和受辱有什么区别？

贺随垂眸看了眼掌心，教授手下留情打得不重。他唇角翘起，缓缓道："有点儿。"

他说的"有点儿"是平常人理解的程度吗？肯定不是。能让他主动承认被打了，那种疼一定不止于此。

姜稚月手足无措，紧紧握着手机问："怎么办？要不……"

"要不，我给你吹一吹？"她眼睛一亮，用像是在哄小孩儿的语气说，"吹吹就不疼了。"

下课铃恰好此时打响，安静的走廊变得嘈杂无比。贺随抬步走到廊道尽头，然后清晰地听见了手机中传来软糯糯的呼气声。

姜稚月庆幸自己的肺活量大，长长短短吹了三分钟，憋得她脸颊泛红。

"学长，你还好吗？"对方长久不出声，她有些不放心。

贺随靠在窗沿上，勾唇无声地笑了："谢谢小稚，已经不疼了。"

他不经意转变的称呼带着温和的笑意，经由手机传来，令她耳尖发热。

姜稚月抿起嘴角，勉强稳住如雷的心跳说："你快回去吧，我也要做题了。"

电话挂断后，她恍惚地走出阳台，不自然地与屋里两个看戏的人对视了。

陆皎皎感慨道："第一次见稚月的脸红成了猴屁股。"

舍长颇为认同，点头道："我很想见识一下这位兄台究竟有何能耐。"

"……"

当晚，DNA 鉴定结果出来了，周晚的确是姜家走失的小姑娘。姜老太太喜极而泣，把病床上的女孩儿紧紧搂在怀里说："囡囡啊，这些年让你受苦了，奶奶这就带你回家。"

周晚失神了几秒，然后用力推开了老太太。她神色惊恐地瑟缩着身子，拒绝与他们沟通。

自从昨天姜稚月离开后，周晚就一直保持着拒绝交流的姿态，她不哭也不闹地坐在病床上。唯一的情绪波动是在护士帮她换药时，她会轻轻皱起眉毛，软糯地吐出一个"疼"字。

姜母看见亲生女儿沦落至此，靠在丈夫肩上低声啜泣。

姜稚月打车到医院，这里有完善的服务系统，前台的工作人员直接引她到四楼的单人病房区。她抬眼望过去，敞亮的走廊里站着一个人，他原本明澈的眼睛变得黯然。

这两天，姜别平静的生活被搅成了一团乱麻。他走失了十几年的妹妹，带着满身伤痕突然回来了。虽然他能做到不动声色地咽下对亲生妹妹的心疼，但对一起长大的妹妹姜稚月深感愧疚。姜别捏了捏眉心，打算去吸烟室抽根烟冷静一下。

姜稚月轻声叫住他喊道："哥哥。"

姜别停住脚步，往病房里看了一眼说："我陪你一块进去。"

姜稚月点头，慢慢地走到他身边，伸手扯住他的衣角，不安的情绪勉强找到了支撑点。姜别身影颀长，将她遮得严严实实的。

姜老太太招呼姜别说："小别，你去和妹妹说说话。"

站在门口的姜别没有立马进来，他反手抓住姜稚月的手腕。在感受到女孩儿的反抗后，索性偏身一把拉过女孩儿说："奶奶，稚月过来了。"

姜母抹掉眼泪，看着姜稚月温柔地说："对，小姑娘之间比较亲近。稚月，你去陪陪妹妹吧。"

姜老太太嘴唇紧绷着，一想起亲孙女经历的种种，而对面的女孩儿，却心安理得地享受着不属于她的一切，不由自主地提高音量说："你看看囡囡成什么样了——你怎么能心安？怎么能？"

姜稚月迈出去的脚默默收回，垂至身侧的手握成拳。她不敢顶嘴，怕吓到周晚，只能沉默地忍受着。

姜老太太迎上来，伸手拉着姜稚月，想要赶她走。

姜别拦住奶奶的手，眼眶红红地说："奶奶，您何必这样呢！"

紧张的氛围导致周晚的情绪突然崩溃，她捂住耳朵尖叫了起来。

女孩儿尖锐的叫喊声听得姜稚月很心酸，她嘴唇翕动，艰难地开口道："我先走了。"

姜别眉头紧皱，薄唇抿成一道线，心情差到了极点。

姜稚月唇角露出苦笑，低着头转身要走。

对于老太太的做法，姜父敢怒不敢言，他示意姜母去陪陪女儿稚月。他正要开口劝劝老太太时，床上的女孩儿猛地抬起头来，目光追上门口的身影，喊出声道："姐姐，别走，我怕……"

包括刚回家的亲孙女在内，每一个亲人都在挽留一个没有血缘关系的人，这让老太太面子上挂不住。她寻回孙女的好心情瞬间跌到谷底："你们一个个都合起伙来对付我，你们不让她走，那我走！"

姜老太太愤愤地走出病房，在门口停了下脚步。半分钟过去了，里面没有一个人出来挽留她。

姜母递给丈夫一个眼神，询问他要不要追上去看看。姜父无奈地叹了口气说："算了，让司机送她回去吧。"

姜别请人调查了收养周晚的那家的情况，养父是个赌鬼，早些年家暴致使周晚的养母残疾。当时如果不是周晚及时求救，养母说不定已经遭遇了不测。

周晚也是在那个时候患上自闭症的，她智力发育迟缓，又有哮喘病，一直被关在家里。

起初，养父对周晚的照顾还算周到，但在家里的钱全部用来给周晚治病，他又欠下大笔赌债无法偿还后，他的性情开始变得残暴。

好在，姜稚月把她带了回来。像是冥冥中的缘分，周晚对救她离开深渊的姜稚月格外依赖。

元旦前几日，医生建议将周晚转入专门的精神疗养院。姜老太太点头同意，雇了人照顾周晚的饮食起居。

晚会将在明天正式拉开帷幕，最后一次带妆大排工作正紧锣密鼓地进行。

姜稚月坐在化妆台前，任由一个女生部的学姐给她化妆。

学姐笑眯眯地和她聊天，两人都是文科生，即将来临的高数考试成为她们吐槽的共同话题。

学姐今年要补考，她不无遗憾地感慨道："我去年就差三分。"

姜稚月最近跟着小贺学长学数学，昨天学到纳维方程式，原本就不旺盛的头发快被她薅光了。

后台人来人往的，嘈杂无比，她闭着眼和学姐聊天，没注意到身后渐近的身影。

学姐看了眼镜子，注意到来人的目光。妆化得差不多了，只剩下口红没涂好。

贺随把食指放在嘴唇上，学姐立刻会意，把口红交到他手里，然后轻手轻脚地溜了。

灯光昏暗，无意间营造出暧昧的氛围。

贺随俯身仔细打量着面前的人，她低垂着脑袋，从他的角度只能看见被光线晕染出细密阴影的睫毛与小巧的鼻尖。

他用指尖轻轻钩住女孩儿的下巴，使她微微抬起头来。

姜稚月睁开了眼，猝不及防陷进了一双漆黑的眼中。

两人近在咫尺，他俯身捏住她下巴的姿势，很容易让人想入非非。

贺随不动声色，单手托住她的下巴，目光停在她微抿的唇上。他的表情认真而专注，像在欣赏一件精美绝伦的艺术品。

他温热的手指从她嘴角抚过，姜稚月下意识舔了下嘴唇。

贺随眸光深沉，盯着她嫣红的唇瓣难以移开视线地说："别舔。"

姜稚月眨了眨无辜的大眼睛说："你弄得我有点儿痒。"

贺随又往她的小脸上靠近了几分，一脸坏笑道："我轻一点儿，你还不乐意？"

姜稚月笑眼弯弯，从他手里抢过口红，对着镜子修补蹭花的地方。

控场的幕后人员掐着时间点过来叫人道："主持人准备了，大排马上开始。"

姜稚月匆匆起身，冲出几步后她忽然想起什么，又跑回来站在贺随面前。

贺随怕她跌倒，伸手扶了她一下。

姜稚月微微踮起脚，嘴巴贴近他的耳朵，悄声问道："学长，你愿不愿意……尝一下自己涂的口红？"

这句话让贺随理智的神经彻底绷断了。

姜稚月望着他那双澄澈又明亮的眼睛，对她而言，这不过是一句再普通不过的邀约。但她清楚地知晓，这个邀约对彼此有多大的诱惑力。

贺随扶住她腰肢的手渐渐收紧，警告意味十足地说："你乖一点儿。"

姜稚月觉得自己好不容易主动一次，男朋友竟然不买账。她撇了撇嘴，转身发现门口四只眼睛正盯着他们。

毛杰一手捂住嘴，一手揪住林桤的衣角佯装娇羞道："随宝谈恋爱原来是这种调调。"

林桤不自然地咳嗽了一声说："到点了，主持人快去准备。"

姜稚月厚如城墙的脸皮顷刻间绷不住了，声音微不可闻地说："那我先过去了。"

贺随弯唇拉住她，手臂收紧，女孩儿瞬间跌入他怀里，他说："我等着。"

等着什么？还能有什么——当然是品尝她口红的味道。

舞台上，姜稚月心中万马奔腾，面上却不动声色地念着演讲稿。余光忍不住瞥向角落里贺随经常坐的那个位置上，见没有人，她默默收回视线专心彩排。

"泱泱黄河，奔流不止。东流到海，甚为壮哉……"姜稚月机械地读着台词，眼前的光线忽明忽暗，紧接着"砰"的一声，不等台上的人反应过来，礼堂瞬间陷入黑暗。

似乎是什么东西炸了，玻璃碴儿噼里啪啦地掉落下来。女生们尖叫出声，现场一片混乱。

姜稚月摸黑往台下走时被人踩住了裙摆，她重心不稳地摔倒在地上，手掌正好按在了玻璃碴儿上，刺痛感顿时蔓延开来。

陆续有人打开手机的手电筒应急，姜稚月模糊的视野内出现了星星点点的光。她坚强地从地上爬起来，大声提醒你推我搡、乱作一团的人群说："大家别乱动，地上有玻璃碴儿。"

一道刺眼的手电筒光线闪过，有人站在了她身侧。

不多久，礼堂的应急灯亮起，强烈的光线照射过来，姜稚月下意识地眯起眼。然而身旁的人速度更快，用手掌挡在了她眼前。

贺随抬头，看见舞台上的照明灯碎了，应该是操作不当造成的。

后勤组人员上台打扫，发现玻璃碎片实在太多了，得重新更换地毯，彩排被迫中止。

姜稚月的手肘被玻璃划出了一道口子，好在伤口不深。

贺随眉心紧皱，打开紧急医疗箱，仔细地给她的伤口消了毒，又小心地贴了创可贴，心疼地叮嘱她说："这两天不要沾水。"

姜稚月委屈巴巴的，她昨天没洗头，今天要是再不洗，估计就没法见人了。

"可是我想洗头，我必须要洗头。"她加重语气说。

贺随静静抬眸，眼底藏着冷意说："行，我给你洗。"

姜稚月被他冷酷的眼神吓到，彻底厌了，小声嘀咕道："你不像要给我洗头，更像要拧断我的头。"

贺随被她气笑了，起身往主席团那儿走，林桤他们正在查事故原因。

礼堂的设备牵一发而动全身，灯具炸裂导致线路中断，主控台那儿接到消息，联系了负责晚会彩排的老师。

贺随过去时，灯光组的几个人低着头站在那儿，谁也不想承认是自己的问题。

林桤一脸严肃地说："你们挨个说说自己负责的部分。"

毛杰找出今天下午所有灯具的使用情况表，在几个男生依次报了他们按的几个按钮后，他在相应的灯下面打了对钩。

到了梁黎这儿，她怯懦地开口道："H8J9，还有……"

毛杰烦躁地按了按圆珠笔说："你再仔细想想，我这儿对不上号。"

梁黎眼眶通红，急得要哭地说："我没有按错，肯定不是我。"

毛杰一时心软，给林桤递过去一个眼神，询问还要继续查吗，把小姑娘弄哭了，他可不会哄。

"对不上号，不就是出错了？"贺随抬起眼帘，眉眼间的冷意越发浓重地说，"需要考虑什么？"

负责晚会彩排的老师匆匆赶过来，大概是从哪个饭桌上被叫来的，表情不悦，劈头盖脸地把林桤骂了一顿问："到底是怎么回事，查出来了吗？"

林桤不打算背锅，说："老师，一个干事操作不当导致照明灯炸裂，具体情况还没来得及问呢。"

"明天晚会就开始了，今天灯光还能出问题？"老师气急败坏地指责道，"哪个干事？出来给我解释解释。"

梁黎不知所措，低着头说："老师，对不起！"

"现在说对不起有用吗？你给我解释一下，你是有多大的本事能把灯泡给弄炸了。"老师没有因为她是个女生就嘴下留情。

梁黎被吼得缩起肩膀，口不择言道："因为这不是我刚开始负责的部分，所以……所以我不熟练。"

其他人面面相觑，她这是要甩锅？

毛杰拽了下她的衣服示意她换个理由，难道没瞅见，旁边贺随的脸色快阴沉成炭灰色了吗？

老师脸色缓和几分说："原先负责的人是谁？叫过来。"

梁黎咽了咽口水，吞吞吐吐地说："是……是姜稚月。"

她这口锅甩得毫无技术含量。

毛杰过去叫人，姜稚月听他讲完前因后果，微微一皱眉问："她真这么说的？"

毛杰点头说："你别急，好好和老师解释。"

姜稚月在梁黎身旁顿住脚步，侧目凝视她几秒，嘴角弯出个看似和善的弧度。

她又想起前不久在南安镇，梁黎有意欺骗和闭门不开的冷漠，差点儿让她与周晚擦肩而过。

老师厉声责问道："本来是你负责这部分的灯光的？"

姜稚月依旧不移开视线，从梁黎眼中读出了她此刻的想法：害怕被责怪，不得已找了个可笑的理由。

梁黎嘴唇翕动道："稚月，你和老师说呀……这些是你负责的部分。"

姜稚月觉得自己需要重新审视眼前这个人，她好像从来没有真正认识过梁黎。

林桤见姜稚月闭口不言，主动替她解释说："老师，我们找不到合适的主持人，我只好求稚月帮这个忙。"

所以，就算是姜稚月弄错了灯光，老师应该也不会责怪她。

姜稚月右手紧紧攥住自己的衣角，冷冷地直视着梁黎说："从三周前我就已经是主持人了，可你为什么还没有熟悉操作？为什么还会频繁出错？这难道不是你自己的原因吗？"

梁黎的身体僵住了，脸上的血色尽失。

老师被她俩绕糊涂了，拉过林桤询问具体情况。

林桤将彩排以来两人的表现，一五一十地告知了负责老师。梁黎的确缺席了专业灯光师的讲演课，彩排过程中操作不熟练，也是事实。

所以，这件事从头到尾都是梁黎一个人的责任。

老师叹了口气，看梁黎的眼神中多了几分深意地说："是你的错就要承认，我又不会骂你。把责任推卸给别人，自己心里就舒坦了？"

所有人的目光顷刻聚集在梁黎身上，周围小声议论的话语清楚地传进她耳中，她的脸色青一阵白一阵的。

今天的彩排是无法继续了，姜稚月的好心情也被梁黎搅坏了。她走到贺随旁边牵住他的小指，轻声说："你等我一下，我先去换个衣服。"

事情弄清楚后，林桤让大家回去等彩排通知，学校会对礼堂的安全隐患进行全面排查。

哄闹的声音逐渐散去，姜稚月身体撑在更衣室的门上，小心翼翼地脱下容易抽丝的曳地礼服，并用衣架挂好。

耳根子终于清净了，她长吁一口气，慢吞吞地往身上套衣服。

更衣室门口响起细碎的脚步声，几秒后又消失了。

姜稚月以为是贺随来了，穿衣服的速度不自觉加快了，围巾都还没围

185

好，搭在脖子上就拉开门走了出去。

与门外的人四目相对，她愣怔片刻说："如果你是专程来道歉的，那大可不必。"

梁黎欲言又止，艰难开口道："稚月，你是不是对我有什么误会？"

姜稚月抬步走向她，停在离她两步远的地方。这样的距离，能让她清晰地捕捉到对方神色的变化，她说道："我对你没误会。"

梁黎有意躲着姜稚月的目光说："可是你……"

"是你对我有误会。"姜稚月小脸紧绷，语气严肃无比地说，"误以为我的善意一文不值，所以尽情挥霍。梁黎，朋友就是你拿来利用和解决危机的工具吗？"

空荡的休息室内气氛降至冰点，时间好像静止了一样。

姜稚月没有等到对方的解释，等来的只有低低的啜泣声。她握紧手心，指甲几乎掐入皮肉里道："眼泪一点儿用都没有。"

梁黎揉了揉红肿的眼睛，不再出声。

姜稚月撇撇嘴，耐性被消磨殆尽，绕过她往外面走。

很多人会觉得，女孩子哭一哭就会得到任何想要的东西，但这个世界上不是所有的东西随便哭一哭就能得到，这个道理姜稚月六岁时就明白了。

申城今年的初雪来得有些迟，姜稚月从礼堂出来时，整个校园已经裹上银装。

路上没什么人，因为最近没课的学生直接请假回家了，他们对明天的元旦晚会，也不是很关心。

一阵寒风吹过，姜稚月清醒了不少。她侧头看着旁边的男生问："学长，你冷不冷？"

贺随嘴角翘起，眉眼间涌出笑意说："不冷。"

姜稚月舔了舔干涩的嘴唇，把冰凉的手塞进他口袋里说："那我们绕远路回去呀。"

贺随手腕一转，握住小姑娘的手，与她十指相扣，彼此手心的温度迅速传递。

不一会儿，姜稚月的手就被焐热了，她悄悄抽出手来，用小手指调皮地挠了下他的手心。

贺随重新捉住她作怪的手指说："别闹，好好看路。"

他们走的这条小路很偏僻，路灯被枯树的虬枝拢住光辉，坑洼不平的鹅卵石路面深一脚浅一脚的，对姜稚月这种夜盲症患者来说最为恐怖。

姜稚月刚迈出一步就被绊了一跤，幸好手抄在贺随的口袋里，身体前倾的一瞬间就被他拉了回来。

但她感觉自己的灵魂还没归位，心脏狂跳不止。姜稚月嘴唇翕动刚想说话，视野突然间旋转，她睁大眼睛，后背被抵在粗糙的树干上。

男生俯下身来，颀长的身姿挡住了她眼前最后的光亮。

姜稚月看不清贺随脸上的表情，只感觉他离她很近，温热的鼻息从她的发顶上落下来，勾起一阵狂乱的心跳。

僻静的小路上响起脚步声和交谈声。姜稚月呼吸一滞，下意识拉住贺随的大衣蒙住自己的脸。等那群人走过后，她慢慢松开紧握的衣襟说："学长，你是要玩捉迷藏吗？"

贺随的视力不受影响，女孩儿此刻的表情落入眼底，他莫名想笑。考虑到小女朋友脸皮薄，他只轻弯起唇角，笑问："我想邀请你接个吻，可以吗？"

自从交往以来，姜稚月还没有问过贺随的过往情史。但看到他淡定的神情，还是忍不住想知道，他这张嘴吻过几个女孩子。

不过，现在问太破坏气氛了，她默默忍下询问的话语，仰起头与贺随四目相对说："你涂的口红，我还没擦。"

贺随缓缓靠近她，薄唇轻轻落在她小巧的鼻尖上，恰好吻到了一片掉落的雪花。

姜稚月长睫颤动，表情僵硬地盯着贺随的脸。

贺随扶住她后脑勺的手下移，轻捏了下女孩儿的后颈说："你有点儿紧张。"

姜稚月像只被踩了尾巴的猫，瞬间炸毛道："我没有！"她稳住气息，认真看着他说："学长，我和小男生接吻的时候，估计你还在做方程。"

话音刚落，贺随的嘴唇贴了上来，报复性十足地轻轻咬了下她的下嘴唇。

姜稚月浑身的神经瞬间紧绷，整个人僵在了那儿。

清冽的气息弥漫在口腔中，姜稚月有点儿发蒙，下意识地缩起了脖子。

贺随双手极强势地捧着她的脸，不给她躲避的机会。

所有的气息像要被掠夺完，姜稚月的小脸憋得通红。

贺随停住动作，他垂眸打量着面前的女孩儿，她眼角泛红，唇瓣也红红的。

姜稚月咬了下发麻的嘴唇，鼓起腮帮子，瞪着他不说话。

贺随眉眼带笑，慢条斯理地重复着她那句话："我和小男生接吻的时候，估计你还在做方程？"

姜稚月心里狠狠道：你——能不能——闭嘴！别说话！

两人的目光对上，贺随俯身帮她整理额前的刘海儿，不留情面地拆穿她说："我大概做的是纳维方程。"

"……"姜稚月感觉被挑衅了。

贺随思忖两秒，专心摆弄她的刘海儿，语气认真又正经地说："小朋友，我也是第一次。"

"接吻，谈恋爱，真心喜欢一个人，"他直起身，重新牵起她的手说，"都是第一次。"

姜稚月垂头，下巴藏进围巾里，嘴角却忍不住弯出弧度。

所以，她一点儿也不亏。

周晚被接回姜家的过程，并不顺利。

之前一直没动静的养父不知受谁挑唆，闹上门非要讨一笔补偿费。姜母觉得给点儿补偿合情合理，于是写了合适数目的支票给他。

不承想，没两天他又闹到了疗养院要带走周晚。

那天，姜别兄妹俩刚好去疗养院看望周晚。他们远远看见那个男人，姜稚月赶紧拉住姜别让他藏起来。姜别主动上门询问过情况，周晚的养父肯定会跟他胡搅蛮缠。

疗养院不比私立医院，周晚的养父很容易就问到了周晚所住的病房，直接闯了进来说："晚晚，跟爸爸回家。"

周晚一看见那个男人，情绪突然就崩溃了。她用被子蒙着头，蜷缩在床上。

姜别没料到他会找上门，一边按求助铃叫保安，一边与他周旋道："周叔叔，您先跟我出去，我们好好谈谈，不要影响晚晚休息。"

周树海不依不饶，伸手拉扯着被子说："晚晚，你看看爸爸，爸爸接你回家。"

姜稚月赶紧抱住被子里的周晚，安抚道："你别怕，姐姐在这儿，哥哥也在，他不会伤害你的。"

姜别好不容易控制住周树海，看来健身还是有用的，他没费多大力，就将人拖出了病房。

吵闹声消失许久后，周晚慢慢拉开被子露出一双惊恐的眼睛。

姜稚月耐心地等着周晚平静下来说："你看，他是不是走了？"

周晚点点头，声音沙哑地说："他是来带走我的，他要带我走。"

"你不会被带走。"姜稚月扶着她躺下，明知道以她现在的认知水平根本听不懂自己在讲什么，还是很认真地跟她说道，"你是姜晚，你姓姜。"

女孩儿似懂非懂，拉住她的手怯生生地问："是和姐姐名字里一样的jiāng吗？"

姜稚月愣怔几秒，这么理解也没有错。

"真好！"她弯起眼，用撒娇似的口吻说，"我叫姜晚，以后是不是可以经常见到姐姐？"

姜稚月发现，这个妹妹好像太依赖她了。她无奈地捏了下对方的脸颊说："晚晚，你该睡觉了，护士姐姐马上要来查房啦。"

姜晚智力发育迟缓，很大程度上是受成长环境的影响，说不定哪天就会恢复正常。医生建议保守治疗，不施加外部压力，给她一个舒适的康复空间。

姜稚月把她哄睡，轻手轻脚地离开病房。

周树海被保安按在走廊的椅子上，他也颇为无奈地说："我就想带走我的女儿，保安兄弟你行行好。"

保安不敢轻举妄动，不停打量着姜别的脸色。

姜别不说话，倒是姜稚月主动开口道："周先生，您觉得现在您有理由带走晚晚吗？"

"怎么没理由？我是她爹，她是我闺女，我养了她十几年！"

听了他的话，姜稚月面不改色地纠正他的错误说："您不是她的父亲，您只是一个失败的收养者。"

周树海一时愣怔了，他没料到娇滴滴的小姑娘还敢和他嚷，而且嚷得他良心不安。突然，他伸手一抓姜稚月的手臂说："我什么都没了，你们就不能把女儿还给我……"

姜别迅速用身体护住姜稚月说："周叔叔，我记得我们之前商量好的，如果您想念晚晚，可以时常来看望她。您也亲口答应过，不会继续纠缠。"

周树海垂下头，歇斯底里回答道："我是答应了！我也想这么做，可是……"

"可是您觉得钱不够多。"姜稚月最讨厌将金钱与亲情挂钩，她嘴唇抿紧，清秀的小脸上看不出表情地说，"您发现晚晚变得很值钱，想榨干她最后的利用价值。"

姜稚月给人的印象一直是可爱漂亮，说话温柔细软的，姜别之前也这么觉得。但上次在奶奶的生日宴上，他见识过她隐藏的棱角与执拗，所以今天他并不感到意外。

周树海被人戳穿了心思，音量不由自主地拔高为自己增添底气说："你别给老子乱说，信不信老子揍你？"

眼见要发生斗殴事件，保安连忙上前架住了周树海。

姜别想给他留点儿颜面，递给保安一个眼神说："送周先生出去。"

周树海被保安拖出走廊，他一路骂骂咧咧的，引来了过往人的目光。他不嫌丢人，姜稚月还嫌丢人，拽住姜别的手走进房间说："搞得我们好像抢孩子的坏人一样。"

姜别拿了盒酸奶，插上吸管递给她说："晚上不是有晚会吗，早点儿回学校吧。"

床上的姜晚醒了，听见他的话，看着他欲言又止。

姜别转过头，和亲生妹妹不算熟悉，更不知道如何和她相处，只好把声音放轻柔些说："我帮你拿一盒？"

姜晚连忙摇头说："不是，姐姐晚上有演出……"她顿了顿，试探着补充道："我可不可以去看？"

人流密集容易引起哮喘病发作，医生不建议让姜晚参加集体活动。姜稚月犹豫片刻，不忍心拒绝她，就说："哥哥，要不你带晚晚去？"

姜别瞪她一眼，明知道他不会和小姑娘相处，还给他来了这一出。

姜稚月眉眼低垂，双手合十，诚恳地请求道："拜托哥哥，就带晚晚去吧。"

姜别见不得妹妹撒娇，他舔了下后槽牙，一脸宠溺地笑道："败给你了。"

既然姜别要带晚晚去现场，肯定不能和她一道去，姜稚月掏出手机联系贺随。他消息回得快，发来一条语音说："我正巧在附近，到了给你打电话。"

没过十分钟，姜稚月接到了男朋友的电话。她快速收拾好东西，抓起手机就准备往外面跑。

姜别眼睁睁地看着妹妹连看都不看自己一眼，就急着奔向别人的怀抱，而且这个别人还是他的好兄弟，心中"被背叛"的感觉更加强烈了。

于是，他毫不留情地"啪"的一声关上了门。

姜稚月差点儿撞他身上，不解地说："哥哥你干吗呀，快让开！"

姜别不理她。

"哥哥——贺随在下面等我呢。"

姜别的脸色更臭了，从窗外斜射而入的明媚光线，丝毫不能驱散蒙在他俊脸上的阴霾。

姜稚月拖长音调说："哥——哥——"

姜别看着她，就是不让开，口中说道："他不是对你死心塌地吗，多等等有什么关系？"

"……"

快到探病高峰期，私家车挤满了寂静的大马路。即便疗养院附近禁止鸣笛，也总有几个耐不住性子的路怒症司机狂拍喇叭。

在喧闹的环境噪声中，姜稚月捕捉到了姜别语气中的报复意味。

看来撒娇不管用，她抬起头坦然说出了此刻自己内心的想法："你现在就像暗恋的小女生发现自己喜欢的人爱上了闺密，突然恼羞成怒了。"

姜别自觉被代入角色，后知后觉哪里不太对。他眯起眼，步步逼近她。

姜稚月屏住呼吸告诫自己千万不能尿，她需要表现出不惧强敌的大气说："哥哥你放心，我不介意男朋友有同性追求者的。"

姜别垂至身侧的手真想敲开她的小脑袋瓜看看，她的脑子里整天在想些什么。

姜稚月瞅准机会，像条鲶鱼般从他身侧溜过，拧开门快速逃离了现场。

姜稚月哼着歌走出大门，临时停泊点停着一辆卡宴，不是贺随常开的那辆车。她找出和贺随的聊天对话框，仔细确认车牌号无误后，上前拉开了后车门。

车后座右侧位坐着一个女人，姜稚月和她对视两秒，整个人僵在了那儿。

谁能告诉她，给她上日语选修课的蒋教授，为什么会出现在她男朋友的车里？

姜稚月大脑急速反应，说不准是路上偶然碰见的，又或者是她男朋友趁周末无事出去载客赚外快，正巧是蒋教授下的单……

然而，当驾驶位上悠悠传来贺随低沉的声音时，她无数个幻想顷刻被打破了。

"妈妈，您往里面坐一下。"

在蒋教授挪动身体的前一秒，姜稚月恍然回过神来，她讪讪地开口打招呼："蒋教授好！"

蒋媛对面前的女生有印象，贺随帮林桤替课的那几次看见两人坐一起，忙热情地说："快进来，外面冷。"

姜稚月道谢后弓身而入，关上车门，正襟危坐的同时，用一种"我不太懂这个世界"的眼神看向后视镜，试图得到男朋友的解释。

贺随弯起唇角，看见她乖巧无比的模样，一时起了逗弄的心思说："听林桤说，你们下周考试？"

当着老师的面，咱能不提考试吗？姜稚月瞪大眼睛，示意他赶快把话咽回去。

蒋媛警告贺随道："你告诉小桤，考试他必须自己来，不然我让他挂科。"

贺随替好哥们儿感谢蒋教授的不杀之恩道："这是一个多么善良体贴的好老师！"

听着他们母子俩你一句我一句，姜稚月澎湃的心绪却得不到半分缓解。

如果能早一点儿知道贺随的妈妈就是蒋教授，她绝对会把姜别的狗头按到墙上暴揍一顿。让他挡路，让他差点儿坏了自己的大事！

蒋媛笑吟吟地说："听阿随说，你是小别的妹妹。"

无意间被提到，姜稚月浑身一激灵。幸亏她伪装实力过硬，立马露出一个稍显拘谨，却大方得体的微笑。

有姜别的这层关系在，蒋媛没把面前两人的关系往男女朋友上想，一路上拉着姜稚月聊了许多，话题离不开高中时姜别和贺随的那些趣事。

他们高中上的是国际学校，那时候姜家的公司刚上市，姜家父母忙得不可开交，一直是蒋媛帮忙照顾姜别的。

姜稚月偷偷向前面瞥了一眼，视线猝不及防地被贺随捉住。她的脸一下红了起来，怎么有点儿像在父母眼皮子底下偷情的感觉。这个想法一冒出来，她的脸烧得更厉害了。

贺随眉梢扬起，把车停到了路边，解开安全带准备下车。

蒋媛侧头看了眼窗外问："怎么停这儿了？"

贺随言简意赅道："我们回学校，车您开回去。"

车停在了大学路路口，距离A大还有一段距离，外面天气又冷，蒋媛不放心说："再往前开一段吧，你们走过去也累。"

贺随一侧身，目光落在姜稚月有些紧张的小脸上。她无辜地眨着眼，抖动的长睫毛仿佛扫过他的心尖，让他心痒得不行。

他冲姜稚月笑着说："不太行，我想和我家小姑娘多待一会儿。"

蒋媛愣了下，什么叫他家的小姑娘？

"看来有必要正式介绍一下。"贺随盯着老妈握住的那只手说，"她是我很喜欢的女孩儿，我们两个正在交往。"

姜稚月感觉到对方握她手的力道明显减轻了，最后轻到无法感知。

蒋媛缓缓转过头，认真地看着姜稚月，眼神不是在打量，也看不出挑剔，反倒有种惋惜的意思。

"稚月啊，以后要委屈你了。"她长叹口气说，"我这儿子性格不太好，整天臭着张脸，他要是对你不好，记得告诉阿姨。"

好吧，是亲妈对亲儿子不加掩饰的嫌弃。

两人手牵手站在车边，蒋教授换到驾驶座，熟练地踩油门发动车子，不舍地缓慢驶离了撒"狗粮"现场。

姜稚月愤愤地从贺随手中抽出手，怪他不提前和自己说一声，撒娇道："我警告你，我要闹了。"

贺随歪了下头，目送着不远处的黑色车尾，意味深长地说："我妈开车太慢了。"

姜稚月一口气差点儿没上来。她抬眼看过去，车还真没走远，说不定蒋教授正通过后视镜观察着他们的一举一动。

思及此，姜稚月极不情愿地伸出手，小拇指钩住他的指尖说："看在蒋教授的面子上，勉为其难给你牵———根小拇指。"

贺随俯身，与她平视，眼神勾人地说："那你躲着我的这笔账，我该怎么和你算？"

姜稚月瞬间炸毛道："我哪有躲着你？"

话说出口连她自己都心虚，自从前天吹牛皮吹丢了初吻，她昨天一整天都在找各种理由拒绝与某人见面。

避无可避就无须再避，姜稚月硬着头皮迎上他的目光说："学长，是我体谅你，不想你伤心。"

贺随低低"嗯"了声问："这话怎么说？"

近在咫尺的俊脸上，两片薄唇轻抿，嘴角翘出一个迷人的弧度，可以看出它的主人此刻的心情很不错。

所以，姜稚月决定泼一盆冷水让他冷静一会儿。

"我们两个接吻的时候，"她咽了咽口水，心虚道，"你的牙齿磕到我的嘴巴了。"

陆皎皎说，一旦一个男人产生了吻你的冲动，百分之八十是想通过这个吻加深彼此间的喜欢，而男人比女人更在乎对方的体验过程。

在这种关乎男性尊严的问题上，说贺随不太行，他一定会被气炸吧？

谁知贺随听后，虚心接受批评，并非常有礼貌地征求她的意见道："可能是不太熟练，要不我们再试试？"

姜稚月一把拽住他卫衣上的绳子，麻利地将两根绳打了个死结说："你能不能——别说了！"

贺随顺势前倾身子，伸手捏住她的下巴作势要亲上去，姜稚月余光瞥见蒋教授的那辆车还在龟速行驶。

"蒋教授在看我们！"她脸红心跳，急中生智，抓住了一根救命稻草般说，"她肯定不喜欢我们在公开场合做亲密举动。"

贺随还真就停下动作了，以他对自己亲妈的了解，此刻她绝对正在车上看着他们俩。

姜稚月以为自己的威胁起了作用，默默地在心里的小本本上记下：小贺学长怕老妈，以后要勤搬出蒋教授敲打他！

她沉浸在自己的机智中，没注意到贺随接下来的动作。

等她抬起头时，面前的男生俯身拉起她羽绒服上的帽子盖住了她的脑袋，帽子上的那圈绒毛遮蔽了她的视野。

姜稚月还没反应过来，微凉的嘴唇已经覆了上来。

这次偷袭，吻得怜惜无比。随后，贺随直起身，装作什么都没发生过，细细地帮她整理帽子。

姜稚月咬着下唇看着他。

贺随环视一圈后，目光重新落在她脸上，唇角翘起，一脸得意地笑道："应该没人看见。"

姜稚月挤出个僵硬的假笑，大拇指抵住小指的指甲盖举到贺随眼前说："现在，你连小指都牵不到了。"

贺随露出个遗憾的表情，懒洋洋地垂下头，认真估算着今天牵手的可能性有多大。他看到小女朋友脸上从未有过的强硬神情，故意拖长音调说："行，我试试能不能牵住。"

姜稚月大大方方地递过去手。

贺随停顿两秒，将她的手握进手里，不觉得有任何问题地说："那我就不客气了。"

姜稚月突然觉得，好像哪里有些不对劲。

容纳千人的礼堂被划分成几个座区，不少人提前半个小时来占位。两人到时，前排几乎坐满了，贺随找林桤商量，在嘉宾座区找到了两个位子留给姜晚和姜别。

姜稚月在后台化妆，眼皮上覆着珠光眼影，亮片要闪瞎人眼。她想起身去喝水，学姐按住她的肩膀不让动，转头找人帮她拿水。

不一会儿，身旁递来了纸杯。

姜稚月抬眼看过去，一个"谢"字堵在了喉咙。前天弄坏舞台灯的事情她不知道后续，此时梁黎出现在后台，估计是被毛杰调离了灯光组。

姜稚月道声谢，接过杯子小口喝水，莫名尴尬起来。马上就到上场时间，控场负责人来后台叫主持团准备。她放下纸杯，自己补了个口红，起身往门口走。

梁黎拦住她，无所顾忌后胆子大了许多地说："我听家里人说，晚晚被你们接走了。"

姜稚月咬了下嘴唇，不明白她说这句话的用意，低低"嗯"了一声。

梁黎是给周树海充当说客的："那你们有没有想过周叔叔的处境？接走了晚晚，就只剩他一个人了。"

姜稚月一蹙眉，心想：前不久见死不救的是她，如今假装好人的还是她。一人分饰两角，她不累吗？

"晚晚只是回到了本该属于她的地方，剩下的一切和我们无关。"姜稚月冷声道，"也和你无关。"

梁黎通过周树海知道了许多事，比如周晚是申城有钱有势的姜家遗失的女儿；再比如，姜稚月是姜家收养的孩子，她代替周晚，过着公主般的生活。

梁黎有时候真想不通，本该活得比她差的人，如今却光鲜亮丽地站在她面前，命运是何等不公平。

姜稚月见她一声不吭，转身离开。刚迈出两步，身后忽然响起梁黎近乎质问的话语："那你……是不是也要回到属于你的地方？"

她是有病吧？姜稚月长这么大以来，第一次这样评价一个人。

上台前，姜稚月看向观众席，离舞台最近的嘉宾座区，姜晚冲她挥着手。对比女孩儿兴奋的表情，姜别那张意兴阑珊的脸真让人想打他。

贺随没和他们坐一起，姜稚月找不到他的身影。

开场音乐结束，舞台的灯光全部熄灭，一盏追光灯亮起，主持团缓缓入场。

姜稚月跟在搭档身后，找到定点站好，调整表情抬起头。然后，她看见礼堂后方的追光灯旁，贺随正靠着墙认真地摆弄设备。

那束光照亮了她的视野，她站在光里，静静地凝视着他。

一瞬间，喧闹的世界仿佛只剩下他们两个人——我的光因你而亮，我的眼中仅一个你。

姜稚月所有的坏情绪顷刻消散，她弯起眉眼笑起来，调整好呼吸，按照排练好的节奏，与搭档配合。

十分钟，完美开场。

礼堂后方，肥硕的毛杰蹲在地上，仰头打量着"新晋灯光大师"说："随宝，你送佛送到西，今儿晚上你就帮帮我吧。"

贺随"啪"的一声合上黑匣子的保护盖，瞥了他一眼问："我看起来很闲？"

毛杰拦不住他，最后目送人离开。

贺随本想找个空位坐下，他转了一圈也没找到，倒是在礼堂外面的走廊上遇见了姜别。

姜别抬眉，以一副似笑非笑的样子说："正巧，你帮我看会儿小孩儿。"

不等贺随拒绝，姜别继续说："稚月挺宝贝这个妹妹的，处好关系对你没什么坏处。"

贺随清俊的脸上浮现出阴森的笑容，嘴上爽快地答应道："知道了。"

姜别竟然有种不好的预感。

贺随面无表情地扯动唇角，半晌是粗白眼哥哥时的语气说："谢谢哥哥——关心。"

听得姜别鸡皮疙瘩掉了一地，他没有接话，很不自在地绕过贺随，走出百米远，迅速掏出手机发起网上求助——如何劝导妹妹与好哥们儿分手，求告知。

贺随见过那女孩儿一次，印象不深，走进大厅，抬眼望去，嘉宾座区只有两个女生。他不紧不慢地朝那边走去，在距离她们几步远的地方听见了一个熟悉的声音。

"晚晚，你有没有想过？是她占据了你的人生。"

"如果不是她，说不定你早就被找回去了。周叔叔那个人就喜欢打你，姐姐看着都心疼。"

姜晚听不懂对方在说什么，身体瑟缩起来。梁黎捉住她的肩膀，表情狰狞可怖地说："你应该恨她的。"

贺随抬眼凶狠地看过去，台上的节目还没结束，他先鼓起掌来。

突兀的声音引来了梁黎的注意，她慌忙站起来想溜走。

贺随一把拽住她的手臂，将人拉出礼堂狠狠地抵在墙上，动作很大，毫无怜惜之意。

梁黎刚想开口，下颌突然被掐住，那手的力道仿佛要拧断她的脖子。

面前的男生红着眼睛，像一头发怒的野兽。

梁黎脸色涨得通红，喉咙里发不出一点儿声音。

"我好像警告过你，把那些小心思收好烂在肚子里。"贺随沉声，唇角缓缓上挑，眼中布满戾气地说，"你想算计谁呢？"

梁黎挣扎着喊了一声："救……救命。"

礼堂侧门走出一个人，梁黎拼命转过头，对上了一双惊愕的眼睛。

姜稚月在原地愣了一秒，跑上前的第一反应是用手遮住贺随的脸，然后向走廊里扫视了下说："你快松手！这里有监控！"

听到熟悉的声音，贺随愤怒的情绪终于平复下来。他慢慢地松开手，梁黎双腿瘫软顺着墙滑坐在地上。

贺随怕自己刚才那副凶狠的样子吓到姜稚月，于是收敛起眉眼间的戾气蹲下身，语气轻柔地警告梁黎："不准有下次，听见了？"

梁黎被吓得不轻，抱着头缩在那里。

姜稚月心中闪过不忍，最后不自然地别过脸说："希望你能回去告诉你父亲，不要试图挑唆周先生继续勒索我们家。"

梁黎哪里还能听得进去她说的话，不停地摇头说："你放过我吧，求求你。"

此刻她的脑海中，全是贺随警告她时的那张脸——她曾经那么喜欢的他。

姜稚月终是不忍心，把手伸进贺随的口袋里找到一包纸巾，抽出一张走到她身边，弯腰递给她说："我妈妈曾经教育我，要做一个善良的、懂得爱与被爱的女孩儿，希望你也一样。"

她站直身子，拉着贺随的手走进礼堂。离开梁黎的视野后，姜稚月又抽出一张纸巾，鼓起腮帮子像只生气的小河豚。

"你刚才是用哪只手碰的别的女生？"她板着小脸看向他问，"给你三秒钟时间考虑，不然我就拿刀了。"

话音刚落，贺随立刻伸出左手，姜稚月拿着纸巾把他的手心手背仔细地擦了一遍。

旁边姜晚的表情难以形容，纠结几秒后，她拽住姜稚月的袖子小声问："姐姐，你为什么要拿刀啊？"

贺随很想看她怎么忽悠小朋友，歪头凝视着她们，慢悠悠道："别教坏小孩子。"

姜稚月瞪他一眼，轻声解释道："姐姐是看他的指甲太长了，想帮他修剪一下。"

姜晚若有所悟，再次抛出了个让人难以回答的问题："那为什么是姐姐给哥哥修指甲呢？"

有时候太纯真也是问题，姜稚月与贺随对视了两眼，总不能照实话说，是她不想让自己的男朋友被其他女生碰。这种霸道的占有欲，她只想小心翼翼地藏在心里。

姜稚月冲她勾了勾手指，两个女孩儿开始说悄悄话。

贺随的手机恰好响起，是家里人打来的。蒋媛提醒他，今晚别忘了回静安巷子陪老爷子过节。他接完电话回来，姜稚月已经被人叫去准备中场串词了，只有姜晚一个人孤零零地坐在那儿。

贺随坐下，打算和姜稚月说一声再走。

姜晚小心翼翼地投来打量的目光，端详几秒后慢慢收回视线，垂着头不说话。

贺随不自然地挠了下脸颊，手肘撑在膝盖上，俯身过去，有意放柔语调问："小孩儿，刚刚姐姐和你说什么了？"

姜晚警惕地别开脸，不理他，保守秘密的正义神情与姜稚月如出一辙。

这才相处多久，这小孩儿就像牛皮糖一样粘着姜稚月。姜稚月怎么说她就怎么做，以后两姐妹一个鼻孔出气，那还了得？

贺随觉得姜别的话有些道理，必要的时候需要讨好她一下。于是发消息给毛杰，向他要了几块糖。

作为宿舍里最喜欢吃零食的人，毛杰身边必然带着各种小零食。他头一次见贺随要糖吃，难以置信，又丝毫不敢懈怠地带着糖盒出现在他们面前。

姜晚面对陌生人时很警惕，黑白分明的眼睛直勾勾地盯着这位其貌不扬的男生。

毛杰疑惑地看向小姑娘，十四五岁的样子，给人的感觉却有点儿幼稚。

贺随言简意赅地介绍道："姜别的小妹妹——姜晚。"

毛杰露出个顿悟的表情说："噢——不认识。"

毛杰还有工作，把糖盒扔给他，和小妹妹打了个招呼就走了。

贺随晃晃手里的糖果盒，哄小孩子说："做个交换？"

糖果盒成功吸引了姜晚的注意，她舔了舔干涩的唇角，觉得把实话告诉他，姐姐也不会吃亏，于是就笑着说："姐姐说，你是她喜欢的人。"

第八章

甜度加载 70%

家里人打算接姜晚回去过元旦，姜稚月陪着她去拿了些治疗哮喘的药。在医生交代注意事项的空隙，姜晚便自己先回房间收拾东西。

姜老太太不怕麻烦亲自来疗养院接人，走廊中来来往往的都是探病的家属。走到四楼单人病房区，人少了很多，迎面撞上个神色慌张的女孩儿。老太太被撞了一下，幸好身后有人扶着。

姜老太太"哎呀"了声，那女孩儿头也不回地跑下了楼梯。

管家小声嘀咕着："现在的年轻人素质都还给老师了？撞到人连道歉都省了。"

老太太今天心情不错，不气不恼地整理好仪态走向姜晚所在病房说："上次给囡囡留下了不好的印象，我这做奶奶的可担心坏了。"

房门半敞，老太太敲了敲门，扬声喊道："囡囡，是奶奶。"

里面没有动静，她又敲了两下门，姜晚才慢吞吞地打开门。她眼角的泪痕未干，鼻尖通红。老太太急忙安抚她说："囡囡是怎么了？被谁欺负了？"

姜晚咬紧嘴唇，低声抽噎着。

管家接过她手里的行李，往病房里看了眼，没看到姜稚月的身影。想到唯一能沟通的人又不在，情况了解起来有点儿困难。

姜稚月刚离开医生办公室，就接到了刘叔的电话，说奶奶不放心姜晚，先把人带到车上了，让她直接下楼一起回家。

一路上姜晚都一言不发，姜稚月轻声询问，她欲言又止，最后索性别开脸谁也不理。

回到静安巷子，姜晚对不熟悉的环境感到害怕，缩在车厢里不肯下车。

姜稚月劝不动，回屋求助父母和姜别。几张熟悉的面孔出现，姜晚终于愿意跟着进了门。

宽敞亮堂的大厅内，姜晚坐在沙发角落里。姜稚月递过去果盘问："晚晚，吃橘子吗？"

姜晚迟疑着，反应缓慢，最后没有伸手去接。

她现在排斥与任何人的沟通与接触，包括姜稚月。一起去拿药的时候明明还好好的，几分钟不见，她自闭症的情况突然加重了，究竟发生了什么？

姜稚月抿着唇沉默了一会儿，伸手摸了摸小姑娘的发顶说："晚晚，我是姐姐呀。"

女孩儿长睫颤抖，不知被哪个字眼刺激到了。她挥手拨开姜稚月的手，尖叫出声："姐姐别打我。"

姜稚月愣住了，手顿时僵在半空。姜老太太反应过来，起身推开了她。

姜稚月重心不稳地摔在地上，手心擦过红木家具的边缘破了皮，刺痛感拉回了思绪，她难以置信地抬起头。

姜晚的情绪崩溃至极点，一下昏了过去。

姜老太太抱住姜晚，叱责姜稚月道："我就知道你没安好心，你快走，我不想再看见你！"

姜别蹙眉，走到姜稚月身旁扶起她说："奶奶您冷静一点儿，好吗？"

姜老太太声嘶力竭道："今天她不走，明天我就带晚晚离开！"

认定全是她的错，甚至不给她辩解的机会。姜稚月低头看着渗出血的手心，睫毛微动道："我没有做过的事，我不会承认。"

她的声音压得格外低，语气中带着极大的委屈地说："虽然不知道发生了什么，但今天这个日子，我不想你们为难。"

天花板上的顶灯刺得人眼晕，姜稚月使劲揉了揉眼睛，低着头转身离开了。

姜别跟在她身后出了门，走到院子里时，听见她低声说："哥哥，你回去。"

脑海里浮现出几分钟前奶奶对她大声责骂的画面，他轻轻攥住姜稚月的手腕说："我送你回家。"

姜稚月握紧手心，不自觉提高音量说："如果你跟着我走了，我会觉得我真的做错事了。"

她鼻尖发酸，强忍住想哭的冲动说："哥哥，我想一个人静一静，可以吗？"

沉默了几秒，姜别紧绷的面部表情稍稍松懈，低低"嗯"了一声，又叮嘱道："有事打我电话。"

静安巷子里的梧桐掉光了叶子，一辆车急速驶过，地上结冰的落叶被碾碎，发出"咔嚓咔嚓"的声响。

姜稚月走出两步，回头看了眼灯光大亮的房子。

寒风吹拂而过，周围静谧无人，她慢慢地走到一个角落蹲下，把头埋进臂弯里号啕大哭起来。

她也不知道为什么会这样。

外公将人送出家门，蒋媛半落下车窗挥手示意他快回去，不忘叫贺随和老爷子告别。

车窗升上去，所有寒气隔绝在外，贺随挑了个舒适的姿势窝进座椅，随意地望向窗外。

路灯底下缩成一小团的影子，听见汽车启动声，微微抬起了脑袋。红肿的眼睛看起来委屈巴巴的，整个人瑟缩在那里，像只被遗弃的小奶猫，弱小无助的同时，又一副生人勿近的防备模样。

不过，"小奶猫"身上穿的衣服，有些眼熟。贺随的黑眼深不见底，猛然反应过来后，对前面的司机说："快停车。"

"你们先回家。"他拉开车门对蒋媛交代了一下，声音被灌入的寒风带上凉意，"我有点儿事情。"

蒋媛不疑有他，儿子从小生活在静安巷子，应该也交到了几个要好的兄弟。她嘱托他小心点儿别玩太晚，随后就让司机开车离开了。

贺随一步步靠近那只白茸茸的"小奶猫"，直至站在她面前。他心里不免纳闷儿，才分开一小会儿，怎么就弄得这么狼狈，还哭了？

听见脚步声，姜稚月抬起头，视野模糊得有些看不清人脸，依稀辨认出是个男人的身形轮廓。

因为逆着光，女孩儿的脸显得格外白。

贺随蹲下，用指腹拭去她脸上的泪，压低声音，试图让语气听起来柔和一些说："早知道就带你一起走了。"

姜稚月哭得鼻腔里像堵上了一团棉花，听到他这么说，心中积压的委屈达到了顶峰，突然扑进他怀里哭得更凶地说："我没有家了，我只剩一个人了。"

也不知道过了多久，姜稚月感觉胸口不再沉闷了，搂住男人的手臂有些发麻。她眨眨眼，后知后觉地问道："你怎么过来了啊？"

贺随看着她，心疼地说："正准备回家，看见自己宠着的小姑娘蹲在地上哭。"

"……"

"哭得实在太委屈了，我就想带她一块回家。"

姜稚月的确无处可去了，她没拿家里的钥匙，宿舍此时也熄灯锁了门。

贺随轻轻拍着她的后背，伸手搂着她的肩膀，想要扶她起来。女孩儿的眼睛在月光的映衬下格外明亮，她抓住他的衣角，脚步不稳地站了起来。

姜稚月吸了吸鼻子，用撒娇的语气说："哥哥，我好冷。"

贺随一愣，被那个叠词弄得耳尖发痒。他敞开大衣，直接把人揽进怀里，无限怜爱地说："走了，哥哥带你回家。"

出租车停在了学校附近新开盘的高档住宅区。贺随领着小姑娘来到他的私人公寓，复式公寓装潢简约，进门的鞋柜上只摆放着一双男士拖鞋。

姜稚月踢掉鞋子踩在地毯上，哭过后眼睛发涨，她从后面拉住贺随的衣摆，额头抵在他的脊背上，带着很重的鼻音说："这房子是你一个人的吗？"

贺随站立不动，任由她靠着，回答道："是。"

姜稚月用额头亲昵地蹭了蹭他的衣服，软绵绵道："那你可不可以暂时收养我一阵子？"

室内仅开着盏壁灯，朦胧的光线铺落，他垂眼温柔看着她，长而浓密的睫毛带有几分明目张胆的勾引。

姜稚月低下头，慌张地握紧他的手指说："费用，以后再补给你。"

贺随哑着声音，不依不饶道："小朋友，欠条总得有个具体日期吧？"

姜稚月认真考虑了这个问题，她掰着手指在心里默默算着：今年十八岁，明年十九岁，再过一年就到法定结婚年龄了。那取个中间值，就不会让他等太久了。

姜稚月缓慢地抬头，踮起脚主动亲了他一下，然后一本正经地保证道："等我十九岁，行不行？"

贺随莫名觉得自己像小说里强买强卖良家妇女的恶霸，其实他也没那么急切，只是想转移她的注意力。看来有效果，至少她不会再去想那些伤心事。他没再说话，转身向厨房走去。

姜稚月还在等着他的回应，像小尾巴一样跟在他身后。

进了厨房，贺随拉开冰箱门拿出一瓶果汁递过去。想到冷藏的时间有些久，怕她喝了肚子不舒服，他又抬步走到微波炉前，伸出手说："来，帮你热一热。"

姜稚月站在他身后，闷声闷气地说："你回答我呀。"

贺随舌尖顶住腮帮子，无可奈何地干笑着。他步步靠近她，将人困在怀里，缓缓开口道："我看起来有那么迫不及待？"

姜稚月脚下不稳微微往前靠了下，手指不经意触碰到男人身体时，呼吸一顿。她脑袋发蒙，没太懂他话里的意思，强迫自己冷静下来后，摇了摇头。

贺随俯身，一个吻轻轻落在她的额头，顺手抽走她手里的果汁说："先欠着吧，不急。"

他直起身时忽然想到什么，暖暖的气息在女孩儿耳畔停留了几秒。

姜稚月脸上所有的表情瞬间僵住，连呼吸都快要忘记了。她睁大眼睛，看着男人不动声色地转身把果汁倒进玻璃杯中，又放进了微波炉里。

男人颀长的背影隐隐透出几分不近人情的冷漠，但谁能想到，就是这样一个看起来清冷的人，刚刚竟然对她说——

"我是你的。"

姜稚月捂住发烫的双颊，趁他不注意跑出厨房，离开前不忘把门关上，一个人在门外惆怅。

贺随给蒋媛打了电话，说今晚不回去住。蒋媛没多问，只叮嘱他注意保暖，临近新年别感冒了。

贺随在外面的浴室洗完澡，换上家居服出去时，姜稚月正蹲在展览柜前看他收藏的机车模型，一共六个，全是他小时候蒋冲送他的。

看见她披散在背上湿漉漉的头发，贺随绕到卧室取了条干毛巾，往她脑袋上一罩，动作不算熟练地帮她擦起头发。

姜稚月没换洗的衣服，只能穿贺随留在公寓里的卫衣，宽大的袖子遮住了她的手。她费劲地探出手制止他粗暴的动作，委屈巴巴地说："你再搓下去，我就真的秃了。"

公寓贺随不常来，除了寒暑假需要留校陪导师做项目外，每学期来的次数很少。家政阿姨会在固定的时间上门打扫，公寓内一直很整洁。不过，里面的设施比较简单，连吹风机都没有。

姜稚月擦干头发无事可做，找出一部电影来看。

贺随切好水果端出来，果盘旁摆着叉子。

姜稚月不习惯用叉子，直接用手拿起一块红心火龙果就塞进嘴里，嚼了几下，不忘评价道："挺甜的。"

红色的汁液在一张一合的粉唇上晕染开来，贺随无意间瞥到，眉梢微抬起，淡淡开口道："我尝尝。"

闻言，姜稚月殷勤地帮他拿了一块，送到他嘴边。

贺随侧头凝视她片刻，话锋突然一转说："算了，还是你吃吧。"

姜稚月愣了两秒，反应过来问："你是不是嫌弃我？"

贺随轻轻翘了翘唇角，摇头说："没有。"

"我感觉有。"姜稚月把手里的火龙果送进自己嘴里，正准备用叉子给精致的男朋友重新插一块时，肩膀忽然被他有力的双手捉住了，"你……"后面的话，被迫咽回了喉咙里。

贺随鼻尖蹭过她的脸颊，伸手轻抬起她的下巴，嘴唇慢慢贴了上去。

姜稚月顿时明白他刚才说的"我尝尝"是什么意思了，后知后觉地又被他算计了一次。她牙关紧闭，死守城池，不允许他攻略分毫。

似是察觉出她不量力地抵抗，贺随松开她几秒，额头相抵的空隙，很轻地笑了声。

他竟然在嘲笑我！！！姜稚月感觉被挑衅到，嘴巴抿得更紧了。

贺随眼神温柔地盯着她警惕的眼睛，按住她肩膀的手缓缓下移，捏住了她腰间的软肉。

姜稚月控制不住生理反应，"咯咯"笑出声，习惯性后仰给了对方可乘之机。

贺随身体前倾，轻易地将人压在沙发上，继续刚才没有完成的吻。

这个姿势很容易擦枪走火，姜稚月干脆丢盔卸甲，甘心做他的俘虏。他吻得有些凶，看出她放弃了抵抗，惩罚似的咬了咬她的下唇。

姜稚月哼了一声，下意识地双臂环上他的腰腹。属于贺随的气息拼命入侵她的感官，清冽的木质香包裹住她。隔着薄薄的一层布料，他皮肤的温度一点点传递过来。

贺随松开她，手肘抵在一旁的沙发靠垫上，依旧保持着原来的姿势，俯视着她。女孩儿正依赖地抱着他，眼角泛红，脸颊泛起红晕。

视线对上时，姜稚月慌忙撒手，捂住脸，伸脚踢他，娇羞道："你坏不坏啊？"

贺随仔细打量着身下的女孩儿，他的衣服对她来说过于宽大了。此刻她的衣领大敞，锁骨全部露在外面。

这时，窗外"砰"的一声巨响，姜稚月歪头看过去，璀璨的烟花照亮了昏暗的阳台，光束一直传至客厅。

贺随没有看烟花，只是看着她说："小朋友，元旦快乐！"

姜稚月脑海中浮现出往年跨年的场景——最近几年一直是她安静地窝在

客厅里，看着奶奶和父母忙碌；而再往前几年，是爷爷拉着哥哥下棋，她坐在旁边观战。

好在，她以为今年会孤零零流浪的时候，遇见了他。

姜稚月低着头，认真叫他的名字："贺随。"

因为不常叫他的名字，乍一出口还有些不习惯。她稍显紧张地抬头看着他，想说遇见你真的太好了，想说以后也要一直一直在一起。可是话到嘴边，又说不出口，最后只说了一句："我真的好喜欢你啊。"

贺随直起身，抱住她，下巴抵在她的发顶。气息浅浅，温柔的声音落下："以后也要一直在一起。"

元旦过后，A大迎来了考试周，为期十五天。新闻系的考试安排在前几天，复习不过来，很多学生差点儿亡于通宵自习室。

最后一门公共课定在正式放假前一天，同学们抱怨连连。姜稚月倒是不甚在意，她暂时不想回家，准备熬到宿舍封楼再回。

姜稚月在考场楼撞见姜别，躲避不及，被她哥逮个正着。

姜别问："准备什么时候回家？"

姜稚月给陆皎皎使眼色，快点儿找借口拉着她离开。陆皎皎误以为是让她先走，马不停蹄地开溜了。

姜稚月和她哥相对无言，她不想回家的理由很简单——至今没有得到一个合理的解释。

姜别斟酌着说辞，先开口道："晚晚这几天一直在闹，她和奶奶解释过，不是你打的她，让奶奶……向你道歉。"

姜稚月有所动容，但她深知奶奶那种心高气傲的人，怎么会低下头向小辈道歉？更别说是她一直排斥的没有血缘亲情的小辈？所以，越是这样，她越不能心软。

姜稚月攥紧手心，别开视线，硬声道："我会查到是谁，她的道歉就免了。"

虽然姜晚不肯开口讲是谁伤害了她，但病房的监控录像可能记录下了当天事情的经过。

贺随带姜稚月去了疗养院，院门紧闭不对外开放，周围拉着警戒线。听过往的人说是有人轻生跳楼了，家人没拦住，一头扎到水泥地上，人没了。

疗养院门前冷冷清清的，气氛阴森可怖，路人行色匆匆，避之不及。行道树仿佛也在为逝去的生命默哀，树叶在寒风中瑟瑟悲鸣。

姜稚月深吸了口气，压住心底的恐惧，迈开步子往一旁的侧门走去。

　　贺随走在她旁边，视线瞥见路边某处，伸手将人拉到自己怀里，抬手遮住了她的眼。

　　姜稚月不由自主地抓住他的手臂，颤着声音紧张地问道："怎……怎么了？"

　　"还没清理干净。"他沉声道，"别看了，会做噩梦。"

　　姜稚月的脊背紧紧贴在他的胸膛上，悬着的心瞬间安定下来。她长睫轻颤，低低"嗯"了声。在贺随的指引下，她慢慢绕过了那处见证了生命脆弱的地方。

　　监控室在疗养院管理楼三层，他们到时屋内无人。机器操作复杂，姜稚月试探着按开电脑，不知道后面该怎么操作。

　　贺随拉着她在桌前的椅子上坐好，他站在她身后微微俯身，双臂环在她的身体两侧，抓着鼠标熟练操作。

　　姜稚月看着他的一步步操作，啧啧道："你看起来非常像老手作案。"

　　"高中的时候，我经常带着你哥翻墙出去。"他勾唇笑了声，"怕被发现，回来得立刻销毁证据。"

　　姜稚月诧异道："国际高中管得也很严？"

　　"说好听点儿，那儿叫国际合作办理的学校；说不好听点儿，就是学费贵很多的私立学校。"

　　贺随找出当日的监控录像存了档，轻轻拍了下她的发顶，提醒说："仔细看着点儿是谁。"

　　姜稚月乖巧地"哦"了声，支着下巴看向屏幕。

　　因为病人的房间很私密不允许安装摄像头，能调出来的录像，只有所在楼层的监控画面，屏幕上被分成了十六个小格。

　　七点一刻，一个熟悉的身影混在众多探病的家属中。梁黎在姜晚的病房门前停下脚步，缓缓敲门走了进去。她在里面待了十五分钟才出来，不知和姜晚说了什么话。

　　姜稚月咬着牙，半天挤出了一句："我好像被她恨到骨子里了。"

　　贺随歪头，放大监控画面，又打开手机上的相机，一言不发地拍照记录证据。他收起手机，关掉监控画面，弯腰牵起她的手说："走了，哥哥带你去报仇。"

　　出乎意料，梁黎不在宿舍。姜稚月推开隔壁宿舍的门，几个比较熟的同学和她打招呼。她目光巡视一圈，不确定地询问道："梁黎在宿舍吗？"

　　"她今天兼职，早出门了。"

姜稚月追问道："那你知道她在哪儿兼职吗？"

团支书想了几秒，回答说："商业街那家九宫格火锅店，你去问问应该能找到人。"

姜稚月道谢后下楼，贺随迎上去，看她一副失落的样子，大概猜到了结果，眉梢略微扬起说："现在去找人？"

姜稚月胸口堵着一口气，她看监控前有过无数种猜想，会不会是医院的护工，又或许是其他房间精神异常的病人。但梁黎出现的那刻，她有种难以言明的悔恨感。

如果刚开学没有帮过她，那她们现在就是陌生人。哪怕在学生会同一个部门，顶多算是点头之交。姜稚月实在想不明白，梁黎的所作所为到底是出于什么目的。自己曾经帮过她，到头来却被她陷害了。

贺随将车停进商业街的临时停泊点，两人上到三层，火锅店里的人不算多，他们找了个位置坐下了。

负责点单的服务员恰好是梁黎。女生身上穿着店里统一的服装，红色的围裙衬得人气色极好，对比姜晚受到惊吓后苍白如纸的脸色，姜稚月觉得讽刺极了。

下车前姜稚月就嘱咐过贺随，一会儿不论发生任何事，他都不准替她动手。

姜稚月气呼呼地在心里酝酿着口吐"芬芳"的话语，抬头那刻，声音却意外平静地说："点单。"

梁黎一手拿着点餐的机器，一手点了点桌子右上角的二维码，说："你扫这个就可以。"

她怯生生地看了眼贺随，眼底藏着无法言说的情绪，又补充说："如果没事，我就先……"

姜稚月心情有些烦闷，今天这趟纯属是来找碴儿的，不多犹豫就强硬地阻止她离开道："能等我点完餐，你再走吗？"

梁黎迈出去的脚步顿住，瞥见店长在旁边巡视，不得已拿出极好的服务态度，点头说："好。"

姜稚月扫码进入小程序，滑动屏幕停至荤菜处，遗憾道："你们店里没有我想吃的呢。"

贺随端起水杯，手指轻轻摩挲了下杯沿，许久没听到她捏着嗓子矫揉造作的声音了，乍一听还有点儿不习惯。

梁黎脸上的笑意僵住了，低声道："稚月，我们店的菜品很全了。你想吃什么，我可以帮你找。"

姜稚月放下手机，抬头看向她，黑白分明的眸中是不加掩饰的冷漠，与她以往甜美的气质丝毫不像。她语气冷冷道："狼心和狗肺，你有吗？"

梁黎面露惊愕，吓得后退一步。

姜稚月歪着头，审视地端详着她说："看来是有，但藏得很深。"

梁黎手中的点餐器"啪嗒"一声摔在地上，引来了店长的注意。

店长脾气比较好，先是问她发生了什么，但梁黎闭口不言。他猜测应该是和客人闹了不愉快，打发梁黎离开后，赔着笑说："等会儿，我让人多送一盘羊肉过来，给两位添麻烦了。"

姜稚月的视线追着梁黎离开的背影，那个方向是店员的休息室。她上次和舍友来吃饭，误以为是卫生间闯了进去。

姜稚月等店长离开后，眨巴眨巴眼示意贺随：你留守阵地，我去去就回。

贺随单手撑着下颌，不太放心。小姑娘平时不显山不露水的，脾气来得快去得也快，但这次说起狠话来嘴上毫不留情，估计是被惹毛了。

贺随垂眸，带着请求的意味说："首长，我想要观战。"

姜稚月小脸绷紧着摇头道："意见驳回，我走了。"

员工休息室内，店长语气温和地训斥了梁黎两句。她平时干活挺勤快的，不像其他人那么娇气。

梁黎眼眶泛红，开始低声啜泣。店长也不忍心继续训她了，把剩下的话咽了回去。

姜稚月站在门外，一字不落地听完了他们的对话，眼看店长转身朝门口走时，她马上躲进了对面的卫生间。

梁黎没离开休息室，姜稚月推开半敞的门，恰好捕捉到了她愤愤跺脚发泄不满的动作。

姜稚月平静地问："不继续哭了？"

梁黎一口气憋在嗓子眼儿，终于肯卸下伪装，用痛恨的表情面对她，歇斯底里道："你又来做什么？看我的笑话吗？"

姜稚月想着大家都是成年人，说话直白点儿对谁都没坏处，便直截了当道："我就想问问，你是怎么打晚晚的？"她绕过横在房间中央的座椅，缓步走到梁黎面前。

女生之间开撕前，眼神威慑不能少。姜稚月虽然没亲自试验过，但初高中时多少遇见过"社会姐"在角落里堵人的场面。

梁黎垂至身侧的手攥成拳，眼神慌张道："这里有监控，你最好别乱来。"

姜稚月清秀的小脸上布满阴霾，根本不把她的警告放在心上，有个会黑电脑黑监控的男朋友，她丝毫不带怕的。

"我问你，你到底是怎么打的她？"女生故意提高音量，原本细软的声音此刻变得尖锐刺耳。

梁黎不甚在意地冷笑起来，说："打就打了，她挨的打还少吗？"

话音刚落，她的头发就被狠狠拽住，姜稚月稍微加了几分力道，冷冷地问："是这样吗？"

梁黎惊恐地尖叫出声，反手抓住了姜稚月的手腕，奈何力气敌不过，就用指甲去挠她的手背。

姜稚月用另一只手扭住她的手腕，将人按在沙发上，梁黎完全被禁锢住，四肢不能动弹。

姜稚月眼眶泛红，她明明可以好好地和晚晚，和爸爸妈妈，和哥哥一起过节的，都是因为面前这个女孩儿。所有的情绪在这一刻再也控住不住，她怒吼道："我到底哪里让你不满意了？"

梁黎的头发凌乱，头皮被拽得发麻，她嘶哑着声音喊"救命"，终于引来了外面人的注意。

脚步声响起，却在休息室门前停下了。门敞开一条小缝儿，后面隐隐露出一道颀长的身影。

梁黎像是被激怒了，开始奋力挣扎，咬牙切齿地说："凭什么是你？凭什么所有人都喜欢你？"

姜稚月手中的动作一松，手背上出现了几道血印。梁黎趁机扑过来要反击，她冷笑着质问道："和他在一起，你难道不自卑吗？"

姜稚月愣住了，被梁黎一把扯住手臂。她皱着眉，试图从脑海中搜寻出一些事情的细枝末节来。

学生会纳新面试时，梁黎表面上是无意叫住她，对她说那个学长看起来脾气不好。其实那个时候，梁黎就已经注意到贺随了。后来多次恰巧遇见贺随，梁黎目光躲闪，脸颊泛红，还有看到论坛上的帖子时，她那几分钟的失神……这些行为表现都说明了梁黎喜欢贺随，小心翼翼地喜欢着他，甚至比自己喜欢他的时间还要久。

梁黎站起身，肩膀颤抖着说："其实你只不过是一个被捡回来的、没人要的孩子，除了运气比我好一点儿，到底还有什么值得他们喜欢的呢……就连周晚也喜欢你。我让她仇视你，她不肯；我让她报复你，她还是不肯。"

梁黎见姜稚月低头一言不发，唇边的笑意扩大几分，接着道："被我说中了心事，不敢承认了？"

梁黎喜欢的那个人啊，的确光芒万丈，单是站在那儿，就能吸引许多人的目光。

姜稚月缓慢站起身，面无表情道："没什么不敢承认的，我的确是运气爆棚。我本来该在孤儿院里无依无靠地生活下去，不承想却被好心人接回家，过着让挺多人羡慕的生活。"

可是，她从一开始就没得选。她也想留在亲生父母身边，可以不用太懂事，可以慢慢长大。但她没有选择的余地，没有人给她慢慢长大的时间。

姜稚月走到她跟前，眼睛直勾勾盯着她说："可这些又和你有什么关系呢？"

贺随推门进来的一刹那，梁黎重心不稳，摔在地上，她难以置信地捂着脸低下头。

姜稚月深吸一口气，将情绪强压下去，俯身低声对梁黎道："第一次打人，下手没轻重，你别生气。"说完，她转身走到门口，牵着贺随的手离开了。

梁黎耳朵里的嗡鸣声，脸颊上火辣辣的疼痛感，久久消散不去。

外面又飘起了雪花，有几片落在姜稚月的鼻尖上，又很快融化了。姜稚月悄悄蜷起手指，想把手从贺随手里抽出来，结果却被握得更紧了。

姜稚月轻轻叹了口气道："感觉自己刚才像个泼妇。"

贺随没说话，他停下来，侧过脸来静静地看着她。沉默了几秒钟后，他抬起她的手，心疼地说："让我看看，打红了没有？"

姜稚月回视他。贺随的睫毛被雪弄得湿漉漉的，随着垂眼的动作，鸦羽似的遮盖住了那双漆黑的眼。

这个男人有副无可挑剔的皮囊，而她是一个幸运的女孩儿，得以窥探到他冷漠的完美皮囊下温柔的灵魂。

梁黎确实拆穿了她的心思。和这样的人在一起，她隐藏在心底小小的自卑，被一瞬间勾了出来。

但她还没来得及说出口，贺随抬手捂住她的嘴巴，视线上移，与她澄澈的眼睛对视，然后一字一顿地告诉她说："你是最好的，你永远是我最喜欢的女孩儿！"

期末考试结束，迎来了寒假，舍友们陆陆续续收拾行李回家。陆皎皎和舍长是外省的，走得比较早，留下姜稚月一个人独守宿舍。

贺随跟着导师去参加大学生峰会，一直很忙，连打电话的时间都抽不出。他离开的时候，给姜稚月留下了公寓的钥匙。

李哥通知姜稚月那部剧明天开始配音，交代她明早八点必须出现在录音棚。录音的地方不在市中心，她得换乘两次地铁才能到。

男女主角的配音演员是专业的，一上午的戏份儿两人仅用三个小时就配完了，全程没有被喊停过。轮到姜稚月和徐骞配音时，几位指导老师站在录音棚外指导着。结果徐骞的声音一直发颤，情绪把控得也不好，被李哥揪出来当众责骂。

这部戏里的妹妹角色，和姜稚月之前配过的那些人设都不太一样。这个妹妹是不良少女，叛逆不服管教，因小时候走丢而心理阴暗，她总是暗暗报复弄丢她的父母。

姜稚月在心里默念着台词。

李哥在外面比画了个"OK"的手势，第二次录音正式开始。

徐骞努力压低声线营造出成功男人说话时应有的威慑感。他的声音虽然缺少辨识度，但比演员的原声好听了许多。

姜稚月看着屏幕上的提示，接下来她的这句台词需要充足的爆发力。她抿紧唇角，默默代入角色。

提示音过了三秒钟，她还垂着头一言不发。李哥和几位指导老师都一脸疑惑，面面相觑。难不成太久没配音，提示器都看不懂了？

徐骞刚想用肢体语言提醒她一下，耳麦中传来了低低的呜咽声。

外面的人，也瞬间愣住了。

姜稚月低声抽噎着，突然拔高音量道："是你们抛弃的我啊……"

徐骞忍住心中的震惊，偏头看向身旁的女孩儿。她长睫湿润，眼眶泛红，双手环着肩膀，难过又无助。录音棚里的气氛被她带入佳境，逼仄难耐的压迫感令人喘息困难。

录音棚外，几位指导老师互相交换眼神，李哥高悬的心终于落下。

十分钟后，这场戏完成，姜稚月取下耳麦放回原处。徐骞递来纸巾，她道谢接过，擦干眼泪走出录音棚。

徐骞的南瓜头剪成了平寸，那张娃娃脸失去了青涩感。他挠挠后颈，跟在姜稚月身后不停地追问："姜老师你太牛了，你教教我怎么代入情绪行吗？我快被李哥骂死了。"

姜稚月不理他，弯腰拿出包里的保温杯，在一个不显眼的地方坐下。

录音棚外依然忙碌，没人关注他们。毕竟活在幕后的人，不管从事什么工作，都比不上镜头前光鲜亮丽的艺人。

徐骞嘀咕道："矿泉水也不准备，真当我们是苦力吗？"

他搬了把椅子，在姜稚月旁边坐下说道："稚月，求你件事呗。"

姜稚月刚哭过，鼻音浓重，她吸了吸鼻子问："什么事？"

"上次那个VIP坐席视野简直太棒了，总决赛的时候，你能再带我去吗？"

姜稚月翻了个白眼，低声道："如果徐老师能认真配音，让我少跟着挨骂，那我可以勉强考虑带你去。"

徐骞双手合十正准备向她保证，余光瞥见李哥进门，他吓得脸色煞白，连忙窜到后期团队里藏起来，害怕被揪住又挨骂。

姜稚月耳根子终于清净了，她掏出手机打开联系人列表，视线定格在"晚晚"那行字上，眸光暗了下来。

配音工作一直持续到大年二十八，阳历二月初的空气中，隐隐能嗅到冬天结束的气息。

最后一天录音了，姜稚月把下午的戏份儿提前到上午一并配完。当她出录音棚的时候，工作人员已经只剩几个了。

李哥挠着头打哈欠，他掏出个红包递过去说："新年快乐！明年继续合作。"

姜稚月捏住红包一角，喜笑颜开道："谢谢李哥的红包，明年你一定可以脱单！"

李哥从徐骞那儿听说这小孩儿下午要去接男朋友，挥挥手打发她快走。他突然感觉全世界都在谈恋爱，只有自己还单身。

姜稚月离开录音的地方，直接打车去了机场。

临近年末，机场进入季度最繁忙的时段，接机口一群人等着。姜稚月抬头看了看周围人手中的接机牌，有点儿后悔没给男朋友买束花。

没等多久，穿着统一服装的一队人走了出来。A大参加峰会的团队里大概有十几个人，贺随走在最后，有个女生一直缠着他说话。

贺随面露不耐烦，目光离开手机屏幕，短暂地在她脸上停了一秒。

女生脸颊微红，不敢对视地低下头。

贺随收回视线，刚刚询问他小女朋友位置的短信发出去，对方还没回复。他极有预兆地环视一周，捕捉到某个想要躲藏的白色绒团子时，唇角微微勾起。

贺随导师问："小贺，晚上有安排吗？去我家吃顿便饭吧。"

女生也想借此机会约贺随，没想到被建筑院的老师截和，她急不可待地说道："老师，我想约贺随学长……"

导师露出了个“年轻人我都懂”的神情。

贺随看了眼身旁的女生，语气淡淡地道：“老师，我晚上有些事。”

导师刚想说“知道了”，又听他缓缓补充道：“女朋友等太久了，晚上得哄哄她。”

贺随说这话时眉眼明显温和下去，往日凌厉的神情消失不见，口吻无奈又温柔。

言罢，他拉着箱子，长腿大步走到人群外，抬手揪掉女生头上的帽子，亲昵地摸了摸她发顶奓起的呆毛问：“等很久了？”

姜稚月小脸板着，她可是亲眼看见自己的男朋友和别的女生有说有笑地走出来的！

装了会儿生气的样子，姜稚月紧抿的嘴角才有了一点儿弧度地问：“贺同志，你是不是想‘绿’我？”

“……”

“想‘绿’我的话，需要打报告。”

贺随一时竟不知道该怎么接话。

姜稚月忍不住笑了起来，露出脸颊上的两个小酒窝，乖甜无比，她理直气壮道：“报告驳回，不予采纳。”

贺随扬眉，盯着她停不下来的小嘴，问：“说完了？”

姜稚月认真想了想，又严肃地补充上一句：“除非自宫。”

贺随被她气笑了，轻捏住她脸两侧的软肉，俯身逼近她说：“小朋友，知道随便挑衅我的后果是什么吗？”

听出他话中的警告，姜稚月迅速收回在作死边缘疯狂试探的脚。她踮起脚尖，双臂环住贺随的脖子，吻了他的嘴唇一下。

这个甜蜜的吻似蜻蜓点水，一触即离，却将贺随心底隐藏的小火苗勾了起来。

打车回到公寓，刚进玄关，姜稚月正准备弯腰换鞋，身后的男人就一把揽住她的腰，将她抵在置物柜的边缘。

姜稚月稳住心绪，抬眸看着他。

贺随似笑非笑，额头抵在她的额头上，声音温和又带着些蛊惑的意味道：“看现场视频了吗？”

不是，他就问个问题，非得用这种姿势？

姜稚月悄悄往后缩身子，结果却被他按住后脖颈儿。

仿佛小杰瑞被汤姆捏住后颈皮，她佯装镇定地开口道：“看了，从头到尾，我的眼里只有你！”

这句话也要收录进《啊——我伟大的男朋友》一书中，姜稚月暗自想着。

贺随俯身亲她的鼻尖。很痒，姜稚月笑起来，双手捧住他的脸颊严肃道："尤其是你穿西装致辞的样子，特别帅。"

贺随慢慢直起身，把长款羽绒服脱掉，里面穿的是白衬衫和西裤。

这身打扮恰到好处地收敛了他身上的少年气，取而代之的是荷尔蒙的冲击——禁欲，斯文，高贵。

姜稚月飘忽的视线难以找到落脚点，最后小心翼翼地盯着他脖颈儿处的蓝格领带。他修长的手指缓慢拉开它，锁骨若隐若现。

贺随丝毫没有觉察到，他的动作有多么诱惑人。

姜稚月顿时联想到一些画面，但她不敢继续往下想。她脱口而出道："我突然不喜欢了！"

贺随解衬衣扣子的动作顿住，他指腹摩挲着宝石扣子，似是在斟酌她话里的意思。几秒后，他牵起她的手，声音低沉道："不喜欢？那你就脱掉它啊。"

姜稚月的手触碰到那颗衣扣，上面还存留着他的温度。闻言，她的脸变得通红。

什么叫……脱掉它啊？

贺随懒洋洋地拖长音调说："顺便检查检查，看我有没有'绿'你。"

姜稚月心想，大可不必。她抿了下干涩的唇，试探着拨弄那颗扣子。

解一颗应该不要紧吧？这么想着，姜稚月抬头看他一眼，不知哪来的胆子，手指丝毫不哆嗦，成功解开了那颗碍眼的衣扣。

贺随有些诧异，倒没出声。

他们已经半个月没见面了，姜稚月心里攒了好多话想跟他说。这会儿有机会了，她又不知道要从何说起。

"我放假之后就去配音了，有个搭档是你的车迷，他问我能不能带他一起去总决赛。

"我不知道去哪儿，就用你给我的钥匙开了门，这段时间都住在这里。"

贺随听完低低"嗯"了声，这些事情她早已通过微信告知过自己，但他还是不厌其烦地又听她说了一遍。

家里给姜稚月打过几次电话，姜别有意无意地劝她早点儿回家。但她不想就这么回去，说不清是对晚晚的愧疚，还是不甘心。毕竟如果不是自己，梁黎就不会迁怒于晚晚，她的病情也不会加重。

姜稚月闷出一口气，等她反应过来，才发现贺随衬衫上的扣子，已被她不知不觉全解开了。

此刻，两侧的衣襟松松垮垮地遮蔽着他的身体——这个男人的、有六块腹肌的、极具诱惑力的身体。

她讷讷地张开嘴，脑海中的杂念消失不见，欲言又止道："我好像……"

贺随用舌尖顶了顶腮帮子，脸上浮起意味不明的笑，他轻声说："熟能生巧，挺好的。"

姜稚月确定男朋友不是在挖苦讽刺自己，她硬着头皮扯住衬衫的衣襟，试图再给他悄悄扣回去。

贺随没让她如愿，紧紧抓住她的手道："这么一想，你还挺亏的。"

姜稚月心中的警铃大作，他这句话的言外之意就是：她帮他解开所有的扣子，而他需要好好地补偿她一番。

姜稚月咬住嘴唇，差点儿把"我心甘情愿吃亏"几个大字裱在脸上。她眼睁睁地看着那双修长的手伸了过来，男人的指尖已经触碰到她针织开衫的衣襟，她的城池即将失守！

女孩儿的表情看不出是想笑还是哭，总之小脸绷起，嘴角弯出道非常神奇的弧度。贺随敛起戏弄的心思，手中的动作一顿，喊了一声："姜稚月。"

突然被叫到名字，姜稚月讷讷地抬起头应道："嗯？"

下一秒她整个人被抱住，贺随的下巴抵在她的肩窝上，一些碎发蹭得她脖子发痒。

"想你了。"不过才离开半个月而已，他的语气沉重得好像半年没见了。

姜稚月僵在半空的手慢吞吞地垂下，拉住他腰侧的衣服说："我也好想你。"

大年二十八，姜别打来电话催姜稚月回家，被她挂断了，接着姜别又打给了贺随。

见贺随的手机屏幕亮起，姜稚月将怀里的抱枕扔过去盖住他的手机，不耐烦道："他好烦。"

贺随没告诉她，昨晚姜别就已经给他打过电话，明里暗里求他劝劝小女孩儿，过年哪有不回家的道理。当时他没立刻应下，只调侃说："姜大少爷也有求人办事的一天？"

姜别很心塞，面上却不动声色道："你这种人都能叫我哥，还有什么不能发生的？"

贺随看出小姑娘也纠结，装作不经意地问："怎么，你不想回去？"

过年回的家又不是静安巷子那里，不需要面对姜家老太太，她肯定有别的原因。

姜稚月闷闷不乐地垂着头，她拨弄了两下额前的刘海儿，说："找不到回去的理由。"

贺随追问道："觉得那姑娘病情严重，是你的责任？"

姜稚月的手紧紧攥着，指甲陷进皮肉带来轻微的疼痛。她低低"嗯"了声，神情有些不自然道："梁黎本来是想针对我的。"

"所以，你是怕姜晚怪你？"贺随以一种笃定的口吻说道。

姜稚月沉默了，她手指抠着抱枕，像是被猜中了心事。

"你不去问本人，自己在这儿瞎琢磨什么呢？"贺随抬手揉着她的发顶，发丝柔软的触感让人不想移开手，他又道，"真的不怕想秃头了？"

姜稚月感觉自己此时像是一只被捧在掌心揉捏的茶杯犬，或者说像只被任意揉捏的狗。

她沉寂两秒，像只亮出爪子要挠人的小猫猛地坐直身子扑到他身上，轻轻捉住他的头发，愤愤地瞪着他道："就你有嘴会说话。"

贺随抬眸与她对视，指了指自己的嘴唇说："这张嘴还比较会接吻，你试过的。"

"……"姜稚月败了。

下午，姜稚月换好衣服在玄关徘徊许久。在她叹出第五口气的时候，贺随走出卧室，手里拎着车钥匙。他越过她走到屋子前，然后侧身冲她伸出手。

姜稚月不是喜欢躲避的性格，她松开紧绷的唇角，神情里有种佛挡杀佛的决绝。

贺随的公寓距离疗养院有半个小时的车程。姜别发消息告知姜稚月，下午五点钟奶奶会过去接姜晚回静安巷子。

为了避免和老太太再起冲突，也为了给彼此一个安稳的心情过年，姜稚月特意错开了时间，她觉得自己真的是太善良了。

沉浸在自己的人格魅力中无法自拔，姜稚月丝毫没注意到身旁男人肆无忌惮的宠溺的眼神。就算前方有万丈火海，他也心甘情愿地陪她过。

疗养院前的临时停泊点没有停车位，贺随索性开到地下停车区。两人乘电梯上去，直达病房所在的楼层。

电梯门一打开，走廊中喧闹的场景映入眼帘。

几个小护士在人群外低声交谈，其中一个说："这家是惹上什么人了？那小姑娘真可怜。"

姜稚月狐疑地看了她们一眼，或许是感受到她的目光，小护士们闭上嘴乖乖去干活了。

长而逼仄的走廊里此时站满了人，最前面看热闹的人围成了一道人墙堵在那里。

不等姜稚月他们挤进去，一道粗哑又熟悉的声音传来："你们别过来！不然我们父女俩就从这儿跳下去！"

姜稚月神经紧绷，下意识拨开面前挡路的人冲了进去。

果不其然，周树海挟持着姜晚站在走廊尽头的窗边。长方形玻璃窗大敞着，寒风倒灌，姜晚被牢牢勒住肩膀，一副瑟缩惊恐的模样。

姜别找来看护姜晚的保镖站在两米远的地方，他们时刻准备冲上去救人。

周树海看起来苍老了许多，两鬓已经斑白。他牢牢束缚住怀里的女孩儿说："晚晚乖啊，等爸爸要到这笔钱，爸爸就带你走。"

姜稚月一咬牙，恨不得上去捶爆周树海的脑壳，但理智告诉她不能轻举妄动。

贺随瞥了周树海一眼，说："他赌瘾犯了吧？"

姜稚月清秀的小脸板起，丝毫不像在开玩笑的样子，说："自信一点儿，把'吧'去掉。"

话音刚落，姜晚狠狠地咬住周树海的手臂，趁他松手的空隙想要逃跑，不想后衣领又被拽住了。好在，两个保镖已经冲了上去。

周树海松开女孩儿的衣领，随手抓起旁边的一根拖把杆挥动着。他神志不清，甚至对身边看热闹的路人挥舞着，一群人喧嚷着散开了。

姜稚月被保安推搡着后退，她余光瞥见周树海的动作，惊恐地睁大了眼。

几乎是下意识的反应，速度快到连贺随都来不及阻止，姜稚月跑过去护住了蹲在地上的姜晚。"砰"的一声，疼痛感从姜稚月的后背传至全身各处。这时，身后的保安趁机上前将周树海制伏。

姜晚蹲在地上，保护她的人身体不停地颤抖。她慢慢抬起头，无神的眼睛看清那人后，哆嗦着喊了声："姐姐。"

外科诊室里，医生检查完姜稚月的背部 X 光片后，说："没有伤到骨头，在医院观察两天，没有别的问题就可以出院了。"

贺随接过病历单，道谢后离开诊室。

姜别与父母刚到疗养院，就听看护的保镖说出了事。他们急匆匆地赶到病房发现受伤的是姜稚月，姜母好不容易收敛起的情绪彻底崩溃了。

因为姜老太太的缘故，姜母对女儿姜稚月怀有愧疚，本来好好的小姑娘，连连遭了这么多罪。

姜稚月艰难地偏过头，勉强挤出一个微笑道："妈妈，我没事。"

姜晚沉默地退到一旁，小心翼翼地打量着姜稚月苍白的面色。她喃喃道："肯定很疼。"她之前被那个人用棍子打过很多次，知道那种感觉。

姜稚月听到姜晚说话，伸手拉过姜晚，低声安慰她道："晚晚别担心，没有那么疼。"

明明姐姐疼得脸色都发白了，嘴唇都咬得泛白，还在担心自己。姜晚虽然智力发育迟缓，但不是傻子，这些她都看在了眼里。她越想越难受，最后小声哭了起来。

恰时，病房门被再次推开。

姜老太太听司机讲了事情的始末，中间姜稚月保护姜晚这一段，司机刚想起来还没来得及说，就见姜老太太快步迈进了病房。

姜老太太拉着姜晚的手，紧张地问道："囡囡怎么哭了？"

姜别一皱眉，下意识挡住老太太的视线说："奶奶，晚晚没事。"

姜老太太看着孙子厉声道："每次都用这句话敷衍我。她一出现，你们全家都护着她，别忘了上次她打晚晚——"

姜晚奋力甩开奶奶的手，说："姐姐没有，姐姐没有打我！"

病房里顿时安静下来。

姜晚眼眶猩红，拔高音量，冲着姜老太太吼道："你为什么要赶姐姐走？"

姜别看了眼身后的女孩儿，他上前去安抚姜晚的情绪。为了给姜稚月一个安静的环境，他拉着奶奶和姜晚一起出了病房。

迎面撞上贺随，姜老太太慢条斯理地整理着衣装，抬头又是和蔼的模样，她招呼道："是小贺啊。"

姜别问贺随："问题严重吗？"

贺随朝姜老太太点点头，态度并不热络。他回复姜别道："没伤到骨头，静养两天看情况。"

贺随正打算推门进去，衣摆被一只手轻轻扯住了。姜晚怯懦地抬起头，语气却坚定道："姐姐受伤了，很疼。"

贺随耐着性子"嗯"了声。

姜晚抿唇，请求道："请你好好地……保护她。"

贺随若有所思，他微微侧过身，冷冷的目光落在姜老太太的身上。他轻笑了一声，道："姜奶奶，据我所知，这小孩儿和稚月也并非血亲。"

姜别神情微动，只要是有脑子的人都能听懂他这句话的深意。

不论姜别这个相伴十余年的哥哥，还是认识不足百日的小妹妹，都能用心对待她。为什么您一个历经沧桑的老人，一个外人口中的旧世名媛，却不能够好好地对待她呢？

姜老太太第一次被一个晚辈的气场震慑住，哪怕他只是静静地站在那儿，不用质问的口吻，简单一句问候就足够让她难堪。

病房门半敞着，外面所有的谈话声尽数传进了姜稚月耳中。她抬眼望过去，对上贺随清亮的眼睛，他好像在说：别怕，以后有我护着你。

姜晚不肯跟姜老太太回去，她双手紧紧抓住姜稚月的病床沿，警惕地盯着老太太。姜母劝不动她，站在一边不说话。

姜老太太好声劝道："囡囡，为什么不想跟奶奶回去？"

姜晚一声不吭，一直在看床上趴着的人。

贺随看出姜晚的想法，他相信奶奶一样能看得出来。

姜稚月不好说什么，只小声同姜晚商量道："晚晚跟妈妈回去，晚上姐姐去找你好吗？"

姜晚不肯退让，决绝道："不，奶奶会赶你走的！"

姜老太太脸色大变，良久才说出了一句话："晚晚，我和姐姐单独谈一谈，可以吗？"

此话一出，不仅姜父姜母愣住了，连姜稚月也摸不清头绪。她不明白奶奶有什么需要避过其他家人，和自己单独谈的事情。

姜晚还在犹豫，她接收到姜稚月的眼神示意，慢吞吞地站起身，经过奶奶身边时不忘叮嘱说："您不准赶她走！"

一群人出去后，房间里只剩下两人。一趴一坐，气氛妙不可言。

姜老太太拢了拢披肩，放柔语气道："晚晚很依赖你，我如果再坚持赶你走，会显得我很恶毒。"

姜稚月嘴唇紧抿，忍痛坐直，与她平视着说："奶奶，晚晚回来，我也很开心，没有任何要为难她的想法。同样，我也很不能理解您的做法。"

老太太沉默地看向窗外，神情落寞，染过的头发又显出鬓霜。或许是老爷子在天有灵，也不希望这种情况发生，但她就是控制不住自己的情绪。

疼爱的小孙女走失后，她含饴弄孙的晚年生活也消失了。

之后，姜稚月出现了。小女孩儿比囡囡大几岁，模样生得好看。她有着比同龄孩子早熟的心智，初次来到陌生的环境不哭不闹，安安静静地坐在沙发上。她手里捧着老爷子的字帖，没有笔就用手指描摹。

可是，每当姜稚月叫她一声"奶奶"时，她就会下意识地想到不知去向的亲孙女。渐渐地，家里所有人都喜欢上了这个乖巧的女孩儿，他们好像都已经把自己丢失的那个亲孙女遗忘了。

这么多年来，只有她一个人坚持在寻找，一次次失望后，又继续找。

姜稚月越是乖巧，她越是觉得女孩儿在伪装，在收买人心。这个突然闯进他们家庭里的外人让自己的儿子儿媳，甚至孙子，都忘记了血缘至亲。

终于，在有生之年，她把亲孙女找了回来。本以为被搅乱的生活会归于平静，结果又成了一团乱麻。

姜老太太长叹一口气，放下面子说道："这么多年来，是我这个老太婆很恶毒，一直亏待了你。想想我都活到一把年纪了，还和你这个小辈过不去，真是白活了这么久。"

姜稚月不言语，手指抠着被角。

姜老太太看出姜稚月还在怪她，但出于尊敬才不说话的。

"贺家那小子刚才问我，为什么晚晚能待你如至亲，而我这个老太太却不能？他为你出头，晚晚为你抱不平，你爸妈更是劝了我好多次，说我不公平，让我好好补偿你。你是怎么想的？要我怎么做？"

姜稚月知道面前的老人为了找到晚晚吃了很多苦，她不想苛求什么，也不想得到什么补偿。

"奶奶，我只想让您……和我道歉。"姜稚月鼻尖酸涩，积攒许久的委屈再也控制不住，"我知道我没资格让您对我公平一点儿，可是……我也渴望被爱，也想有个好好的家。为什么您总是不喜欢我，要赶我走？我真的理解不了。"说到最后，她低低地呜咽起来。

姜老太太为之动容，可那句"对不起"却卡在嗓子眼儿里，她怎么也说不出口。

姜稚月眼底盈满泪光，身体抖动时扯痛了伤口，她微微皱起了眉。

姜老太太伸手想去扶，手僵在半空，又慢慢垂落。

"是不是，很疼？"

姜稚月长睫颤抖，吸了吸鼻子，回道："疼，特别疼。"

想到就是这个她敌视了十几年的女孩儿替姜晚挡住了危险，姜老太太声音哽咽道："稚月，奶奶谢谢你！然后……对不起，对不起！"

她总是刻意针对这个善良温暖的女孩儿。记得有一年平安夜，小稚月舍不得吃平安果，削完皮送到她面前，她却随手扔在了地上，将女孩儿一颗热腾腾的真心一并弃之。

可惜，所有的事情都没有重来一次的机会。

姜老太太离开病房，直接回了静安巷子。她没有强求姜晚一同回去，只叮嘱姜母照顾好姜稚月。临走时低声交代道："年三十，大家都回家。"

姜母坐在姜稚月病床旁边的椅子上剥橘子，她时不时抬头打量对面的年轻男孩儿。她知道贺随是儿子的至交好友，现在他一下子变成了未来女婿，她竟有点儿反应不过来。

姜母装作不经意地问道："小随，你是在和我们稚月谈朋友吧？"

姜稚月接过母亲剥好的橘子塞进嘴里，头转向一旁，没有要帮自己男朋友说话的意思。

贺随抬起眼皮，承认道："是。"

姜母又问："那蒋老师知道这事儿吗？她是怎么说的？"

姜稚月回忆了一下，前不久蒋教授说，如果贺随欺负她，当母亲的绝不会手下留情。应该是这个意思。

贺随唇角翘起，缓缓勾出个笑说："蒋老师说，等明年找个日子，先把婚订了。"

姜稚月被嘴里的橘子呛到，闷闷地咳嗽出声问："我怎么不知道？"

贺随面不改色地替她顺了顺气说："没来得及和你说。"

姜稚月的眼神更加匪夷所思，这几天他们明明腻在一起："你前天昨天都有空儿，什么叫来不及——"

她后知后觉，自己住在贺随公寓的事只有姜别知道，家里人以为她在宿舍。

完了，完犊子了。

姜晚抬着下巴，半是疑惑地重复道："姐姐和他，这几天住在一起？"

姜母剥橘子的动作顿住，意味深长地说："看起来，我们稚宝很喜欢你啊。"

姜稚月："……"

什么叫搬起石头砸自己的脚，这就是。

周树海被派出所拘留了，姜父提供了他蓄意勒索的证明，今年估计要蹲在局子里过年。

周树海不经吓，问及是否有同伙时，他立马供出了邻居："我是受他挑唆的，他说姜家有钱！"

后面的事情姜稚月不太清楚，第二天出院，姜别载她去贺随的公寓收拾行李。

姜别没上去，直言不想大过年的吃狗粮。

贺随帮她简单收拾了衣服说："剩下的就留在这儿，嗯？"

最后那个上扬的询问词弄得她耳尖发痒，怎么感觉这边才是她家，她只是出去住两天。

姜稚月跟在他身后进了厨房问："小贺同志，你明年有什么打算吗？"

贺随认认真真地想了两秒说："决赛夺冠，找工作实习——赚钱养你。"

姜稚月拉住他的衣角，眼冒星星地说："去贺叔叔的公司实习吗？直接空降当小老板？"

贺随俯身捏了下她的鼻尖，好笑道："想什么呢？专业不对口，我去了给我爸当沙包？"

姜稚月一本正经地道："不对啊，书里都是这么写的，富二代空降家族企业，并与秘书产生一段旷世绝恋。"

贺随摸了摸她抬起的小下巴说："那不太可能，我爸雇佣的都是有夫之妇。"

两人又在厨房腻歪了一会儿。

姜别被晾在下面好半晌，终于忍不住打电话过去催。

姜稚月讪讪地挂断电话说："我哥催我了。"

她又有点儿不想走，之前不想回去是不知道要怎么面对奶奶，今天是实实在在地舍不得贺随。

姜稚月跟树袋熊似的抱住他说："小哥哥，妹妹要走了，过年记得想我噢。"

贺随低低"嗯"了声，送她到门口，把行李箱交过去。

姜稚月走出两步，舔了舔干涩的唇角，回过头说："要不要——"

贺随轻易领悟到她想说的话，长臂伸展开将人拉回一步，他俯身弯腰，亲了亲她的嘴唇。

薄荷味一触即散。

下一秒，身后传来姜别硬邦邦的声音："贺随，我并不想当面欣赏法式热吻。"

"特别是，和她。"姜别一手拉住姜稚月的衣领，一手扯过行李箱说。

连告辞都不说，拉着人走进了电梯。

姜稚月进了电梯，屈指蹭着嘴唇，透过反光镜看见旁边的人正看着她，立刻怂了，放下手，以免给哥哥造成"我还在回味"的错觉。

她清了清嗓子说："哥哥，你明年实习有什么打算吗？"

姜别不多犹豫地说："去公司帮爸爸，怎么？"

姜稚月也不知从哪儿来的底气嘚瑟道："我男朋友就不一样了，人家不靠家里。"

姜别眸光渐沉，笑意阴恻恻地说："给你重新说这句话的机会。"

222

姜稚月脊背发凉,挠了下脸颊说:"哥哥,每个人都有每个人该走的道路。"

她轻咳一声,拔高音量壮胆:"而你就不一样了!你简直就是小说里的男主人公,毕业空降公司,将家里的基业打拼至另一个高峰!"

姜别淡淡睨一眼她道:"继续。"

姜稚月往墙角靠,准备等电梯门一开就冲出去。

几秒后,"叮"的一声,电梯门缓缓打开了。

姜稚月瞅准机会,拔腿跑的同时笑起来说:"我就是男主人公的妹妹,有着美丽的外表和良好的教养,与世界上最最最最好的男人双宿双飞。"

姜别抬起头,目光悠远绵长,小姑娘蹦蹦跳跳地往停车区跑。

身影轻快,透着愉悦,一切伤心就此而止。

未来将会美满,将会顺遂。

大年三十晚上,姜稚月坐在静安巷子的卧室里,拉开窗帘看对面广场升空而上的烟花。

姜晚上楼叫她下去吃邻居家带来的糕点,口中还感叹着:"姐姐,桂花酥可香了!"

姜稚月被连拖带拽地拉下楼,大厅里围坐着不少面生的人,她的脚步不自然地顿住了,下意识想回屋。两人出现在楼梯口,那群人的目光立刻移了过来。姜稚月接受众人的注目礼,头皮不停地发麻。

也不知是哪家的阿姨,笑容满面地说:"姜奶奶你家可真好,这三个孩子个个长得漂亮。"

姜稚月的脚底像被粘在地上动弹不得,她不太擅长应付这种场合,确切地来说是很不自在。前些年每当有人上门拜年,她总怕奶奶把她单独拎出来说事,冷嘲热讽一顿实在令人难受。

她挠了下脸颊说:"晚晚,我先上去拿手机。"

姜晚疑惑地一垂头说:"手机不是在手上吗……"

姜老太太的视线定格在女孩儿匆忙离开的背影上,眸光沉了下去。旁边的客人笑着问:"矮一点儿的,是您亲孙女吧?"

姜老太太不应,旁边的女人自知说错话闭上了嘴。

姜晚闷闷地下楼,走到桌旁想拿着糕点上去,怕客人说她没礼貌,只敢拿一小块。她的意图被看穿,姜老太太轻声叫住她说:"囡囡。"

姜晚蔫巴巴"嗯"了声,小心翼翼地一抬眼喊道:"奶奶。"

没有预想中的责怪,老太太俯身拿起精致的碟子说:"都拿上,和姐姐一起吃。"

姜稚月咬着桂花酥，趴在阳台的栏杆处往下看，天空的烟花一阵接一阵地绽放，仿佛不知疲倦。借着微弱的光线，她看见一辆黑色轿车由远及近，正好停在了她们家门前。

车里下来一个老爷爷，拄着拐，精神头十足。身旁还跟着个熟人，蒋教授搀扶着老爷子，笑意盈盈地走进院子。

姜稚月猝不及防被嘴里的糕点呛到，涨得小脸通红。

没多久，驾驶座与后座的人也相继下车。

刚参加完宴会，贺随穿着深蓝色西装，衬得身姿越发颀长。他微抬起头，视线扫过二楼，阳台处一晃而过的身影没能躲过他的眼。

姜稚月闪身进了屋子，忙不迭地把化妆品铺满桌子，对着镜子开始抹粉底液。

姜晚凑过来，面露疑惑地问："姐姐，你为什么要化妆啊？"

姜稚月耷拉着脸，昨晚熬夜看了本漫画，眼睑下方的黑眼圈盖不住，又涂了层遮瑕才遮住那片鸦青色。她长呼一口气，语重心长地告诫妹妹说："晚晚，以后找男朋友一定要找个靠谱儿的。"

不要像贺随一样，"一言不合"就见家长。

而且是在她毫无防备且没有提前通知的情况下！！！

姜别上楼叫人，他习惯性地一敲门喊道："稚月，来客人了。"

姜稚月正对着镜子梳头，将每根发丝都梳得完美精致，从头到脚都散发出"不愧是我"的小得意。灯光将她两颊处的腮红晕染得更为动人，她弯起唇角，细声细气地说："知道了，哥哥。"

姜别感觉有股寒意从尾椎骨升腾而上，他垂下眼帘，伸出手捏住她的腮帮子。

然后——使劲揉搓。

姜稚月的脸就像他手中的面团，被捏成各种形状。她瞪大眼阻止道："你等等再发疯好嘛，哥哥！"

姜别面无表情地松手，眸光沉沉地凝视着她。

姜稚月眨眨眼，有点儿紧张地抓住了裙摆。她盯着姜别再次抬起的手，随着他伸手的动作如慢镜头般地后退道："别揉了，妆都花了。"

这次姜别没有蹂躏她的腮帮子，只是单纯地捏了下她的脸颊，随后他放柔声音，安抚她道："别紧张，贺爷爷通情达理善解人意。"

姜稚月高悬着的心慢慢落下，脑袋里紧绷的神经也松懈了。

姜别单手抄兜，嘴角弯出弧度，有一丝丝欠揍地说："他肯定能理解是贺随死皮赖脸先喜欢你的。"

姜稚月："……"

大厅内，因为贺家人的到来，低迷的气氛再次被炒热。贺老爷子不端着架子，令屋里的几个小辈有机会上前攀谈。

贺随就静静地站在爷爷身边，余光却不自觉地瞥向楼梯处。

姜稚月跟在姜别身后，她挺胸抬头给自己打气：等会儿若是场面一度尴尬，那就讲一些姜别小时候更加尴尬的经历来缓解气氛！

听见脚步声，大厅里的人看过来，贺老爷子被围在中间，慈祥的神情中多了几分意味深长。他拎起拐杖，十分不乐意地敲了敲孙子的小腿说："快把你媳妇领过来，让我好好瞧瞧。"

老爷子的声音中气十足，在场的人都听得很清楚。

姜稚月的脸颊蔓延开热度，如果不是她的表情管理精妙，此刻脸部线条定然狰狞无比。

贺随没有因为爷爷的称呼局促半分，他泰然自若地走上前，在女孩儿面前站定，施施然牵起她的手说："爷爷眼睛不太好，我领你过去。"

姜稚月突然不想给他牵，手指紧紧攥起说："你马上要失去我了。"

贺随故作担忧，抬眸环视一周，笑着和她打商量说："媳妇，给个面子？"

那个有点儿土味的称呼从他嘴里冒出来，让姜稚月脑袋"轰"的一下炸了，面部表情管理失控，她牙关颤抖，稳住心神挤出了一句："回头和你算账。"

贺随牵着姜稚月走到老爷子跟前，老爷子连连说好："你外公肯定也喜欢，看着就乖。"

姜稚月用余光看向身边的人，贺随恰好垂眸，眼神相撞的那秒，她心中的紧张感顷刻间消失了。

能够被喜欢的人喜欢，被他尊重的家人承认，她突然有了源源不断的信心和勇气。

漫漫此生，也不过如此。

送他们一家出门，姜稚月和贺随落在最后面。两对父母站在车前说话，院子里灯光暗淡，没人注意到他们。姜稚月胆子变大了，蹭过去主动牵住贺随的手说："新年快乐呀，小哥哥。"

贺随一俯身，嘴唇凑近她的耳朵问："这又是什么称呼？"

姜稚月侧头，耳尖蹭过他的唇瓣，彼此皆是一愣。她抬手捏住耳垂，小幅度往旁边挪步子，没挪动两步就被揽住了腰。

贺随收紧手臂，将人抱进怀里，下巴抵住她的发顶，声线缱绻温柔地说："新年快乐，小朋友。"

姜稚月不想被看见，只好靠进他怀里说："突然袭击，你玩上瘾了是吗？"顿了下，她加重语气佯装愠怒道："今天的事情我记住了！"

小姑娘咬字清晰，凶巴巴夗毛的模样很像布偶猫，奶声奶气的，毫无威慑力。

贺随很轻地笑了声问："那你想怎么罚我？"

姜稚月认真思考两秒，仰头直勾勾地盯着他说："从今天开始到开学，你要每天给我发一句——稚月小可爱，我错了，我以后再也不敢了。"

后半句话她掐细嗓音，顺便做出双手合十的姿势来回晃，布偶猫可以招财吗？

贺随微眯起眼，控制住撸猫的冲动。

他腮帮子微动，言简意赅答应道："行。"

蒋媛和姜母相谈甚欢，不知不觉忘了时间，直到寒风把人吹得瑟瑟发抖。蒋媛堪堪回神道："那等过几天，我约你出来后再细说。"

她拉开车门，忽然发现把儿子落下了，忙喊道："小随，我们该走了。"

贺随抿唇看着面前的女孩儿，转身走出两步，不紧不慢地转头又走了回来，俯身和她平视。

男生的眼睛明亮而清澈，里面满满全是她的影子。

姜稚月意识到他要离开，眼底流露出不舍，手指捉住他的衣角，小幅度地晃了两下。

贺随清了清嗓子，郑重其事道："稚月小宝贝。

"我错了——

"我以后——再也不敢了——"

姜稚月眼皮子跳了跳，机械地抬头去看他们的表情。

蒋媛先是愣了下，和丈夫面面相觑了几秒说："儿子以后的家庭地位堪忧啊。"

守岁至凌晨一点，姜稚月钻进被窝，手机在床头充电，她按亮了屏幕。

贺随五分钟前发了条消息：我好像说错了。

姜稚月："？"

那边回复了两条语音消息，她点开第一条，贺随低沉沙哑的声音回荡在耳畔："我把小可爱说成了……"

语音条播放完毕，自动接下一条。

"小宝贝，该睡觉了。"

"……"

姜稚月没拿稳手机，"啪嗒"一声砸在了脸上。她揉了两下被砸疼的鼻梁骨，重新看向聊天页面。

心虚地把头埋进被子里，戴上耳机再次播放第二条语音。

低音炮在耳边炸响，她可能今晚都睡不着了。

正月初八李哥在群里招呼大家下午集合，剩下三分之一的工作争取一周内赶出来。"南瓜头"在线上狂得不得了，发了个小杰瑞狂扇猫脸的表情包，配文：我打死你个臭不要脸的。

李哥不是常看手机的人，隔了半个小时才云淡风轻地回复：徐骞这个年过得挺好啊？

后面龇牙笑的表情阴恻恻的，姜稚月后背汗毛直竖，心中为徐骞点上了一排蜡烛。

家里的司机当天就送她过去，姜稚月弓身下车。不等进录音棚，隔着半个走廊就听见了徐骞的鬼哭狼嚎，他冲出门躲到她背后说："隔着网线，恩怨两清不好吗？"

姜稚月无奈地被迫卷进了一场战役中："李哥新年好呀。"

李哥也不看她，伸出根手指头指着"南瓜头"说："你有本事发表情包，现在躲什么？"

徐骞差点脱口而出"网线一拔，恩怨去一边"的江湖规则，他紧紧抓住姜稚月的肩膀，小声和她讨商量："稚月你帮我这次，我就告诉你个好事！"

姜稚月不太想知道是什么好事，她只想快点儿逃离这场硝烟四起容易殃及池鱼的战争。她把李哥伸出的手指头掰回去，从包里掏出把瑞士折叠军刀，示意对方速战速决。

徐骞瞪大眼道："你们两个狼狈为奸！"

姜稚月趁机闪人，走进录音棚和几个老师打过招呼，安静地坐在一边熟悉剧本。

徐骞被收拾得不轻，捂着屁股回来后，蔫巴巴地趴在旁边的长沙发上。几个小姑娘调侃李哥手下留情，不然这会儿他准得进医院。

姜稚月跟着笑，徐骞恶狠狠剜她一眼说："有什么好事我都想着你，你倒好！"

姜稚月无辜地一眨眼睛说："你倒说说是什么好事情啊。"

徐骞别开脑袋不理她，过了半刻钟屁股上的疼痛消退不少后，他坐直身子掏出包里的宣传册，扉页上画着一辆奥迪的机车："CSBK 今年的总决赛在申城举办，组委会打算选几个年轻的主持人搭档请来的明星艺人，顺便博话题扩大影响力。"

徐骞是传播学院的专业生，平时接触到对口工作的机会本来就比其他人多，他能得到这份业内的宣传册不足为奇。

姜稚月抿唇试探道："你想参加啊？"

徐骞愣了两秒，抬起宣传册一拍她的脑袋说："我通知你，当然是想你去参加了。"

"我为什么要去参加——"姜稚月往后一靠，百无聊赖地翻弄着台词本，"我又不走主持人的路，也没什么兴趣。"

徐骞展开宣传册摆到她面前说："你难道不想亲口宣布这次决赛的冠军是谁吗？"

"不……"后面的字被堵进了喉咙。

姜稚月眼睛一亮，脑海中不由自主地浮现出一幅画面，她站在主持台亲眼见证贺随冲过终点，由她亲口宣布这次的冠军属于 FIO，属于贺随。

好像，是有点刺激哦。

徐骞放柔语气，循循善诱道："明白我的点了吗？"

姜稚月脸上的笑意一寸寸扩大，明眸善睐的模样格外乖巧，甜妹的长相绝对会受万千机车爱好者的喜爱。徐骞暗暗地想，一旦她拿到了主持人的特权，那他近距离观赛的梦想不就成真了？

主持人选拔分三轮，初选筛掉长相不佳者，二轮清掉业务能力不强的花瓶，第三轮决出最后的主持团。女 MC（主持人）选两个，男 MC 由国内顶流艺人担任。

吸引来粉丝流量，比赛的关注度自然会提升。

姜稚月仔细阅读完宣传册，发现主持人比赛当天的基本工资和志愿者的收入相同。虽然她不是奔着钱去的，但这家组委会未免也太抠门了！

徐骞为了他的观赛宝座，继续引诱她说："你看，国内顶流男团哎，和'爱豆'近距离接触。"

姜稚月不吃这套，说道："我的偶像比他好看多了。"

徐骞洗耳恭听，看她慢吞吞地打开手机，神神秘秘地挑出了张照片。屏幕上的男人懒散地坐在机车上，刚摘下头盔额前的碎发凌乱却不难看，恰到好处地给他凌厉的五官添上几分平易近人的感觉。

猝不及防吃到一嘴狗粮，徐骞眉心抽搐着夺回她手里的宣传册说："我后悔了，我就不该告诉你。"

姜稚月："……"

A大开学早，配完那部剧剩下没两天，姜稚月收拾完行李准备提前回学校。

姜晚舍不得她，过几天她也要重新回学校上课。因为前几年都留在家里，怕课程跟不上，姜母请了家庭教师给她补习。

姜别将车开到大门前，懒得上楼叫人，索性打过来一通电话。

姜稚月安抚好小妹妹出门，上车后揪住安全带，斟酌着说辞。可能是太过于欲言又止，姜别轻飘飘地拆穿她说："想问什么？"

姜稚月一梗，偏头看向他说："哥哥，我听说公司最近注资了一项节目。"

姜别冷冷睇她一眼问："然后？"

姜稚月试图走后门，但姜别这个不善的眼神却明确地告诉她：如果你这么做了，我看不起你。

她默默收回不理智的想法说："没然后了，就问问。"

车开到学校大门前，贺随踩着点发来了消息：到哪儿了？

姜稚月：学校门口，你回了吗？

贺随：我在宿舍楼底下等你。

姜别目不斜视，车子稳稳当当地驶入宿舍区停在楼前。姜稚月用余光四处寻找那抹熟悉的身影，还好小贺同志藏得隐秘，她长吁一口气。

有点儿像偷情怎么办？姜稚月咬住舌尖，心虚地咳嗽了两声。

姜别下车帮她取出行李，本打算帮她抬上宿舍楼的。姜稚月连忙拦住他，一本正经道："哥哥，我自己上去吧！"

姜别握紧行李箱的拉杆，若有所思地眯起狭长的黑眼。行李箱的重量不轻，往常她肯定撒娇耍赖求他帮忙，事出反常必有妖。

姜别一松手，气定神闲地让开了位置。

姜稚月笑意盈盈，她单手拉着行李箱准备上台阶的时候，人轻松地迈上去，箱子却"哐"的一声摔在了地上。她感受到有道炙热无比的视线落在脑壳上，说："手滑了，一点儿都不沉。"

姜别看着她努力保持笑意的模样，忍住了上翘的唇角。

姜稚月一鼓作气搬起箱子，到了大厅外面冲他一挥手说："你快回去吧，我上去啦。"

姜别眉梢抬了几寸，迈开步子回到车里，以一种极其缓慢的速度驶出了她的视野。

姜稚月等了五分钟，在大厅拐角处探头探脑的。宿管阿姨狐疑地瞧着她问："同学，你是哪个宿舍的啊？"

姜稚月乖巧地站好说："阿姨，我是 414 一床。"

阿姨核对信息后放过她问："箱子抬得动吗？要不要帮忙啊？"

姜稚月连忙摆手道谢，她把箱子留在大厅，快步跑出了宿舍楼，依旧没看见贺随。

她正想打开手机联系他的时候，对面的行道树旁不紧不慢地走出个人。

贺随几步走到她面前，口袋里的手机恰好响起。姜稚月闻声抬头，黑白分明的眼睛沉淀着光，她站在台阶上，就着这个高度扑到了他怀里。

贺随早已预料到她的举动，手臂揽住她的腰说："你慢点儿。"

姜稚月像八爪鱼粘在他身上，双腿盘住他的腰问："你怎么回学校了？"

他前几天说要晚点儿回。

贺随眉眼带笑，他拖长音调，声线懒散又勾人地说："回来有事。"

姜稚月习惯性接茬儿道："什么事啊，导师又让你改方案了？"

贺随一摇头，揽住她的手臂收紧力道，靠近她耳边轻声说："拐你回家。"

"……"原来他早早蹲守在宿舍楼底下！打的是这个主意！！！

姜稚月双手捏住他的脸颊，一板一眼地控诉道："你不安好心，蓄谋已久！"

贺随不应，示意她继续说。

姜稚月挖出还给了高中语文老师的词汇道："居心叵测，不怀好意，简直是禽兽，要对我这只小可爱下手。"

什么叫给点儿颜色就想开染坊，给个杆子就往上爬？这大概说的就是姜稚月。

贺随耷落下眼帘，眼角漾着笑说："我也不介意，打破约定当个禽兽。"

姜稚月瞬间被扼住了命运的后颈皮。

眼前的男人笑意不变，他一抬手，指腹蹭着她的唇瓣，暗示意味很浓。

姜稚月学乖了，缩起脖颈儿指了指大厅说："你等等，我去拿箱子。"

主动服软起到效果，回公寓的路上风平浪静的，姜稚月扑腾扑腾乱跳的小心脏受不起折腾，她需要缓缓。

贺随解开指纹锁，提起她的行李箱放在玄关处。弯腰换鞋的空隙，姜稚月拽住他的衣角说："看在我主动跟你回家的分儿上，你就大人不计小人过，行不？"

贺随直起身子，轻而易举地将她抱到置物架上，双臂顺势撑住她的身体两侧。

姜稚月大脑中的危险进度条"噌噌噌"蹿到爆表："我最近胖了，这么坐架子会坏。"

她正经地伸出一根手指头，在两人面前晃了晃说："一个吻，可不可以？"

贺随眸光沉沉，忽然笑起来，桃花眼勾出一道弧度。他微一倾身，嘴唇吻在她的指尖，最后报复性十足地用牙齿轻轻咬住了。

放在半年前，姜稚月有可能不懂这个举动的含义。

但经过陆皎皎的荼毒，她不可避免地往那个上面想了。

贺随松开她的手指，兴味盎然地欣赏着她的脸色由白变红的过程。

他可能，吓到她了。

姜稚月鼓起腮帮子，闷闷憋着口气，是什么能让一个正经冷脸的 Bking 变得如此色气满满，仅凭她一人之力怕是没这本事。

贺随不再逗弄她，换下鞋提起行李箱往侧卧走。放在箱子上的手提袋掉落在地，里面装着的宣传册露了出来。他弯腰捡起，目光停滞了几秒。

——CSBK 主持人招募进行中。

他不动声色地收回去，转身后唇角却忍不住翘起了一个不太明显的弧度。

海选初轮定在后天，徐骞收到的消息是光报名人数就达到了一千人，其中有不少想混进去见偶像的小迷妹。但现在的小迷妹自身修养很到位，吹拉弹唱剪辑样样精通，姜稚月还真不敢保证能获胜。

姜稚月打算晋升到决赛再通知小贺，于是拜托徐骞和她去了海选现场。早上七点钟，她爬起床洗澡，吹干头发拉开衣橱选衣服。

贺随端着杯子出现在门口，也不问她做什么，只说："右边白色的更好一点儿。"

姜稚月半信半疑，没那么多时间考虑，将手指搭在睡衣边沿，马上要掀起衣摆的时候，后知后觉地看向他问："你怎么还不走？"

贺随懒洋洋地靠在那儿，脑袋微侧着说："你没赶我走。"

姜稚月蒙了，缓缓抬起手指着太阳穴说："脑子是个好东西，有些话需要说明白吗？"

贺随沉默两秒，抬起眼帘意味深长地凝视她说："说不准——有人想让我帮她换衣服。"

姜稚月眨了下眼睛，下一秒伸开双臂做邀请状。面对色气满满的男人，需要以更强硬更不要脸的方式回击。

小姑娘脸上带着"你有本事就给老子上"的挑衅，贺随舔了下后槽牙，硬是挤出点儿笑，几天不见，段位有所提升啊。

姜稚月得意扬扬地抬起下巴，以为他会知难而退，没想到贺随竟然面不改色地走进来了。

还不忘顺手关上门！

姜稚月笑不出来了，她磨磨叽叽着往后退，脚后跟抵住床脚，猝不及防地跌坐在床上。

贺随顺势单膝抵住床面，捉住她的手腕轻轻捏了下说："先换上面，还是下面？"

姜稚月想把他推开，但手腕使不上力，她唇瓣张了张，不等吐出推辞的话就整个人被放倒了。

贺随依旧是那副寡淡的神情，除了眼角眉梢染着浅浅的笑意，其他与平常无异。谁能想到，刚才那句话是从他嘴里冒出来的呢？

姜稚月稳住心神，不打算服软地说："上面吧。"

以前到这地步，小朋友就主动认输了，段位升高后连忍耐力都变强了不少。

贺随不保证自己的忍耐力够不够，他隐在暗色中的喉结滚动两下，眸光隐晦不明，敛起动情的迹象，淡淡地回应说："行啊。"

姜稚月屏住呼吸，感受到男人的气息慢慢落下，他的嘴唇掠过她的锁骨，温热的呼吸铺洒下来，若有若无的触感一阵接一阵地落在皮肤上。

直到他的唇瓣落在她胸前，接近第一颗纽扣的地方。

姜稚月缩起脖颈儿，扬声叫他的名字："贺随！"

她的手抓住他的头发，男人的发丝很软，发梢处有些扎手。她的心脏用力跳动，大脑变得空白一片。

贺随微直起身子，语气挺理所当然地说："小朋友，是你让我换的。"

姜稚月气急，抓他头发的力道稍稍加重说："你是属小狗的？换衣服用手啊，谁让你用……用……"她的视线飘忽不定，看见他胭脂色的唇瓣，心跳又剧烈地加快了几拍。

贺随伸手把她捞起来，慢条斯理地掏口袋，在她好奇的目光下扯出了一条红蓝格的领带。

姜稚月突然有种不太好的预感。

几秒后，这种不太好的预感成真了——她被贺随用这条领带捆住了手腕！

危机感四起，姜稚月放软声音撒娇道："你这是干什么，松开好不好？"

红色衬得人皮肤白，贺随怕弄疼她，系得不紧。他摸了摸她的脸颊说："这样就乖了。"

姜稚月："……"

床边扔下一件粉色的睡衣外套，不过几分钟又掉落了一条粉色裤子。姜稚月穿着白色吊带坐在床上，手边的领带松开半截，她轻易挣脱掉了。

贺随拎起旁边的白色毛衣给她套上，细心地将困在毛衣里的长头发撩出来。

静电摩擦弄得她额前的刘海儿飘起，他摊开掌心帮她将平。

"小贺同志。"

贺随抬起眼帘看向她："嗯？"

姜稚月有点儿挫败，抓起一边的领带说："这都用上了！"

贺随弯眼一笑，捏住她的手指，让她自己看指甲有多长："小猫的爪子该修理了。"

姜稚月昨天刚做的延长美甲，她悻悻地缩回手，捡起床上的光腿袜穿好。

出门的时候贺随仍然没有问她的去向，只说让她出门注意安全，有事记得联系他。徐骞在楼下等她，姜稚月快走两步到他跟前，两人打车到了酒店。

组委会拉到了靠谱儿又钱多的赞助商，只是个主持人选拔赛，就搞得好大阵仗。

门前签到登记的小姐姐递给她号码盘，46 号。

徐骞打量路过的环肥燕瘦，啧声道："不知道的，还真以为是选美比赛。"

姜稚月一本正经地问他："那你觉得我美吗？"

徐骞侧头看了眼经过的小姐姐，又看了她一眼，甜是甜，美是美。

他在自己一马平川的胸膛前比了个波涛汹涌的手势说："你没有这个啊。"

姜稚月抬起拳头，弯起眉眼笑意盈盈地问："你知道这是什么吗？"

徐骞咽了咽口水说："拳头。"

"这是一个能把你的脑壳捶碎，把平原捶成丘陵的拳头呢。"姜稚月细声细气补充道。

"……"

酒店休息室临时改成了后台，姜稚月找到自己的座位坐下，旁边的女生聚在一起聊天，谈论内容多是这次男 MC 的新鲜资讯。

比如哥哥又出了新专辑，哥哥下个月发售的新写真。

姜稚月不追星，对她们的话题也一知半解，索性垂头玩手机。

没过一会儿，控场人员来叫号，一到十号为一组，分五组进行初试。今天主要是看形体礼仪，通过率百分之六十。

第一组结束回到休息室，几个女生自暴自弃道："完蛋了，我肯定被刷了。"

姐妹们争相询问原因，女生长叹口气说："一共五个评委，有一个没来，剩下的四个只给了我一票。"

追星而来的迷妹关注点不在这上面，只问："Eve来了吗？是他本人吗？"

…………

轮到姜稚月这组时，她调整好号码牌，跟着队伍走上台。因为不是选秀节目，到场的只有CSBK的组委会成员以及赞助商和知名赛车手。

姜稚月排在最后，开始不太理解前面小姐姐暗暗的惊叹声。当她完全站上台，放眼望去，对面的评委坐席区坐着一排"秀色可餐"的男人时，她愣住了。

如果中间那个不是姜别，姜别旁边不是贺随，说不定她能心平气和地欣赏那位Eve的美色。

姜别显然不太耐烦，脸上明晃晃地裱着"你们别惹我"几个大字。组委会的人请示赞助商代表的意思，他挥手让台上的人开始自我介绍。

姜稚月的喉咙哽住了一团棉花，大脑急速运转匿名参加大赛的可能性有多大。

大概是零，她没有随即换脸的功能。

挡在她面前的人一个个离开，姜稚月避无可避地出现在众人视野内。她捕捉到姜别有一瞬间的失神，反观她的小男友倒是很淡定。

姜稚月清了清嗓子，细软的声音经麦克风的过滤，略颤的尾音被放大了无数倍。

"各位评委老师好，我是46号姜稚月。"

姜别不说话，贺随也一言不发。唯独那位Eve兴味盎然地看过来，前面的整容脸看得他眼疼，这个清新脱俗的甜妹很合他的眼缘。

Eve的眼线拉得很长，带着女人的妩媚问："姜稚月是吧？"

姜稚月握着麦克风，眨眨眼问："您有问题吗？"

姜别拉过话筒，直接剥夺了Eve的发言权。只见全场权力最大的赞助商代表脸色铁青，唇线紧抿，努力忍住上前砸场子的冲动。

姜稚月听见敬爱的赞助商代表说："你会学猪叫吗？"

"……"喵喵喵？

贺随也愣住了，在桌子下碰了碰姜别的胳膊，无声地询问他这是什么操作。谁想姜别冷面无私·赞助商代表的人设丝毫不崩，静静地看着台上的女孩儿。

Eve 不太敢惹小老板，吞下满肚子的疑问，为姜稚月点上蜡烛默哀。

姜稚月算是看出她哥哥是想让自己知难而退，她偏不如他意，凑近麦克风喵了几声。

周围参赛的小姐姐笑出声，压抑低沉的气氛渐渐变得活跃轻松。

姜别眉心抽搐着冷声问："这是猫吧？"

赞助商代表的表情实在称不上愉悦，姜稚月一抿唇，故意掐细嗓音回复道："这是只有毛病的猪崽，叫出来的声音像猫一样。"

姜别有点儿气她自作主张，来参加比赛前和家里说一声，能省去不少不必要的麻烦。其实公司里已经内定了两位女 MC，举办比赛仅是走个过场罢了。

现在倒好，姜稚月来掺和一脚，他是按照规矩办事，还是再开扇后门送她直通决赛成了问题。姜别捏了捏眉心，眼神示意旁边的 Eve 提问。

Eve 摸不清小老板的想法，不敢提奇怪的问题："如果在主持现场，有人不小心踩到你的礼裙导致你当场走光，在这种情况下你会怎么做？"

姜稚月垂眸略微思索片刻说："看对方是不是故意的。"

Eve："能简单解释一下吗？"

姜稚月抬头，神情无害地说："故意踩掉我的裙子，我会找机会报复回去。如果不是故意的，我就先下台整理，然后和大家道歉。"

Eve 第一次见不说场面话的女生，好不容易压制住的好感再次蹿上来。他在表格上打了十分，悄悄凑到小老板旁边说："小姜总，我看她挺不错的。"

姜别脸色好转不少，斜睨着 Eve，颇有种"别说废话"的得意。

轮到贺随提问，他面前的铭牌上写着"FIO 副队长"一行字。姜稚月和他对视几秒，眉毛耷落下来软乎乎地求他嘴下留情。

贺随接收到她的暗示，指腹轻轻摩擦了下话筒问："请问，你为什么来参加比赛？"

姜稚月莫名紧张起来，呼吸迟钝许久，眼神相撞的片刻，她看见男人眼底藏着的缱绻情愫，与外表的冷漠寡情毫不相衬。

Eve 以为她紧张，主动接茬儿说："贺队，万一人小姑娘是冲着我来的，当面承认多害羞啊。"

姜稚月咬了下舌尖说："的确是为了喜欢的人才参赛的。"

Eve 扬眉，准备好接受小迷妹的告白时，恰好听到她满含甜蜜的话语："我千里迢迢从北城赶来，路过冰天雪地，只为赴你一面之约！"

姜稚月深情款款地念诵着上部剧的配音台词，滚瓜烂熟的肉麻句子从嘴里蹦出来，她哆嗦一下，最后不紧不慢地补充上赴约的对象。

"啊——我的贺随队长！"

Eve 尴尬得满地找头，合着是他自作多情了。

Eve 决定找回颜面，轻咳一声翻开她的报名表，上面赫然写着申城本地人。申城 A 大在读，他高深莫测地告诫贺随道："贺队，现在的小姑娘惯会说花言巧语，还从北城赶来！"

妥妥一南方本地妹子。

贺随淡睨着他，没有想接话的意思，推开话筒前极为客气地回应姜稚月说："谢谢你的喜欢。"

回到后台休息室，半个小时后电子屏公布入围名单。姜稚月很害怕她会被姜别，她的亲哥哥亲手刷掉，在倒数第三排找到自己的名字后，她紧绷的神经放松了。

身边的女生边拿出粉饼补妆，边和小姐妹感叹道："近距离一看 Eve 的颜根本不抗打，还不如旁边那两个小哥哥颜值在线。"

"你说赞助商代表和 FIO 的副队？"小姐妹一撇嘴说，"赞助商代表不清楚，那个贺随风评不好，我男朋友最讨厌他们车队了。"

"为什么啊，我刚刚百度他的资料，比赛成绩很可以呀。"

小姐妹一脸不耐说："FIO 的前队长吃兴奋剂，车毁人亡。这事你知道吗？保不准他们一整个车队都喜欢搞这一套。"

"……"

姜稚月听不下去了，收拾好东西起身离开。她站起身迈出一步，那个小姐妹和她同组，立刻压低音量说："这女的喜欢贺随，当场表白超级刺激。"

"结果呢？贺随说的什么？"女生十分好奇地问，"他超酷啊，当场拒绝有没有很尴尬？"

姜稚月脚步停住，安静地转身凝视着她们。察觉到她的视线，女生悻悻地摸了下鼻尖。

耳根子终于清净了，姜稚月翻了个无情的大白眼转身就走。

刚拐出休息室的房门，有人从身后抱住了她。

男人长臂揽过她的肩膀问："和别人闹不愉快了？"

姜稚月的脸部线条绷得格外紧，一副看起来不太好惹的样子说："也不算，没给我闹的机会。"

她们简直太厌了，看见她回头立马闭嘴不敢说了。

贺随在门外听到一点儿，谈论内容和 FIO 以及舅舅有关。他抬手放到

236

她发顶上揉了下说："不必介意。"

姜稚月不说话，走出酒店大门，骤降的温度冻红了她的鼻尖。

沉闷地吸了吸鼻子，她忍不住情绪低落地说："我介意。"

"她们那样污蔑你，我特别介意。"

她认为全世界最好的人，被她们口中的污言秽语弄脏，她们不分青红皂白地描绘并传播那个丑陋的形象，以至于最后根本不会有人再去关注他真正的样子。

贺随一弯腰，从她手中接过围巾，动作温柔地替她戴上。

脸上没有丝毫的不开心，即便他也听见了那些并不好听的谈论。

"堵不住别人的嘴。"他拉起围巾边沿遮住女孩儿泛红的鼻尖，手指往后捂住她的耳朵，"那就别让她们影响到我们。"

姜稚月憋了一肚子的火，像气球一样突然瘪气了。

下一秒，车道旁停下一辆车，后车厢的窗户缓缓降落，露出姜别冷漠的脸说："上车。"

姜稚月偷偷躲到贺随身后，艰难地寻找求生方法。酒店里陆陆续续走出了许多参赛选手，几个女人装作不经意般上前刷脸熟。

姜别懒得应付，索性升上了车窗。

姜稚月拉住男朋友的手说："怎么办？赞助商代表想当着你的面潜规则我。"

贺随认真思考了她担忧的问题，拉开副驾驶的门让她坐进去，而自己绕到了姜别的另一侧上车。

车厢静谧，气氛颇为压抑。

司机大叔感受到这份窒息的逼迫感，打开音响放了曲舒缓的钢琴曲。

贺随靠在靠背上，看了眼好友喊道："姜别。"

被叫到名字，赞助商代表不耐地抬起头。

贺随抬起眼帘，笑容懒洋洋地说："稚月是我女朋友。"

姜别最后的耐性消耗完，颇为不耐烦地用手肘掊他的腰腹说："所以呢？"

贺随看着他，吐字清晰地重复了遍小朋友担忧的问题："我女朋友担心赞助商会潜规则她，我先警告你一下，不准这么做。"

姜稚月："！！！"

姜别："呵呵……"

第九章

甜度加载 80%

A 大开学当日，姜稚月办理完手续，跟着舍友回宿舍的途中，听见隔壁班的人说有人退学了。不是休学，而是直接退学。

舍长的好奇心被吊起，蹭到她们边上听八卦。得到了准确消息，退学的人是梁黎，原因是家里没有钱再供她读书。

陆皎皎感慨，奖学金和助学金再加上她打工赚的钱，完全可以支撑下去。

姜稚月神情微动地小声道："可能遇到别的事了吧。"

三月中旬，比赛进入第二轮，考察有关机车比赛的知识。姜稚月搜了些资料看，但看不太懂，弄懂排量和车型后，时间不剩几天了。

周末回家碰见姜别，建筑院下学期的课表是每周一节课，他长时间消失在视野里，姜稚月还真有点儿想念他。

姜别手中的文件正巧是比赛的策划案，姜稚月偷偷摸摸地瞄了眼，抱住他的胳膊不撒手说："哥哥，我最近特别想你。"

姜别伸出两根手指头极度嫌弃地揪着她的衣袖，解救出手臂，一连串动作表现出"不潜规则，不开后门"的古板无趣。

"你不是有个很厉害的男朋友吗？"他勾唇轻笑着问，"来求我做什么？"

姜稚月一咬牙，继续忍着笑说："他最近忙着练车，我不想打扰他。"

姜别捏着手里的文件夹，云淡风轻地瞥她一眼说："你去找张秘书要份复习资料，考题不能给你。"

这和直接给考题有什么区别？姜稚月福至心灵，看讲义挑重点还能难倒她？

姜别意味深长地欣赏着她志在必得的表情，转身上楼处理文件，不忘反手锁住书房的门。

当天下午，张秘书开车到姜家门口。姜稚月恭候多时，接到电话就跑出去，然后目睹了张秘书将接近十本近代史课本厚度的纸搬下车。

张秘书笑眯眯地和她打招呼，摇摇晃晃地搬着半身高的资料进屋，放在桌子上。离开前给她加油，姜稚月蔫巴巴地道谢，掀开顶层的资料页瞬间没了看它的欲望。

姜稚月终于认清楚了一个事实：姜别绝对是在玩她！

贺随回学校前回了趟家，蒋媛下学期的课程少，只负责大二的日语文学选读。这会儿留在家里帮老公孩子做饭，结果儿子跟着媳妇跑了，老公出差半个月，只留下她独守空房。

蒋教授有苦难言，今天贺随主动回家，她逮住机会要大展身手，开心地问："儿子今晚想吃什么？"

贺随打算回来拿个东西就走，忙说："妈，晚饭我不在家吃了。"

蒋媛问道："回学校找稚月吗？不如叫她来家里吃饭。"

"不是，今天晚上车队开会。"贺随不想瞒她，补充道，"下个月决赛。"

蒋媛激昂的热情被一盆冷水浇灭，她眼神暗了暗，拉开椅子坐下。一时无言，空旷的客厅陷入沉寂。

贺随垂至身侧的手指蜷起，他不习惯向谁解释，把所有的话咽进了喉咙。

回房间找出参赛证明，他收进口袋，拉开房门回到客厅。

蒋媛依旧一动不动地坐在那儿，眼角泛红，表情隐忍悲恸。她眼睁睁地看着亲弟弟离世，又怎么会忍心让儿子重蹈覆辙？

贺随没有一意孤行地去做什么，跟舅舅学赛车，舅舅出意外后为舅舅比赛。他觉得可以做到的事情，在母亲看来是危险可笑的。

蒋媛直勾勾地盯着他朝门口走去，突然拔高音量喊道："小随……咱不去比赛，行不行？"

贺随沉默了，脑海中像电影倒带般浮现出多年前蒋冲最后一场比赛的场景。他也在现场，本要振臂欢呼为蒋冲喝彩，然而下一秒冲在最前面的人，却径直撞向了护栏。

所有观众都愣了，鲜血溢满道路两侧，救护车发出刺耳的回旋声。

比赛中止，有人跳出来指认蒋冲赛前服用兴奋剂，造成这样的悲剧纯属咎由自取。

贺随攥紧拳头，敛去外露的神色向她保证道："妈妈，不会有事的。"

贺随从家离开后，打电话给毛杰和林桤，叫他们去学校外的酒吧喝酒。

大学生去酒吧不少见，男生喝酒更是不奇怪。毛杰反复看了对话框三遍说："我去，随宝约我们去喝酒？"

以前哪次不是他被生拉硬拽，脸上一副宛如良家妇女看强盗般的嫌恶表情。

林桤拎起宿舍钥匙扔进口袋，理智地分析道："和家里闹矛盾了吧？都快决赛了，蒋教授肯定不同意。"

毛杰仔细一想说："还叫上小学妹吗？我怕咱俩安慰不到点上。"

林桤睨下他，眼神中有种"榆木疙瘩开窍"的赞赏说："喝酒就别了，等喝完让小学妹接他回公寓。"

贺随先一步到酒吧，入夜后大厅热闹非凡。在角落找到了空的卡座，他招来服务员点了几瓶酒，服务员犹豫着问："这酒度数很烈，您自己喝可能……"

贺随屈指敲了两下桌面，言简意赅地说："死不了。"

服务员小姐讪讪地点头，目光在男人好看的侧脸流连，觉察到对方散发出的不悦，快速收回视线离开了。

林桤习惯性地带了保温杯，"啪嗒"一声撂在桌上，格外吸引人注意。

旁边卡座的女生好奇地打量着他们，明里暗里撺掇小姐妹去要联系方式。

毛杰摆出个自认为无比帅气酷炫的姿势，结果被贺随简单仰头喝酒的姿势秒成渣。旁边女生的讨论声更大了，问："这是不是宋荷喜欢的那个学长？"

"他们俩参加峰会的合照我看过，应该是他。"

毛杰感慨，BKing后援队成员真是遍地开花。他凑过去小声问："随宝，边上那几个女生你认识吗？"

贺随冷淡地睨他一眼，打开新的酒瓶，倒满了面前的酒杯。

毛杰摸了下鼻子说："行行行，不打扰你喝酒。"

没过十分钟，女生口中的宋荷闻讯赶到，上次想约贺随没成功，这次看他的样子该是失恋，她正好能乘虚而入。

小算盘打得啪啪响，女生和酒保要了杯度数低的鸡尾酒，款款走向贺随所在的卡座。

毛杰剥开果盘里的花生塞进嘴里，以一副看戏的模样说："今晚的第一个搭讪者即将上场。"

宋荷停在贺随身边，微俯身，用掐细的嗓音娇柔甜腻地问："学长，你今天怎么来这儿了？"

贺随闻言，侧目凝视着她，眼底闪过晦暗不明的冷意，修长的手指搭在玻璃杯壁上敲了敲，无声示意她——来喝酒，你是不是眼睛不太好？

宋荷抿唇笑了笑说："学长，你还记得我在澳大利亚向你推荐的酒吗？"

她放下手里的鸡尾酒，液体呈现出火焰的红，一层接一层递进。

贺随却连眼皮子都不抬一下，十足的冷漠。

小女生尴尬地站在一边，毛杰主动打圆场说："小学妹，你别惹他了，小贺学长心情不好。"

宋荷咬住嘴唇，怯生生地看了眼贺随说："那我，不打扰你们了。"

贺随酒品不错，喝醉不会耍酒疯。林桤任凭他喝，中途去卫生间的时候给姜稚月发消息：贺随来酒吧喝酒了，心情不太好，过会儿你来接他吧？

顺带发送了实时定位。

于是，姜稚月收到的定位消息便是：零零六酒吧一层大厅男卫生间。

等了许久才盼来的时机，宋荷怎么会轻易放弃？她为了贺随参加峰会，不惜砸钱求教授的宽裕名额。虽然得到了同贺随近距离相处的机会，但她却连爱意都没能成功地表达出。

女生对男性的征服欲熊熊燃烧，贺随起身去卫生间，她便依依不舍地跟了上去。

男厕所她进不去，只好在门外等。贺随进去洗脸，用冰凉的水驱散酒精带来的晕眩感。他揪起衣袖闻了闻，沾满了酒吧的烟味。他想，今天还是不要和小朋友见面了，怕熏到她。

走出卫生间，对面的女生立刻迎了上来。

宋荷搀扶着他的手臂，仿佛搀扶一位腿脚不便的老爷爷说："学长，你没事吧？"

贺随蹙眉，抽出手臂淡淡回复道："没事，谢谢！"

宋荷跟着他说："学长，我有话想对你说，你能不能听我说完再走？"

或许是峰会搭档的情谊，又或是酒精麻痹了他的神经，男人缓缓抬起头，礼貌而疏远地"嗯"了声。

她攥紧衣摆，鼓足勇气上前说："学长，我很喜欢你。第一次见到你的时候就喜欢了，我参加峰会是因为你。其实我对比赛获奖没有任何兴趣，我只对你——"

贺随冷淡地打断她说："我现在不是单身，也没有分手的打算。"

宋荷哑然，抬头看着他。贺随站在墙边，脊背挺直，漆黑的眼瞳有些迷蒙，冷意被酒精驱散了许多。就是这片刻的柔情，让她遏止不住地走到了他面前。

　　毛杰领着姜稚月来找人，猝不及防看见这场景说："我去，这什么情况？"

　　陌生的女生搂住贺随的脖颈儿，马上就要踮脚吻上去。

　　姜稚月脑门上浮现出一连串问号，然后下意识地冲了出去。

　　贺随想着对方是个小姑娘，留点儿颜面对谁都好，不料她会做此举动。刚准备推开她的前一秒，宋荷强吻的动作也停住了。

　　她后脖颈儿的衣领被人拽住了，而后有女生略显不满的声音响起："下嘴前不看看是不是有主的肉，纯属是找揍呀。"

　　姜稚月弯唇，脸颊两侧的梨窝甜美可人地说："同学，你说呢？"

　　宋荷敌不过她的力气，被扯开一米，眼见到手的学长飞了，还被正主抓住了，饶是脸皮厚也经不住这等尴尬。

　　女生灰溜溜离开了，毛杰轻手轻脚同时开溜。

　　灯光昏暗的走廊中只剩下差点儿被戴绿帽的小姜，以及假装醉酒不省人事的小贺。

　　姜稚月努力告诫自己今晚小男友情绪不好，她更要体贴，便说："你最好给我解释清楚。"

　　贺随慢吞吞地靠到墙上，伸手捏了捏鼻梁，声音有点儿奶，像是撒娇地说："好晕啊。"

　　姜稚月眉心抽搐，硬露出个浅淡的笑说："行，那我们回家再谈。"

　　她没处理过喝醉的男人，此刻有些无从下手。最后选了个妥当的方法，把他的手臂搭在自己肩膀上，艰难地移动脚步。

　　贺随顺势半靠在小姑娘身上，觉察出她力不从心，索性收紧手臂，将人拉进了自己怀里。

　　姜稚月脚步不稳，鼻尖和男人坚硬的胸膛相撞，涌起酸涩感。

　　贺随低头，下巴抵在她肩窝说："你不来我也会甩开她，不会让她得逞。"

　　姜稚月哼哼两声，依旧不满意地说："这次被我撞上了，下次呢？"

　　贺随直起身子，眼角泛着醉意的酡红。两人对视几秒，他抬手开始扯衬衫衣领，锁骨半隐半现。

　　姜稚月稳如老狗，静静地看着他的一举一动。

　　忽然，垂在身侧的手被他牵起，最后落在锁骨上。

贺随眉眼弯弯，表情带着几分引诱说："如果不放心……就做个标记啊。"

姜稚月的指腹触碰到他微凉的肌肤，下意识缩起指尖。周围偶然经过的路人投来好奇的视线，她脸颊发热，匆忙替他系上衣扣。

出了酒吧，路灯昏暗是最好的掩饰，凉风吹散了脸上的燥热。

姜稚月调整呼吸，走出两步后停住脚步，转头面向他，语气严肃认真地说："标记是要做的。"

贺随的酒劲也被风吹散了许多，但没听清楚她的话，正要弯腰重新听一遍，姜稚月捉住他的衣领，牙齿轻咬住他藏在领子里的锁骨。

微微的刺痛感，驱散了贺随所剩无几的醉意。他低低"嘶"了声，但没躲开，抬手按住她的后脑勺，她可真是牙尖嘴利的小奶猫。

姜稚月松开嘴，垂眼看她咬的痕迹，牙齿印还没消下去，比边缘的皮肤深了两个度。

贺随抬眉，手指抚上牙印说："你咬的。"

姜稚月理所当然地说："我咬的，以后就只能是我的。"

贺随勾唇，笑意逐渐加深，俯身靠近她拖长音调说："行，不光这儿，全身上下都是你的。"

姜稚月咽了咽口水，"啪"的一声拍开他的脑袋说："正经点儿啊，别耍酒疯。"

贺随敛起神色，牵起她的手继续走，也不说话。姜稚月开始胡思乱想，小幅度抓住他的衣袖，轻声问："你今天，为什么不开心啊？"

贺随摇头道："没有不开心。"

姜稚月跳到他面前，手指按住眼尾和嘴角往下拉着说："毛杰说你今天的嘴马上要耷拉到地上了！"

贺随不瞒她了，说："把蒋教授惹毛了，过几天我得去哄哄她。"

姜稚月猜到是决赛的原因，鼓起腮帮子思忖道："要不带上我？我去帮你和阿姨说。"

夜色无止境蔓延，贺随抬眼安静地看着她，忽然伸手捏了下女孩儿的脸颊说："你好好准备自己的事。"

一说到她的事，姜稚月脑海中瞬间蹦出了张秘书运来的资料。她随身带了三分之一，想着等贺随酒醒了让他帮忙划重点。离复赛还剩五天，她必须赶在比赛前把资料看完。

姜稚月严肃认真的表情逗笑了贺随，他揽过她的肩膀慢悠悠地往公寓的方向走。

积攒一下午的坏情绪，因为她的到来全部消散不见。

姜稚月拿出期末背近代史的用功程度对待各类机车的讲义，以至于和陆皎皎走在路上，面前蹿过一辆摩托车，她能目测出它的排量。

陆皎皎用哀怨的眼神幽幽凝视着她说："为爱发狂，魔怔了吧。"

姜稚月目送那辆排量不高即将报废的摩托车远去，视线收回时捕捉到校门口一抹熟悉的身影，定睛一看那道身影和姜晚有九分像，她不确定地掏出手机拨通了晚晚的电话。

然后，与保安争执的那个小人，也同时拿出了手机。

保安大哥不让姜晚进门，说："今天不是开放日，学生进门得出示校园卡。"

姜稚月横空出现，拉住小姑娘的手臂说："叔叔，这是我妹妹。"

保安看了眼她递出的校园卡，半信半疑地放人进门。

姜晚上周就回学校读书了，身上穿着运动款的校服，宽大的袖子套在她纤细的胳膊上，像是戏台子上唱大戏的演员。

姜稚月拉着她走到车道边，耐住性子询问道："晚晚，你怎么来这儿？"

姜晚揪着书包带，欲言又止地看着她说："姐姐，我想你了，就打车过来找你。"

姜稚月虽然感觉出她在有意掩饰什么，但晚晚不肯说，她也不好逼问。带着姜晚去南苑吃饭，中途偶遇了要去上专业课的林桤和毛杰。

毛杰见过姜晚，用一脸奇怪的表情说："今天不是周三吗？小学生放假了？"

姜晚瞪着他，底气不太足地反驳道："是初中生。"

毛杰连连点头，不和小孩子斗嘴。马上到上课时间了，没空再多聊两句，两人就道别走了。

南苑餐厅此时无人，卖饭的阿姨都聚在一起聊天。姜稚月早上也没吃饭，点了份番茄牛腩，姜晚眨眨眼问："只要牛腩，不要番茄好不好？"

姜稚月笑吟吟地说："不可以哦，挑食不好。"

姜晚耷拉下嘴角，拉开书包找纸巾，不小心弄掉了一张试卷，轻飘飘的纸页落在姜稚月脚边。试卷上除了老师批改的痕迹外，还存留着几笔恶意的涂抹。

小学生水平的涂鸦画，空白的地方用黑色签字笔写满了"脑残""傻子"之类的词语。

姜晚抢先一步弯腰捡起，顾不得整理妥帖便直接塞进书包里，慌张的

244

神色里带着欲盖弥彰的意味说："我下次不在卷子上乱画了。"

姜稚月嘴唇紧抿，默不作声地绕到对面将她的书包拿起。

姜晚不肯松手，两只手紧紧抓住书包说："姐姐，我考得不好，你别看了。"

姜稚月一言不发，加重力道从她手里拿过包，"刺啦"一声拉开拉链找出刚才的试卷。上周的语文小测验，虽然成绩不太理想，但对于姜晚现在的情况来说已是大有进步。

姜稚月的目光定格在那几个刺眼的字上问："是谁写的？"

姜晚攥紧手指，小声得不能再小声地说："一个男同学。"

姜稚月展开试卷，抚平其上的褶皱，用手机拍下照片。按照姜晚的个性肯定不会告诉家里，她在微信里找到姜别，将图片发送过去说："我先跟你去趟学校。"

姜晚反射性地摇头，恳求意味十足地捉住她的衣袖说："姐姐没关系的，别去了。"

周树海对晚晚如何，姜稚月都看在眼里，动辄打骂，更别说去帮受欺负的孩子讨说法了。

姜稚月感觉脑门上的火烧到了三丈高，她努力压制住脾气，挤出一个安抚的笑说："晚晚，被欺负了就要反抗，知道吗？"

去学校的路上，姜稚月还能感觉到姜晚的抗拒。

姜稚月收到贺随发的消息，那边建筑系刚下课。

姜稚月：我陪晚晚去趟学校，她被欺负了。你开车来学校接我吧，争取十二点前完事。

今天是蒋教授的生日，姜稚月准备和陆皎皎到商场挑礼物的。希望处理完毛孩子的事情，还有时间去买礼物。

姜稚月越想越气，不由自主地打开手机的相册查看那张被乱涂乱画的试卷。她看见都气得火冒三丈，若放在她身上，那罪魁祸首指不定哭多少次了。

但，姜稚月身边的女孩儿毫无反应，甚至想隐藏起来，她想就这样默默地吞下这口恶气。

车子停在学校门前，正赶上放学的高峰期，校门口被接孩子的家长围得水泄不通。

姜晚眼见阻止不了，索性不再抗拒地说："我们走侧门吧，那儿不挤。"

姜晚带着姜稚月来到行政楼三层，她们班的班主任还没走。中年男人推开门看见她们，先是训责道："姜晚？你上午去哪儿了？我给你家里打电话没人接，以后不准这样了。"

姜稚月上前一步，挡在老师面前说："宋老师，我是姜晚的姐姐。"

面前的女孩儿看起来比姜晚大不了几岁，说起话来软绵绵的，丝毫没有威慑力。

班主任敷衍地"嗯"了声问："你是哪个班的？"

姜稚月对这个老师的第一印象不算好，她遇到的老师脾气暴如牛的有许多，唯独缺少这种喜欢用鼻孔看人的类型。

姜晚有点儿怕班主任，又担心班主任训姐姐，鼓足勇气辩解道："老师，我姐姐已经大学了。"

闻言，宋姓班主任终于正眼看向姜稚月说："噢，长得显小。"

"……"

姜稚月一时难以做出善意的表情回应，便开门见山地说明了来意："宋老师，我想找你们班的宋哲同学谈一谈。"

班主任怔愣半秒，不等反问，姜稚月冷淡地拿出试卷递过去说："这种情况，也不知道您管不管。"

卷子上的字符确实不堪入目，班主任捏着试卷，面色不虞。

良久，他长叹口气赔笑道："小孩子间开玩笑，我替他给姜同学道个歉。"

"大可不必。"姜稚月实在想不通，这老师是真的佛系还是想包庇谁，"您把他叫来就好。"

班主任推眼镜的动作显得很不耐烦，他推开身后的办公室门，打发她们走："他在哪儿我也不知道，你让姜晚带你去找吧。"

姜稚月脑门上冒出了三个问号。

办公室的门被"咔嚓"一下关上，里面那位明摆着是不管不问，不想掺和。

姜稚月倒想看看初三的小孩儿路子能多野，在别人试卷上乱涂乱画的，是手长残了还是脑袋坏了？她护短，最看不得自己护着的人受欺负。

姜晚拦不住她，一路小跑着跟在她身后。

到了操场通往后门的小巷子，有人扬声喊了句"哲哥"。对面的厕所里慢悠悠地走出个挑染着黄色头发，面容却稚嫩的小男生。

宋哲哼着曲，身旁簇拥着四五个走起来拉风，看着又不好招惹的小哥们儿。

姜稚月垂头又看了眼手里的试卷，果然字如其人，上面那个"傻"都写错了。

她迈出一步，发现衣摆被身后的小尾巴拽住了。姜晚不太放心地说："要不，还是让哥哥来吧！"

　　姜别那一身腱子肉露出来能把小孩儿吓哭，姜稚月已经想象到那个画面：拥有天使脸庞的姜别当着初三小男生的面，撸起袖子，扒开衣服，用肱二头肌和发达的胸肌挑衅。小孩儿，就是你欺负我妹妹？

　　不知为何，略感猥琐。

　　姜稚月抖了下肩膀，试图抖落满地的鸡皮疙瘩，稳住心神递给姜晚一个安心的眼神，抬步走向不远处的男生。

　　宋哲利用小兄弟当护盾，拢住打火机火苗点燃指尖的烟。

　　忽地，火苗晃动两下，一道细软好听的声音在耳畔响起。

　　"请问，是宋哲同学吗？"

　　姜稚月笑起来的样子极具蛊惑力，宋哲愣愣地抬起头，和她视线相对两秒，不算白皙的脸颊竟然泛起了绯红。

　　社会哥的人设不能崩，他清了清嗓子，扯着稚嫩的嗓音装冷漠地问："你有事吗？"

　　姜稚月笑吟吟地点头，将手里的卷子撑到他面前说："年纪不大，嘴巴很恶毒，谁教你的呀？"

　　宋哲下意识后退，看清试卷上的字符问："噢，你是小傻子请来的救兵？"

　　姜稚月又被他的代称惹得火冒三丈，从牙关挤出了一句："对呀，专门来收拾你这只跳脱的猴子。"

　　宋哲没反应，他周围的哥们儿倒是反应挺大。

　　初三十几岁的小孩儿表示不满也就那么两招，言语辱骂外加肢体触碰。

　　肢体触碰还不是长时间的触碰，比如轻轻碰一下敌人的肩膀，再佯装触电缩回手。

　　宋哲任由那些哥们儿造势："你是高中的？没事别管闲事，我们哲哥就是看小傻子不顺眼。"

　　姜稚月的肩膀被其中一个杀马特按住了。

　　宋哲推开那人的肩膀，走上前深吸了一口烟，准备喷在姜稚月脸上的时候，一本书从天而降堵住了他的嘴。

　　贺随手上的力道不小，把宋哲的脸蛋儿都压变形了。

　　他垂眼扫过男生指尖的烟，弯唇扯出一点儿笑问："往哪儿喷呢？"

　　男人间的较量通常通过眼神和面部表情来进行，而宋哲修炼的功夫不到家，稚嫩的小脸蛋儿被捏成了白面团子。

贺随眼神冷，像凝结着冰碴儿。他手指不松，一不小心从小男生脸上抹下来一层土色粉末。

姜稚月离得近，瞬间看清了那层粉末是什么东西说："呀，这小孩儿还化妆。"

宋哲的秘密被戳穿，奋力反抗挣脱开贺随的钳制，举起拳头朝对方的脸蛋儿招呼，但不成功，半途被贺随截住了。

成年人和小孩儿的力气对比悬殊，宋哲憋红了脸，不肯认输道："有种你放开我——"

话音刚落，贺随施施然松开，摸过他脸蛋儿的手指对在一起搓了搓。

这个动作落在宋哲眼里，无异于挑衅。

语文老师在课上说过：人活着就是为了争一口气。他有点儿上头，情绪不太稳定，红着眼眶就冲过来说："我和你拼了！"

姜稚月拽住贺随的衣摆示意他小心，一眨眼的工夫，宛如窜天猴蹿过来的小炮仗被人按住了脑壳。贺随的耐心渐渐消失，问："闹够了吗？"

宋哲的气焰顿时湮灭了。接二连三地输在一个人的手上能说明什么问题？说明不管修炼几辈子，你依然打不过他。

小孩儿摆出个认栽要打要杀任君发落的坦荡姿态，挥手让旁边的小哥们儿都退下。

姜稚月无语半晌，有人撑腰的感觉就是不一样。她清了清嗓子，走到被按住头颅的宋哲身边，和他对视的时候近距离观察他的脸。仔细看看，清秀中带着几分妖，除了皮肤黑了点儿，放在同龄人堆里，也是扎眼的存在。

怎么就想不开了？

宋哲没好气地问："这位哥，你能松手了吗？"

姜稚月拉了拉贺随按住他脑壳的手说："我和他说。"

宋哲被放开，得到解放后的第一件事就是先摆弄下头发说："不就是道歉吗？我这就和她道歉。"

姜晚一直躲在姜稚月身后，看见男生走到她面前时，眼底闪过一丝无措。

宋哲极其不自然地挠了下脸颊，道歉的话绕到嘴边，硬是说不出口。

姜稚月往后退了步，挡在他们两人中间说："道歉的话，留在家长和老师面前再说吧。"

宋哲："……"

宋哲家长不接电话，班主任放下手机，他没料到姜稚月能搞定宋哲本人。这会儿态度一百八十度大转弯，他严肃地看向宋哲问："还有哪个家长能来？"

宋哲不太情愿地回应道："我姐。"

他报上电话号码，班主任打过去，那边几乎是立刻就接通了。

班主任一连说了几个好字，挂断后和在场的各位说："宋哲的姐姐一会儿过来。"

办公室坐北朝南，正午时分阳光斜射入窗户，给整个房间铺落一层融融的暖色。

姜稚月站在正对窗户的位置，抬眼便能看见和她相对而立的男人。一瞬间，她脑海中浮现出了贺随穿校服的模样。虽然她没见过，但凭着想象，轻易勾勒出一幅画面。

国际高中的校服是西服款式，贺随上高中时不太守规矩，最多穿校服的白衬衫。那件又沉又厚重的外套被当成坐垫，只有上体育课时才发挥作用。

贺随抬眼，和她四目相对，信步走到她面前说："我们正好回去陪我妈吃晚饭，不急。"

姜稚月差点儿忘了这茬儿，无辜地眨动眼睛，紧张的心情又被他勾出来了。

半个小时后，宋哲的姐姐赶到了办公室。年轻的女人扎着高马尾，小脸白肤，很眼熟。

姜稚月目光幽幽地剜了眼小男友：快看，你的桃花妹妹。

宋荷的视线定格在贺随身上，愣住半秒，随即不解地看向班主任。

班主任伸出中指一推眼镜，顺便解释道："这位是姜晚的姐姐。"

宋荷的目光重新落回贺随脸上，班主任也望过去，咳嗽一声不知如何解释说："这位是——"他记得姜晚的资料上还有个哥哥。

然而，下一秒"哥哥"清淡地开口补充道："姜晚的姐夫。"

姜稚月："……"

宋荷："……"

班主任将前因后果给宋荷讲了一遍，被涂涂画画的卷子摆在桌面上。宋荷站在宋哲身边，当着所有人的面掐住小男生胳膊上的肉问："谁教你欺负女生的？"

宋哲龇了口气说："疼疼疼。"

宋荷拎着他走到姜晚面前，按住弟弟的脑袋说："道歉吧。"

宋哲始终昂扬的头被迫低下，冲姜晚九十度鞠躬说："对不起姜晚，以后我不会这么做了。"

姜晚局促地站在原地，想让他起来，又不知如何开口。

宋荷随着弟弟一块弯腰说："对不起，是我们没有教育好他。"

姜稚月起初对这个女生的观感不好，毕竟是意图强吻她男朋友的人，此刻她又有所动容。

双方达成共识，鉴于宋哲道歉态度还算良好，姜晚不打算继续追究了。

姜稚月虽然心里还窝着一小团火，但最后默默忍住了，将姜晚送回教室说："晚晚，以后受了欺负要告诉我们，知道吗？"

姜晚讷讷地点头，不由自主地瞥了眼走进教室不久的男生说："知道了姐姐。"

贺随开车过来的，他先走一步去后门提车了。姜稚月下到一楼碰见宋荷，视线交织碰撞出了激烈的火花。

宋荷向前走了两步说："姜稚月，新传学院大一新生，贺随的现任女朋友。"

姜稚月不明所以，礼貌回答道："资料正确。"

宋荷深以为自己刚才的话是挑衅，但这姑娘竟然不气不恼的，甚至有心情和她开玩笑说什么资料正确。她长呼一口气，拿出大二学姐的架势说："我弟弟欺负你妹妹是他做得不对，你不继续追究，我谢谢你！"

"不过，我是不会为那天的事道歉的。"宋荷说，"我喜欢贺学长，并且愿意等他分手。"

姜稚月一抿唇，神情无害地问："那你万一等不到分手，怎么办？"

像重拳捶在棉花上，宋荷实在想不通，贺随怎么会喜欢这只软趴趴的生物。

姜稚月也觉得自己的声音毫无威慑力，于是压低声线说："学姐你的人生观价值观很正，就是爱情观稍有偏差，希望你能尽快矫正。"

贺随将车停在车道边，亮起前灯示意她。

姜稚月笑吟吟地迎上宋荷逐渐黑化的眼神说："学姐，我们先走了。"

车厢内，气氛一时凝滞。姜稚月按灭手机屏幕，百无聊赖地靠在靠背上听歌。中途，姜别终于忙完，看到姜稚月发的消息，没太看懂消息的意思，发来个"？"。

姜稚月发了条语音，将事件始末交代了一遍。

那边暂时没有发来回复。

到了独栋别墅门前，贺随从置物柜里拿出一个精致的长方形礼盒。姜稚月疑惑地问："这是你送给阿姨的礼物吗？"

"替你买的。"

姜稚月猛然坐起说："这怎么行？我第一次送阿姨礼物，你代劳的话会显得我很不礼貌。"

贺随坐直身子侧目端详着她，桃花眼弯出一道浅弧，眼中藏着笑说："我都是你的，我买的礼物当然也是你的。"

姜稚月想起前不久因为宋荷差点儿吻了他，自己一怒之下在男朋友脖子上烙下的标记。

她忍不住脸红，眼睛不敢往他的脸上看，说："你闭嘴。"

贺随眼皮抬起，长长地"噢"了一声，轻声道："看来是我说错话了。"

呼，他总算意识到自己的脸皮有多么厚。

这种调情的话是随时随地都能说的吗？

姜稚月"慈祥"地摸了摸他的头说："小贺同志，这种错误以后不能再犯了哦。"

贺随斟酌半刻，指尖蹭了蹭鼻梁骨，很有深意地翘起了唇角。

姜稚月脑中的危机警报骤然被拉响，她解开安全带倾身过去捂住了他的嘴。贺随轻浅的气息铺洒在她的手背，带起一阵战栗。

姜稚月声音轻了许多："我好像猜到你想说什么了。"

贺随忍笑，平静地看着她。

"你想说——好啊，替我家小朋友给我妈妈买礼物，也没毛病。"

姜稚月说到"我家小朋友"几个字时，不自然地别开脸，白皙的小脸染上了红晕。

贺随拉开她的手，眼睛弯成月牙说："真聪明。"

"……"

姜稚月用另一只手打开礼盒的盖子，里面装着一条手链，她问："多少钱？我转给你。"

贺随眸光沉沉，深知在这方面小姑娘坚守底线不肯退让分毫，就去掉价格的尾巴，再打个五折，他坦然地说："五百。"

姜稚月半信半疑地问："真的有这么便宜？"

贺随思忖两秒，抬手指了指自己的嘴唇说："再加个吻。"

在家门口，随时随地会被蒋教授以及老父亲撞见，不知道他是怎么做到脸不红地索吻的。

姜稚月瞪他一眼，掏出手机转账了五百五十元。

贺随看着屏幕，反倒笑着问："我的吻只值五十块钱？"

姜稚月一本正经地纠正他说："你送我过来，打车钱四十块，剩下的那十块才是你的价钱。"

贺·特别廉价·随面无表情地推门下车。

前阵子贺随和蒋教授闹了不愉快，蒋媛深知儿子的性格，让他主动低头几乎不可能。但想起蒋冲发生意外的场面，她也不敢心软，于是僵持到了今天，贺随不能连亲妈的生日都不回家吃饭吧。

家里的阿姨做好饭菜，只等贺随带着未来的媳妇回家。

蒋媛和贺父坐在沙发上，频频抬头看表。

下午四点过五分的时候，家门被人推开了。姜稚月走在前面，迎上蒋媛的目光后，她有点儿局促地同两位长辈问好。

蒋媛打心底里喜欢这个小姑娘，笑吟吟地牵着她的手进到大厅。

"我也不知道你喜欢吃什么，就让家里的阿姨多做了几样。"

贺随被晾在一边，贺父给他使了个眼色，示意他去哄哄老母亲。

贺随走到沙发旁边挨着姜稚月坐下，一派淡然地拿起橘子慢条斯理地剥开。

姜稚月手中攥着礼物盒子，忽然反应过来，递到蒋媛面前说："阿姨，生日快乐！"

蒋媛看见盒子上的品牌标志，她常戴这个牌子的首饰。

姜稚月看了眼旁边不动声色地剥橘子的贺十元哥哥，决定替这对彼此拉不下面子的母子解决眼下的尴尬说："是贺随挑的，您看看喜不喜欢？"

闻言，贺随剥橘子的动作一顿。他似笑非笑地凝视她几秒，俯身抽出张湿巾擦干净手指。

蒋媛拆开盒子后嘴角的笑意压不住。之前品牌方的新品预售会，她随口提了句喜欢这条手链，没想到贺随就记住了。

蒋媛脸色好转许多，拉过姜稚月的手连连说："谢谢小稚！阿姨很喜欢。"

厨房里还剩两个菜，蒋媛进厨房帮阿姨打下手。贺父简单询问了两句贺随的近况，便打发两人上楼待会儿。

贺随的房间在二楼，隔壁是独立的放映室。姜稚月对他的房间挺好奇地问："我能进你的房间看看吗？"

男生的屋子难免脏乱，但姜稚月家里的那个男生从小精致到大，她都没见过姜别的臭袜子。贺随似是看出了她的心思，俯身轻捏住她的鼻尖说："可能有点儿味道。"

姜稚月更按捺不住好奇心，眼睛冒着光。

贺随走在前面，停在走廊尽头的房门前。动作缓慢地拧开门把，侧身让她进屋。

与他的公寓装潢风格相近，极简的北欧风，黑白灰的搭配透露出一股冷感。

姜稚月深吸一口气，试图捕捉到房间各个角落隐藏着的味道。突然发现过重的喘息声略显猥琐，呼出的气息憋在了鼻腔。

过滤掉各种复杂的气味，姜稚月只感知到清淡的木质香，与他身上惯有的味道一样。

贺随扬眉，手臂搭在她的肩膀上，笑意渐浓地问："看起来，你好像挺遗憾的？"

姜稚月拍开他的手，自顾自走到贴有相框的墙前。最中间的那张全家福，贺随站在一个年轻男人身侧。她凑近来端详，试探着问："这是……你舅舅吗？"

贺随点头，轻靠在桌沿静静注视着她。

姜稚月垂眸，最下方那张是蒋冲与贺随单独的合照。两人站在 FIO 俱乐部的门前，看样子贺随不过十三四岁，身形瘦小，皮肤白得病态。

她斟酌着说辞，半晌才说："你和阿姨讲清楚，她会理解你的。"

贺随直起身，走到她身侧，目光落在那张合照上，声音很轻，像是喃喃自语。

"再过段时间，再等等。"

万一，没办法查明真相。万一，所有的证据都被人销毁了。

姜稚月一侧身，伸手摸了摸他的脸颊，然后郑重其事道："没关系的。"

她眼睛很亮，蕴着光，熨帖又温暖。

"我陪你一起。"她认真地说。

从贺随家里出来，已经是晚上八点钟。姜稚月和蒋媛道别，弯腰钻进了车厢。

贺随被贺父拽住数落一通，经过老母亲身边时，俯身抱住她说："妈妈，生日快乐！"

蒋媛眼底渗出水光，当着孩子的面不好哭，拍了拍他的肩膀说："好了，路上小心。"

贺随低低"嗯"了声，绕到驾驶座上车，启动车子的动作慢了几拍。

把姜稚月送回女生宿舍，贺随递过去打包回来的甜点说："你都拿上。"

姜稚月想到宿舍里那几只嗷嗷待哺的小羔羊，没推辞，又问："我明天下午去比赛，复赛你还是评委吗？"

"嗯，想找我走个后门？"他翘起唇角，拉长音调说，"走一次后门很贵的。"

姜稚月解开安全带，膝盖撑住座椅，上半身靠过去，亲了亲他的嘴唇。

贺随目视前方，坏坏地提醒她说："监控在拍我们。"

姜稚月把这事给忘了，匆匆扒拉了下头发说："那没事，反正看不清我是谁。"

贺随淡睨着她，一只手揽住她的腰，另一只手帮她整理散乱的发丝，露出她清秀的小脸。

姜稚月正以一种极易擦枪走火的姿势，半推半就地靠在他怀里。

贺随捏住她的下巴，话语蛊惑地问："你说，宿管大妈会以为我们在做什么？"

姜稚月的大脑"嗡嗡"的，只要是略通黄色知识的成年人，用脚指甲都能猜到。

她吞了吞口水，一紧张播音腔就出来了："震惊！申城某大学惊现小情侣在车里嗯嗯哈嘿。"

"……"贺随没忍住笑出声，扶她起来。怕她磕到脑袋，就把手轻靠在她发顶处。

等她坐回副驾驶，他才拿出份 A4 纸说："上次组委会的老师让我出的题，明天会随机抽一部分。"

姜稚月头也不疼了，脸也不红了。

对比姜别那一摞材料，这才是该给人看的东西啊。

距离明天比赛还剩十几个小时，姜稚月迅速接过了他的救命符。推开车门下车，跑进大厅前还不忘递来个飞吻。

有男朋友还要什么姜别牌自行车。

贺随回到公寓，打开电脑恰好收到 FIO 队员调查的资料。蒋冲当年的体检是外包给了医院，具体的检验结果只能是专业医生给出的。

而给蒋冲做检查的医生，是如今的某主任医师。

贺随盯着屏幕上的名字看了许久，继续翻阅这位医生的资料，其中的子女档案栏引起了他的注意，怎么会那么巧？

他打开手机找到大学生峰会的群，宋荷恰好在群里发了条消息。

贺随退出群聊，私戳林桤：微信能发起临时会话吗？

那边回复得也快：不能，小企鹅可以。

贺随懒得再找废弃多年的企鹅号，索性关闭手机，准备当面再谈。

第二天下午，陆皎皎要跟着姜稚月去现场，美其名曰给姐妹撑场子。

有了贺随这台拖拉机，复赛进行得异常顺利，当然也不排除今天姜别这辆自行车不在现场。综合初赛成绩，姜稚月排在了第二位。

首位是公司内定的练习生，Eve下台后凑到姜稚月面前说："我听他们说，小姜总是你哥哥？那你也算半个赞助商，参加什么比赛呢？"

姜稚月面无表情地纠正他说："我不是。"

Eve想和她多聊两句，顺着她的话往下说："行，你不是。那你参加比赛干什么？"

他认识的姜别傲得不得了，本以为家里的小妹妹得有公主病，没想到这么好相处。

姜稚月思忖几秒，吐字清晰道："翻身农奴把歌唱。"

贺随走进后台时，映入眼帘的就是这副场景。被誉为娱乐圈长得最骚最妖孽的男人翘着臀趴在桌上，眯着一双丹凤眼打量他家的小朋友。

贺随眉心抽搐，不动声色地走到他身后，按住男人的后脖颈儿。

Eve骂了声，喊道："谁啊？"

转头发现是贺随后，立刻蔫巴了："贺队啊，你来后台找人？"

陆皎皎安静地在旁边玩手机，忽然意识到什么，眼睛变得格外亮。

姜稚月注意到她的星星眼，面露不解地问："你发现什么好玩的了？"

陆皎皎说："不瞒你说，我觉得他俩站一起好养眼。"

"……"

那边，男人间的斗争还未开始，Eve就因对手过于强大而举白旗。

贺随下巴微抬，点了点对面说："的确是来找人。"

Eve的眼神瞬间变得无法描述，前不久当众示爱的小妹妹，竟然在这么短的时间里搞定了贺随。

姜稚月比赛前收到贺随的消息，说是比赛结束了一起去见个人。

她收拾完东西，和陆皎皎说了声后问他："我们去见谁啊？"

贺随顺手提起她的包，牵着她的手走出两步，语气平静地回头说："和Eve叔叔说再见。"

Eve为了出道改过年龄，男生在二十岁到三十岁的年龄段内，难以看出具体的年龄。

外人眼里才毕业一年的小哥哥，其实已经二十六岁了呢。

姜稚月得知这个惊人的消息，一口气才喘了一半。来到学校外的咖啡厅，隔着玻璃窗看见里面的女人后，剩下的半口气差点儿把她憋死。

宋荷远远地望见贺随，巧笑倩兮地挥手示意。

姜稚月缓慢地、艰难地明白了事实真相——男朋友带她来见差点儿吻他的桃花，是想气死她呢，还是想气死她呢？

贺随屈指蹭了蹭鼻梁骨说:"等会儿给你解释。"

姜稚月露出个笑,非常得体识大局地点头说:"好的呢,解释不清楚你就要失去我了。"

咖啡厅放着悠扬的钢琴曲,浪漫惬意的环境,格外适合私会小桃花妹妹。

姜稚月坐在里侧,脸部线条绷得很紧,直勾勾地盯着宋荷,绝不允许她在自己眼皮子底下做出有违社会风气的事情。

贺随开门见山,毫不拖泥带水地拿出昨晚调查的资料一一摆到桌上。

宋荷嘴角的笑一丝丝退去问:"这是什么意思?"

贺随眉眼清冷,声音更淡地说:"我怀疑你父亲受人指使,给出不正确的检测结果。"

姜稚月脑袋里不正经的想法瞬间消失了,认真阅读面前的几份报告单。蒋冲的体检单上显示麻黄碱类与咖啡碱类超标,被医生判定为服用违禁药物。

右侧的履历书是宋荷的父亲,也就是宋志国的发展报告。

查出蒋冲服用兴奋剂后没多久,他由普通的医生升任为主任。但当时他头顶上压着许多资历更深的医生,按照惯例根本轮不到他。

宋荷咬着嘴唇,拔高音量问:"贺随,你是专程来羞辱我的?"

明知道她喜欢他,故意约她出来,又怀疑她的父亲涉嫌造假。

贺随神情淡淡地屈指敲了两下蒋冲的资料说:"也许是你父亲的失误,导致这位赛车手发生意外后背负恶名。"

宋荷没来得及看赛车手的资料,现在才颤抖着抬起眼帘看过去,这位赛车手的生命在年轻的二十六岁戛然而止。而他,本职工作也是医生。

宋荷平复心绪,冷静地问:"你找我的目的是什么?

"总不会是请我指认自己的父亲——"

话音未落,贺随抬头和她四目相对,近乎一字一顿地打破了她最后的念想:"是这样。"

宋荷猛地站起,座椅与地板摩擦发出刺耳的响动,引来其他客人的注意。

"我不会答应你的。"

贺随抬头,看向她的眼瞳深邃平静,没有预想中被拒绝而产生的怒意。

"我尊重你的选择。"贺随很有耐心地回复道,"也可以再等等你。"

他为了这一天已经等了太久,再等一段时间又何妨。

宋荷仓皇地拎起包跑出咖啡厅,姜稚月下意识跟着站起来,走出两步停住说:"我去和她谈谈。"

贺随捏了捏发涨的眉心,拉直的唇线稍稍上翘说:"别去了。"

"我不太放心。"

姜稚月虽然只和宋荷有过几面的缘分,但上次姜晚的那件事让她觉得,这个女生不该是不讲道理、懦弱退缩的人。

姜稚月攥紧拳头,语气更加坚决地说:"我还是去吧,毕竟都是女生,比较好说话。"

她拿起桌上有关宋志国的资料,边走边翻弄。上面除了他的职业信息,连私人的家庭关系都调查得一清二楚的。

宋志国是入赘的女婿,一直不受妻子家的待见,索性常住在医院。前不久与女同事的私密关系被发现后,引起了无休止的家庭争吵。

他的人际关系冷漠,对子女的教育更是不上心,所以才会教出宋哲那样不守规矩的孩子。

姜稚月快跑两步追上宋荷,对方早已发现她,没好气地睨她一眼说:"你追上来,不管说什么,结果也不会有任何改变。"

让她告发自己的父亲,开什么国际玩笑?

姜稚月喘匀气儿,挺直脊背不想输掉气势地说:"你心里其实不是这么想的。"

姜稚月猜,生活在那种环境中的女孩儿,心智成熟得早。面对父母感情不和,时常吵架,为了孩子和所谓的利益勉强维持着一段不美满的婚姻的时候,宋荷会不满,会怨恨,会将这种小心思藏在心底最深处,不敢轻易提及。而导致家庭不幸福的罪魁祸首,也就是她口中的父亲,她会想着如何去小小地惩罚他。如今,这个机会来了。

宋荷猝不及防地被她拆穿了心思,脸上的表情挂不住地说:"你胡说什么?"

姜稚月无辜地一耸肩,拎起手里的纸张晃了晃说:"我没胡说,上面写着的。"

宋荷抢过那几张纸,撕碎扔进了旁边的垃圾箱。

姜稚月缩起脖颈儿,倒也不是怕,就是担心怒火会烧到自己身上。

宋荷胸膛起伏,努力维持着自己的表情说:"别浪费时间了,我不会同意的。"

被戳穿心思后的正常反应:抵死顽抗。

宋荷走出几步,气不打一处来,于是转过头说:"也有办法,除非你和贺随分手。"

她抿出个很淡且意味深长的笑说:"这样我就答应你。"

态度两分钟内调转了一百八十度,不是不能答应,只是缺个能说服自己的理由。

姜稚月充分运用心理选修课上学到的贫瘠知识分析宋荷的心态说:"恼羞成怒后的异想天开,我理解你。"

宋荷:"……"

两人的争辩,以宋荷的小姐妹到来而宣告终结。

对面人多势众,姜稚月怕被打,友好地挥挥手告别道:"学姐,我们下次再讨论这道题。"

不知不觉进入四月份,下旬便是 CSBK 的决赛。

学院里通知到位,新闻系的学生需要参加大学生新闻稿竞选比赛,姜稚月忙得焦头烂额,四处寻找新闻点。

投稿完毕,又迎来了主持人比赛的决赛。

决赛主要看现场发挥,姜稚月拿到主持词即兴发挥,自我感觉不错,具体成绩要等周日公布。仔细想想 Eve 大叔说得也没错,搓一搓姜别的腿毛,说不准就入选了。

姜稚月趁贺随到实习公司面试的空隙,去了隔壁的楼。前台的小姐拦住她,问她找谁。

姜稚月不多想,脱口而出道:"找姜别。"

两个小姐姐面面相觑,敢直呼小姜总名字的人,也就董事长和这个不知来路、路子挺野的小姑娘了。

姜别让顶层的秘书亲自下楼来接,前台的小姐眼神更奇怪了。

姜稚月上到顶层,杀进姜别的办公室。大概是工作了的缘故,姜别穿着整套西装,坐在那儿有种不近人情深受资本茶毒的铜臭味。

她砸吧砸吧嘴,小声赞叹道:"人模狗样啊。"

姜别撂下手里的笔,缓缓地抬起眼皮看她。

姜稚月自觉改口道:"像模像样的,哥哥你工作的样子太帅了。"

姜别依旧面无表情地问:"来找我有事?"

姜稚月走到办公桌前坐下,伸出根手指和他讨商量:"总决赛的比分,我是不是这个位次?"

姜别知道她参加比赛后,本着避嫌的原则,不再过问比赛的事。

不过公关部那儿,还是希望能借机让指派好的练习生出道。姜别眸光渐沉,摸不清情绪地说:"我不太清楚。"

姜稚月勉强压制住嘴角的冷笑，还能有赞助商代表不知道的事？

"果然，出了学校的门，你我就不是兄妹。"她趴在桌上说，"姜别你好狠的心。"

姜别无语半晌，拨通内线联系公关部，交涉了十分钟才挂断。

姜稚月小心翼翼地动了动埋在臂弯里的脑袋，露出双清亮的眼睛瞅他。

姜别恢复面无表情的冰块脸说："暂压了练习生的内定计划，比赛一律公正评分。"

姜稚月见目的达成，不再装成小苦瓜，脸颊的梨窝微微凹陷，甜妹重新上线道："谢谢哥哥！"

姜别见惯了她的变脸术，问："还有其他事吗？"

姜稚月一摇头，懒懒地靠上椅背上说："小贺去面试了，我在这儿等等他。"

贺随面试的建筑工作室排名全国前列，不少专业对口的学生都想尝试一番。这一等等到了下午三点钟，期间被暂压内定计划的练习生不肯接受现实，吵着要见小老板。

练习生的脸经过人工塑造，哭时的表情不能太用力。

总归是美的，姜稚月不由自主地托着下巴欣赏。

姜别比她还淡定，听她哭诉的十分钟签下了五个上百万的单子，耳边的嗡嗡声终了，他不甚在意地反问道："哭完了？"

练习生怔住了，咬着嘴唇。

姜稚月不忍心把赞助商代表推到前面顶罪，不理解地问："小姐姐，公平竞争有什么不好呢？"

这会儿，练习生终于注意到她，女人瞬间怒目圆睁。

一起参加过比赛，而且挺进决赛的没几个人，此刻姜稚月出现在办公室，能说明什么？

——说明她到手的机会，被这个人抢走了。

思及此，练习生扑上去作势要扯她的头发，动作凶狠得来不及阻拦。

姜稚月的脸颊被她的长指甲划了一道，不过堪堪拦住了她的动作。

姜别一拧眉，站起身上前牵制住女人的手腕，不留余力地将人甩到一旁问："闹够了吗？"

练习生哭哭啼啼地说："小姜总，我才是公司内定的人啊，你不能因为她——"

姜别不顾绅士风度地打断她说："现在不是了。"

练习生愣住了，眼泪混杂着鼻涕流到了下巴颏。

姜别冷声补充道："人事部会提交解约合同，你好自为之。"

"……"

姜稚月往后一退步子，认清楚了一个事实：惹谁都不能惹赞助商代表。为了避免被小姜老板的怒火波及到，她选择了沉默。

下午六点钟，贺随面试完，在楼下等她。

姜稚月小声再小声地和哥哥道别，走出两步忽然想起了什么。一般的练习生连见他一面都难，刚才的小姐姐到顶层无人敢拦，其中肯定有她不知道的事情。

姜稚月吞了吞口水，绕到桌前压低声音问："哥哥，刚才那个姐姐不会是你想潜规则的对象吧？"

姜稚月以为他在和自己认真探讨这个问题，严肃地考虑后点头。

姜别眉心抽搐，低着头平复好起伏的情绪，抬眼和她对视几秒问："我看起来很饥渴吗？"

姜别不怒反笑，阴恻恻地拿出手机说："行，那我让那个练习生再回来。"

姜稚月猛地按住他的手说："我错了，哥哥。"

姜别笑眯眯地看着他，伸手指了指门口，无声地示意她没别的事就圆润地离远点儿。姜稚月一步三回头，步步谨慎，生怕一个不留神，姜别突然改变了主意。

好在出了办公室的门，姜别也没反悔，她长吁一口气，乘内部的电梯径直下到一楼。

电梯门打开，正对电梯的大厅门口，男人垂头摆弄手机。贺随穿一身正装，脖颈儿处的领带被抽走了，领口松松散散的，透漏出一股漫不经心的贵气。

姜稚月轻手轻脚地绕到他身后，戳了戳他的肩膀问："哥哥，卖保险吗？"

贺随单手解开西装外套的一粒扣子，脱掉外面的西装，只穿着里面的白衬衫问："这样还像吗？"

姜稚月挠了下脸颊，注意力全放在他那张好看的脸蛋儿上说："我说笑的。"

贺随弯唇，揽过她的肩膀一边慢悠悠地往外走，一边说："先去超市买菜。"

看样子今晚是回不了宿舍了，姜稚月挺有预见性地发消息给陆皎皎，今晚如果有学生会突击查寝，帮她瞒混过去。

贺随等她发完消息，头微微低垂几寸靠近她的耳朵说："忘记说了，家里只有一张床了。"

姜稚月的心跳骤然加速，脑海中不由自主地浮现出他们两个躺在一张床上睡觉的画面。

后知后觉忘记了问理由，她纠结的小表情异常可爱："客卧的床呢？"

贺随轻声解释道："上次你说床垫硌人，我就打算换个新的。"

"然后旧的床垫被拖走了，新的床垫还没到？"姜稚月将心底预测的答案说出来，并十分期盼不是如她所想。

然而，贺随赞扬的眼神外加鼓励的动作，证实了她的想法是正确的。

姜稚月："……"

姜稚月轻咳两声，眨巴几下眼睛说："或许，你可以睡沙发？"

从超市出来，贺随双手拎着两大袋食材，而姜稚月只拿着一盒容易被压坏的草莓。

回到公寓，姜稚月放下手中的小草莓，立刻奔向客卧，打开门却发现，里面果真只有床架子。

考虑了在这上面睡一晚会不会有落枕外加半身不遂的可能性，她沉默地关上房门，沉默地找出换洗的衣服，绕过贺随沉默地走进了主卧。

贺随进了厨房做饭，顺便将草莓洗干净放进了果盘。

没一会儿，姜稚月洗完澡出来，径直走进厨房站在他身边问："需要我帮忙吗？"

贺随一摇头道："草莓洗过了，拿出去吃。"

红彤彤的颜色经水洗后显得更加诱人，姜稚月弯腰找出颗最红的，正想递到贺随嘴边，她的头发被人轻轻揪住说："又不擦干。"

姜稚月无辜道："没找到干毛巾，我的那条湿了。"

贺随拿她没办法，去主卧的衣柜找了条，回到厨房站在她面前，将毛巾搭在她发顶，轻揉几下说："出去擦。"

姜稚月单手端着果盘，另一只手上拿着一颗草莓塞进嘴里。

她吐字不清地应了句，下一秒，整个人被拽回了原地。

贺随攥住她手腕的手指缓慢下移，与她十指相扣，返身将人抵在了流理台。漆黑的眼瞳中闪着诱人的情愫，勾魂夺魄，像是妖孽。

姜稚月感受到他手心的温度，脑袋里仿佛在做烟火升空前的准备仪式。

贺随低头，额头相抵的片刻，他问："甜吗？"

姜稚月屏住呼吸，男人的脸近在咫尺，他的五官在眼前放大，一个微

261

小的举动都能引得她心跳加速。

贺随也没想等她回答，另一只手抬起她的下巴问："能不能，让哥哥尝一尝？"

姜稚月有些不知所措，想把手里的草莓交给他，但全身被他桎梏住，动弹不得。

贺随似是轻笑了声，趁她还在恍神，低头吻住了她的嘴唇。

小姑娘的气息都染上了草莓的清甜，他流连半晌，捏住她下巴的手上移，停在了脸颊一侧。而后短暂地松开她，再低头时，男人那双漆黑的眼睛浸染着情意。因为动情，又怕吓到她，眼睑因为隐忍而泛红。

四目相对，贺随眉眼弯起，唇角带着些水光，万分勾人。

姜稚月耳尖发热，嗓子哑着问："你不是要吃草莓吗？"

贺随低低"嗯"了声说："你不张嘴，我怎么吃？"

"轰"的一声，脑袋里的烟花炸成了一团。

姜稚月嘴唇翕动，是想解释，结果落在他眼里，成了主动讨吻的邀请。

女孩儿的眼睛睁得很大，他的身影占据了她黑白分明的眼眸。贺随低笑着说了两个字，便继续刚才没完成的吻。

姜稚月的耳畔回响着他的声音。

什么叫"真乖"？

明明是他，诱惑外加勾引，才让她情不自禁，就和他那什么了。

姜稚月被亲得有点儿腿发软，所剩无几的力气，还要分给右手果盘里的小草莓——她以后再也不吃这罪魁祸首了！

贺随的厨艺不错，比姜别不知好了多少倍。姜稚月吃饱喝足瘫在沙发上，这时需要水果来助消化。她目光幽幽地盯着桌上的小草莓，立下的 Flag（旗帜）绝不能倒。

贺随进屋洗澡，屋里静悄悄的。她拿出手机刷微博，她家的公司竟然空降热搜前列。

点进去，发微博的人声称自己在公司受了不公平待遇，原先订好的工作计划被老板的"新欢"打乱，她自己也因为"新欢"被老板解约。

说得有条有理的，底下的"吃瓜"群众顺着她提及的蛛丝马迹往下扒。

关注 CSBK 的网友提及主持人比赛："比赛是她公司赞助的，虽然不公开直播，但圈里人挺关注的，毕竟某顶流 E 哥助阵。"

不过五分钟，故意推她上热搜的幕后人士，爆出了进入决赛的名单。

上面还贴有所谓的分析，最后得出结论：J 姓女子最可疑噢。

顾及到姜稚月是素人，"吃瓜"群众没扒她的隐私。而练习生雇佣来的水军却一拥而上，甚至贴出了姜稚月在后台与贺随亲昵相视的图片。

"有图有真相，J姓小姐脚踏两只船？"

照片拍得不清晰，两人的脸更是模糊，路人站出来说了句公道话："如果J姓小姐是素人，而你是公司签约的练习生，J姓小姐又有固定交往的男友，有脑子的老板都会选择旗下的人吧？"

姜稚月也没想到，有天"吃瓜"会吃到自己头上来。

姜别那边已经得到消息，正在进行公关处理，让她不必挂心。

姜稚月懒得为这种事伤神，随便往下滑动屏幕，发现舆论掉转风向到FIO车队。创始人蒋冲的资料被扒了出来，许多人在底下激情评论。

"嘁，不就是吃兴奋剂想拿冠军吗？有啥好扒的？"

"本车迷激情发言，我'粉'的车队是FIO的死对头。这次FIO的副队长也进了决赛，没错，就是和J姓小姐打得火热的那位。"

"@CSBK官微，比赛前记得好好查查这位。"

…………

贺随擦着头发走出卧室，到了姜稚月跟前，她没反应，看手机正看得入迷。

他在旁边坐下，等了五分钟，小孩儿还没主动凑过来，他难得反思刚才的吻是不是太凶了。

终于，姜稚月看完所有的评论，闷闷地挤出了一句话："我火了。"

贺随扬眉，听出她话里的不对劲问："出什么事了？"

姜稚月攥紧手机，将今天下午在姜别办公室发生的事叙述了一遍。网上的评论势头正猛，她有意跳过那些攻击FIO和蒋冲的话。

公司的公关处理迅速，不出五分钟，练习生的微博被删除了，此号查无此人。

热搜降至三十开外，关注度却没降下去。

贺随面色平静，那条FIO的微博被顶到前面，他想不看见都难，除非他瞎。

不过，他家小朋友有意不想让他知道，装次盲人也无所谓。

贺随沉默地看完评论区，颠来倒去，全是那些听腻了的话。

他关上手机，抬头看了眼钟表问："困了吗？"

姜稚月不困，脑袋里装着那些恶毒的话，她凑过去抱住他问："你困吗？我可以陪你睡。"

下午抗拒得要死，现在为了安慰他，居然主动提出要陪他睡觉。

贺随薄唇翕动，敛去所有的不愉快，下巴抵住女孩儿的发顶，半是引诱半是提醒地问："真要陪我睡？"

姜稚月毫不犹豫地点头说："现在就睡，立刻马上！"

只要睡觉了，他就不会看手机，那些不好的言论，也就不会影响到他。

她先站起身，拉住他的手作势要拽他起来，力道不及他，反而被重新拽入怀里。

贺随拢了拢她的头发，比去年长了许多，他捏着一小缕在指尖，修长的手指把玩着她的发丝，深情无比。

姜稚月鼓足的勇气消耗了大半，最后硬撑住的一半，被他接下来的话一巴掌挥散了。

"小稚，和喜欢你的男人睡一张床，是很危险的事情，知道吗？"

姜稚月："……"现在反悔，还来得及吗？

主卧的床很大，姜稚月躺在右侧，手指紧紧抓着被子，感受到身后的一侧微微塌陷。她深吸一口气，试图放松紧绷的神经。

被子有两条，两人间的距离能再躺下一个人。

姜稚月都不敢大声喘息，小幅度继续往床边移动。突然，贺随伸手揽住她的腰，随后从后面抱住她。

姜稚月："！！！"

贺随的手臂隔着一层被子，又将她搂近了些说："别乱动，会掉下去的。"

姜稚月感觉现在她就像古代言情小说里未谋面便嫁人，洞房当晚忐忑不安的小媳妇，很厥地任凭小老公摆弄，完全失去了主导地位。

这样绝对不可以。她暗自想，底气不知为何突然足了许多，就着他环抱的姿势转身面朝他说："随宝，你看我们两个现在像不像蚕蛹？"她还裹着被子蠕动了几下说："马上破茧化蝶。"

姜别被她这个形象的比喻逗笑了，陪她说笑了半晌，最开始小姑娘精神十足地和他辩驳，到最后蔫巴巴地将下巴缩进被子里，说着说着就睡过去了。

姜稚月体寒，手脚冰凉，睡得不太安稳。睡梦里脚丫子探进了一个火炉，她慢吞吞地抱住那个炉子，八爪鱼似的粘在他身上。

贺随睡得不沉，她靠过来的时候就已经醒了。刚想侧头看看她是不是没睡着，女孩儿抱紧他，牢牢地贴在他身上。

到底是谁在受罪？贺随用舌尖顶住腮帮子，闭上眼默念清心咒，可脑海尽数被姜稚月的身影所占据。

真是备受煎熬，每一秒都在考验他的意志力。

第二天早上，姜稚月醒来后发现床侧空了。她揉着眼睛去卫生间洗漱完，打开房门闻到一股饭香，循着味道找过去，贺随端着土司和煎好的鸡蛋站在了桌旁。

他不习惯戴围裙，白衣黑裤地站在那儿，身影经晨光的勾勒越发挺拔。

就是好看的脸蛋儿多了乌黑的眼圈，昨晚不是睡得很早吗？

姜稚月走到他面前踮起脚，仔细打量他的眼眶底下，确定不是特效妆，伸手戳了戳新晋国宝的黑眼圈说："你昨晚，是不是……"

贺随俯身凑近，好让她看得更明些说："是什么？"

姜稚月嘟囔道："背着我做了什么不可告人的事情？"

贺随弯唇，漫不经心地纠正她说："是抱着你，做了点儿不可告人的事。"

这个听起来更让人想入非非，姜稚月机敏地捂住自己的胸，确定醒来时衣服全部穿在身上，没有任何其他的痕迹。她不由自主地瞥向他骨节分明的手指，默默地别过头。

贺随捕捉到她的视线，状似无意地伸开手，屈指扣了扣桌面说："收起你脑子里那些不健康的画面。"

姜稚月低低"哦"了声，又看了眼他的手指，这双漂亮的手又做饭又要……是挺辛苦的。

贺随："……"

宋荷那边前天回复了消息，说是可以帮他们，具体怎么帮她不清楚，需要贺随说明白。

蒋冲当年的体检报告无处找寻，最大的可能是被当时的医生藏起来了，避免有人起疑再去找。

贺随请宋荷在宋志国的书房里帮忙找一下那份体检报告，下午他和姜稚月去了趟第三医院，准备亲自去见见那位宋医生。

第三医院前几年从军属医院划为省立医院，地位一时大不如前。

贺随上次到这家医院时，蒋冲还在担任外科诊室的副主任。大厅的自动挂号机前排着寥寥几人，等待了十分钟，贺随找出了宋志国的挂号单，专家门诊排到下午四点。

姜稚月问："我们是装成有病的样子，还是直接上楼去找人？"

贺随上下打量着她说："我们看起来很正常。"

姜稚月思忖两秒，抬手指了指自己的太阳穴问："万一是，这里不正

265

常呢？"

旁边负责指导的工作人员恰好听见他们的对话，小姐姐的笑容僵在脸上，适时提醒道："脑科在六层，如果想要挂号，请点击这里。"

姜稚月连忙摆手感谢她的提醒，把贺随拉到一旁问："你有别的办法？"

她握在手里的手机振动，宋荷发来消息约她见面，估计是拿到了体检报告书。

"她也太快了吧？"

一般越不想被人发现的东西，越会保存在私密的地方。宋荷又是宋志国的女儿，虽然父女感情不算深厚，但至少也比旁人了解这位宋医生。

约的时间是下午四点，在姜晚的学校旁边。

姜稚月说："我去拿吧，你上楼去看看那个宋医生。"

从第三医院到学校的车程半小时，姜稚月打车过去，在附近的肯德基等了十分钟。四点钟时她站在门口，此情此景非常符合谍战剧的接头。

不一会儿，有人走到她身后说："是你啊。"

是男孩子的声音。姜稚月一回头，看见个肤白大眼的小男生，感觉面熟，但一时想不起在哪儿见过。

小男生不自然地咳嗽几声，拿出包里的档案袋说："我姐让我给你的。"

姜稚月睁大眼，难以置信地拔高音量喊道："宋哲？"

她想起贺随从他那腮帮子蹭下来的粉底，顿时了然，小男生长得太白容易被当成"娘炮"，不符合社会一哥的人设，所以不惜糊上一层"泥巴"在脸上。

宋哲社会哥的脾气没改，立马臭了脸说："我耳朵不聋！"

姜稚月不理会他的臭脾气，控制住想要伸手摸他脑袋的欲望，正经道谢："帮我谢谢你姐，也谢谢你亲自送过来。"

宋哲没好气地一翻白眼，余光瞥见从校门口走出来的人影，乖戾的表情收敛了几分。

"我欠你们的，不用谢。"

姜稚月忍不住笑了，细软的声音温柔体贴："那不行，礼貌还是要有的。"

远处，姜晚拉开车门，以极其优越的 5.1 的视力捕捉到她日日夜夜心心念念的姐姐，隔着一条宽马路冲她挥手喊道："姐姐——"

宋哲神情越发不自然地说："没事我就先走了。"

姜稚月笑道："改天姐姐请你吃饭，路上小心。"

姜晚等待红灯转绿，混在人群里跑到对面，眼睛盯着远去的小男生的背影说："姐姐，宋哲最近没有再欺负我。"

姜稚月收起文件袋说："他帮了我一个忙，我刚刚在谢他。"

手里的文件紧急，她没和姜晚多聊，承诺这周末会回家陪她，小姑娘耷拉到地底的嘴角这才上翘起一小点儿弧度。

蒋冲的体检报告中确实存在麻黄碱类，但上面显示的剂量，只是宋志国呈报给组委会的量的十分之一。小数点移位，这绝不是专业的检验员能做出来的事情。

正常的感冒药与消炎药中都含有一定比例的麻黄碱类，可以起到镇定止咳的效果。

姜稚月支着下巴，表情有点儿纠结地问："舅舅他比赛前吃过感冒药吗？"

CSBK 比赛前的一周，参赛选手会被封闭在度假村，具体情况贺随也不清楚。

姜稚月浏览参赛须知时，发现有条是允许家属探望的："如果他感冒生病，家里人会去送药吧。那个时候你在念书，说不定阿姨知道。"

贺随凝眉垂眸看着桌上的检验单，好像到了迫不得已需要告知家人的时候。

姜稚月趴下，下巴抵在桌面上，手臂越过半张桌子拉住他的手说："阿姨会支持你的。"

今晚辅导员亲自查夜不归宿的情况，姜稚月没办法多留，赶在查寝前回了宿舍。但又有点儿不放心他，爬上床后跟他语音聊天。

彼时，贺随已经和蒋媛通过电话："她没有去送过药，也问了家里其他人，都说没有。"

这条路被堵死了，就只能寻找当年一起参加比赛，同样住在度假村的选手。

姜稚月让自己的语气尽量听起来充满激情与希望："当时参赛的那些人，肯定有人知道。"

况且马上要比赛了，对机车抱有热情的人，绝不会只参加那一次比赛，只要参加这次比赛，总会让人遇上一两个。

姜稚月放轻声线，稍微拉长的尾音意外地熨帖人心："随宝冲呀，我永远是你坚强的后盾！"

贺随没有立刻回应。

宿舍里乱糟糟的，也听不清他的呼吸声。舍长茵茵和林桤正厮混在王者峡谷；陆皎皎抱着抱枕看悲剧，哭得眼泪鼻涕横流。

姜稚月不确定地叫他："小贺！小贺学长！随宝——"

贺随压着喉咙里的笑，原本前途渺茫看不见光亮，却因她的陪伴而燃起了希望。

主持人比赛公布结果，姜稚月不靠赞助商代表的亲属关系，凭借自己的出色发挥成功位列第一。

四月中旬将会开展有关的主持人培训，与 Eve 大叔和另一个"爱豆"一起。

前几天声势浩大地讨伐 J 姓小姐的网友，被"爱豆"的小粉丝铺天盖地的柠檬酸侵蚀掉，稍有起伏的生活重新恢复了平静。

今年首次召开 MC 比赛，恰好与参赛选手封闭的时间撞上，培训会的地点也是在申城外滩的某处小岛上。

姜稚月和辅导员请了假，年轻的辅导员通情达理，笑着调侃她是觉得跑新闻太辛苦想要转行。

回宿舍收拾行李，陆皎皎不知从哪儿搞到一沓签名纸，足够有四厘米厚，趁她不注意塞进行李箱，结果因动作太慢被发现了。

陆皎皎恳求道："稚月——求您，下个学期的口粮就全靠您了。"

倒卖签名是挺赚钱的，姜稚月思忖着，伸出两根手指说："你八我二，要辛苦费。"

陆皎皎毫不犹豫地说："成交！"

贺随开车到楼下，提前送她到度假区。既然赞助商是姜别，小姑娘在那儿也不会受什么委屈。看着她下楼，他推门下车，上前几步接过她的行李箱。

申城的春天短暂，最近几天的气温在 30 摄氏度左右徘徊，夏天的衣服就算塞满箱子也不该那么沉。他问："你箱子里装着什么？"

姜稚月想也不想地便说："衣服、零食、药。"

顿了顿后，她又补充道："还有几百张签名纸。"

贺随脚步停顿，意味深长地凝视着她，表面看似平和的语气，其实暗潮涌动："喜欢 Eve 的队友？"

姜稚月明显察觉到这个男人即将长出恶魔的翅膀，不解释她可能有危险，忙说："不是啊，皎皎想转卖，混口饭吃。"

贺随了然地颔首，将箱子塞进后备厢，回头发现小姑娘还跟着他。

姜稚月笑弯了眼说："你的样子，非常像一个舐犊情深的爸爸。"

这次是由往届 CSBK 的主持人对他们进行培训，姜稚月在车上临时补课，掌握了导师的性格与癖好，说："他们说导师很凶，最讨厌工作人员与选手有私交。"

那她出去见他的时候，绝不能被捉住，要小心翼翼，像是偷情似的和他见面。

想想还挺刺激的。

外滩处，组委会派来的工作人员等在游艇前，后天参赛选手们才上岛，所以来接人的阵仗不大。姜稚月心态良好，语气中夹杂着点儿小得意："卫冕冠军送我来，谁能比我有排场？"

贺随不能上岛，只能送她到这儿，叮嘱她说："有什么麻烦，记得联系我。"

姜稚月乖巧地应下了，提着箱子走出两步，回头抱住他，把头埋进他怀里蹭了蹭。

这一幕落在其他工作人员眼里，无异于是前几天网上爆料的实锤。

姜稚月跟着临时助理上了游艇，敞篷的设计，一阵阵沁心凉的海风吹得她睁不开眼。

贺随驱车离开，姜稚月闷闷地吐出一口气，旁边的助理试探着问："姜小姐，我看你年龄不大呢，还在上学吧？"

姜稚月点头，笑容礼貌地说："姐姐，你叫我稚月就好。"

助理凑到她旁边问："稚月，你和那个FIO的副队长，真的在谈恋爱？"

果然，是个女人都有颗八卦的心。

姜稚月被问到点子上，不想回答涉及隐私的问题，但又不太宜于接下来几天的相处。最后她不太情愿地点点头。

这个消息正确，那原定的练习生被突然被刷下，也八九不离十和她有关。

助理看她的眼神多了几分深意，小姑娘后台挺硬。

度假区有片开阔的场地，姜家公司拿到了 CSBK 今年的举办权，便将场地改为赛道，与度假酒店离得不远，方便车队练习。

姜稚月远远瞧见酒店门口的 Eve 和他队友，面前站着个寸头男人，也就是他们的导师苏泽。

头一次见喜欢嬉皮笑脸的 Eve 乖顺的模样，姜稚月走上前，和导师打过招呼，又笑眯眯地同 Eve 问好。

导师表情严肃，把女孩儿上下打量一遍问："这头发，染过了？"

姜稚月低低"嗯"了声，被他的气场压得不舒服。他和贺随还不是一类人，苏泽气场凌厉锋芒不敛，看人的眼神就像利刃。

姜稚月捻起额前的刘海儿，讷讷地问："不可以吗？"

Eve 戳她，指了指他的队友。一直低着头的男生抬起脸，额前的刘海儿宛如短了一大截。

Eve 拉长音调说："苏老师说，不阳刚，不像主持机车节目的。"

姜稚月好奇地问："那像什么？"

Eve："美容美发哪家强？中国——"

苏泽不耐烦地打断他们说："聊够了吗？聊够了就去屋里放行李，下午的课两点开始。"

去房间的路上，姜稚月听 Eve 给她介绍网上没有的有关苏泽的经历，他曾是世界顶级的赛车手，因伤病退役，从国外车队回国，主持 CSBK 决赛长达五年。

姜稚月习惯性地计算年份，往前推五年，不就是蒋冲参加比赛的那年？

Eve 说了一大堆，没见她有反应，在她面前晃了晃手问："你傻了？"

姜稚月摇头，默默地记住这个关键人物，等一会儿好传递消息。

下午的理论课是训练主持人对比赛过程中赛车手使用到的技巧进行讲解，不能出现错误。

一大串专业词搞得姜稚月头疼，这比纳维方程式还难记，比她的新闻学概念还难背！

苏泽还喜欢在课上随机提问，Eve 是第一个倒霉的，问了一个技巧，他摇头；问了这个技巧的创始人，他依稀记得名字："好像是……蒋冲？"

姜稚月记笔记的动作顿了下，看向台上的男人。苏泽硬朗的五官浸在落日余晖里，被削弱了凌厉感。

导师神色不变，挥手进行下一个环节。

课程结束在晚上八点，姜稚月还是学生，刚脱离高三地狱没多久，坐几个小时还能坚持。

像 Eve 这种养尊处优的，拖着腰酸背痛的身躯回了房间。

姜稚月跟到他房间门口，拽住他的衣摆问："大叔，你知道苏泽住哪个房间吗？"

Eve 一时诧异，竟然忽略了她的称呼说："你怎么想不开了，主动去找大魔头？你看看我都被踩躏成什么样了，你还去找他？"

姜稚月小幅度地动了动胳膊，伸了伸腿，表示自己还可以。

Eve提醒她说："女MC半夜敲导师的门，你可要小心点儿，别被拍了。"

姜稚月抱着笔记本，再次强调说："我只是去问个问题。"

问问有关蒋冲的一些事，也不算违约吧？

Eve不放心，非要跟着她一起，乘电梯到楼上的套房。他不满地吐槽组委会的安排，凭什么聘来的退役赛车手过气MC都能住套房，他一个顶流"爱豆"，却要住标间。

是脑袋坏了吗？

姜稚月按响门铃，退开一步远，准备九十度鞠躬问安。

结果，一分钟过去，五分钟过去，里面寂静无声。

Eve奇怪地踹了脚门板说："我看他是上楼了啊。"

话音刚落，苏泽在他再次踹门前开了门。男人神情不善，穿着浴袍，头顶搭着毛巾，很显然是泡澡中途被打断了。

如此香艳的场景，Eve不由自主地感慨道："苏老师，您这腹肌长得挺好看。"

姜稚月为了避免苏泽直接摔门，拉开Eve站到他面前说："苏老师，我对蒋冲的技巧还有些疑问，能问您几个问题吗？"

苏泽揉动头上的毛巾，略带深意地盯着她说："进来吧。"

Eve也想跟着进去，但被无情地关在了外面。

姜稚月进屋后也有点儿慌，她局促地站在玄关，看着男人拎起T恤和休闲裤走进了卫生间。

没多久，他穿好出来，递给姜稚月一瓶水说："坐吧。"

姜稚月挑了个离他最远的地方，隔着一张长桌和他遥遥相望。这种距离，一般是需要喊的。她清了清嗓子，拔高音量问："老师，蒋冲的技巧，您能再仔细讲讲吗？"

苏泽的眼神很冷，嘴角却意外地勾出抹浅弧，笑得有些嘲讽："你想问的，是蒋冲这个人吧？"

姜稚月一愣，心理战术敌不过他，便采取迂回策略说："如果能更好地理解他的技巧，讲一讲这个人，也没关系。"

苏泽起身，单手抄在裤兜里，慢慢踱至她身侧。

然后俯身，将她困在座椅里。男人身上陌生的气息扑面，姜稚月神经紧绷，严肃地告知他："苏先生，请您自重。"

苏泽不为所动，垂眸看着女孩儿紧张的神情，视线缓缓滑过她的眉眼、鼻梁，最后定格在她紧抿的唇瓣上。他对这种不成熟的小姑娘没兴趣，不过既然她想玩，就陪她玩玩。

"你是替你那小男友来问的？"苏泽嗤笑道，"FIO 副队长贺随，没比赛前就深陷舆论风波，你觉得他……"

他的所作所为令姜稚月不满，她也顾不得礼数周全，径自打断他说："他会赢。"

苏泽慢条斯理地分析道："输了，是没有学舅舅用药；赢了，也会饱受质疑。你不如现在劝劝他，还是趁早退赛的好。"

姜稚月隐忍的怒气"嗖嗖嗖"蹿到了脑门，对方还不放手，她不顾情面地伸手捂住了他的脸。

学的那几招防狼拳几乎全部用上了，苏泽没料到她有这手，抵挡不及。

姜稚月跑出两步，作势掏出手机说："我要开始录像了！"

按开手机屏幕，页面停在她和贺随的聊天界面，点动的地方恰好是视频聊天。

等待对方接受邀请……

三秒钟，"叮"的一声，显示对方已接通。

可想而知贺随的心情如何，大半夜的女朋友和自己视频，结果画面一打开看见的是男人。

如果是其他人，真会以为是塑料女友故意绿给他看的。

大脑迟钝几秒钟，贺随眸光渐沉，低沉的声线经由手机的扩音器传出："你在哪儿？"

姜稚月脑壳"嗡嗡"的，说话都不利索了："我……我在酒店……"

苏泽嗤笑着抖动身上的白衬衫替她补充道："在我的房间，贺队可得好好管管自己的女朋友，净乱勾搭人。"

谁能想象得到，苏泽顶着张冷淡寡情的脸，嘴里冒出来的话，却如此不堪入耳。

姜稚月心里的小火苗"嗖嗖嗖"地就被点燃了，反驳说："谁乱勾搭人了？谁稀罕勾搭你？你连我男朋友的一根腿毛都比不过。"

苏泽睨着她，抬手指了指门口说："门在那儿，慢走不送。"

姜稚月：这就放过她了？所以说他是故意让她打电话给贺随，专程气贺随的。

那边，贺随拿起车钥匙出门，看样子是打算半夜登岛。看着姜稚月出了苏泽的房门，与门外的 Eve 会合后，他才挂断了电话。

姜稚月没来得及说一个字，透过屏幕隐隐感知到了他的怒意。

她握紧手机，不太确定地询问 Eve："大叔，你看我男朋友是不是生气了？"

Eve 抬着下巴，不紧不慢地分析道："我看他面容发青，一准儿是等杀到这儿来，不是你死，就是里面的那个亡。"

姜稚月不是很明白地问："为什么是我死？"

Eve 也没想到，她能那么凑巧地把视频拨给了贺随，语重心长地拍了拍小姑娘的发顶说："男人的独占欲很强的，自己的女朋友半夜出现在别的男人房间里，谁能受得住？"

姜稚月带着他传授的知识回了房间，仰面躺在床上，想等着贺随来。

但没过多久，她浑身疲乏，眯上眼不久就睡过去了。

外滩晚上十点钟停航，往度假区送客的游艇排列在岸边。贺随和保安大叔沟通，借到了他们出勤用的摩托艇。

大叔不放心非得跟他一块，贺随启动摩托艇，在他眼皮子底下蹿出了海岸。

摩托艇也是蒋冲教的，贺随挺长时间不骑，操作有点儿不熟练。好在度假岛离外滩不远，他锁上艇，打开导航确定酒店的位置。

到了酒店门口，玻璃窗前坐着一个男人。

大厅寂静无比，负责接待的前台正垂着头打瞌睡，没人注意到他进门。

但窗前的男人却坐直身子，冷峻的面容浸在柔和的灯光里，削弱了目光中原有的凌厉感。

贺随认识苏泽，在蒋冲还活着的时候就认识他。不过这次不是来叙旧的。贺随走过去，单手拎起男人的衣襟，眼中的戾气不加掩饰。

苏泽攥住他的手腕说："我没碰你那小女朋友，你哪儿来的火气？"

贺随用舌尖顶了下腮帮子说："真想把你这层虚伪的脸皮扯下来，扔海里去喂鱼。"

苏泽和蒋冲是一个俱乐部出来的。第一场选拔赛，苏泽和蒋冲同时被国外的俱乐部看中，但俱乐部只有一个名额，高层斟酌后定下了蒋冲。

蒋冲那时候才上高中，再加上家里的老爷子管得严，便主动将名额让给了苏泽。

后来苏泽功成名就，蒋冲不过是个赛车场上的新人。

选拔赛是跳板，谁有能力一跃而上，谁就能直冲顶峰。

苏泽挥开禁锢住他衣襟的手，拂了拂褶皱说："论起资历，你该叫我声'前辈'。如果按辈分，你舅舅叫我哥，你是不是——"

贺随一扬眉，语气嘲讽地说："叫你大爷。"

苏泽笑道："不对，父亲的哥哥叫大爷。"

"……"贺随磨动后槽牙，脸部线条绷得很紧，不太想和他争论，转身往电梯的方向走。

苏泽从身后叫住他说："劝你一句，别学蒋冲。"

贺随脚步顿住，垂至身侧的手攥成拳，高深莫测地反问道："学他什么？"

苏泽递给他一个你我都懂的眼神，有些话不便说出口。

贺随做出了然的神情说："不能学他舍己为人，不然一颗真心换来了狗肺。"

电梯门缓缓敞开，他走进去按下楼层键，在电梯内调整好情绪。

电梯到达。

姜稚月的房间在908，靠近走廊拐角的地方。

贺随按响门铃，第一次无人回应，他耐心地等了五分钟，面前的房门被人拉开一小道缝隙。女孩儿谨慎地通过门缝看他，杏眼蒙眬，睡意未散。

姜稚月看到是他，全然放松了警惕，软绵绵地抱住他说："随宝，你来啦。"

贺随不动，垂眸静静地看着她。

只一眼，姜稚月就得出他生气了的结论。她委屈巴巴地耷拉下脑袋说："你别生气了，我没想绿你。"

得，现在不知道自己错哪儿了。

贺随单手拎开怀里的小孩儿，脚尖抵开门板，旋身进去。

姜稚月视野倒转，被他扛在肩上，然后被丢进她离开没多久仍存留着余温的床铺里。

贺随单手钳住她纤细的手腕，俯身靠在她耳畔，声音又低又沉，没有感情，像含着冰片一样冷漠。

"知道自己错哪儿了吗？"

姜稚月茫然了，试探着问："我……我没有提前告诉你？"

贺随薄唇抿成一道直线，指腹轻轻摩挲着女孩儿柔软的唇瓣。她是鲜活的，是单纯的，是令人觊觎的。

今天幸亏遇上的是苏泽，如果下次她再将自己的安全置之度外，遇上意图不轨的人，会发生什么？

贺随不敢想，他只要一想到那个画面，就忍不住想把她锁在自己身边，寸步不离地守着她。

姜稚月试图解救回手腕，但他桎梏得太紧，令她动弹不得。

"你松手好不好？我下次一定事先通知你。"

贺随沉声又问:"单独进一个陌生男人的房间,你知道会发生什么吗?"

或许是他今夜带着质问的语气,让姜稚月以为自己做了什么十恶不赦的事情。执拗不肯服输的性子上来,她也不想示弱了。

"不知道,我也不想知道。"她开始挣扎,抬起腿来攻击他,"你跑来就是为了质问我吗?现在你看见了,我一个人好好地待在房间,你放心了,满意了?"

挣扎过程中,姜稚月身上的浴袍带子松开,衣襟大敞,里面只穿了件很短的胸衣。此刻春光半露,乍一看,真的像偷情被撞破的现场。

姜稚月委屈又难受,她也很害怕。苏泽那人看起来凶巴巴的,她不过是想替他问问有关蒋冲的事情而已,他凭什么冷脸对她?

姜稚月越想越委屈,不由得鼻尖泛酸,眼泪从眼眶里滑落,顺着脸颊落到耳垂。她不挣扎了,起初隐忍地啜泣,后来忍不住发出鼻音,眼眶发红。

贺随一愣,攥住她手腕的力道,不由自主地松了。

无休止的罪恶感袭来,他松开手,下床打开壁灯,找到纸巾重新回到床边。

姜稚月裹紧浴袍坐起来,哭得抽抽搭搭的。

贺随蹲在床边,抬手给她擦眼泪。因为不太会安慰女孩子,所以他的动作显得很笨拙。怕纸巾弄到她的眼睑,缓慢又谨慎地帮她擦眼泪。

姜稚月憋了一肚子的气,莫名其妙就消了。

她吸了吸鼻子,断断续续地解释道:"我就是……就是想帮你问一问苏泽……"

贺随抿唇,料到她想说什么。苏泽是五年来的固定 MC,肯定知道一些外界无法探知到的内部消息。

"我知道。"他放柔声线,坐到床沿说,"你为我考虑周全,我明白你这么做的原因。"

姜稚月嘴巴抿得很紧,但还是止不住抽噎。

贺随边帮她整理散开的浴袍,边说:"但以后,你要先顾及自己的安全。"

姜稚月边抽出纸巾擦眼泪,边悄悄抬眼看他,结果和贺随四目相对。

贺随拍了拍她的发顶,轻声哄她说:"刚才那样问你,是我不对。看在我是担心你的分儿上,就原谅我这一次?"

他主动承认错误,态度算是极好的。姜稚月被安抚后,伸出脚一踹他说："都怪你，把我弄哭了。"

贺随好笑道："行，我的错。"

"我明天还得上课，Eve很八卦。"

"他说不好听的，我揍他。"

姜稚月的小脾气来得快去得也快，得到安抚后软绵绵地靠回他怀里，困意汹涌，她还想和他说几句话。

"我不喜欢那个苏老师。"她回忆起那几句有辱人格的话说，"你一定要在各方面碾压他！"

小吵怡情，大吵伤神。经历了交往以来的第一次争吵，贺随明显感觉到他和小孩儿的感情越发稳固。次日清晨，趁所有人没醒，他又悄悄离开了度假岛。

姜稚月醒来发现床榻一侧空荡荡的，略感失落。

想起八点半开始的培训会，她异常抗拒，甚至想待在房间里不出门。但她现在退缩，在苏泽的眼里无异于示弱，他会更看不起贺随，说不定还会给贺随穿小鞋！

苏泽那种阴险小人，什么事情干不出来？

然而课堂出乎姜稚月的预料，苏泽那张棺材脸上的神情波澜不惊，从上午八点半到课程结束，他全程都没有多看她一眼。

姜稚月更加坚信了昨晚他的所作所为，单纯是为了气贺随的想法。

上岛第三天，所有参赛选手集体乘游轮登岛。

组委会想通过这次比赛，向全国不懂赛车竞技的观众传扬赛车精神，因此同意了和水果台合作制作赛前训练综艺的意向。

姜稚月和两个男MC提前来到海滩迎接参赛选手，他们大多是团队结伴。但这次FIO只有两名选手进入总决赛，贺随与队友落到人群最后，显得有些凄凉不合群。

Eve再补一刀说："看来FIO是被孤立咯。"

姜稚月："……"

苏泽是这次赛前综艺的固定讲解员，等参赛选手依次排开，便向他们介绍比赛的三位主持人："站在我左手边的，就是这次决赛的MC团队，他们将负责比赛的讲解与主持。"

昨晚苏泽就下发指令，接下来的一周时间，他们MC的任务就是盯场，熟悉所有队员的惯用技巧，避免在赛场上出现卡壳忘词的现象。

MC团队挨个进行自我介绍，轮到姜稚月时，她礼貌地弯腰问好："大家好，我是姜稚月，希望接下来的几天能向大家多多学习。"

话音结束，队伍中响起了比两位男 MC 热烈十倍的鼓掌声。

这次的参赛选手十分之九都是男性，有个女生在眼前晃悠，好歹能提醒他们这岛不是和尚岛。

苏泽宣布暂时解散，十点钟在酒店门前集合，他将会带大家去参观决赛的各个场地。

男人们勾肩搭背哄闹着散开，姜稚月故意放慢脚步，想等等贺随。

身边经过挺多身材魁梧的异性，他们头顶的发色在阳光下汇成七彩的彩虹。

单身的男青年亢奋又激动，跑到她面前声音爽朗地道："美女，这几天多多关照我一下哈。"

姜稚月讷讷地点头，暗自祈祷贺随能快点儿出现。小青年年龄不算大，身上的制服是火红色，印着只翱翔的鹰，是国际一流顶尖车队的标志。

姜稚月快速翻阅脑中的存档，昨天临时记了一些有可能夺冠的人名。她想起来了，语气郑重地说："我认得你，飞鹰车队的常规赛选手。"

小青年一拍脑门说："没想到我还挺出名的。"

姜稚月一板一眼地继续说道："前不久因为被前女友发现劈腿，上了次热搜，我记得。"

小青年哑火了，其他人爆笑起来，满脸写着服气。

小青年不气也不恼，掏出手机想得到姜稚月的联系方式说："美女，中午一起吃饭吧？"

姜稚月被他和他的队友团团围住，进退两难。当众拒绝他会让彼此尴尬，但她真不想和陌生人一同吃饭，况且她是有男朋友的人啊。

正当她危难之际，身后伸来了一只手。

贺随揽住她的胳膊，笑意懒散地说："你们想请我女朋友吃什么饭？"

姜稚月笑笑说："不好意思，失陪了。"

说着，便拽着贺随往酒店走。他另一只手拉着箱子，静音轮压在木地板上依旧会发出声响。

身后那群人异口同声地骂了句脏话，在当代社会，那个字眼已经成为表达惊讶、震惊、尴尬等多种情绪的语气词。

姜稚月抓住他的胳膊，小幅度地晃了晃问："你房间在几楼啊？"

贺随抬起眉梢，取出房卡在她面前晃了晃说："910。"

有个赞助商代表当哥们儿，有些事不必他说，姜别有心帮他安排妥当了。

姜稚月感叹道："我哥真的越来越懂我的心了。"

不行，她必须亲口道一声感谢。于是她打开聊天对话框，按住语音条拿出九分认真，一字一顿道："哥哥，谢谢您！"

姜别大概在看手机，秒回了句："不谢，还需要帮你们打通中间的墙吗？"

姜稚月反复看了这句话许多遍，不太确定地递给贺随说："你看，他是不是在暗示我们什么？"

贺随垂眸简单看了一秒，得出结论："让我们不要放肆，他是在警告我们。"

经他点拨，姜稚月仿佛被疏通了奇经八脉，脑海中自动浮现出她哥说这句话时的神情。

倘若她乖巧地回复"好呀"，姜别定会言出必行，今天下午就派人来砸墙。在全国观众面前公然走后门，这不太好。

姜稚月抿唇，"啪啪"打上回复：不用啦，哥哥你受累啦，最近要好好休息！

贺随回房间放下行李，走出门正巧遇见了初赛挑衅的那个"小黄毛"，也是飞鹰车队的。他被揍怕了，看见贺随瞬间顿在了原地。

贺随单手抄兜，往他身后看了眼问："队长没跟你一起？"

"小黄毛"硬气地一瞪他说："干……干你屁事？"

贺随轻哂，和他擦肩而过，在电梯旁等队友出门。

"小黄毛"沉吸一口气，底气不足道："你也别太得意，有人写匿名信给组委会举报你了，你这几天小心点儿！"

贺随舔了下后槽牙，表情冷淡，声音更冷地问："举报我什么？"

"小黄毛"不说话，"噔噔噔"地逃走了，走廊里只剩下仓促的脚步声。

大家在酒店门前集合，贺随站在队伍末尾，没仔细听苏泽讲的话。直到他说让念到名字的选手跟他去做体检，那份名单上只有他一个人的名字。

"贺随，出来一下。"

姜稚月怔住了，不确定地看向苏泽手里的名单，确确实实仅有贺随他自己。

FIO 的队员抗议道："你们搞区别对待，凭什么？"

苏泽手里捏着一个透明的文件袋说："组委会赛前收到了无数封匿名信，内容大致是要求对 FIO 车队的选手进行赛前多次体检。为了让车迷满意，让观众满意，请 FIO 的贺队，服从命令。"

姜稚月气得手指颤抖，她上前一步，要开口替贺随辩驳。Eve 拉住她，拼命对他使眼色。

姜稚月挥开他的钳制说："那么请问苏老师，因为匿名信就对某位选手特殊照顾，是不是太不合情理了？"

几乎所有人的视线都聚焦在了贺随身上。

每道目光包含的探究意味简直要将他灼烧，一些机车新人不知前几年的悲剧，身旁的前辈毫无保留地为他们"科普"了。

于是，那些单纯的、同情的眼神，都变成了不屑。

贺随和舅舅，成了他们眼里十恶不赦的罪人。

贺随攥紧手指，隐忍着澎湃的情绪，警告自己不能动手不能表现出怒意，不然就会着了有心人的道。

他抬头与苏泽对视，用舌尖顶了下腮帮子说："我需要一个合理的解释。"

苏泽挺认真地想了几秒说："大概是……蛇鼠一窝？"

贺随硬是被他气笑了。

因为现在不是度假区的开放时节，度假区私立医院内的医护人员不多，组委会请来的专门体检的医生正聚在一起聊天。

贺随跟着组委会安排的检查人员进了检查室。

对外全部封闭，姜稚月等在空荡的走廊上，呆呆地站了十分钟后小腿开始发软。她靠坐在地上，低头编辑微博，将坏情绪全部塞进草稿箱后，心情才堪堪得到平复。

半个小时后，贺随走出检查室，抽过血，衣袖撸起半截，动脉处粘着医用胶布。

姜稚月摇摇晃晃地站起来，走到他身边，局促又难过地垂着头。难过是因为不知道该怎么安慰他，一直以来她都是被安慰的那个。

摸摸头的技能用得太多，他可能会产生免疫。

她吸了吸鼻子，张开手臂说："抱抱随宝，他们那些人太可恶了。"

贺随任她抱着，眼底凝结的冷冽情绪化开，他一低头，下巴抵住女孩儿的发顶说："放心，没生气。"

他在说谎，姜稚月不拆穿他。

在酒店门口的时候，她看见他都要把拳头捏碎了。

"赢给他们看。"姜稚月加重音量，固执地抱着他说，"一定要让他们后悔。"

本以为这种区别对待只此而已，但姜稚月发现自己错了。

中午，组委会为选手准备了自助食物。贺随回房间清理了手臂上的胶布，来到餐厅时，苏泽站起来示意他说："你的位置在这里。"

已经备好了餐，不管他喜不喜欢，也不问他接不接受，将他与选手团队分隔开。

Eve 也看不下去了，他扔掉筷子没好气地冲着镜头骂骂咧咧道："这是什么组委会？区别对待搞上瘾了是不是？"

Eve 拿起桌上的餐巾挡住摄像机的镜头说："老子不拍了。"

贺随是参赛选手，比赛期间不准与其他选手斗殴，但合约上没有写明可不可以打工作人员。让其他无关人员为他鸣不平，对他而言是耻辱的。

贺随面无表情地走到餐桌前，垂眸端详着碗里的菜说："谢谢苏老师的好意。"

"不过，我不喜欢吃葱和香菜。"他端起蘸料盘，抬手全部倒在了苏泽头顶上，"您喜欢吃吗？"

餐厅里一片寂静，没人敢在这时候去触霉头。组委会的工作人员切断录像设备，走近了解事情的起因。

苏泽这么做肯定有组委会的授意，和他们解释没有任何效果。

贺随放下手里的托盘，指腹在盘子边缘轻轻摩擦了一下，对工作人员说："手滑了，抱歉！"

周围看热闹的选手倒吸气，要手滑到什么程度，才能把一盘菜从头顶上倒下去。

苏泽脸色阴沉，偏偏贺随摆出了一副"以其人之道，还治其人之身"的理所当然，非常规问题采取非常规手段解决，没有任何毛病。败就败在没料到他那么刚，不顾其他人的想法硬来。

气氛僵持许久，工作人员中途接到一通电话，脸色变了变，赶忙走到贺随身边点头哈腰赔罪道："抱歉啊，贺队长，我们也是逼不得已，节目总得有看点。"

贺随意味深长地睨他，找不到看点就开始搞特殊对待，必须得拉出来个人当靶子，于是他成了他们看中的最好的靶。

不过，不清楚是谁把贺随被拉去强行体检的视频录像交到了姜别手里，姜别又转交到贺家人手里。赞助商代表不能拉下脸面与组委会公开抗衡，但贺随那个老父亲就不一样了。

事情没闹大，组委会的代表亲自出面给贺随赔不是。

Eve 奚落道："一个个当是川剧变脸吗？这是道歉就能完事的？小心人家告你侵犯名誉权！"

苏泽摆弄着头上沾着的香菜和葱花，助理也赶紧帮他清理。姜稚月冷冷地提醒道："苏老师，左边还有根菜叶。"

一场闹剧结束，贺随简单点了两样菜请服务员送到房间，拉着姜稚月的手离开了视线聚焦地，经过"吃瓜"群众的身旁，有人小声地询问："蒋冲服药到底是不是真的啊？"

"五年前铁板钉钉的事实，组委会多留意几分有什么不对？"

"看来 FIO 的后台挺大，组委会怎么会主动道歉？"

…………

姜稚月站定，松开贺随的手走到他们面前说："上学的时候老师也难免有打错分的情况，比赛裁判也有错判的例子，事实也有可能是谬论。

"另外，人做错了事就该道歉，和后台大小没关系。"

几个飞鹰队的成员面面相觑，姜稚月的长相不算占优势，软糯甜美的五官让人觉得很好欺负。然而她细软的声线一旦绷紧，就有种难以言明的压迫感。

贺随站在女孩儿身后，略垂眸，视野里是她瘦削的脊背。

明明弱不禁风，偏要挡在他面前保护他。

说完这番话，姜稚月堵在心里的火消去了大半。她重新回到贺随身边，平静地说："我们走吧。"

回房间的途中，贺随没和她说一句话，长时间的静默令她有些无所适从。他刷卡开门的空隙，姜稚月从身后抱住他，亲昵地用额头蹭了蹭他的脊背说："随宝，我知道你生气，你别憋着——我陪你去健身房打沙袋。"

贺随一只手推开门，另一只手拉住身后的人，顺势将她抵在玄关的墙上。

走廊的感应灯亮起，明明暗暗的光线擦过他凌厉的下颌线，给他的侧脸铺上一层浅淡的光晕。他俯身，下巴抵住她的肩窝说："小朋友。"

姜稚月任由他抱着，低低开口"嗯"了句说："我在呢。"

贺随低声闷出笑，抬头时眼睛清亮无比地说："谢谢你喜欢我。"

原来没有生闷气呀，姜稚月暗自想着，提起的心缓缓落下，语气也轻松了许多地说："那我，是不是要客气地奉承一句'不用谢，因为我也喜欢你'之类的？"

贺随看着她，眸光渐深。垂头与她越靠越近，气息交织之际，一阵短促的敲门声响起。

服务员恭敬道："先生，您点的餐到了。"

姜稚月舔了下唇角，有什么能比情正浓时被第三者打断还要刺激？她伸出一根手指戳了戳贺随皱起的眉心说："等晚上我们再继续。"

281

第十章

✿✿✿✿✿✿✿✿✿

甜度加载 90%

下午的工作简单但工程量大，姜稚月和两个男 MC 坐在主看台，通过导播屏观看每位选手的训练情况。FIO 与飞鹰队一起使用赛场二，贺随做好安全措施便跨上车，单脚撑着地面，紫白色的队服在一众小彩虹里格外亮眼。

他刚出现在赛道起点，姜稚月的眼睛就挪不开了。

Eve 摸着下巴感叹道："别说，小贺穿上这身衣服真的帅得不得了。"

贺随一共跑了三圈，速度位列中等。飞鹰队的队长跑得快，势必要占得先机以及舆论导向。他的目的很明显，效果也不错。

其他赛区的选手被吸引过来，趴在栏杆上观看他们的跑圈。

贺随不紧不慢地跟着飞鹰队的队长，过圈的时候可以超过他，但贺随却选择降速，落后两秒钟冲过终点。

终点处的机器记录的都是初赛时的数据，自动播报对比结果，其他人均是正增长，唯独贺随出现负数。

飞鹰队的队长睇过来个"你不行"的眼神，嘴上的话却是："小贺，你怎么了，初赛到现在没训练吗？"

贺随摘下头盔，顺势撩起额前的碎发，忽略掉他话语里的挑衅，一言不发地停好车，走到机器旁打开回放。

趴在栏杆上的那些选手小声议论着，今早上要姜稚月联系方式的那位小声嘀咕道："速度不咋的，人倒是狂得很。"

小岛上的太阳落得早，日暮渐沉，海平面被落日染上了橘黄色的光晕，下午的训练结束。

姜稚月记了三页纸，离开导播室前扔给 Eve 说："大叔，请你善待我的本子！"

出了导播室，她联系贺随，准备和他一起吃晚饭。没走出两步，便听见旁边经过的"小黄毛"笑着说："我看见苏泽和 FIO 的贺随约酒了，上午那事该不会是他们自导自演想涨热度吧？"

姜稚月一撇嘴，看来是下午的训练不够累，还有心情臆想。

她停在训练场的正门前，手里握着手机。打上第二条消息后，余光瞥见了不远处的两道身影。

贺随果然和苏泽在一起，两人不紧不慢地走向侧门。侧门有直通海岸的小路，海岸旁边是岛上娱乐场所的聚集地。

男生的友情，真的可以一瞬间得到修补？

太不可思议了。

姜稚月抬脚跟上去，穿过侧门，一路来到酒吧门口。苏泽没跟进门，贺随进店买了两瓶酒又拿了两个杯子回来，两个大老爷们儿赤脚坐在沙滩上，一起看落日余晖，好不惬意。

苏泽给贺随倒着酒问："叫我出来有事？"

贺随懒散地一睨他："有事。"

他从口袋里掏出蒋冲当年的体检报告，展开递了过去。苏泽和蒋冲确实是好兄弟，苏泽对蒋冲服药也确实耿耿于怀，所以借着组委会的威势顺道打压蒋冲这位外甥的嚣张气焰，顺便警醒他千万别做同样的事。

本以为贺随约他出来是想暴揍自己一顿，结果他们俩竟然安然无事地喝起酒来。

体检单上标明的各项数据全部在正常范围内，麻黄碱类的含量是组委会公布的数据的十分之一。

苏泽一拧眉，试图探查这份报告单的真伪问："这是真的体检单？"

贺随点头道："当年有人篡改报告单。"

苏泽沉默了，他端起酒杯一饮而尽，平静的眼底有波澜荡漾，一时间他不知该相信哪个才是事实。

"帮我查一次。"贺随给他倒酒，眸中锋芒不加掩饰地说，"我就不计较你今天的所作所为。"

苏泽笑了笑说："你那小女朋友的事，也一笔勾销？"

贺随沉声，唇角勾出弧度，硬邦邦地回应道："想得美。"

他们谈了多久，姜稚月就在后面蹲了多久，久到小腿发麻。她慢吞吞地移动两步到他们后面，小声问："你们还要聊多久啊？"

彼时天光暗沉，她神不知鬼不觉地站到人身后，苏泽猝不及防被吓了一跳。

贺随听出是她的声音，反应不算太大。看了眼时间，该回去了。

姜稚月站在原地不动，稍微移动脚步就好像有无数只小蚂蚁爬过脚心。她可怜兮兮地抓住贺随的衣角说："随宝，我的腿麻了。"

贺随侧目，视线在她脸上掠过，轻飘飘地移至她发软的小腿上。随即弯腰，单手揽住她的腿弯，轻松地将人抱起。

苏泽手肘抵着膝盖，保持坐立的姿势仰头看向他们问："贺队，需不需要我给你女朋友道个歉？"

现在才想起来道歉？晚了。

姜稚月挽着贺随的脖颈儿，以一种颇为狗仗人势、狐假虎威的架势说："对不起，不接受口头道歉。"

贺随直接抱着她回房间，一路上没碰见几个人。姜稚月怕被认出来，脑袋死死地藏在他怀里，到电梯里面才敢扒着他的肩膀露出眼睛说："还好没人。"

她长吁一口气说："好了，放我下来吧。"

贺随垂眸对上她的眼，启唇间有股淡淡的酒味儿，问："腿不麻了？"

姜稚月突然不想下来了，揽住他的脖颈儿又凑近了些说："你喝的什么酒？挺好闻的。"

贺随意兴盎然地补充道："是挺好喝，你要尝尝吗？"

姜稚月是有点儿生气的，苏泽那么对他，放谁身上都要找机会暴揍他一顿。但贺随云淡风轻的模样丝毫不像寻仇的，还客客气气地请他喝酒，到最后竟然冰释前嫌一笑泯恩仇。

她心里窝的火还没消，不满地说："不尝，我要回房间了。"

电梯门打开，贺随没动，姜稚月敏锐地感觉到一股危险的气息，挣扎着想从他身上下来。结果电梯门合住了，她依旧稳稳当当地待在他怀里。

姜稚月伸手捏住他的脸说："我们到了，快点儿出去。"

贺随就着这个姿势，将人抵在电梯的玻璃镜墙上，那股清淡的酒精味蹿进她鼻腔里，勾绕住她敏感的神经，牵动起她深藏的情愫。

贺随抵住她的额头，轻声解释说："苏泽在组委会的权力不小，想请他帮忙查舅舅的事情。"

姜稚月眼珠转了转，强装镇定地应道："哦。"

"你和他的仇，我记得。"他亲了亲她的鼻尖说，"我帮你报仇，怎么报你说了算。"

姜稚月被他亲得有点儿痒，缩起脖颈儿小声说："如果他真的肯帮忙，我倒也能原谅他。"

贺随抬起眉梢，意味深长地"哦"了声说："所以临走前你就提醒他，不接受口头道歉？"

姜稚月揉了揉鼻尖，他能听懂，不代表当事人能听懂。

苏泽到底有没有领悟到她话里的意思，姜稚月不得而知，但后来几天的集体活动，苏泽没再跟着组委会胡搅蛮缠，也算是听懂了她那句"不接受口头道歉"的深意。

不知不觉到了决赛前夕，组委会组织所有选手进行赛前体检。贺随作为"重点关照对象"，自从出现在酒店大厅，便收获了无数人的注目礼。

苏泽点名签到，念到贺随的名字时语气稍沉。

隔壁飞鹰队的"小黄毛"悻悻地摸着鼻子，小声和身旁人交谈道："蒋冲就是赛前体检检出服用兴奋药物……贺随但凡有脑子，也不会故技重演。"

看到贺随给出的报告单后，苏泽对蒋冲服药一事也持怀疑态度。

他卷起手里的花名册敲打着"小黄毛"的脑壳说："安静，认真听注意事项。"

医生宣读到其中一条，体检前受检人员不可服用含有麻黄碱类或咖啡碱类的药物，包括感冒药与镇痛药。

苏泽暗地询问过当年与蒋冲住相邻房间的选手，没人记得蒋冲赛前感冒，这条被排除了。检验单上的麻黄碱类必须找到来由，不然组委会将以证据不充分为由拒绝重新审核。

贺随淡睨着愤愤不平的"小黄毛"，沉默不语。

负责体检的医生，带着他们到度假村的医院，过去一年的入院检查记录都会出现在他们的报告中。

贺随领到报告书，上面写着去年预赛前脚踝曾受伤，建议复检。

苏泽经过他身边，看了眼他手里的纸提示道："外科在二楼。"

外科诊室里人不多，贺随到的时候"小黄毛"坐在里面检查手腕。医生年过半百，鬓角发白，冲"小黄毛"吹胡子瞪眼地说："伤筋动骨一百天，你这手还想不想要了？"

贺随没进去，靠在门边闭目休息。

无意窥探别人的隐私，奈何"小黄毛"嗓音洪亮，想不听见都难。

他低声嚷嚷两句，突然拔高音量说："大夫，我辛苦这么多年才通过初赛，这点儿伤不算什么。"

老大夫背着手坐回看诊台说："你们这些年轻人，小伤小病不注意，等到真出事可就晚了。"

"小黄毛"说："不就是手腕受伤吗？不是特别疼，您放心，不会有事的！"

老大夫一瞪他说："还真有人出事，连命都没了的。那小子和你一样，死倔。"

"小黄毛"一噎，停顿几秒才问："真的啊？"

医生有医生的职业道德，老大夫没多说，给他开具不能参赛的建议条，被"小黄毛"拦住。最后老大夫被磨没了性子，开出临时服用的镇痛药："我开出的药可以吃，你自己带的药千万不能吃，听见没？"

"小黄毛"想起体检前的注意事项说："大夫你这是害我吧？镇痛剂里有违禁成分吧！"

老大夫开具的药系统自动生成记录，费口舌解释了一通，"小黄毛"才安心离开。

他出门看见贺随，猝不及防被吓到，下意识藏起手里的药，壮着胆子问："你怎么在这儿？"

贺随轻飘飘地和他对视一眼，随即进门，顺便把门关上。

老大夫推了推眼镜，问："你有什么毛病啊？"

贺随将手里的纸递到医生面前，答非所问道："大夫，你刚才说的出事的人，可以具体说一说吗？"

他的语气太恳切了，引得老大夫抬头望过去。

男人眸光深沉，漆黑的眼瞳中酝酿着山雨欲来的压迫感。

老大夫低下头看病历，慢悠悠地说："都过去那么多年了，早就记不清了。"

贺随的薄唇抿成一道紧绷的线，声音像从嗓子眼儿里挤出来的，他一字一顿，字字沉重地说："但据我所知，在赛事里身亡的选手只有一个。

"他叫蒋冲，对吗？"

五年前，蒋冲遭遇医闹事件手腕受伤，蒋媛曾劝他不要去参加比赛，但他不听。两人的关系僵持许久，贺随记得这件事。

体检检出的违禁成分来自镇痛剂，被同事宋医生构陷，将剂量改为了十倍。抹黑蒋冲的名声，宋建国的目的达成。

于是，蒋冲就成了其他人眼里为了胜利不择手段的人。

贺随沉默良久，放在膝盖上的手攥成拳说："大夫，我想请您找出当年开具镇痛剂的报告。"

老大夫只知道那个选手在决赛中身亡了，却未曾关注过后续结果。

贺随怕他不信，拿出真伪两份体检报告递了过去。

偌大的诊室异常安静，只剩下墙壁上的挂钟嘀嗒作响。

一刻钟后，老大夫起身走到档案柜前说："那个时候技术不如现在发达，只有手写复印留存的单子。我给你找找，你稍微等一会儿。"

贺随嘴唇翕动，握成拳的手却无力地松开了。他等了这么久，再等等又何妨？

比赛前一天，参赛选手的饮食皆是由组委会负责的。姜稚月没法见到贺随，只好一个人待在屋里。

两个男MC有固定合作的妆发师，Eve还在游戏里的刺激战场激烈搏杀，他打发身后的化妆师说："你去给小稚月化妆，组委会派来的人，我看着不靠谱儿。"

的确不靠谱儿，连自己的眼线都画歪了。

妆化到一半，赞助商代表莅临现场，身后跟着组委会的一大票人，姜别被围在中间进了休息室。

姜稚月耷拉着眼皮，没看见姜别过来。

身边的化妆师小声打过招呼，正犹像着要不要提醒小姜同学的时候，赞助商代表清了清嗓子，将矛头转到 Eve 身上问："好玩吗？"

Eve 一愣，握着手机机械地转过脑袋，对上姜别漠然的双眼。

对视的几秒钟，他连自己怎么死的都想到了。

姜别轻飘飘睨他一眼说："是时候公布你的真实年龄了。

"顺便换个人设——沉迷游戏无法自拔的大叔，你觉得怎么样？"

Eve："……"

姜稚月晕晕沉沉的，在听见姜别的声音后瞬间清醒。她眨眨眼看着那道顾长的身影，也捕捉到了屋里其他小女生隐藏不住的小眼神。

她哥是个"祸水"，有钱的"祸水"谁不爱？

姜别单手抄兜走到她面前问："礼服准备好了？"

姜稚月点头，又摇头说："我也不清楚，组委会提供的。"

那想必不是什么惊艳的衣服，他回头示意助理，对方立刻会意，打电话通知外场候着的人。不过半刻，一队人马整整齐齐地进屋，领头的那位手里捧着一个盒子。

助理解释说："这是法国设计师亲自设计的礼裙，小姜总特意买来给您的。"

姜稚月一直走的低调路线，她哥抽的是哪门子风？

周围的观众投来好奇的视线，其中不乏艳羡嫉妒的目光。

"她不是贺随的女朋友吗？怎么和赞助商也有一腿？"

"谁知道，看来这才是后台，练习生的爆料也是真的吧？"

姜稚月的脑壳"嗡嗡"的，用眼神询问姜别这是怎么回事。姜别面无表情的脸在接收到她的对视后，奇异地浮现出一抹微笑。

"……"

这大概就是真爱吧！

姜别请来一个专门的造型团队，对姜稚月进行从头到脚的改造。她也着实体验了一把圈子里名媛的待遇，一趟走下来浑身不舒服。

踩着小高跟拉开更衣室的帘子，她找到助理问："我哥呢？"

"小姜总在隔壁休息室。"

姜稚月来到隔壁敲响门，里面传来应答声。她推门而入，坐在沙发上翻看杂志的身影映入眼帘。男人西装革履的，丝毫没有半点儿学生的味道。

姜稚月揪起长裙摆问："哥哥，你是来向所有人炫耀你多有钱的吗？"

姜别端详她几眼说："妈妈让我来慰问你。"

言下之意，做这些非我本意。

姜稚月"哦"了声，早就猜到这件礼服不是姜别挑的。按照他的直男审美，现在她身上的应该是件芭比粉的纱裙。

姜别端起桌上的茶杯轻抿一口，不经意地说："也是要订婚的人了，多注意下自己的形象。"

姜稚月下意识反驳道："我形象哪里不好了？"

不对，他前一句说的是要订婚的人，忙问："哥哥，你说什么？"

姜稚月语气中带着不确信，左右张望几眼，确定现场只有他们两人，轻手轻脚地绕到他旁边，俯身到他脸颊一侧说："你悄悄重复一遍刚才说的话。"

姜别略带嫌弃地伸出手指抵住她的脑门，往旁边推。好话不说第二遍，他也懒得亲自当发狗粮的钦差使者。

男人吝啬地轻哼一声，继续慢条斯理地喝着水。

想到不久后将要和贺随订婚，姜稚月不自然地揉了揉鼻尖，拎起裙摆在他旁边坐下，小心翼翼地侧头打量着哥哥的表情。小时候他带她回家，免她饥苦，免她四处漂泊孤独无依。

不知不觉，他们已经相伴了十余年。

姜稚月长吁一口气，弯起唇角轻松问："日期定了吗？奶奶最会挑好日子了。"

姜别正色，淡淡地应了声："六月初二，奶奶亲自挑的日子，地点是城西的梵尔会馆。"

姜别说完，侧头看向旁边的女孩儿。她垂着头，额前的碎发被造型师弄到脸颊一旁卷成卷，五官清秀，眉眼间还藏着稚气。

他护着的小姑娘，要以另一种方式离开他了。

姜别抬手摸了摸她的脸颊，意识到自己的情绪外露过于明显，转而掐住女孩儿脸颊的软肉说："今天认真点儿，别给我丢人。"

姜稚月吃痛躲开了，要是他不出现，没人知道她和赞助商代表"有一腿"。现在倒好，他亲自承认他们之间有说不清道不明的关系，怪谁也不能怪她。

距离比赛开始还有三个小时，选手们在酒店的顶层集合，非工作人员不能进入。

姜稚月最早化完妆没别的事可干，回到公共的休息室容易遭受其他人的盘问，不如和姜别在一起，反正旁人已经误会了。

助理中途来过一趟，递给姜别平板，连着局域网，上面能通过摄像头观察到顶层的情况。

姜稚月偷偷瞟了一眼，一群人聚在一起，却找不到贺随的身影。

她装作无所事事地侧过头，盯着屏幕猛瞧。

须臾，姜别捕捉到她的视线，黑眼中满是高深莫测，脸上的表情有种"看，还看，再看就把你丢出去"的威胁意味。

行吧，不看就不看。

看在你特意跑一趟来探望我的分儿上，也不骂你是小狗了。

酒店顶层大厅，参赛选手按照抽签顺序依次坐好进行最后的状态调整。

偌大的空间内丝毫感受不到轻松愉悦，气氛很是压抑紧张。最先进行的常规赛备受关注，既有 FIO 副队贺随这一话题人物，又有蝉联冠军的飞鹰队队长。

围堵在赛场入口的记者，迫不及待地抬起摄像头聚焦在顶层那扇被光线照射后反光的玻璃窗上。

MC 团队早先到达场地，Eve 的粉丝簇拥在观众席，骚包的男人一出场就引起连连尖叫。

姜稚月跟在他们身后坐到讲解台，翻开最近几天做的笔记低头默念。

上午十点钟，原定的常规赛马上开始，参赛选手由专门通道入场。走在最前面的"小黄毛"有点儿怯场，被身后的队长一拍后脑勺，硬着头皮同手同脚地走进场。

贺随在队伍最后，男人穿着紫白队服，外套后印着毛笔写成的 FIO 花体。

FIO 车队的车迷只有一小群，聚集在入口前。经过他们面前时，贺随脚步略顿，离他最近的观众区坐着蒋媛和家里的老人，混杂在一群狂热的粉丝中显得格格不入。

蒋媛用手里的应援旗遮住脸，试图避开儿子灼热的目光。

贺随嘴角弯起，视线缓缓转移，然后停在讲解台处。那边已经有镜头在拍，姜稚月动作不能太大，暗暗比了个加油的手势。

Eve 手肘一撑她的胳膊说："别看了，一会儿比赛开始了。"

姜稚月也不想贺随分心，点点头专心看解说词。

照理说背景音乐响三遍，选手进场完毕便开始抽取赛道顺序牌。但进场的曲子响了五遍，还没开始，或许是组委会成员和苏泽的表情太过严肃，现场的热烈渐渐沉寂了。

苏泽走上台取下移动麦克风说："抱歉各位 CSBK 的车迷们，原定于十点的常规比赛将推迟半个小时进行，稍后会给大家解释具体原因，请各位耐心等待。"

姜稚月有种不太好的预感，心脏剧烈跳动，她不可避免地担心事关贺随。

果不其然，苏泽话锋一转说："请 FIO 贺随配合组委会进行调查。"

台上放置的两台音响将他的声音外扩至在场所有人的耳中，一时间喧闹声四起。姜稚月身后的观众区议论声最大："FIO 不会又出现服用禁药的事情吧？"

"查出服用禁药，会被禁赛终身吧？"

"哪儿能这么轻松，名字刻在耻辱柱上抹不掉的，他这辈子都别想再接触机车了。"

喧闹声盖住了组委会交谈的声音。

姜稚月看不清他们的口型，隐约听到几个"体检单""重查"之类的词汇。

她呆坐在原地，像丢了魂般怔怔地望着不远处。

贺随脊背挺直站在那儿，他垂着头，额前的碎发遮住眉眼，看不清喜怒。

苏泽来到他身边，两人低声谈论着什么，随后苏泽先抬步离开了。

贺随走出两步，忽然想起小姑娘会担心他，于是侧过身。两人的目光在空中撞上，姜稚月能感受到他灼热的视线似是在安抚她，带着熨帖的暖意。

贺随翘起唇角，启唇无声地说："别担心。"

姜稚月看得格外清楚，几乎是同时，她紧绷的神经终于松懈下来。

半个小时的等待漫长又难熬，观众们的热情被消耗殆尽，许多人打算退票离场，工作人员接二连三地上台安抚大家的情绪。

终于，组委会的代表连同苏泽再次出现，贺随却不知所终。

苏泽手中捏着一张纸，站上台调整麦克风的高度，他展开纸张的动作有些急促，手也是抖动的："首先，我将代表组委会向赛车手蒋冲——郑重道歉！因为体检过程的疏忽导致出现纰漏，该选手并未服用违禁药品，体检单中含有的麻黄碱类来自镇痛剂，且剂量符合比赛标准。"

场内寂静一瞬，那些讽刺过蒋冲，连带着质疑贺随的人，难以置信地瞪大了眼睛。

丑陋无比又搞笑异常。

苏泽又走至台前，然后九十度鞠躬，脊背绷得格外紧。

Eve 低声爆了句粗口，往姜稚月的方向看了眼。虽然觉得有些挑事，但还是忍不住说："组委会对你男朋友特殊对待的事就揭过去了，连句道歉都没有？"

姜稚月吐了口气，心里闷闷地难受，很多人不理解贺随这么做的意义。

为一个死去的人正名，仅仅是在机车这个领域洗脱恶名，真的有这么重要吗？

只有她知道，为这一刻的到来，他等了多久。

常规赛正式比赛时间调整至十一点。

姜稚月下了解说台，去休息室对面的卫生间补妆，脑袋昏昏沉沉地发涨，用凉水洗了洗手试图清醒一下。

站在镜前，她出了好一会儿神。

直到身后的门被人推开，男人颀长的身影出现在镜内，他还穿着队服，身后的英文张牙舞爪的。

姜稚月一惊，拉住他的手下意识地看向门外。在确定没有旁人看见后问："你怎么到这儿来了？"

"我们在隔壁休息室，赛前可以自由行动。"贺随抬起手，看着手腕上有监控各项指标的手环说，"不过需要佩戴这个。"

姜稚月这才放心，她低垂下眼睑，长长叹出一口气说："刚刚我都快被吓死了。"

贺随静静地听她讲话，也不打断。

"苏泽突然叫你走，我以为他又要找你麻烦。幸好……幸好他还记得你们的约定！"

贺随不能直接与组委会的人交涉，必须通过苏泽这座桥梁。老大夫找出了当年的报告单，他连同两张真伪的体检书一并递上去，这才争取到机会。

姜稚月说着说着鼻尖发酸，揪住他的衣领蹭了蹭眼眶，好不容易忍住眼眶里的泪，声音却沙哑起来，她就是替他觉得委屈。明明什么都没有做过，却要忍受那些不善的目光，承受恶毒的语言攻击。

贺随俯身，温热的指腹紧贴她的眼眶说："是好事啊，哭什么？"

姜稚月摇头，眼眶红得像兔子，她也觉得不该哭："是好事……以后再也不会有人说你不好了。"

贺随的喉结滚动了下，想起过去许多事。舅舅从医院回来，偷偷带着他去赛车场，教他骑车，教他提速的技巧，最后被外公提回去家法伺候。

他记忆里的蒋冲，是个谈起赛车眼睛会放光的人，他挚爱这项运动且愿意为其付出生命，不该被人诋毁。

好在，经过漫长而艰辛的等待，他做到了。

贺随双手托住女孩儿的脸颊，轻轻蹭了两下，温声哄她说："乖，不哭了。再哭，就不漂亮了。"

姜稚月不敢揉眼睛，生怕弄花了眼妆，待会儿顶着两个熊猫眼上台成为全场瞩目的笑点。

她压住哽咽，靠过去亲了亲他的嘴角说："你快回去吧，我去找化妆师补个妆。"

贺随用那双深邃的眼瞳直勾勾地凝视着她，他攥紧手指，指骨微微泛白。

他压低声线，小声地附到她耳侧说："你看手环上的心跳，是不是快了很多？"

姜稚月愣愣地侧过头，代表他心跳的数值不停地发生变动。这些数据都会被后台监控，她猛地捂住他的胸口说："就亲了一下而已呀。"

女孩儿的脸颊因为羞赧烧得有些红，贺随轻握住她的手腕，移开胸口说："别摸了。"

"马上就爆表了。"他弯唇笑起来。

贺随回了临时休息室，姜稚月在卫生间收拾情绪，没过多久也离开了。离十一点差五分时，她重新坐回了解说台。

贺随抽到了第三道，正背对着解说台调整安全带，挺拔顾长的背影被午时的阳光染上一层亮金的光晕。

　　观众席的呐喊声震耳欲聋，分辨不出是为哪个队伍加油助威。所有的声音混成一团，落进耳中似是添上虚化的效果，令人热血沸腾。

　　Eve："各位车迷朋友，大家上午好——备受瞩目的常规赛道已经开启，我们可以看到选手们正在进行最后的调整，相信不久后便会给大家带来一场观感极强的视觉盛宴！"

　　姜稚月紧跟开场词，不同于两位男 MC 硬朗的声线，女生细软的嗓音仿佛带有消除紧张的魔力。

　　熟悉的声音经由赛场的扩音器传来。

　　贺随绑紧护腕，不由得抬眸望去——大屏幕恰好扫过主席团。

　　视野里，姜稚月仰着头，颈部线条流畅好看，她眉眼弯起，眸子清澈。

　　耳畔是喧嚣不止的呐喊，他的眼里却只看得见她。

　　十一点整，选手们进入赛道。贺随拉下防风罩，单腿撑着地面。

　　隔壁赛道是飞鹰队的"小黄毛"，大概是首次参加决赛，他的表情异常紧张。

　　飞鹰队派来专门应援的粉丝拔高音量呼喊他的名字，"小黄毛"愣愣地举起手回应，胳膊绷得笔直地说："我会加油的！"

　　贺随舔了下后槽牙，唇畔泄出点儿笑。蒋冲总是说，只有热爱机车的人，才能真正去享受这段过程。他侧头看了眼观众区，蒋媛挥舞着应援旗，与她平时严肃认真的教授形象相去甚远。

　　有人在等待着他的胜利。

　　赛道最后一次清场，无关人员退至警戒线外。

　　机车的嗡鸣声震耳欲聋。

　　模拟枪声骤然打响——

　　比赛开始！

　　冲在最前面的是飞鹰队的两名选手，贺随落在第三位。因为是逆风，他的衣服鼓起，清晰的轮廓像带了柔化的特效。

　　姜稚月的目光紧紧地粘在他的身上。

　　看着他在弯道处超过第二人，保持冲刺的速度紧逼首位。

　　Eve 激动地从座位上站起说："FIO 的贺随冲上去了，马上要超过飞鹰队的队长徐楠！"

　　看台上爆发出响亮的尖叫声。

　　同时，休息室备战其他类型比赛的选手盯着屏幕，不敢放松一秒，生怕错过冲线的瞬间。

有人骂了句："贺随一直在隐藏实力？这几天的训练赛他哪次赢过徐楠？"

最后决胜的五百米，贺随再次提速，一紫一红两道身影逐渐错开。

刺眼的阳光下，他背负着FIO的希望冲过终点。

全场寂静良久，先是FIO那一小群的车迷爆发出尖叫，紧接着看台上的人喊着胜利者的名字。

姜稚月嘴唇翕动，站起来看向大屏幕。镜头聚焦在贺随的身影上，屏幕中间缓缓出现了一行字——NO.1：HeSui.

Eve按住姜稚月的肩膀猛烈摇晃道："看到了吗？他赢了！！"

姜稚月觉得Eve现在的样子很像买股成功的投资人，她被晃得有些头晕，一连说了许多个"看到了"。余光瞥见台下的苏泽，对方冷漠地看着他们在台上蹦迪，那眼神像是下一秒就要冲上来打爆他们的脑壳。

姜稚月连忙敛起神情，戳了戳Eve的手臂示意他看导师。

Eve的兴奋指数不减反增，握住麦克风大喊道："胜利者已经产生，他就是——"

话筒递到姜稚月面前，她愣了两秒找回自己的声音，迅速接上说："让我们恭喜FIO的副队长贺随，摘得本次常规赛的冠军！"

能够亲口宣布属于你的胜利，真的是太好了。

女生清朗的声音回荡在空旷的赛场中，带起又一阵热潮。

贺随摘下头盔，额前的碎发被汗水浸湿，那双黑眼湿漉漉的更为清亮。他远远地望向讲解台，手握成拳抵住左胸口。

我在回应你，我知道你听得到。

比赛持续到下午五点钟，姜稚月的嗓子仿佛在燃着一团火，最后一场比赛结束。她接过苏泽递来的矿泉水蔫巴巴地下台，拖着沉重的身体慢吞吞地往休息室走。

推开休息室的门，贺随在长沙发上坐着。应付完网媒和体育频道的采访，他也有些疲惫。

看见她进来，贺随拍了拍身旁说："过来坐。"

姜稚月抬步过去，坐下后踢掉了高跟鞋，小巧的足尖被磨红，看起来相当可怜。

贺随揽过她的肩，温声问："累不累？"

她点头，蜷起脚尖活动下麻木的脚趾说："我发誓，以后再也不穿高跟鞋了！"

　　贺随回忆了一下，拆穿她说："我记得元旦晚会你就说过这句话。"

　　姜稚月唇角抿得很紧，伸手捏了下他的脸说："随宝，别以为你赢了，我就不敢打你了。"

　　贺随任凭她捏着，手臂一收力，直接把人抱到腿上。他已经换下队服，衬衫黑裤透露出斯文禁欲的感觉。

　　姜稚月一低头，捏住他脸的手指松开，温吞道："恭喜你呀，冠军。"

　　贺随低低"嗯"了声说："愿望实现了，就只剩一个心愿了。"

　　姜稚月眨眨眼，手指轻点着他的鼻尖，听得心不在焉。无意间对上他漆黑的眼瞳，收回作怪的小手指问："是什么心愿？"

　　贺随静静地看着她，唇角翘起，漫不经心地回应道："等你长大。"

　　姜稚月"啊"了一声，眼神中流露着不解。

　　他停顿几秒，凑近她耳畔，缓缓补充道："娶你回家。"

　　这两句话落入耳中，让姜稚月的脸颊烧起来。她不自然地扒拉两下头发，又垂眸对上他的视线说："我哥哥上午找我说，家里人已经确定了订婚的日期。"

　　贺随点头，表示自己知道。

　　姜稚月睁大眼，音量放低问："那你怎么……怎么还说这种话？"

　　不是已经是板上钉钉的事情了吗？

　　贺随歪了下头，帮她整理弄乱的额发，动作是那般云淡风轻，说出来的话却像埋了一个巨大的雷："订了婚，有些事还是不能做。"

　　姜稚月大脑快速运转补充上他这句话的引申含义：因为太小，下不去手，有罪恶感。

　　我谢谢你还能有这份觉悟。

　　休息室的门被人推开，来人穿着FIO的队服，以为只有贺随就没敲门。

　　没想到撞上了这一幕引人遐想的画面，小男生登时脸红地说："对不起贺队，我以为……"

　　姜稚月条件反射地从他腿上下来，尴尬地和门口的人打了个招呼。

　　贺随用舌一顶上颚，今天是个高兴的日子，不宜"杀生"。

　　小男生局促在那儿，进退为难地说："那个，毛杰哥叫我们一起去吃庆功宴。"

　　说完他就跑了，怕再多留一秒，贺队就冲上来把他剁了。

　　贺随看了眼姜稚月的脚，眉头轻皱起，他不能把小孩儿一个人留下，不过让她跟过去肯定免不了一顿起哄。

"姜别他们都去，你去吗？"他问，"可能会被灌醉。"

姜稚月抬起下巴，毫不犹豫地说："有你在，谁敢灌我？"

庆功宴定在八百关的包厢，他们跟着队里包的大巴去，到时姜别他们已经入席。服务员引他们到了房间门前便离开了。

菜要等贺随来点，里面几个大老爷们儿喝着茶聊了半个小时的天。

FIO挺多队员没见过姜稚月，一进门就嚷嚷着让贺随亲自介绍："贺队交了女朋友藏得可真严，我们这些同队的兄弟都没见过。"

贺随一敛眉，淡淡地说："不是女朋友。"

那个出声的人拿不定他的情绪，一时噤声。

面对来自四面八方的质疑目光，姜稚月不动如山，端起茶杯小口喝着水。

难不成前段时间网上的消息真是假的？这姑娘真的不是贺队的女朋友？

姜别先开口介绍道："我妹妹，姜稚月。"

众人了然，长长地"啊"了一声，不再追问她和贺随的关系。

贺随随意点了几个姜稚月喜欢吃的菜，合上菜单传到其他人手里。队里的人年纪相仿，话题大致相同，从今天的比赛聊到过去几天网上的八卦，有心人故意绕开了蒋冲的事情。

姜稚月杯子里的水喝光了，伸手去拿茶壶，但被身旁的人挡住了。

贺随边应付队员的询问，边慢条斯理地给她斟茶，空出来的手试了试杯壁的温度，不忘提醒她说："有点儿烫。"

队员们面面相觑，不是女朋友还能那么亲密？

有大胆的人直接开口道："哦，我知道了，肯定是贺队还在追人家小姑娘！"

贺随放下手中的茶壶，双手交握支着下巴，清淡的目光扫过幸灾乐祸的几人说："不是女朋友，就不能是未婚妻吗？"

发话的那人顿时不说话了，和旁边的队员比了个口型。如果姜稚月没看错，应该是近似具有现代意义的感叹词。

一顿饭吃得轻松，大伙知道姜稚月的身份后也不敢轻易灌酒。前有赞助商代表姜别，后有副队长贺随，谁敢拿酒去灌桌上唯一的女性。

吃完饭，姜别送他们俩回去，一路上连问都没问，直接把人送回了贺随的公寓。

姜稚月请假只请到今晚，辅导员最近查寝查得严，她扒着车窗眼睁睁地看着小贺同志离开，胜利者的背影稍显凄凉。她长长地叹了口气说："哥

296

哥，你们逃宿被捉住会记过吗？"

姜别按灭手里的平板电脑屏幕，保持冷漠脸说："建筑院的男宿查得不严。"

姜稚月"哦"了声，低头摆弄手机，通知陆皎皎准备接驾。

车行驶过学校大门，马上到宿舍楼下时，姜别抬手按了按发涨的眉心说："有空回家一趟吧，奶奶病了。"

姜稚月推门的动作一顿，回头疑惑地凝视着他。

姜别说："还是以前的毛病，医生说这次复发得太突然了。"

姜稚月有段时间没回家了，更别说抽空去静安巷子，于是点头应下。从司机手里接过行李箱上楼，到了宿舍门口，她打开手机通讯录找到"静安巷子"，犹豫几秒又按灭屏幕。

这个时间，奶奶该休息了。

蒋冲这件事多亏有宋荷的帮忙，姜稚月打算叫上贺随一起当面感谢她。但消息刚发出去，宋荷就回复了：要来你自己来，别带他。

姜稚月转念一想，宋荷喜欢过贺随，自己现在是贺随的女朋友，光明正大地带着贺随去她面前，有点儿耀武扬威的感觉。这样会显得她特别不大度，而且不利于感谢仪式的进行。

于是和宋荷敲定下午三点钟在学校门口的咖啡厅见面，到时候商量去哪儿吃饭。

姜稚月到的时候，比约定时间早十分钟，宋荷也是守约的人，踩着约定的时间到场。

谈话间总绕不开贺随这个话题，姜稚月觉得和情敌谈论自己的男朋友怪怪的。但耐不住宋荷知道的八卦太多，她还在上高三备战高考的时候，宋荷就已经加入了追求贺随的阵营。

"那个时候他还是学生会的人，我就铆足了劲想进他的部门，结果面试那天一整屋的女生，太无语了。

"你了解贺随吗？我可是把他的祖宗十八代摸了个清楚。"

宋荷手肘抵住桌板，俯身平静地看着姜稚月，眼神里没有恶意，仅是单纯的询问。

姜稚月思忖片刻，试探着回复道："该知道的都知道，不该知道的……"

宋荷抿唇，斟酌着说辞："那你知道贺随有个青梅竹马吗？和他们家是世交。"

这倒是没听他说起过。

姜稚月露出纠结的小表情，既然贺随没提起过，那就是没有必要提起的人。但她忍不住想去了解，试图从别人的口中拼凑出那段她不知道的过往。

宋荷有点儿后悔，她原以为姜稚月知道："不过那个女生随家里移民海外了，很少回国。"

姜稚月无意间咬住吸管，粉嫩的唇瓣弯出一小道弧，也不知道听没听她说话，蒙着一层潋滟水光的眼睛不知道在看哪里。

宋荷恨铁不成钢地敲了敲桌面说："你怎么回事啊？我在和你说正经事。"

姜稚月咽下嘴里的橙汁问："贺随的女朋友是谁？"

"你。"

姜稚月指着自己的脸问："我的脸长得像那个女生吗？"

宋荷仔细一打量，没一处地方相似，各有各的特色。

"这不就得了。"一不是替身，二不是备胎，她才懒得管那些可有可无的人。

和宋荷吃过晚饭，姜稚月送她坐上家里的车扬长而去。

吃饭的地方离贺随的公寓不远，她步行过去，不过上楼需要门卡，她忘记拿，只好打电话让贺随下楼接她。

姜稚月站在电梯口，手腕上冒出来一些小红疹，她挠了两下，白皙的皮肤红了一片。

贺随走出电梯门正巧看见她正专心致志地研究小红疹，他低头看了眼，眉心拧起。

姜稚月手指顿住了，感受到他眼神的杀伤力，悄悄把手藏到了背后。

贺随拉住她的胳膊，稍加力道就将人拉到了自己这边，顺势抬起她的手腕，温凉的指腹蹭了蹭红肿的皮肤，眸光沉沉地一睨她说："过敏了。"

他鲜少对她这么严肃，姜稚月缩起脖颈儿，小声道："可能吃得不合适。"

贺随拉她进电梯，到楼上他进屋穿上外套，拎起车钥匙说："去医院。"

晚上吃的海鲜，姜稚月不喜欢吃，但陪着宋荷她不好意思推托。最后她又喝了两三口牛奶，引发了过敏症。

医生开出治疗过敏的药，有内服和外敷两种。

大晚上来皮肤科的人不多，姜稚月走在贺随身边，悄悄一拉他的手说："随宝，你走得太快了。"

贺随脚步不停，只是速度放缓了，手心被她轻轻蹭了两下，有些发痒。

以往她一撒娇什么事都没了，这次他的心硬得像石头，非要她记住这次教训不可。以后出去吃东西要注意，不能一味地迁就旁人。

姜稚月鼓起腮帮子，握住他的手指收回去，控制不住地去挠手腕上的红疹。

痒得不行。

贺随却反握住她的手，冷漠地吐出两个字："忍着。"

皮肤上像有无数只小蚂蚁在爬，姜稚月皱起鼻尖，不满地哼了声："可是好痒啊。"

她停住脚步，可怜兮兮地仰头和他对视，每一秒都是煎熬。她察觉出他眸光渐柔，试探地挣动手腕。

依旧无果。

贺随叹口气，屈指敲了下她的额头，半是妥协道："败给你了。"

两人来到休息室，灯光昏沉，正对头顶的那盏灯钨丝老旧，投下暗淡的光线。

贺随拆开外敷的药，捏出一点儿到指腹。他个子高，坐在旁边也需要弯腰给她擦药。

姜稚月的视野内是他的发顶，柔软的发丝被光线照成曝光过度的浅色。从她的角度，还能看见男人高挺的鼻梁，以及认真做事时习惯性抿紧的嘴唇。

她弯唇无声地笑起来，一时竟忘记了手臂上的痒。

贺随拧紧药膏说："剩下的回家再涂。"

姜稚月连忙点头，垂眸看向红白交错的手臂，好丑啊。她想着放下衣袖遮住，又不放心地看向面前的男人。果不其然，贺随正用一种意味深长的眼神瞅着她，那表情仿佛在教导不懂事的女儿。

姜稚月咽了咽口水，默默地垂下头不说话了。

过敏起的红疹不会只在一个部位，姜稚月回家进了卧室，脱下外面的衣服背对着镜子，背上有五六个红疹，胸前还有几个。

洗完澡，把能碰到的几个抹上药，后背上的够不到。

恰时，贺随敲响卫生间的玻璃门问："需要帮忙吗？"

姜稚月下意识拒绝道："不用啦，我自己可以。"

贺随沉默片刻，说："其他够不到的地方，不抹药会很痒。"

他不说还好，一说姜稚月觉得背上那几个小红疹瞬间痒起来。她认命地披上浴袍，轻手轻脚地移动到浴室门前，打开一小道缝隙查看情况。

先映入眼帘的是一截深蓝色的衣襟，是贺随浴袍的颜色。

她视线上移，对上一双漆黑的眼睛，手不自觉地加重了裹住浴袍的力道。

贺随没看懂她眼中的情绪是害羞，平静地拿过她手里的药膏径自走向床边。

然后拍了拍床畔，丝毫不觉有任何异样地说："过来，躺下。"

姜稚月捏了下发烫的耳尖，在他的注视下走过去说："后背上，有几个够不到。"

贺随点头，慢条斯理地拧开药膏，已经准备好帮她上药，结果面前的女生迟迟不动弹，反倒将身上的衣服越裹越紧。

他面露疑惑，不过片刻，目光定格在她泛红的脸颊上，若有所悟。

原来是害羞了。

贺随坐到她身侧，修长的手指按住她的浴袍带子，力道很轻地拉了一下说："你不脱衣服，怎么上药？"

姜稚月几乎要把下巴埋进胸前，知道躲不过这一遭，闷闷地侧过身，将额头抵住他的胸口。

握住衣襟的手指松开，一副任君宰割的小模样。

可爱得紧。

贺随解开她的浴袍，里面只剩一件胸衣，蝴蝶骨处的红疹最多。他推了推她的肩膀，话中带着隐忍的笑意说："你这样，我没法涂药。"

姜稚月咬着嘴唇，头埋进枕头里趴下。

浴袍搭在腰际，除了盖着的地方，其他全露在外面。

男人温热的气息落在皮肤上，更是带起一阵痒。她欲哭无泪，手指捉住他的浴袍，小声催促道："你快点啊……"

贺随垂眸，捕捉到女孩儿染着红的耳垂，勾唇轻笑。他涂药的手法挺专业的，小时候总是受伤，是蒋冲教他的。

不过，为了顾及姜稚月的情绪，他的动作加快许多。

一眼可见的地方涂完，只剩下胸衣带遮住的区域。他俯身过去，低沉的声音在她耳畔炸响："这个地方有没有？"

说着，他的手指钩了下胸衣的带子。

姜稚月的脑壳"嗡"地炸了，她头垂得更低，闷出几个字："有……有的。"

贺随停顿几秒，拖长音调问："那我，解开了？"

男人带着磁性的低沉声音冲进耳中，姜稚月的心跳越发快速。她抬眸，眼瞳潋滟蒙上一层水雾。

贺随耐心等她做心理准备。

姜稚月屏住呼吸，几秒后慢吞吞地吐出郁气说："我能忍的，这里不涂药也没有关系。"

料到会是这样的结果，贺随的目光停在她泛红的脊背上说："如果受不了，可以去隔壁叫我。"

姜稚月连忙应下，拉起浴袍遮住身体，盘腿坐在床上。清凉的药膏涂在红疹上缓解了痒意，她尽量转移注意力不去想它，从宽大的浴袍袖子里伸出手指，拉住贺随的衣角问："我们聊会儿天行不行？"

贺随整理好药膏，边收进床头的柜子里，边问："你想聊什么？"

姜稚月想起宋荷提起的那些话，在心里斟酌了片刻，绕到嘴边还是说："我也不知道，你随便聊呀。"

贺随看出她有所隐藏，但没追问，耐心地和她聊起最近实习的经历。有个吹毛求疵的上司，他们这些实习生到那儿只有挨骂的份儿。

没聊多久，姜稚月吃过药犯困，躺在他旁边睡过去。

贺随轻手轻脚地站起身，掀起空调被轻盖在她身上。俯身去关壁灯时，注意到女孩儿轻皱起的眉心，他又重新弯下腰，用手指一寸寸地抚开。最后一垂头，嘴唇轻贴在她的眉心落下一吻。

姜稚月睡得沉，只感觉到似乎有羽毛轻轻拂过，她咕哝一声，别开脸去。不让亲了。

贺随弯唇无奈地笑起来，掖好被角离开了卧室。

回到隔壁，桌上的手机屏幕亮起，显示有五条未接来电，全是蒋媛打来的。没有特别的急事，他妈不会这么做，贺随走到阳台拨回去，那边立刻接通了。

"小随，刚才的电话你怎么不接呀？"

蒋媛的声音一如往常地温柔、慢条斯理，听起来大概不是紧急的事。

贺随放下心，温声回复道："小稚过敏了，刚刚在帮她涂药。"

"严不严重啊，去医院了吗？"

"去过了，医生开了药。"

蒋媛絮絮叨叨地嘱托他照顾好姜稚月，转念想起打电话的用意说："你陆伯伯后天回国，爷爷让我叫你过去吃饭。"

老爷子脾气倔得很，贺随不好推托，家里和陆家又世代交好，他出席也理所应当。

蒋媛补充道："你问问稚月愿不愿来，反正也快是一家人了。"

姜稚月身上的红疹后天大概率消退不了，跟老人家应酬又麻烦。贺随顾及到她的身体情况，婉言推拒了。

第十一章

甜度加载 100%

申城入了五月，气温节节攀升。

陆皎皎急不可待地穿上短袖，姜稚月裹得严严实实地走在她旁边，惨遭嫌弃了。

陆皎皎拉起她的长袖衬衫说："稚宝，你浑身仙气缭绕，想来是要飞升了。"

姜稚月也不想出门，但学院组织的校友会不能不去，地点是大礼堂B区。两人慢吞吞地走到了新建的大礼堂，却找不到具体的大厅。

上到三楼，一群人朝走廊尽头前进，陆皎皎拉住她快步跟上说："跟着大部队准没错。"

随着人流进入报告厅，前排坐满了人，剩下后排几个空座。

姜稚月坐下后解开衬衫的扣子，空调的凉气钻进脖颈儿，缓解了她浑身的闷热感。

三点十五分校友会正式开始，首先被请上台的是位留学归来的学姐陆蔓茜。在其他人还在读本科时就提前取得硕士学位，年纪轻轻就获得无数大奖，国内无数设计工作室向她抛出橄榄枝，前途不可限量。

陆皎皎听完简介，一拍脑门说："完蛋了，我们走错了报告厅。"

姜稚月慢悠悠地补充道："看起来像是建筑院的报告厅。"

她回头看向出口，大门前聚集着不少无座的同学，看起来很难穿越这些人形肉盾。

秉承着"既来之，则安之"良好心态的陆皎皎，已经专心听起来自建筑院优秀校友的演说。台上的女生一身白裙，仪态一流，年纪轻轻就获得如此殊荣，头发竟然比她的还茂密。

特别是完整的发际线，令人羡慕。

陆皎皎啧啧声道："同样都是姓陆，这差别也太大了吧。"

前面传来签到的名册，姜稚月正想往后传的时候，熟悉的身影"披荆斩棘"越过一排排的人形肉盾来到她旁边唯一的空位处说："同学，签到表给我一下。"

姜稚月捏着手里的纸，礼貌地打招呼道："学姐。"

宋荷听见熟悉的声音，弯腰挤进旁边的座位说："还好赶上了！早知道就让你帮我签到了……不对，这是建筑院的校友会啊。"

"我们找错地方了。"姜稚月递过去纸笔说。

宋荷看了眼台上，意味深长道："既然来了，就好好认识一下这位知名学姐。"

姜稚月摸不清她话里的意思，顺着她的目光望向讲台。女生淡然地谈论着那些年留学获奖的经历，谦逊的语气中，依稀可以听出几分若有若无的轻视。

就好像在说"你们也只能听一听我的经历，自己是没有机会的"。

轮到提问环节时，直系学妹问及学姐回国的就业打算，陆蔓茜沉默半秒，给出了个确切的回复："我已经答应 Soyi 工作室的负责人去那儿当个普通小职员，大家就不要为我的工作问题担心啦。"

姜稚月听着这个工作室的名字极其耳熟。

宋荷将笔递回去，慢悠悠地问："Soyi 不是你男朋友实习的地方吗？"

姜稚月恍然大悟道："他们是同事？"

宋荷露出个恨铁不成钢的眼神问："你还记得我提过的那个青梅竹马吗？"

姜稚月大彻大悟道："原来是这个学姐？"

宋荷眉头拧起，神经大条也得有个限度，特别是在一群情敌虎视眈眈的情况下，敏锐的感知力很重要。

姜稚月重新打量着台上的女人，净身高至少一米七，身材却纤细不显壮实，衬衫搭配阔腿裤，显得气质温婉。

和她不是一个类型。

姜稚月没有任何危机感，前天贺随也提起过他家的世交回国的事。蒋教授本想叫她一起去吃饭，但她长满红疹不宜见人，贺随就推掉了。

十分了解她追求体面的小心思。

Soyi 工作室成立于十年前，由华裔建筑师李斯特牵头创立，总部设在申城，分公司遍布国内各大城市。每年招收的实习生少之又少，能闯进去的都是未来建筑业的精英。

陆蔓茜的资历深厚，得到负责人的青睐不足为奇。

姜稚月下午没课，准时去接贺随下班。写字楼矗立于高耸入云的 CBD（中央商务区），西装革履的男男女女行色匆匆，她挑了大厅不起眼的角落坐下，百无聊赖地摆弄着手机。

没过多久，贺随走出电梯，径直朝她这里走来。

姜稚月揉了揉眼眶，没看见他拿包，试探着问："你今天要加班吗？"

实习生大多是正式建筑师的助理，实习期间上司不会交予任何设计稿，总而言之活得像打杂的小职员。

贺随跟着的师傅是个四十多岁的男人，在这一行十几年碌碌无为，年前参与申城音乐厅的重建，剑走偏锋的设计稿被上面的领导看中，一时间声名鹊起。

这人挺吹毛求疵的，毛病多。

贺随算是实习生里最遭罪的一个，其他人还没尝过加班的苦，他一连几天陪着对方加班到凌晨。

贺随垂下眼睫，捏了下小姑娘的脸颊说："先陪你去吃饭。"

姜稚月表情格外认真地说："随宝，我记得姜别缺一个生活助理。"

贺随应道："嗯？"

"我哥他不会压榨员工，要不你跟他吧。"

贺随舔了下后槽牙，眼睛弯出一道弧度说："那还不如让我去捡垃圾。"

姜稚月眨眨眼，温吞道："我是看你太累了，没别的意思。"

贺随低低"嗯"了声，弯腰到她面前。他皮肤冷白，但不容易出现黑眼圈，除非一连熬了许久。现在下眼圈呈鸦青色，眼尾因疲惫下耷，眉眼中是藏不住的倦意。

姜稚月抬手，温热的指腹贴上他薄薄的眼皮。

贺随的眼睫毛颤动，像羽毛般轻柔地蹭过她的指尖。

她闷闷地吐出一口气说："随宝，等我毕业会和你一起赚钱养家的。"

贺随拉下她的手腕，眼睛睁开，黑眼格外清亮地说："放心，养一只你还是养得起的。"

话音刚落，不等姜稚月开口，高跟鞋敲动地面的"啪嗒"声停住，随即是女人细软的声音："阿随？"

是陆蔓茜。

姜稚月认出她来，不避不让地迎上对方打量的视线。

陆蔓茜上前两步到他们面前，扬起眉笑问："不介绍一下？"

贺随站直身子，唇畔笑意很淡地问："这是陆伯伯的孙女陆蔓茜，前天和你提过的那个世伯，记得吗？"

姜稚月点头，主动伸过手说："你好，陆小姐！我是姜稚月。"

通过一句介绍的话语，无意间就分出了亲疏远近。

陆蔓茜嘴角微僵，抬手回握的动作缓慢，然后说："你好！"

身后的职员上前提醒，楼上还有上司在等，陆蔓茜不好多待，离开前留下了一句："改天约你吃饭，回聊。"

女人的身影消失在电梯内，姜稚月端起的社交仪态瞬间垮掉了。她目光幽幽地瞥向一旁的男人问："改天约你吃饭，约谁？"

约谁吃饭？用那种熟稔的语气约的人当然是贺随。

姜稚月也知道贺随不会赴约，通过刚才那句介绍的话语，她敏锐地感知到他们两人间的关系有些疏远。陆蔓茜不觉得，但贺随表现得十分明显。

贺随一边牵着她往对面的餐厅走，一边说："陆伯伯和爷爷交情深，小时候住在一个院子里，陆蔓茜也常来我家玩。"

姜稚月静静地听完，晃了晃他的手指说："随宝，我不介意，那些都是小时候的事情。"

贺随一弯唇，积攒的疲惫消散许多，说："谢谢小朋友！"

陆蔓茜曾在澳大利亚举办的青年设计大赛中荣获银奖，成为最年轻的获奖者，一时间声名鹊起。

Soyi 将陆蔓茜聘请来工作室，主要是想请她指导工作室成员参加团体设计大赛。

晚上负责人召集大家开会，七月中旬的团体设计大赛面向全世界的设计团体进行公开征稿。Soyi 首次参赛，其他参赛团体虎视眈眈，想趁此机会抹黑 Soyi 苦心经营的好名声。

陆蔓茜听完负责人的方案，知道此次比赛的参与者皆是正式员工，她提议加入年轻血液："据我所知，工作室今年招募的实习生实力也不可小觑，特别是贺随。我认可他的能力。"

实习生按例坐在会议室最后排，众人的视线一时间投向房间角落。

年轻男人眉梢微扬了下，面上看不出情绪，对比其他实习生的反应，他太过平静了。

几个负责人面面相觑，拿不定主意，最后牵头成立团队的负责人松口道："让实习生参与不是不可以，现在工作室内报名的人也没定下，不如过几天大家交一幅设计图上来。"

这个决议算是公平的，不过也引起了其他正式员工的不满。

会议结束后，贺随回办公台收拾东西。陆蔓茜走过来笑吟吟道："阿随，我知道你想参加这个比赛。"

贺随一垂眸，声音冷淡地问："你说的是澳大利亚青年设计比赛？"

陆蔓茜点头，笑意不减。

气氛凝滞许久，贺随往后靠住桌沿，很轻地笑了两声说："这恐怕要让你失望了。"

陆蔓茜一怔愣问："什么意思？"她明明在贺家看到了设计比赛的宣传册。

"你是想参加个人比赛？"

时过八点，贺随看了眼时间，姜稚月还在楼下等。

他走出两步，陆蔓茜追上来说："阿随，我大概有很长一段时间会待在国内，有空的话可以去你家……"

贺随眉头拧起，面露不耐地说："那是你的事情。"

陆蔓茜语气急促地说："我可以帮你写推荐信，个人参赛的项目必须要有人推荐，而且我还能指导你。"

贺随最后的耐心被耗尽，眼底的厌恶不加掩饰地说："陆蔓茜，需要我提醒你当年的事情吗？"

此话一出，女人的脸色煞白。

她木然地望着男人离开的背影，不动声色地攥紧手指。

姜稚月等贺随下班的空隙，用手机百度这位华裔女建筑设计师的资料。可能她是门外汉不懂行情，总觉得陆蔓茜的设计中规中矩，并没有多少出彩的地方，唯一令人惊艳的设计图便是她获奖的那幅《小人间》。

咖啡厅的迎客铃响起，姜稚月没注意，直到贺随走到她身边坐下。

女孩儿低着头专心看手机，贺随凑近她，用低沉的声音在她耳畔问："在看什么？"

姜稚月看他一眼，然后递过去手机说："搜了搜陆小姐的作品。"

屏幕恰好显示着那幅《小人间》，设计图被墨尔本当地的公司看上，已经开始按照图纸兴建度假村。

这是去年的新闻了。

贺随眸光渐沉，没说话。

两人步行回了公寓，姜稚月先去洗澡，出来后在客厅转了一圈没找到贺随。绕到书房发现里面灯亮着，敲了两下门，里面传来应答声。

　　姜稚月打开半扇门，脑袋探进去问："你在忙吗？"

　　贺随坐在桌前，画纸摊开占了半个桌子。手边还摆着素描本，很多是他大学时期写生的作品。

　　贺随抚平画纸的褶皱，招手让她过去。

　　姜稚月怕弄湿画纸，离得不算近地问："这次要画什么？"

　　"参赛作品。"他退开一步，揽过她的肩膀说，"我去洗澡，你记得吹头发。"

　　姜稚月的目光粘在素描本上说："我想看看你的写生本子。"

　　"什么时候对设计稿这么感兴趣了？"

　　贺随话中带笑，找出几个本子摆在桌上，扉页上贴着具体的日期，他的归纳详尽妥帖。

　　看得出非常爱护这些作品。

　　姜稚月说："我这不是入乡随俗嘛。"

　　贺随思忖片刻，从后面轻轻捏住她的后颈。或许是屋内没开空调，她清晰地感知到男人身上的温度，隔着一层薄薄的睡衣紧贴着皮肤，隐隐有升高的趋势。

　　"换个词。"

　　贺随声音变得很轻，像是调情，气息落在她的耳廓，热度灼人。

　　姜稚月转头，鸦羽般的睫毛颤动，一时想不出替代的词语，无措地捏住他手肘处的衣服。

　　贺随低笑，自问自答说："夫唱妇随，你觉得怎么样？"

　　姜稚月喉咙有些干，乖顺地点头道："似乎比入乡随俗好一些……"

　　她刚洗完澡，身上带着沐浴露的香，是他经常用的味道。

　　贺随情不自禁地垂头，下巴抵住女孩儿柔软的肩窝，将她整个人抱在怀里。

　　喘息声变得异常清晰。

　　姜稚月并不抗拒他的靠近，甚至喜欢和他亲热。她不躲闪，任由贺随的吻落在脖颈儿，顺着动脉上移。

　　书房中昏黄的光线，催人情动。

　　下一秒，贺随的动作停了下来。

　　四目相对。

　　姜稚月看见他薄唇抿紧，眼底压抑着汹涌的情愫。那种眼神熟悉又陌生，像是要将她吸进去，占为己有。

贺随声音沙哑，指腹蹭了蹭她的脖颈儿说："留下印了。"

姜稚月抬手一摸，小声嘟嚷道："谁让你不轻一点儿？"

贺随转身进了浴室，姜稚月在桌前呆坐了一会儿，翻开最上面的本子。

页面右下角都标有日期，大一时的写生课比较多，几乎隔两天就有一幅图。第二本页数不多，她很快翻完了，扉页的隔层里掉出了一张纸。

姜稚月弯腰捡起，不经意看见了上面的设计图。

她一愣，还以为自己看错了，直到展开才看到全貌。

这不是……陆蔓茜那张获奖的图稿吗？

只不过这张是初稿，没有她那张精致，线条也略显随意。右下角标注的日期，比设计比赛的日期早三个多月，更不可能是临摹。

这张和陆蔓茜获奖作品如出一辙的图稿，为什么会在贺随的写生本里？

答案呼之欲出。

怪不得陆蔓茜在获奖后，再无一例值得称道的作品。

申城的夏天来得突然，一场雨过去，气温不降反升。考试周即将开始，姜稚月闷在图书馆啃书，贺随忙着赶稿，偶尔也会和她一起泡图书馆。大多时候是各忙各的。

姜老太太的病情不见好转，姜母日日守在床前。姜稚月考完最后一科去医院，在门口遇见晚晚。小姑娘闷闷地蹲在地上，戳着手机屏幕。

姜稚月到她跟前问："晚晚，你怎么不进去啊？"

姜晚摇头，小心翼翼地看了眼病房说："里面有好多医生，我进不去。"

"奶奶早上的时候，晕倒了。"她小声说，"那些人的脸色特别不好看。"

晚上八点钟，姜老太太离开ICU（重症加强护理病房）转入普通病房。医生交代病人不能太过于劳累，探望时间只有半小时不准再多。

病床上，老太太戴着氧气罩，病来如山倒，全然看不出是当初穿着旗袍气质不凡的旧时名媛。

姜稚月走到床边，轻声叫了句："奶奶。"

姜老太太挣扎着抬起眼皮，嘴唇动了动，却说不出话。

过了探视时间，姜稚月离开病房。

姜别在病房外，刚处理完公司的事情，来不及换下身上的西装就直接赶到医院。

姜稚月后退一步靠住墙，和他商量说："哥哥，订婚宴能不能延迟？"

全家都在关心老太太的病，分身乏术，哪有精力再去筹备订婚仪式。

姜别沉吟片刻说："前几天奶奶清醒的时候，还在算日子。她说六月初二万事皆宜，再往后推，她怕……等不到了。"

"她不想到死，都愧对你。"

姜稚月鼻尖泛酸地说："我早就……早就不怪她了。"

姜别怕她哭，抬手轻轻拍了拍她的发顶安慰道："订婚宴的事情有我，有贺家筹备着，不会麻烦。"

姜稚月迟疑了良久，才点头答应。

医院这儿走不开，姜别打电话让司机送她回宿舍。

陆皎皎在收拾行李，舍长和林桤一起出去旅游，下午考完试就走了。

宿舍空荡寂静，姜稚月爬上床打开手机，想问问贺随怎么办。可一想到他在忙设计大赛，又把打好的一行字全部删掉了。

姜老太太生病的事贺家知道得晚，蒋媛亲自登门看望。但老太太每日探望的时间有限，她白走了一趟。

姜稚月陪蒋媛下楼，到了停车位，蒋媛拉住她的手说："小稚，奶奶会好起来的，你别太伤心了。"

姜稚月点头道："谢谢阿姨！"

蒋媛也知道最近贺随忙于设计大赛，思忖再三想着告诉儿子这件事。这会儿征求姜稚月的意见，她却低下头请求道："别和他说了，会分心的。"

姜老太太的病不是没得治，但手术只有百分之五十的成功率，太过于冒险。医生担心老太太会挨不住。

姜老太太清醒了一阵，决定接受手术。

日期定在六月初五，姜稚月订婚后的第三天。

贺随忙里抽闲，到女生宿舍楼下帮姜稚月拿行李。小姑娘最近恹恹的，眼睛里没有神。

每次短暂的见面，她都强撑着笑意，以为他看不出。

贺随趁她上楼拿包的空隙，打通姜别的电话，开门见山地问："最近发生什么事情了？"

姜稚月和家里通过气，特别是姜别。他们俩关系好，贺随觉察到不对肯定会先问他。

姜别不会撒谎，被贺随一秒识破了。

姜别说："奶奶旧病复发进了医院，情况有些糟糕。"

情况定然不只是有些糟糕，贺随沉默几秒，知道姜稚月是不想他担心，就低声"嗯"了句。

姜别没立刻挂断，他挠了下头发不自然地嘱咐道："你也知道，稚月和我奶奶之间有过不愉快，我奶奶很愧疚，不想你们的订婚因为她拖延。稚月也是敏感的性格，最近情绪挺低落的，你要是有空就多陪陪她。"

贺随陪姜稚月把行李先放回他的公寓，今天下午他有假期，转到厨房拉开冰箱门，里面的存粮不多了。

他绕回客厅，小姑娘安安静静地坐在沙发上看电视，手里握着橘子，也不剥开。

贺随过去坐下，柔声问："下午出去吃，想吃点儿什么？"

姜稚月想了想说："想吃火锅。"

贺随点头，轻轻一捏她的手指，动作温柔地说："吃火锅可以，但不能吃太辣。"

姜稚月高三时饥一顿饱一顿的，胃不太好。她用小手指钩住他的小手指，亲昵地晃了两下，乖顺地点头道："知道啦。"

公寓离市中心近，姜稚月用手机找了两家评价好的店。五点多出门到店里，有一家门前排起了长龙。

轮到他们，服务员引路去了靠窗的位置。

贺随点单，姜稚月去洗手间俯身洗手的时候，身旁女卫生间的门被推开，走出来一个人。

陆蔓茜也看见了她，主动上前打招呼道："你是……阿随的女朋友吧？"

自从知道陆蔓茜的作品涉嫌剽窃贺随的图稿，姜稚月对她的好感值掉到了负数，懒得曲意逢迎，随口打了声招呼便抬步离开了。

陆蔓茜追上去说："姜小姐，我听说姜老太太现在情况不太好。"

姜稚月平静侧目，声音更是平淡地问："所以，你想说什么？"

"家里老人病了，你还要坚持订婚，这不太好吧？"

陆蔓茜笑吟吟的，丝毫不觉得以一个局外人的身份提醒这件事有多不好，自打脸的事情陆小姐做得还真不少。

姜稚月转过身，嘴角的笑意一点点浮现道："陆小姐说的我考虑过，但我这人挺俗的，比较相信冲喜这种说法。如果不是年纪小，我真希望可以马上和随宝结婚。"

陆蔓茜愣住了，以为刚才的话会引得她愧疚，会让她犹豫。

姜稚月声线细软，却不失压迫感地说："陆小姐，你也不必和我玩这些小心思，都是女生谁不懂谁呢？不过，你说喜欢贺随之前，得好好摸着良心问问自己配不配。"

她这一番话，很明显是在提醒陆蔓茜，她当年做过的事情，可不止贺随一个人知晓。

姜稚月在用这件事威胁她。

陆蔓茜脸色不善，直勾勾地盯着女生厉害的背影，暗自握拳忍下这口气。

姜稚月其实有些心虚，她积攒许久的怨气得以发泄，很不幸陆蔓茜就是悲催的垃圾收纳站。

她回来时的步子轻盈许多，本来不太有胃口，但到最后却吃了不少。

贺随埋完单，牵着她到外面买了杯茶饮。

回公寓的路上，姜稚月低头咬住吸管，然后听见贺随说："最近忙着设计大赛的团队比赛稿，抽空陪你的时间不多。"

他声音低沉，仔细听能听出歉意。

姜稚月立刻正色道："我知道你忙呀，也没有怪你忙。"

贺随侧目凝视着她说："我的意思是，只要你有事，我一直是有空的。"

姜稚月后知后觉，牵住他的衣袖问："你都知道了？"

贺随"嗯"了声，一只手反握住她的手将人拉入怀里，另一只手摸了摸她的发顶说："下次不准瞒我，听见没？"

姜稚月闷闷地道："怕你分心，我也不是故意的。"

她也想告诉他，问问他该怎么办。

人是在不断长大的，可有些人，却无法避免地停在时间前进的洪流中，直至消失不见。

Soyi 工作室内部的比稿定在周五下午，贺随将赶出的设计初稿带到工作室，进行最后的润色。

下午负责人召集所有竞稿人，进行现场审稿。

打分的人是陆蔓茜，以及两个颇有建树的建筑设计师。

陆蔓茜作为一评，最先接触竞稿人的图稿。她挨个翻看后，在最下角打上评分。

"人间烟火"是这次比稿的主题，许多人的思路大致相同，采用古代深巷的红木茶楼，或是水楼竹阁，因过度追求平凡中的精致，容易造成审美疲劳，直到她看到贺随的作品《廊桥水榭》。

它采用江南水乡的廊桥不假，却与玻璃架构的现代建筑相结合，化解了整栋建筑位于市区内的突兀，恰到好处地与现代化结构融为一体。

陆蔓茜握住稿纸的手有些微微颤抖。

旁边的人望过来问："陆小姐，你怎么了？"

陆蔓茜敛起外露的情绪，摇头笑了下，落笔打上评分。

作品传至其他评审手中，二评的老师看见贺随那幅图稿也被惊艳了，然而陆蔓茜的分数却出奇地低。

三位评审的分数取平均值，选了前四位分数高的人组队。

负责人将各位的成绩放映至 PPT，贺随的分数位居中段。

一同选拔进来的实习生曾看过贺随的图稿，讶异道："这不可能啊。"

贺随用舌顶住上颚，视线缓缓滑过对面佯装镇定的女人。陆蔓茜因底气不足，不敢和他对视。

最后会议结束前，她站起身一本正经地说："希望没有入选的各位，不要气馁，以后有的是机会。"

贺随屈指敲了敲膝盖，面上看不出喜怒。

离开会议室后，陆蔓茜来到他的工位前说："阿随，你的图稿我看了，我很喜欢。但其他两个老师不是很感兴趣，挺可惜的。"

贺随收拾好桌面上的文件，一一摆放整齐。

他也给过她机会，看在家里人的情面上，但她没有珍惜。

那以后，要做什么，就是他自己的事情了。

陆蔓茜被负责人叫到办公室商量后续的比赛事项，谈及几个实习生转正的问题，负责人若有所思。

秘书急匆匆地走进办公室，看了眼对面的女人，悄悄地凑到负责人那儿说："张总，出事了。"

陆蔓茜一怔，突然有种不好的预感。

秘书递上平板，犹豫几秒后才说："陆老师被曝抄袭，消息……压不住了。"

被曝抄袭的正是获奖的《小人间》，而举报者是 A 大建筑院的名誉教授，直言陆蔓茜抄袭学生的课业作品。

"啧，大一学生的作品她也抄，还抄成了最年轻的获奖者。"

"丢不丢人？真给华裔圈设计师丢脸。"

…………

关注的人多数是与建筑圈子有关的大博主，一经转载，舆论压不住了。还有幕后人推波助澜，直接把陆蔓茜送上微博热搜和学术论坛讨论区。

负责人疾言厉色，将手中的文件摔在陆蔓茜面前问："你说说，这是怎么回事？"

陆蔓茜未缓过神，脸色煞白地说："我……我没有，这是污蔑。"

门外，公共办公区乱成一团。网络时代信息传播迅速，忙碌一阵子好不容易清闲的员工瞬间得知了消息。

同事聚到一起"吃瓜"，贺随静静地收拾自己的东西，随后将辞呈放到桌上。

毛杰发来条微信：随宝，你要找的办公区我找到了，就在中心 CBD，价钱也合适。

贺随回复了句"知道了"，就关上手机，抬步离开了喧闹的工作室。

姜稚月在楼下等他，上前帮他拿了几样东西说："随宝，陆蔓茜这件事……"

贺随定住步子，垂眼看着她，眼底情绪深浓地说："是我做的。"

姜稚月不避视线，眼睛弯成月牙说："我支持你维权！"

贺随弯唇忍不住笑了下，用空出来的左手拉住她的手腕说："走了，回家。"

贺随早早就开始筹备创建工作室了，林桤和毛杰帮他找地方，如今定下办公区，只需要重新修整即可。

写字楼坐北朝南，采光极好，午后暖洋洋的阳光照进来，林桤窝在沙发里享用着茶水间的奶茶说："以贺随那个脾气，怎么可能去给人打工？从小养出来的少爷做派，哪能让人管理他？"

毛杰懒洋洋地附和道："Soyi 那边挺神奇啊，随宝设计的图稿他们竟然没采用。"

林桤也觉得匪夷所思，弯腰拿出贺随提前让他们报名的资料。澳大利亚设计大赛甫一宣布开赛，贺随就传达给他们消息，以新工作室的名义报名参加比赛。

毛杰拔高音量问："随宝，Soyi 那群人的水平怎么样？"

贺随正站在工作台前与临时招来的企划部员工商量招募设计师的事情，一时被打断了，思绪连接不上。

毛杰良久没得到应答，转身准备再问一次。

贺随淡睨着他，实话实说道："参差不齐。"

当年陆蔓茜抄袭贺随作业稿的事不是秘密，陆家想打亲情牌私下解决，加上贺随的图稿完成度不高，维权艰难，才让陆蔓茜钻了空子。

她加盟 Soyi，还妄想当贺随的老师，气得毛杰差点儿匿名将此事捅到网上。

能招募这种人进工作室，想必水平高不到哪儿去。

毛杰哀叹一声道："说好的 F4 组队参加比赛，随哥倒好，自己去当小老板了。"

林桤一端他说："有本事你也去当老板，谁拦你。"

"华裔建筑师陆蔓茜抄袭"的话题，刚开始高高挂在热搜榜前列，不出半天就被人压到最后，可能一眨眼的工夫就消失，最后无人关注了。

陆家早些年移居国外，在国内的权力早已不胜以往，很大概率是 Soyi 做的危机公关。

经此一闹，陆蔓茜怕是不好洗白了。

网友们的舆论压不住，Soyi 工作室官微出面解释，声称陆老师还在找证据反驳，请大家耐心等待。

毛杰看笑了："哟呵，他们这是抵死不认啊。"

贺随走过来拿过他的手机，冷着脸看完 Soyi 发的声明，面无表情地放下了手机。

一直到下午三点，Soyi 的证据终于出来了，不是传统的书面文稿，陆蔓茜竟然亲自开直播，与网线那端的网友当面对峙。

陆蔓茜没化妆，唇色很淡，脸上毫无血色，颇有种受害人的感觉。

"前日 A 大的建筑师前辈提供证据，声称我获奖的作品是抄袭。我本打算当日就给大家交代，但消息扩散太快，让家里的老人知道，我父亲一气之下就晕了过去，这几天一直在医院照料，抱歉！"

第一招卖惨，陆小姐运用得得心应手。

"对于一个设计师来说，任何一幅图稿都是心血。我绝不允许别人诋毁我，污蔑我。"

陆蔓茜找出当年参赛的手稿，从初稿到最后的定稿，每一张都细心保存。

她给大家展示完，沉默几秒说："如果单凭一张手稿可以判定抄袭，那我现在写上比那幅学生作品早的时间，是不是也能说是他抄袭我的了？"

贺随习惯在作品右下角署上时间，但也存在后期添加的可能性。

陆蔓茜紧抓这一点，刻意绕开了作品为什么会如此相似。

直播结束前，陆蔓茜冷声警告道："马上就是澳大利亚设计大赛的开赛日，Soyi 初次参赛难免很多对手忌惮，希望有的人切莫辱没了设计师的笔和灵魂。"

直播结束后不久，有匿名 ID 曝出被抄袭者是贺随，立刻有人评论：

"贺随？FIO 队长，一个骑机车的还会搞设计？"

"现在的小年轻都那么全能了吗？"

乍一看评论很正经，但经不住有心人多想。一个骑机车的人，怎么有

314

能力在大一就设计出能够获奖的作品，难不成是炒作？

毛杰翻完评论区，原本一致攻击 Soyi 和陆蔓茜的网友开始持怀疑态度甚至半数倒戈。

毛杰吓得坐直身子说："随宝，管不管啊？"

"……"

"贺随？"

林桤摔了手机说："这欺人太甚，跟老鼠似的钻空子，有意思吗？"

反观两人的暴躁，贺随本人的反应却平静得很。他关上手机，脸色微沉地说："网上的人无非是质疑我的能力，证明给他们看便是。"

毛杰说："那维权呢？陆蔓茜那里咬死不承认抄袭——"

贺随一垂眸，眼瞳内起初翻涌的情绪渐趋沉静。下一秒，他竟弯唇笑起来。

毛杰骂了声说："完蛋了，随宝被气傻了。"

工作台上的手机屏幕亮起，是姜稚月打来的电话。这段时间她放假，白天守在医院，晚上就顺道来接他下班。

贺随站起身，拎起外套，一身轻松地走出办公室。

毛杰追出去两步说："不是，哎，你也太没紧张感了吧？"

回应他的是清脆的关门声。

林桤眉梢扬起，突然福至心灵，上前钩住毛杰的肩膀说："你看贺随走的时候笑的那样，肯定有一击致命的证据，咱就别担心了。"

晚上回了公寓，姜稚月才知道 Soyi 和陆蔓茜做的龌龊事，倒打一耙的吃相实在太难看了。

匿名 ID 发的微博下，评论呈快速增长的趋势。她看了几条，看不下去扔掉了手机。

贺随洗完澡出来，姜稚月蔫巴巴地趴在沙发上的身影映入眼帘。他踱步过去，伸手拍了拍她的发顶问："想什么呢？"

姜稚月鼓起腮帮子，实诚道："帮你想办法，怎么能捶死那些人。"

贺随"哦"了声，手指钩住她的头发，漫不经心地说："别担心，我有办法。"

闻言，女孩儿恹恹的表情消失，眼睛亮起问："你有办法了？"

贺随眯起眼，高深莫测地盯了她一会儿问："想知道？"

这不废话。姜稚月一动不动地和他对视，懒得多说。

贺随往后靠了靠，一副大爷的做派，长臂揽过她，眸光柔了许多说：

315

"可惜，这种秘密我只能告诉我最亲密的人。"

言下之意，你得证明给我看，你是不是我最亲密的人。

幼稚。

可姜稚月还是忍不住勾起唇角，用手指拉住他的浴袍带子，清了清嗓子慢条斯理地说："我那天，在你的衣柜里发现了个了不得的秘密，保证其他人都不知道！"

贺随一挑眉，等她继续说下去。

姜稚月回忆起那天下午的事情，脸颊有点儿臊，勾手让他凑近一点。

"我找衣服的时候，从上面不小心掉下来了没拆盒的胖次（日语音译，内裤）。"

贺随抿唇，那种不太好的预感，再次袭来。

姜稚月眨眨眼，用手指比画了下说："它上面竟然写着XXXL。"

贺随眸光渐沉，眼底浮现出意味不明的笑意问："所以？"

姜稚月义愤填膺地重新打开手机，找到那条评论说："她们竟然说你小，3个X的胖次她们见过几条？"

贺随被气笑了，前一秒他还觉得小孩儿在脸不红心不跳地和他搞黄色。

结果人家真是想证明，3XL的内裤没几个人穿过。

"……"

贺随一言不发地站起身，走出两步见姜稚月还呆坐着，招手让她跟上，两人一前一后进了书房。他找出夹在素描本里的图稿，展开放桌上。

姜稚月迟疑地问："你要怎么证明她是抄袭？"

贺随取出一只笔，笔尖指着主建筑外拱柱的花纹。

看似毫无章法，经他一连接，花纹能拼成两个花体英文字母。

——HS。

贺随从网上找出陆蔓茜获奖的图稿，她把拱柱上的花纹原封不动地抄了过去，一笔未改。

贺随轻笑了下，声音慢悠悠地说："我这人毛病挺多的，刚上学又狂得很，想在每张作品上都留下属于我自己的印记，没想到今天能派上用场。"

姜稚月高悬的心落地，她激动地跳起来抱住他说："我就知道你一定会有办法！"

每次遇到困境他总能化险为夷，CSBK总决赛是如此，帮蒋冲洗刷恶名亦是如此。

因为担心他的事，姜稚月晚上没吃多少东西。现在有点儿饿，忙不迭地从他身上下来说："我去找点儿东西吃。"

不承想刚迈出一步，就被贺随捉住手腕拉了回去。

钟表指针"咔嗒"转动，一秒又一秒地响在彼此耳畔。

贺随慢慢低下头，用漆黑的眼睛看着她说："你看的 3XL 的内裤是毛杰的，不是我的。"

姜稚月大脑一蒙，呆呆地"啊"了一声。

毛杰身宽体胖，穿大两三个码数的衣服很正常。

贺随与她对视了许久，笑意渐沉，眸中带着隐隐约约的引诱和蛊惑说："我穿不了那么大的。"

姜稚月的大脑仍是一片空白，她下意识点头道："这样啊。"

很快，她脑中绷断的那根弦像是被人重新粘上，后知后觉他们在讨论内裤尺寸，那么贴身的东西……她想给自己一锤，以后再乱讲！

暖黄色的光束铺满了整个房间，贺随的眉眼浸在其中，如墨的眸子清亮，含着笑，蕴着蛊。引诱着她放弃理智，步步深陷。

贺随笑起来，拉住她的手说："小朋友，你好像看起来挺遗憾的。"

"……"

"虽然我穿不了那么大的，但应该也不算小。"

他缓慢地拉着她的手，停到某个地方，隔着一层布料，依旧能感受到灼热的温度。

姜稚月嘴唇张开，意识到她碰到的是什么，恢复些许理智的脑袋再次宕机了。

然后，她听见男人低沉的声音响起。

"要验一验吗？"

姜稚月喉咙发干，本能告诉她应该摇头，但目光不自觉地下移，将男人露在外面的半截锁骨、若隐若现的胸肌收入眼底，脑海中不自觉地脑补其下包裹严实但确实存在的腹肌。

她记得，他有人鱼线。

姜稚月找回自己的声音问："能……能看吗？"

女孩儿尾音颤着，很明显底气不足，看他的眼神欲说还休，暂且压住的情欲被她这一眼勾出小火苗，不停地瓦解他用理智筑起的围墙。

贺随用舌尖舔了下后槽牙，捏住她的下巴，指腹轻轻蹭着说："小朋友，让你看，你还真敢看啊？"

姜稚月反应过来了，他是逗她玩呢。现在又和逗猫似的摸她的下巴，这绝对忍不了。

她往后一撤步子，遗憾地叹口气说："你不给我看，我只能去看别人的了。"

她边说，边掏出口袋里的手机说："陆皎皎前几天分享给我一个压缩包的……哎，你干吗？还给我！"

贺随俯身拿过她的手机，诚不欺人，页面调至百度云传输列表。陆皎皎的 ID 是皎月当空，传输了一个压缩包"嘿嘿嘿"。

他拧眉，直接点击一键清空，确定它不会再从回收站跑出来，还正经地警告她说："以后不准看这些东西。"

姜稚月弯起眼笑着，意味深长地回应道："但专业课老师让大家相互传阅，我不看怎么写读书报告？"

行，被她小小算计了一把。

贺随薄唇紧抿，蓦地笑着问："真想看？没看见就这么生气？"

那种不好的预感又来了，姜稚月愣在了原地，还未来得及反应，就被人拦腰抱起，一滴水珠落到她眼皮上，冰凉的触感引得她瞬间回神。

已经晚了。

书房在主卧隔壁，贺随推开虚掩的门，几步到了床边。卧室里没开灯，整个房间昏暗无光，深蓝色的窗帘遮挡住落地窗，她能感知到的仅有男人清浅的呼吸声。

姜稚月屏息，落到床上后下意识想坐起来，却被贺随按住肩膀钉在柔软的床铺上。

贺随带着她的手来到束着浴袍的带子上，隔着一层布料，他浑身的温度好似又升高几摄氏度。

浴袍从他身上滑落，贺随俯身柔声问道："需要给你开一下灯吗？"

姜稚月现在就像是砧板上的鱼，哪有权力决定这些。她苦着脸，手脚局促不知往哪儿放，恍惚间碰到男人的腹肌，骨肉匀称，少一分则纤弱，多一分则魁梧。

恰到好处的肌肉触感，让她不知不觉地停下手。

姜稚月丝毫不慌了，指尖慢悠悠地滑过流畅的肌肉线条说："你用力一点儿。"

贺随眉心抽搐，后槽牙磨动，勉强忍住了自己的冲动。

女孩儿的手指柔软，在他腰腹间移动，像找到一块新奇的大陆，之前只能远观，现在才鼓足勇气壮着胆子，顶着其他风险下手。

姜稚月觉得自己太难了。

她摸够了，准备开灯大饱眼福："我去开灯，你等会儿穿衣服。"

什么叫给根杆子就往上爬，给点儿颜色就开染坊，说的就是她这种人。

贺随偏偏无可奈何，捉住她的手，侧身换了个姿势把她抱在怀里，和她交颈，声音沙哑地说："奉劝你一句。"

姜稚月的手脚都被控住，小幅度挣了挣说："你让我看的。"

"别乱动，再动就出事了。"

她更想回头了，挣扎的过程中腰腹处碰到什么东西，愣住了。

贺随大脑中的神经紧紧绷着，腰往后退了退问："知道怕了？"

"你抱着我，会不会更难受？"

姜稚月断断续续地说了几句话，但身后的人没有回应，只是单纯地抱着她。

她舔了舔嘴唇，仗着不知和谁借的胆子说："要不……要不我帮你？"

她在黑暗中寻找他的手，用柔软的手指碰了碰他的手背。

抱住她的力道小了许多，姜稚月趁机换姿势和他面对面。他们看不见彼此的脸，感官却在黑暗中被无限放大。

姜稚月凭着感觉，亲了下他的喉结。

"要不要我帮，再给你三秒钟的思考时间。"

姜稚月等贺随洗完脸，小尾巴似的跟在他身后。到了厨房，她发现自己男朋友害羞了，连耳廓都是红的。

贺随取出瓶酸奶塞到她手里说："出去喝。"

姜稚月手中捏着酸奶瓶，垂眸沉默，羞耻心久违地回归。她艰难地移开视线说："随宝，我以后再也不敢了。"

说完，一溜烟儿跑了出去。

贺随靠着台沿，拧开水瓶仰头灌了两口，又看见小姑娘磨磨蹭蹭地露出个小脑袋。

姜稚月眼睛清亮，看着他吐字清晰地说："我没觉得不好，你也不用……自责。"

想和喜欢的人做尽亲密之事，人之常情。

谁让她，这么喜欢他呢！

陆蔓茜做出回应后，话题再次引来许多人的关注。贺随作为主角之一，这几天的话题热度也相当高。他有确切的证据在手，不慌不忙地准备设计大赛初赛的竞稿，直到设计比赛官方宣布介入，邀请两位共叙。陆蔓茜很快答应了，但贺随却迟迟不予回复。

网友说他心虚，舆论倾向于陆蔓茜抄袭系蓄意构陷，而炒作者就是贺随一方。

对比网上讨论得轰轰烈烈，贺随这边就淡然许多。他招揽来上一级的优秀学长，与毛杰、林桤组成团队。

同时敲定了工作室的名称，Utopia（理想国）。

不知不觉到了开赛前，本次比赛分为多个赛区，亚太地区、欧洲与美洲地区，同时开赛。采用网上评分的形式，比赛当天下午便能知道结果。

比赛地点在酒店内，非参赛人员不得进入。

姜稚月索性窝在家里看直播，受陆蔓茜抄袭事件的影响，网上本来不关心设计大赛的"吃瓜"群众一涌而来。网络通道堵塞，她进了三四遍才挤进去。

贺随团队坐在第三排靠墙的位置，一个圆桌，四个人环绕而坐。

电脑屏幕上已公布主题"家"，越俗套的题目越难以出彩。

弹幕上都在刷请大赛组委会给个解释，其实发声的人很多都不关注设计圈，纯属闲得没事干。

还有人询问哪个是贺随，"好心人"便指出了坐标。

现场录制不可能撑到脸上拍摄，贺随又背对着镜头，看不清很正常。

现场做图时间为三个小时，中途很多人离开，又踩着点回到直播间，只为了看一眼结果。

参赛团队移动到会场大厅等待比赛结果公布，大厅里原先就坐了许多人，包括 Soyi 的临时指导——抄袭事件当事人陆蔓茜。

贺随的团队又恰好坐在 Soyi 的右手侧，负责人瞧见他，主动打招呼道："这不是小贺吗？真是年轻有为。刚从我们工作室辞职，就另立门户了。"

贺随解开西装扣子，一派淡然地坐下。

陆蔓茜侧目望过去，柔声道："阿随，我们之间的误会该解释清楚了，不然以后在这个圈子里经常碰面，会很尴尬的。"

毛杰真想上去撕烂这女人虚伪的脸皮，差点儿没忍住冲动的性子。

贺随按住躁动的"小猪仔"，目光冷淡地说："就如你所愿。"

组委会将全部精力放在审阅大赛的稿件上，此时根本抽不出时间调查抄袭事件的真相。不过审阅完图稿，剩下的时间就多了，是时候正一正大赛的风气了。

下午一点钟，所有图稿审阅完毕。

组委会派人通知陆蔓茜，请她与贺随一同至休息室。

两位话题人物被请走，弹幕顿时炸开了锅。姜稚月懒得和他们唇枪舌剑，静静地等着大赛结果宣布。

另一端，澳大利亚来的主事人展开了当年陆蔓茜的原稿。

贺随从西装口袋里拿出手稿递过去，不论是格局还是风格，两幅图稿有百分之八十的相似。主事人沉默两秒，请他们各自叙述创作意图。

陆蔓茜像提前写过演讲稿，滔滔不绝地说了起来，从初稿灵感到大赛赛场上的心境，说得有鼻子有眼的，分别摘出作品的三部分进行说明，用词专业，毫无纰漏。

贺随安静地听完，倒是笑着说："因为这幅图稿不算有纪念意义的作品，所以当时我的创作灵感并不深刻。

"但我想问一问陆小姐，对于这拱柱上的花纹，您是如何想的？"

不是中国传统的龙凤，也非欧式的壁刻雕花。

陆蔓茜一时语塞："这个……"

贺随对上主事人疑惑的眼神，找出笔连接上花纹说："陆小姐是有什么癖好，喜欢把旁人的名字缩写刻在作品上？"

陆蔓茜神色怔忪，猛地站起身说："这不可能！"

主事人仔细对比两幅图稿，连连摇头，表情异常严肃地说："陆小姐，您最好能解释清楚！我们设计大赛不欢迎抄袭的设计者！"

下午一点半，贺随重新步入会场。毛杰连忙问："怎么样？捶死了吗？"

贺随递给他一个安心的眼神，示意他仔细听台上即将宣布的内容。

主事人代表设计大赛组委会向大家致歉："经过官方查明，第二十八届青年设计大赛银奖获得者，华裔设计师陆蔓茜作品《小人间》系抄袭。对此，我们向原创作者贺随先生致以歉意！

"接下来，我将公布第三十届青年设计大赛，亚太地区金奖获得团队——"

镜头晃过坐满人的大厅，刷屏的弹幕受到感染停下了。姜稚月屏息，在心底默默倒数。

主事人尾音落下的同时，镜头转了九十度，在第三排右侧停住了。最开始屏幕中出现 Soyi 与 Utopia 两个团队的身影，最后镜头拉近，毛杰那张圆润的脸被放大了三倍。

大厅前方的 PPT 展示出他们本次的获奖图稿。

陆蔓茜抄袭的事件真相大白后，弹幕上的"吃瓜"群众表示并不意外。大一就能变相地拿到银奖，修炼三年拿到分区金奖有什么好惊讶的？

按照流程，设计师要上台发表设计理念。毛杰推了推贺随说："上去啊，我们都是给你打下手的。"

林楷已经侧开腿给他让路，打趣道："让你上去，看直播的那些女生，会不会成你的小迷妹啊？"

贺随起身的同时系上西装的纽扣，毫不怯场地走上台。

同时，那帮"吃瓜"的小孩儿刷起"哥哥好帅""哥哥腿长杀我"的弹幕，一条接一条直接挡住了贺随的脸。

姜稚月看着那些弹幕有点儿上头，索性关闭了，目不转睛地盯着台上的男人。

贺随俯身调整麦克风，而后抬起眼看向镜头，漆黑的眸子里满是认真，仿佛是隔绝了千万人，只看向她一个人。

"我遇到了一个女孩儿，她独自承受了许多坎坷与风雨，咬紧牙关想告诉所有人她很好。她坚定勇敢，好像任何事情都难不倒她。

"起初我也是这么认为的，直到有天她蹲在路边，卸掉全身的盔甲抱住我说'我没有家了，我只剩一个人'的时候，我才发现这是个一直伪装坚强的小朋友。"

所以，他想给她一个家。

姜稚月怔住了，迟钝地反应着他说的一番话，一字字过滤完，拼凑出了最原本的意思。

她想起跨年那晚无人的小路，以为自己要流浪街头睡一晚的时候，有人从天而降。

温柔地把她拥入怀中说，哥哥带你回家。

她闭上眼，贺随的脸却清晰地浮现出来。他成了她生活中细碎的开心与期待，用温柔织成一张网接住了不断下沉的她。

姜稚月吸了吸鼻子，那个时候，她差一点儿就要放弃了。

姜别给他们四个人订了庆功宴，本人却被公司的事务缠住脱不开身。姜稚月也没去，她在家等贺随回来。

晚上十一点钟，贺随才被放回家。这次没能拦住递来的酒，喝到了八分醉。

剩下的那两分清醒，只够他认清家门和女朋友。

姜稚月扶住他进门，和送他回来的学长道谢。

贺随用半个身子的重量压住她，姜稚月踉跄两步，被他半拥半压在玄关的置物柜上。他身上带着酒精味，渐渐盖过一贯使用的沐浴露的香，温柔的木质香添上几分酒的清冽，莫名地勾人心魄。

姜稚月摸了摸他的脸颊问："你喝了多少呀，还知道我是谁吗？"

贺随垂下头，和她鼻尖相抵，慢慢蹭了两下，动作缱绻。

姜稚月被他蹭得有些痒，缩起脖颈儿笑出声说："撒娇也没用，你好好看清楚我是谁？"

房间中仅亮着客厅中的一盏吊灯，玄关处灯光昏暗。贺随抬头假装认真又严肃地看着她，好半晌，才不紧不慢地说："我家小孩儿。"

原本低沉的声线经过酒精过滤，像添上一柄小钩子，轻易钩住了她的心尖。

姜稚月伸手戳了下他的胸膛说："你乖乖地换衣服去洗澡，好不好？"

贺随眯了眯眼，很谨慎地思考她建议的可行性，最后点头，看清去卧室的路后，摇摇晃晃地朝那儿走。

姜稚月低着头去厨房帮他煮点儿醒酒汤。

醒酒汤没煮完，厨房的门被拉开了，围着一条白色浴巾遮住重点部位的男人懒散地站在门前。

姜稚月习惯性地把他从头到脚打量一遍，丝毫不慌。

站在她面前的不过是智商被酒精麻醉的贺三岁。

"你乖乖去洗澡，穿上鞋，浴室里太滑。"

贺随喝醉后话不多，他低低"嗯"了声，想起来这儿的目的后问："要一起洗吗？"

姜稚月愣了两秒，拿出对待小朋友的耐心，拉住他的胳膊一路拽回主卧的浴室。看他的样子太可爱，没忍住胡噜了两下他头顶的毛说："你要乖一点儿，姐姐已经洗过了。"

贺随意味深长地看了她一眼，转身进了浴室。

姜稚月准备回厨房照看她的醒酒汤，刚走出两步，浴室里传来"噼里啪啦"的响声，她没多想就推门进去了。

水汽氤氲的小隔间，贺随靠着洗手台，准确无误地拉住她的手腕，沾满水珠的胸膛贴着她。

姜稚月面对着墙壁，一只手被身后的人钳住摁在墙上，身后是男人滚烫的身体。

贺随低头，下巴抵住她的肩窝，话中带笑地说："小稚，我只是喝醉了。"

姜稚月心跳如雷，迟疑道："我知道啊。"

"不是丢了个脑子。"他慢条斯理地解着她的衣服说，"也不是智商骤降。"

姜稚月一回头，嘴唇张了张想辩解，恰好给了他机会，唇齿相依，浴室中升腾的水汽模糊了她的视线。

赶在最后一丝理智消失前，她小声说："锅……锅还开着，我得去看看。"

贺随低着头继续亲她："没事，它会自动关上的。"

"那……那我先出去，你慢慢洗。"

贺随不放人，拉住她湿答答的衣服说："都湿了，出去会感冒。"

"我可以出去换一件。"姜稚月看出他的心思，在做最后的挣扎。

贺随用舌尖舔了下后槽牙，一副挺好说话的样子问："就这么想出去？"

姜稚月眨眨眼，嘴唇抿了下，点头。

"今晚和我一起睡。"他心满意足地抛出了条件，"我就放你出去。"

"知道了。"她小声再小声地添上一句，"你太坏了。"

陆蔓茜抄袭的事件不断发酵，许多设计工作室明文贴出了不会录用有抄袭劣迹的设计师。众口一词得像幕后有人刻意封杀一般，陆蔓茜走投无路转而求助家里。

贺陆两家的交情摆在那儿，只要贺随松一松口，再等上一段时间，网友们忘记了这回事，陆蔓茜依旧能重新开始。

蒋媛听完陆父的来意，脸上看不出喜怒地说："这件事我也听说了，但这是孩子们之间的事情，我们做长辈的不好掺和。"

陆父点头，自觉丢人，寒暄几句就起身离开了。

陆蔓茜不服气，跟着他走出贺家的门说："爸，您多说几句不行吗？您——"

陆父恼火地挥开她的手说："这么丢人的事情，你还想让我多说几句？下午我就订机票，你给我回去，回悉尼！"

对面的停车道上，姜稚月坐在车里看着他们无休止地争吵，一直到陆家父女上车离开。

贺随冷眼看了会儿，懒得多做评价。后天就是订婚宴，蒋媛叫他带姜稚月回家吃顿饭。

饭桌上，蒋媛细心地交代了几句后天仪式上的流程说："倒是不烦琐，开场舞必须要有吧，敬酒也得有。其他的就免了，反正还得结婚，到时候才有你们受的。"

姜稚月耐心地听完，表面不紧张，其实紧张得要命。

贺随单手撑着下巴，察觉到她的异样，悄悄直起身，在桌下拉住她的手。用力握住。

贺姜两家久居中城，与无数名流交好。孙子辈的小辈们订婚，自然都要邀请那些人来。

姜稚月不太放心奶奶的身体，化完妆便守在休息室里。姜别推着轮椅，准备带着奶奶先入场，走出两步，他不自然一侧头，沉下声音说："别紧张，走路的时候稳一点儿。"

他意有所指地看了眼她脚底下的细高跟，眉头拧起，万一摔了跤，出丑算小，伤到了又得疼。

姜母推门进来，帮姜稚月整理着礼服的裙摆说："我们的稚月今天真漂亮。"说着，眼眶又开始泛红。

奶奶说不出话，就用手拍了拍姜别的胳膊。他抬头看了眼姜稚月说："奶奶想和你说话。"

姜稚月忍住鼻尖酸涩，走到轮椅旁蹲下，握住老太太的手柔声道："奶奶，您想说什么呀？"

老太太神情急促，但只能无力地哼了声。她反握住女孩儿的手，混沌的眼眸中泛起水光。

她在姜稚月的手心上写了几个字：好好地。

你要好好地生活下去。有人会护着你，把我亏欠的所有统统补上。

马上到时间了，姜母擦干净眼泪说："快到点了，我们先下去，小刘你再帮稚月补个妆。"

姜稚月提起裙摆走到化妆镜前，让化妆师补上口红。

她长吁一口气，肩膀绷紧，脖颈儿处的项链滑动，带起一阵凉意。

所有人都离开了，她对着镜子稳住心神，放松紧绷住的肩，听到推门声后侧目望过去。

贺随一身同色系的西装，身影颀长，长身玉立，就像汇集了所有的光芒。

姜稚月屏住呼吸，莫名想起了第一次见他时的场景。

踩着夏日尾巴的九月，他懒散地站在不远处，刺眼的光线擦过他的身形轮廓，浑身上下透露出的寡淡味道，勾人勾得没有道理。

一如此时。

贺随抬步，缓慢地走向她，像跨越错过的经年，一步步走入她的世界。

"我来接你了，小朋友。"

我想看见你，却不敢明目张胆地看你。

如今，你来到我面前，我闭上眼睛。

番外一
长大

　　"小稚有没有理想型？节目组来过的嘉宾那么多，没有一个钟意的？"

　　"拜托，那些男艺人哪敢招惹小稚？老板不亲自扒他一层皮？"

　　休息室内，姜稚月闭着眼仰坐在沙发里，八卦话题绕到她头上，几个姐姐显然不会轻易放过她。好在有个和她熟悉的上司端着台本走进门，听见议论的话语，笑着打趣道："你们管得还挺宽的，稚月什么时候说自己是单身了？"

　　大一结束时她与贺随订婚，这事只在申城上流圈流传。跳出那个圈子，再加上才认识几天，几位同事不知道很正常。

　　她现在是申城电视台一档音乐类竞声节目《声入我心》的固定 MC，开办第一季以来颇受好评，第二季开始拟邀娱乐圈的新生代演员加盟。

　　姜稚月算是半个内行，毕竟配音这项工作，她已经做了四年。

　　但也有不少网友抹黑她不是主持专业出身，粉丝用她金灿灿的履历反击回去，A 大新传院的毕业证书不是谁都有的。

　　其实姜稚月也没想过，自己以后会进这个圈子。

　　算是误打误撞，李哥推荐她到导演面前，制作人和导演和她很有眼缘。再加上她又有 CSBK 主持人的经历，当即签下她当 MC。

　　当然，其中少不了她的好哥哥姜别在背后运筹帷幄，毕竟节目都是她哥投资的。

　　晚上十点结束录制，助理备好车送她回家。

　　姜稚月走出休息室，接过助理递来的手机，检查微信以及短信收件箱。确定没有来自某人的消息后，她自闭了。

让她提前体会到了独守空房的滋味。

随宝，你好样的。

贺随一个月前去国外出差，每天一通电话地查岗，确定她十点前回到家才放心。但男人免不了懒惰，看见金发碧眼的小姐姐就忘了承诺。

虽然姜稚月相信贺随不是这种人。

她按灭手机屏幕，黑漆漆的屏幕反照出自己的脸。虽然皮肤比白人小姐姐黄一点儿，但她五官精致，笑容甜美。

说不定今晚视频里对随宝笑一笑，他就提前回来了呢。

这点儿自信她还是有的。

姜稚月算着心里的小九九拉开保姆车的车门，闭着眼睛坐进去，"砰"的一声阖上门。

她闭眼捏了两下太阳穴说："饶饶，开车吧。"

一秒，两秒。

助理康小饶没有任何反应，反倒是后座发出了衣料摩擦的细微响动。

姜稚月敏锐的神经绷紧，不动声色地握住怀里的包，屏住气息猛地转过头，同时举起手里的包——

"我告诉你现在是法治社……会。"

后座上的男人懒散地坐着，双腿优雅地交叠在一起，深邃的眼睛浸在暗色中，嘴角隐隐带着笑意。

姜稚月和他对视两秒，眨眨眼，看向高举的手。

尴尬的气息在宽敞的车厢内蔓延。

助理康小饶尽职尽责地守在车旁边，笑着同录节目的嘉宾打招呼。

车外热闹寒暄，车内安静万分。

姜稚月调整好表情，笑吟吟地、一本正经地用播音腔告知他："小贺老板，您的夫人已经留守在家一个月了。"

贺随一抿唇，很轻地笑了声问："夫人想我了吗？"

姜稚月突然一松手，手里的包"啪"的一声落在怀里，她努力维持着临近崩坏的表情，两只手的手腕叠起来说："夫人准备摇着花手飞去海的那边找您了。"

贺随往旁边移动了几寸，就着她翻花手的姿势，倾身抱住她说："这么想我啊？"

低沉熟悉的声音在耳畔炸响，姜稚月蒙了两秒，没说话。

贺随想起刚才她的那个姿势，有点儿想笑，怕自家小朋友窘迫，忍住不笑。

"知道你想我。"他压低声线，嘴唇离她耳垂很近地说，"为夫这不是回来了吗？"

姜稚月本来在脑海中幻想了无数种碰面的场景，比如她提前到机场的出关口，等他随人群出来，她就飞奔过去抱住他。一定是考拉熊抱，双手双脚地缠住他的那种。

或者她脱不开身，他来电视台等她下班。节目临近录制尾声，演播厅侧门悄然出现了一抹身影，导演喊"卡"的那一瞬，她依旧可以飞奔过去。

具体姿势参照上一条。

列出的十几条可行性策略中，唯独缺了现在这种某人偷偷买通助理潜入她保姆车的这条。

姜稚月认真地推开他，眼睛清亮，满含期待地说："随宝，我们走第二遍场。你回机场，换我去接你好不好？"

贺随舔了下后槽牙，嘴角翘起，屈指在她额头上轻轻敲了两下说："理由呢？"

姜稚月说："满足我的少女心。"

"走了，回家。"惨遭拒绝。

康小饶试探地敲了两下窗户，拉开一小道车门装模作样地叹口气说："哎，那几个男艺人太能聊了，我都笑不出来了……哎呀呀呀，贺总什么时候来的？"

人不是你放上来的，不是你还有谁能打开车门？

姜稚月好心不拆穿她，递过去瓶矿泉水说："喝完好上路。"

康小饶："……"

康小饶把车停在公寓楼下的临时停泊点，目送后座的两个人下车后把车开走。明天姜稚月没工作，连带着她们这群员工也能放假。

下车后，贺随习惯性地牵着姜稚月的手。

草丛中虫鸣清脆，晚风习习，颇有种浪漫的氛围。

他停住脚步，松开她的手说："你站在这儿，别动。"

姜稚月不明所以，觉得这句台词特别熟悉，好像在中学的某篇课文里见过。

这个季节应该不盛产橘子吧？

贺随长腿大步往前走，大概走了十米左右的距离停住了。他身旁是路灯，刺眼的光线铺落，像给他添上了曝光过度的背景幕布。

然后，他张开双臂，扬声说："小朋友，过来。"